KB165323

낯선 자의 일기

THE STRANGER DIARIES

Copyright ⓒ 2018 by Elly Griffiths
All Rights reserved including the rights of reproduction in whole or in
part in any form.

Korean Translation Copyright ⓒ 2021 by Namu Bench
Korean edition is published by arrangement with Janklow & Nesbit (UK)
Ltd. through Imprima Korea Agency.

이 책의 한국어판 저작권은 Imprima Korea Agency를 통해 Janklow & Nesbit
(UK) Ltd.와 독점 계약한 나무옆의자에 있습니다. 저작권법에 의해 한국 내에서
보호를 받는 저작물이므로 무단전재와 무단복제를 금합니다.

낯선 자의 일기
The Stranger Diaries

엘리 그리피스 장편소설

박현주 옮김

나무옆의자

알렉스와 줄리엣, 그리고 나의 반려동물 거스에게 바친다.

차례

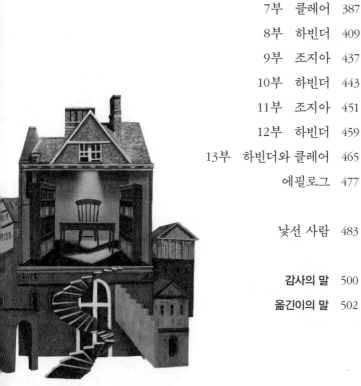

일러두기

1. 주석은 모두 옮긴이 주이다.
2. 본문의 고딕체는 원서에서 이탤릭체로 강조한 부분이다.
3. 단행본과 장편소설은 『 』, 단편소설, 희곡, 시 등의 작품명은 「 」, 정기간행물은 《 》, 영화와 방송 프로그램, 노래는 〈 〉로 나타냈다.

1부

클레어

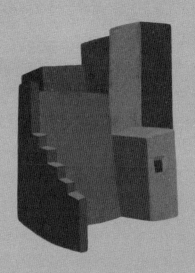

1장

"괜찮으시면," 낯선 사람이 말했다. "이야기를 하나 해드리고 싶소. 긴 여행인 데다 하늘 상태를 보아하니 한동안은 이 칸에서 나갈 길은 없을 테니 이야기를 나누면서 몇 시간 보낸들 어떻겠소? 늦은 10월 저녁에는 딱 제격이지.

거기서 편안하신가? 허버트 걱정은 마시오. 해치지 않으니까. 다만 날씨도 이렇다 보니 신경이 날카로워진 게지. 자, 어디까지 했더라? 긴장 좀 풀리게 브랜디 좀 드릴까? 휴대용 술병에 드려도 괜찮으실까?

자, 이건 실제로 일어난 일이라오. 실화가 최고지, 그렇지 않소? 더 좋은 것은 내가 젊을 때 일어난 일이라는 거요, 당신 또래였을 때.

나는 케임브리지에 다녔소. 물론 신학을 전공했지. 내 의견이지만 다른 학문이랄 게 없잖소, 아마도 영문학 정도를 빼면. **우리는 꿈이 지어지는 재료이다.*** 나는 한 학기가량 거기 다녔다오. 수줍음 많은 시골뜨기였고 외로웠던 것 같소. 멋쟁이들 틈에 끼지 못했지. 하얀 나비넥타이를 매고 교정을 으스대며 걸어다니는 젊은

---

* 셰익스피어의 「템페스트」 4막 1장에 나오는 프로스페로의 대사.

이들 있잖소, 주님에게서 특허증이라도 받은 듯한 친구들. 나는 혼자 강의실에 갔고 에세이 숙제를 쓰다가 같은 학년에 역시 장학금을 받고 들어온 친구와 우정을 나누기 시작했소, 하필이면 거전gudgeon*이라고 불리는 소심한 녀석이었지. 나는 매주 집에 계신 어머니께 편지를 썼소. 예배당에도 갔고. 맞아, 그 시절에는 나도 신앙이 있었다오. 약간 독실하다 할 수 있었는데, 우린 파이pi** 라고 불렀지. 그래서 헬 클럽에 초대받았을 때 나는 놀랐다오. 놀라고 기뻤지. 물론, 클럽에 대한 소문은 들었소. 한밤에 난잡한 파티를 벌인다거나 침실 담당원이 방을 청소하러 들어갔다가 방 꼴을 보고 기절초풍했다든가, 『사자의 서』에 나오는 고대 주문을 읊는다거나, 땅에 묻힌 뼈니 입을 벌린 무덤이니 하는 이야기들…… 하지만 다른 이야기도 있었소. 성공한 사람들 다수가 헬 클럽에서 경력을 시작했다는 거지. 내각에 들어간 사람 한둘을 포함해서 정치인, 작가, 변호사, 과학자, 기업 총수들. 배지를 달고 다녀서 회원은 금방 알 수 있지. 왼쪽 옷깃에 점잖은 해골을 달고 다녔으니까. 그렇다오, 여기 있는 이것처럼.

그래서 입회식에 초대받았을 때는 기뻤소이다. 입회식은 10월 31일에 열렸지. 물론, 핼러윈 날이었다오. 모든 성인들의 대축일 전야. 그렇다오, 물론 그렇지. 오늘의 핼러윈이라오. 우연의 일치를 믿는 사람이라면 이게 살짝 불길하다 생각했겠지.

내 이야기로 돌아가 봅시다. 입회식은 간소한데 한밤에 열렸다

---

* 모샘치라는 작은 물고기를 이르는 말로 잘 속는 사람이라는 뜻도 있다.
** 'pious'의 약어로 독실한 혹은 독실한 체하다라는 뜻이 있다.

오. 당연하지 않겠소. 신입 회원 셋은 학교 부지 바로 바깥에 있는 폐가로 가야만 했다오. 차례차례, 우리는 안대를 하고 촛불을 받았지. 집 안으로 들어가서 계단을 올라 2층 계단참의 창턱에 촛불을 밝혀야 했소. 그런 다음 되도록 크게 소리를 질러야 했지. "지옥은 비었다!" 우리 셋 다 이 임무를 완수한 후에야 안대를 벗고 동료들과 합류할 수 있었지. 진수성찬 술잔치가 이어지는 거지. 거전…… 불쌍한 거전이 이 셋 중 하나라고 말했던가? 거전은 걱정하고 있었다오, 안경 없이는 눈뜬장님이었거든. 하지만 내가 그에게 말한 대로 우린 모두 안대를 하고 있었으니 피장파장이었지. **사람은 눈이 없이도 세상이 어떻게 돌아가는지 볼 수 있지.***"

"그래서," 나는 묻는다. "여기서 무슨 일이 일어날까요?"

"나쁜 일요." 피터가 대답한다.

"맞는 말이에요." 나는 마음속으로 열까지 세고 말한다. "그런데 왜 그렇게 생각하시죠?"

"음," 우나가 대답한다. "먼저 배경요. 핼러윈 자정이잖아요."

"그건 진부한 장치인데요." 테드가 말한다.

"먹히니까 진부해 보이는 거죠." 우나가 말한다. "날씨도 그렇고 정말 으스스하잖아요. 기차 타고 가는 도중에 눈이 올 것 같지 않나요?"

"그럼 『오리엔트 특급 살인』 아류인데요." 피터가 말한다.

"「낯선 사람」은 애거사 크리스티 이전에 나온 작품이에요." 내

---

* 셰익스피어의 「리어 왕」 4막 6장 중 리어 왕의 대사.

가 말한다. "이게 어떤 유의 이야기인지 또 말해보실 분?"

"서술자가 좀 소름 끼쳐요." 섀런이 말한다. "'휴대용 술병으로 한잔하자'라거나 '허버트는 신경 쓰지 마요' 같은 말들. 그건 그렇고 허버트는 누구죠?"

"좋은 질문입니다." 나는 말한다. "모두 뭐라고 생각하시죠?"

"귀가 안 들리고 말 못 하는 사람."

"하인."

"아들요. 위험한 미치광이라서 묶어놓아야 하는 거죠."

"그 사람 개요."

웃음이 터진다.

"사실," 나는 말한다. "테드 말이 맞아요. 허버트는 개예요. 반려동물은 유령 이야기 장르에서 주요한 비유예요. 동물들은 인간 지각을 초월해 사물을 감지할 수 있으니까요. 개가 자리에 없는 무언가를 응시하고 있다면 이보다 더 무서운 게 있을까요? 고양이들도 으스스하기로 유명하죠, 물론. 에드거 앨런 포의 작품을 생각해보세요. 그리고 동물들은 마녀들의 심부름꾼으로 흑마술을 돕는 존재로 여겨지기도 하죠. 동물 캐릭터는 또 다른 이유로도 유용할 수 있어요. 누가 맞혀보실까요?"

나서는 사람이 아무도 없다. 오후 한창때이고, 쉬는 시간이 가까워 온다. 학생들은 모두 소설적 전형보다는 커피와 비스킷을 떠올리고 있다. 나는 창밖을 내다본다. 4시밖에 안 됐는데 묘지의 나무들은 이미 침침해 보인다. 이 이야기는 아껴두었다가 황혼녘의 수업 시간에 쓸 걸 그랬나. 하지만 짧은 속성 과정에서 모두 다 다루기는 어렵다. 이제 마무리할 시간이다.

"동물들은 쓰고 버릴 수 있으니까요." 나는 말한다. "작가들은 종종 긴장감을 자아내려고 동물들을 죽이죠. 인간을 죽이는 것만큼 중대하진 않지만 놀랄 정도로 동요를 일으킬 수 있으니까요."

문예창작반 학생들은 카페인을 찾아 우당탕탕 계단을 내려가지만, 나는 잠시 교실에 남는다. 학교의 이쪽 구역에 있으려니 무척 낯설다. 오로지 성인교육 과정만 여기서 수업을 한다. 이 교실들은 일반적인 학교 수업을 하기에는 너무 작거나 이상하다. 이 방에는 벽난로가 있고, 한 아이가 죽은 담비 따위를 들고 있는 약간 기분 나쁜 유화가 걸려 있다. 7학년 애들이 21세기 굴뚝 청소부처럼 벽난로를 타고 올라가 사라지려 하는 이미지가 상상된다. 탈가스 하이*의 학사 일정 대부분은 신관에서 수행된다. 판유리와 채색 벽돌로 지은 1970년대식 기괴한 대형 건물이다. 이쪽 건물, 구관은 한때 홀랜드 하우스라 불렸는데 실제로는 그저 별관이다. 식당과 부엌, 예배당과 더불어 교장실이 자리 잡고 있다. 2층에는 가끔 음악이나 연극을 연습할 때 쓰는 교실들이 있다. 옛 도서관도 여기 있지만, 이제는 교사들만 자주 들른다. 학생들은 신관으로 간다. 컴퓨터와 팔걸이의자, 문고본 서적이 꽂힌 회전식 책장을 갖춘 현대식 도서관이 있기 때문이다. 학생이 출입할 수 없는 맨 위층에는 R.M. 홀랜드의 서재가 있는데, 주인이 놓아둔 대로 보존되어 있다. 문예창작반 학생들은 「낯선 사람」의 지은이가 실제로 이 집에 살았다는 사실을 알고는 흥분하곤 한다. 사실상, 홀랜드는 여길 떠난 적이

---

* 영국의 하이 스쿨은 11~18세 학생이 다니는 중등학교의 개념이다.

거의 없다. 은둔자였고, 가정부와 하인들을 둔 옛날 사람이었다. 누가 요리와 청소를 해주고《타임스》를 다리미로 펴서 아침 차와 함께 쟁반에 담아 갖다 주면 나라고 이 집을 떠나고 싶을까. 하지만 내게는 딸이 있으니 결국에는 몸을 일으켜 움직여야 했겠지. 조지는 내가 계단을 올라가 시간 됐다고 소리를 질러야 침대에서 나오려 할 테니까. 홀랜드는 절대로 겪지 않았을 일이지만, 사실 그에게도 딸이 하나 있었을지 모른다. 이 점에 대해서는 의견이 갈린다.

10월 중간방학 때라, 돌아다니는 학생들이 없고 나는 구관에서 모든 시간을 보내기에 대학에서 가르치는 기분을 낼 수 있다. 어딘가 고풍스럽고 신성한 느낌이 풍긴다. 신관의 존재와 체육관의 냄새를 무시한다면, 홀랜드 하우스에는 옥스퍼드 칼리지처럼 보이는 곳들이 군데군데 있다. 나는 나 홀로 오롯이 보내는 이 시간을 좋아한다. 조지는 사이먼과 함께 있고, 허버트는 동물 호텔에 있다. 걱정할 일은 없고, 집에 가면 밤새 글을 써도 말릴 사람 하나 없다. 나는 홀랜드의 전기를 집필하는 중이다. 십대 때 유령 단편집에서 「낯선 사람」을 읽은 이후로, 나에게 이 사람은 늘 흥미로운 존재였다. 여기 처음 지원서를 냈을 때는 그와 이 학교가 어떻게 엮여 있는지 몰랐다. 채용 공고에도 언급되지 않았고, 면접은 신관에서 보았다. 내가 그런 사실을 알아냈을 때는 하나의 징조처럼 보였다. 나는 낮에는 영어를 가르치고 밤에는 주변 환경의 영향을 받아, 홀랜드에 대한 글을 쓰곤 했다. 그의 기이하고 은둔자 같은 삶, 아내의 수상한 죽음, 딸의 실종. 시작은 좋았다. 나는 심지어 지역 방송국과 인터뷰까지 하게 되어, 구관을 어색하게 걸으며 이전 거주인 이야기를 하기도 했다. 하지만 최근에는, 이유는 모르겠지만,

글이 말라버렸다. 매일 써라, 내가 학생들에게 하는 말이었다. 영감을 기다리지 마라, 그건 끝까지 오지 않을지도 모른다. 영감의 신은 늘 네가 쓰고 있을 때 찾아온다. 마음을 들여다보고 써라. 하지만 대부분의 선생처럼 나도 자신의 충고를 따르는 데는 별로 영민하지 못하다. 대체로 일기를 쓰지만, 그거야 읽을 사람이 없을 테니 글로 칠 수는 없다.

할 수 있을 때 아래층으로 내려가서 커피나 한잔 가져와야겠다. 일어서면서 창밖을 내다본다. 날은 점점 어두워지고 갑작스레 세차게 불어오는 바람에 나무들이 흔들린다. 나뭇잎은 바람에 쓸려 주차장을 굴러가고, 눈으로 잎을 뒤쫓다가 벌써 알아차렸어야 했을 것을 이제야 감지한다. 두 사람이 앉아 있는 낯선 차 한 대. 여기에 딱히 이상한 점은 없다. 중간방학 기간이기는 해도 어쨌든 여긴 학교이니 방문객이 아예 없을 리는 없다. 교실을 정리하러 와서 다음 주 계획까지 세워놓으려는 학교 직원일 수도 있다. 하지만 이 차량과 여기 탄 사람들은 뭔가 달라서 왠지 불편한 느낌이 든다. 차는 눈에 띄지 않는 회색이다. 나는 차에는 젬병이지만, 사이먼이라면 차종도 알 것이다. 뭔가 견고하고 육체노동자에게 어울릴 느낌, 소형 택시 운전사들이 쓸 만한 차. 그런데 어째서 저 차 주인들은 그냥 앉아 있기만 하는 걸까? 얼굴은 보이지 않지만, 둘 다 검은 옷을 입었고, 자신들이 탄 차처럼 어딘가 지루하면서도 위협적으로 보인다.

무슨 호출을 기다리던 사람처럼, 전화가 윙 울렸을 때도 나는 별로 놀라지 않는다. 릭 루이스 학과장 전화다.

"클레어, 끔찍한 소식이 있어요."

클레어의 일기

2017년 10월 23일 월요일

엘라가 죽었다. 릭이 그 말을 해주었을 때 나는 믿을 수 없었다. 차츰 실감이 나자, 나는 생각했다. 자동차 충돌, 불의의 사고, 어떤 종류의 약물 과다 복용. 하지만 릭은 "살해당했다"고 말했다. 마치 외국어로 말하는 것만 같았다.

"살해당해요?" 나는 멍청하게 그 말을 반복했다.

"경찰 말로는 누가 간밤에 엘라의 집에 침입했대요." 릭이 말했다. "경찰이 오늘 우리 집을 찾아왔어요. 데이지는 내가 체포당하는 줄 알았다고."

나는 여전히 조각들을 짜 맞출 수가 없었다. 엘라. 내 친구. 내 동료. 영어과에서 내 편. 살해당했다. 토니는 벌써 알고 있다고 릭은 말했다. 토니가 오늘 밤 전체 학부모에게 통신문을 보낼 터였다.

"이제 신문에 나겠죠. 중간방학인 게 천만다행이지." 릭이 말했다.

동감이었다. 중간방학이라 천만다행이지, 조지가 사이먼 집에 간 게 천만다행이지. 하지만 다음 순간 죄책감이 들었다. 릭도 자기 말이 잘못되었음을 깨달은 듯했다. 이렇게 말했기 때문이다. "미안해요, 클레어." 진심인 듯했다.

미안하대, 세상에.

그런 다음 나는 교실로 돌아가 학생들에게 유령 이야기를 가르쳐야 했다. 내가 한 최고의 수업은 아니었다. 그럼에도 「낯선 사람」은 제 몫을 다했다. 특히 내가 수업을 끝냈을 즈음 밖이 어두워진 덕도 있었다. 우나는 막판에 비명을 지르다시피 했다. 나는 학생들에게 마지막 시간에 배정한 쓰기 과제를 내주었다. "나쁜 소식을 전해들었을 때에 관해 쓰세요." 나는 걸작을 써내려가느라 ("전보는 2시 반이 지나서 도착했다……") 수그린 학생들의 머리를 보며 생각했다. '이들이 사실을 안다면.'

집에 도착하자마자 나는 데브라에게 전화했다. 데브라는 가족과 함께 외출해서 아직 소식을 듣지 못한 상태였다. 데브라는 울음을 터뜨렸고 믿기지 않는다는 등의 말을 했다. 금요일 밤에 우리 셋이 모였던 걸 생각하면 그럴 만도 했다. 릭의 말에 의하면 엘라는 일요일 어느 시점에 살해당했다. 내가 〈스트릭트리 컴 댄싱〉 경연 결과*를 두고 문자를 보냈지만 답장을 받지 못했던 것이 기억났다. 그때는 이미 숨졌던 걸까?

수업을 하거나 데브라와 통화할 때는 그렇게 힘들지 않았다. 하지만 지금 혼자 있으려니, 뭐랄까…… **두려움**이 느껴진다. 공포로 몸이 굳을 지경이다. 여기 침대에 일기를 펴놓고 앉아서는 불도 끄고 싶지 않다. 엘라는 어디 있을까? 누군가 벌써 시체를 가져갔을까? 엘라의 부모님이 신원 확인은 했을까? 릭은 내게 자세한 정보를 주지 않았고, 지금은 이런 일들이 굉장히 중요해 보인다.

엘라를 다시 볼 수 없다는 사실이 믿어지지 않는다.

---

* 〈스트릭트리 컴 댄싱〉은 토요일 저녁에 본방 경연을 하고, 일요일 저녁 7시 25분경에 한 시간짜리 쇼를 펼치며 결과를 발표한다.

2장

    나는 학교에 일찍 도착한다. 잠을 제대로 못 잤다. 끔찍한 악몽을 꿨다. 엘라가 나온 꿈은 아니었지만, 전쟁으로 폐허가 된 도시에서 조지를 찾아 헤맸고, 허버트는 사라졌으며, 돌아가신 할아버지가 보이지 않는 방에서 나를 불렀다. 허버트는 밤새 도기 데이 케어 센터에 두었다. 이것이 불안한 꿈을 꾼 이유 중 하나일 터였다. 하지만 개가 잠을 깨워 밥을 달라거나 산책을 가자거나 춤을 추자고 조르면 힘들 것 같았다. 나는 6시에 일어나 탈가스에는 8시에 도착했다. 벌써 몇몇 사람들이 나와 함께 식당에서 커피를 마시거나 대화를 시도하려 했다. 학교에서는 중간방학 때도 강좌를 몇 개 운영하는데, 나는 저 사람이 어떤 수업을 듣는지 알아맞히길 좋아한다. 특이한 장신구를 단 여자들은 태피스트리나 도자기 공예를 공부하는 경향이 있다. 샌들을 신고 손톱을 길게 기른 남자들은 보통 현악기를 다룬다. 내 학생들이 가장 알아보기 어렵다. 문예창작을 가르치는 일에서 좋은 점 중 하나이다. 은퇴한 교사나 변호사, 가족을 보살피다 이제 자기 자신을 위해 근사한 일을 하러 온 여성들, 자신이 차세대 J.K. 롤링이라고 확신하는 이십대. 내가 가장 좋아하는 학생들은, 종종 다른 수업을 다 듣고 내 수업이 양초 만들기 아래 목록에 있기 때문에 듣는 사람들이다. 이 학생들은 종종 사람을 놀라게 한다. 자기 자신까지도.

나는 커피 머신에서 블랙커피를 뽑아 들고 탁자 맨 끝으로 간다. 먹고 마시고 일상 활동을 이어나가고 오늘의 수업을 생각한다는 것이 낯설게 느껴진다. 아직은 엘라 없는 세상에 살고 있다는 사실에 익숙해질 수가 없다. 대학 동창인 젠과 캐시를 제일 친한 친구라고 할 수 있겠지만, 두 사람보다 엘라를 더 자주 만났다. 의심할 바 없는 일이다. 엘라는 학기 중에는 심지어 매일 만났다. 우리는 릭과 토니에게 느낀 좌절감, 학생들 이야기, 이따금 거두는 성과, 교목과 실험실 기사 사이의 흥미진진한 가십을 함께 나누었다. 황당하지만, 지금도 엘라에게 문자를 보내고 싶다. '무슨 일이 있었는지 못 믿을걸.'

"여기 앉아도 돼요?" 내 수업을 듣는 테드다.

"물론이죠." 나는 얼굴을 바꾸어 환영하는 표정을 띤다.

테드는 분류하기 어려운 문예창작 수업 학생의 좋은 표본이다. 민머리에 문신을 했으며, 언젠가 '목각 입문'이나 '일본 시가 탐색' 같은 과목을 들을 외모다. 하지만 어제 몇 가지 훌륭한 통찰을 보여주었고, 다행히도 지금 작업 중인 작품 이야기를 하려는 것 같지는 않다.

"어제 재미있었어요." 그는 호텔 객실에 두는 종류의 비스킷 포장을 뜯으며 말한다.

"잘됐네요." 나는 대답한다.

"유령 이야기요. 밤새 그 생각이 떠나지 않더라고요."

"꽤 여파가 세죠? 홀랜드가 세상 제일가는 작가는 아니지만, 사람들 겁주는 법은 잘 알죠."

"그런데 그 사람 여기 살았다던데 진짜예요? 이 건물에?"

"네, 여기서 1902년까지 살았어요. 어제 수업한 교실이 있는 층에 침실을 두었죠. 서재는 꼭대기 다락층에 있었고요."

"여기는 지금 학교죠?"

"그래요. 중등교육 시설, 탈가스 하이예요. 홀랜드가 죽었을 때 기숙학교였다가 나중에 문법학교가 되었죠. 그리고 1970년대에 종합중등학교가 되었어요."

"이 학교에서 지금 가르치시는 거죠?"

"그래요."

"학생들에게 그 이야기를 해주시나요? 「낯선 사람」요."

"아뇨, 홀랜드 작품은 교과과정에 없어요. 아직도 『생쥐와 인간』*이나 『남아 있는 나날』** 같은 작품들만 가득하죠. 이전에는 GCSE(중등교육 수료 공통 시험) 수험생들이 듣는 문예창작 수업을 했는데, 가끔 「낯선 사람」을 읽혔죠."

"그 학생들도 악몽을 꿨겠네요."

"아니, 좋아했어요. 십대들은 유령 이야기를 좋아하니까."

"나도 그래요." 그는 금니 두 개를 드러내며 씩 웃는다. "이 장소에는 이상한 느낌이 있어요. 분명 귀신 들렸을걸요."

"몇 가지 이야기가 있죠. 한 여자가 맨 꼭대기 층에서 떨어졌다는 말이 있던데요. 어떤 사람들은 홀랜드의 아내라고 하더군요. 딸이라고도 하고요. 제 수업을 듣던 어떤 학생들은 하얀 잠옷을 입은

---

* 1937년에 출간된 미국 작가 존 스타인벡의 소설.
** 1989년에 출간된 영국 작가 가즈오 이시구로의 소설.

여자가 떠돌다가 계단을 내려가는 걸 보았다고 해요. 혹은 곁눈으로 보면 떨어지는 사람이 보인다거나, 핏자국이 여전히 선명하게 보인다고도 하죠. 교장실 바깥에 있다고."

"안성맞춤인 자리인데요."

"아, 교장 선생님은 젊고 유행을 아는 분이에요. 디킨스 시대 사람 같진 않죠."

"아, 그건 아쉽네요."

테드는 비스킷을 차에 적셨으나, 그러기에는 어울리지 않는 종류라 절반이 찻잔 속으로 떨어진다. "오늘 아침 수업 주제는 뭐예요?" 그가 묻는다. "시간표를 어제 교실에 두고 와서요."

"기억에 남는 인물 창작이에요." 나는 대답한다. "오후에는 시간과 장소고요. 그런 다음엔 모두 집으로 가는 거죠. 이제 그만 실례할게요, 가서 준비해야 해서."

수업이 곧 시작할 때가 되어 나는 모든 물건이 제자리에 있나 확인하려고 올라가지만, 교실에 가서는 그저 책상에 앉아 머리를 두 손에 파묻는다. 대체 오늘을 어떻게 보낼 수 있을까?

엘라를 처음 만난 건 5년 전, 탈가스 하이에 면접 보러 왔을 때였다. 우리를 맞아준 사람은 릭이었다. 그는 영어과 교사 3분의 1이 부활절 학기가 끝날 때쯤 그만둬버려서 영어 경력 교사 두 명을 구해야 하는데 시간이 몇 달 안 남았다는 사실을 들키지 않으려 애썼다. 얼마 전, 나는 일기를 들여다보다가 릭의 첫인상을 적어놓은 대목을 발견했지만, 실망스러울 정도로 진부했다. **키가 크고 말랐으며 정돈되지 않은 인상.** 릭은 매력이, 그런 게 있다면 말이지만,

서서히 드러나는 타입이다.

"정말로 활기찬 학과입니다." 그는 우리를 데리고 한 바퀴 둘러보며 말했다. "학교가 훌륭할 뿐 아니라 무척이나 다원적이며 에너지가 넘쳐요."

그때는 이미 빈자리가 두 개이며 우리가 경쟁 상대가 아니라는 사실을 둘 다 알아낸 상태였다. 나와 엘라는 눈빛을 교환했다. 우리는 "활기찬"이 무슨 뜻인지 알았다. 학교는 실로 무법 상태에 가까웠다. 가장 최근에 받은 감사에서는 '개선 요망' 평가를 받은 터였다. 교장인 메건 윌리엄스는 그때까지 아등바등 자리를 붙들고 있었지만, 2년 후에 토니 스위트먼에게 쫓겨났다. 토니는 교사 경력이 고작 10년으로 다른 학교에 있다가 낙하산으로 온 인사였다. 학교는 이제 '우수' 평가를 받고 있다.

후에 엘라와 나는 직원휴게실에서 의견을 나누었다. 직원휴게실은 신관에 있는 칙칙한 장소로, 가전제품마다 수동적 공격성을 담은 포스트잇이 붙어 있었다. "식기세척기에서 그릇 좀 꺼내 가세요! 내 차례는 언제 오냐고요!!" 우리는 '심사위원'들이 결정을 내릴 때까지 커피와 비스킷 한 접시와 함께 덩그러니 남겨졌다. 우리 둘 다 뽑힐 거라는 것을 알았다. 내 맞은편에 앉은 여자로 인해 전망은 훨씬 밝았다. 긴 금발, 뼈대가 굵은 코, 아름답다고 할 수는 없어도 무척 매력적이었다. 제인 오스틴의 열렬한 팬인 엘라가 자기를 엘리자베스 베넷과 동일시한다는 것은 나중에 알았다. 하지만 내게 엘라는 언제나 엠마였다.*

---

* 베넷과 엠마는 각각 제인 오스틴의 소설 『오만과 편견』, 『엠마』의 주인공이다.

"어째서 여기 오기로 했어요?" 엘라는 펜으로 차를 저으며 물었다.

"막 이혼했거든요." 나는 말했다. "런던을 떠나고 싶었어요. 열 살 난 딸이 하나 있어요. 걔한데도 시골에 사는 편이 더 좋을 것 같아서요. 바다 가까이에요."

학교는 웨스트 서식스에 있었다. 쇼어햄바이시가 고작 15분 거리였고, 치체스터는 날씨 좋은 날에는 30분이면 갈 수 있었다. 릭과 토니는 이 점을 여러 번 강조했다. 나는 청량한 시골길 드라이브에 초점을 맞추고, 창문이 깨진 미술실이나 소금기 어린 바람에 식물이 다 말라 죽은 매가리 없는 학교 광장은 흐린 눈으로 보아 넘기려 했다.

"나도 탈출하는 거예요." 엘라가 말했다. "웨일스에서 가르쳤는데, 부장 교사와 불륜을 저질렀거든요. 좋은 생각은 아니었죠."

알게 된 지 몇 시간 되지도 않았는데 엘라가 이렇게 비밀을 털어놓아 내가 감동하기도 하고 살짝 충격을 받기도 했던 기억이 난다.

"저 릭이란 사람하고 불륜을 저지르는 일은 상상도 할 수 없네요." 나는 말했다. "허수아비처럼 생겼잖아요."

"내게 두뇌만 있었더라면." 엘라는 『오즈의 마법사』에 나오는 허수아비의 성대모사를 놀랍도록 똑같이 해냈다.

하지만 엘라에겐 두뇌가 있었다, 그것도 좋은 두뇌가. 당연히 릭이 어떤 사람인지 알아냈어야 했다. 내 말을 들었어야 했다.

이제는 너무 늦었다.

아침에 나는 학생들에게 「낯선 사람」에 관해 이야기한다.

"유령 이야기에서는 원형적 인물을 자주 보게 되죠." 나는 말한다. "순수한 청년, 조력자, 방해자, 기분 나쁜 숙녀."

"그런 사람 몇몇 알죠." 테드가 약간 무례하게 껄껄 웃으며 말한다.

"그게 무슨 뜻인지 모르겠어요." 우나가 말한다. "기분 나쁜 숙녀라는 게 뭐죠?" 나는 우나가 이런 일을 괜히 더 어렵게 만드는 유형임을 알아챈다.

"고딕 유령 소설에는 흔한 인물이에요." 나는 말한다. "『검은 옷을 입은 여인』*이나 『제인 에어』의 로체스터 부인을 생각해봐요. 이들은 「배스의 아낙네 이야기」**에 나오는 부인처럼 전설로 전해 내려오죠. 이런 이야기에서는 아름다운 여성이 추한 마귀 노파가 되고, 반대가 되기도 하죠."

"진짜로 그런 여자 만난 적 있어요." 테드가 말한다.

나는 딴 길로는 빠지지 않을 것이다. 지난 이틀 동안 테드의 연애담은 물리도록 들었다. "물론, 키츠의 「라미아」에 나오는 인물처럼 뱀이 여성으로 바뀌는 전설도 있어요." 나는 말한다.

"「낯선 사람」에는 뱀 여인은 안 나오잖아요." 우나가 말한다.

"맞아요." 나는 대답한다. "홀랜드는 소설에서도 여성을 피하는 경향이 있죠."

"하지만 그 사람 아내가 이 집에 유령으로 들러붙어 있다고 하지 않으셨나요." 테드의 말에 나는 자신을 원망한다. 비스킷을 먹

---

* 수전 힐이 쓴 고딕 호러 소설.
** 초서의 『캔터베리 이야기』의 한 장.

을 때 괜히 흥에 취해 쓸데없는 소리를 했다.

"우리한테도 이야기해주세요." 몇몇 사람이 말한다. 아주 예민한 사람들은 벌써 재미있어하며 몸을 떨고 있지만, 창문으로 가을 햇살이 흘러 들어와서 유령의 존재를 실제로 믿기란 어렵다.

"홀랜드는 앨리스 에이버리라는 여성과 결혼했어요." 나는 말한다. "두 사람은 여기, 이 집에 살았죠. 그러다 앨리스가 죽었어요. 아마도 계단에서 굴러떨어진 것 같아요. 앨리스의 유령이 여길 걸어 다닌다고들 하죠. 앨리스가 2층 복도를 스르르 지나가거나 계단 위를 떠도는 모습이 보인다고 해요. 어떤 사람들은 앨리스의 출현은 죽음이 임박했다는 징조라고도 합니다."

"선생님은 본 적 있어요?" 누가 묻는다.

"아뇨." 나는 화이트보드로 몸을 돌리며 대답한다. "자, 이제 인물을 창작하는 연습을 해볼까요. 먼저 기차역에 있다고 상상을 해보세요……."

나는 남몰래 손목시계를 힐끔 본다. 앞으로 여섯 시간은 버텨야 한다.

그날은 영원히, 천년만년 이어지는 것만 같았다. 마침내 나는 학생들에게 작별 인사를 하고 언젠가 여러분의 책을 《선데이 타임스》 문화면에서 볼 날이 오기를 기다리겠다고 말한다. 나는 수업 자료를 모아 들고 교실 문을 잠근다. 이어 자갈길을 뛰다시피 하여 내 차로 향한다. 5시지만, 한밤중 같다. 학교에는 불 켜진 데가 별로 없고, 바람이 나무 사이로 불어온다. 한시라도 빨리 집에 가서 와인 한잔 마시면서 엘라를 생각하고 싶다. 무엇보다 허버트를 보고 싶다.

5년 전만 해도 내가 이렇게 개를 의지하게 될 거라고 누가 말했다면, 웃어넘겼을 것이다. 나는 어릴 때도 동물을 사랑하지 않았다. 런던 북쪽에서 살았는데, 부모님은 둘 다 학자였고, 우리 집에 있는 동물이라고는 고양이 메두사뿐으로, 고양이는 건방지게도 어머니 말고 다른 사람에게는 무심했다. 하지만 이혼하고 서식스로 이사 온 후에, 나는 조지에게 개가 필요하다고 판단했다. 개와 함께 시골로 나가서 산책을 하면 휴대전화만 들여다보는 시간을 줄일 수 있었다. 조지는 십대의 불안을 불평하지 않는 개의 귀에 쏟아낼 수 있으리라. 나한테도 도움이 될 거라고, 어렴풋이 생각했다. 개가 있으면 나도 운동을 계속할 테고 산책하며 다른 개 주인들을 만날 수 있으리라. 누군가는 늘 『걸 온 더 트레인』*을 추천해줄 위험이 있는 독서 클럽보다는 훨씬 더 나았다.

그리하여 우리는 유기견보호소로 가서 허버트를 골랐다. 아니, 허버트가 우리를 골랐다. 보통 이런 식으로 정해지지 않나? 나는 위급 상황에서 들고 뛸 수 있을 만큼 작은 개를 원했지만, 너무 작아서 개라고도 할 수 없으면 곤란했다. 허버트의 혈통은 알 수 없었지만, 유기견보호소에서는 케언 테리어와 푸들이 섞인 종일 거라고 말했다. 사실, 허버트는 어린이 그림책 삽화에 나오는 개와 비슷하다. 『도널드슨 일기 속 복슬이 맥클러리』**의 하얀 버전, 해당 페이지에 하얀 물감을 칠하고 다리를 더하면 만들어지는 캐릭

---

* 이혼한 후 알코올의존증에 빠진 여성의 심리 상태를 그린 스릴러 소설.
** 1983년에 출간된 뉴질랜드 작가 린리 도드의 동화책.

터와 똑같았다.

물론, 허버트와 사랑에 빠진 쪽은 나였다. 아, 조지도 그를 사랑한다. 허버트를 데리고 산책도 나가고 온갖 의인화된 감정을 부여한다. "허버트는 다른 개들이 근처에 오면 수줍어해. 외동이라서 그런가 봐." 하지만 개를 애지중지하는 사람은 나다. 녀석에게 고민을 이야기하고, 내 침대에서, 때로는 이불 속에서 재운다. 어찌나 사랑하는지, 이따금 허버트를 볼 때 털이 북슬북슬하다는 것에 새삼 놀랄 때도 있다.

도기 데이 케어(나도 알아요, 맨날 여기 맡긴다고 섣부르게 비난하지 말아주세요)의 주인인 앤디가 나를 보고 반가워한다. 그는 잡담을 좋아하는 상냥한 남자다. 나는 허버트를 본 순간, 모든 것을 이해해주는 이 명랑한 털투성이의 얼굴을 보고는 나도 모르게 울음을 터뜨릴 뻔한다. 나는 허버트를 품에 끌어안고 앤디에게 비용을 치른 후 거의 뛰다시피 차로 돌아간다. 그저 내 동물 친구와 함께 집으로 돌아가고 싶은 마음뿐이다. 나는 이런저런 가게에 들러 와인과 초콜릿 비스킷을 사고, 허버트는 내 귀에 입을 대고 헥헥거린다.

내가 사는 집은 타운하우스 단지로, 2층에 침실 두 개, 아래층에 방 두 개가 있고, 검은색 정문과 연철 난간이 딸렸다. 시골 한가운데 이렇게 타운하우스가 한 줄로 쭉 늘어서 있고, 등 뒤로는 백악 절벽이 이 집들을 감싸고 있다. 원래는 폐업한 시멘트 공장(시야가 막힌 창문, 녹슬어가는 기계들, 밤에는 철 지붕 사이로 울부짖는 바람) 직원들이 살 집으로 지어졌더랬다. 그래도 집들은 예쁘고 고급스러운 주택으로 다시 태어나, 우리는 소들이 풀을 뜯는 초원을 마주 보면서 뒤에 흉물스럽게 버티고 선 건물은 분연히 무시한다. 우리는 이제 집에 익숙해졌다. 학교에 다니기 편하고, 근사한 카페 몇 개와 훌륭한 서점도 하나 있는 스테이닝에서 멀지 않다. 하지만 가끔은 시멘트 공장과 입을 떡 벌린 창문들이 눈에 걸릴 때마다 생각한다. 이 사람들은 왜 여기서 살기로 결정했을까?

도로의 나들목을 나오면 오로지 집들로만 이어지기 때문에, 우리 집 앞쪽에 차 한 대가 세워져 있어서 놀란다. 아니, 놀랐을까? 불길한 예감이 종일 나를 따라다니기는 했다. 사실, 불가피한 일이라는 둔탁한 감정을 느끼며 나는 차의 정체를 알아본다. 차를 세우고 흥분한 허버트를 내려주자, 한 여자가 차에서 나온다.

"안녕하세요." 여자가 말한다. "클레어 캐시디 씨죠? 저는 카우어 경사입니다, 잠깐 들어가도 될까요?"

3장

카우어 경사는 키가 자그마하고, 검은 머리는 뒤로 당겨 포니테일로 묶었다. 나이는 나보다 열 살 정도 어려서, 삼십대 중반인 듯하다. 체구가 작아서 소녀 같은 느낌이 들지만, 나름 권위를 발산한다. 카우어 경사 뒤에는 좀 더 나이 든 남자가 한 명 있다. 머리가 희끗희끗하고, 느슨한 차림새다. 자기를 닐 윈스턴 경사라고 소개한다. 텔레비전에 나오는 경찰들처럼 이들 역시 2인 1조다.

허버트가 카우어에게 뛰어오르려 하지만, 나는 그를 떼어놓는다. 수없이 훈련했는데도 허버트는 아직도 작정하고 나를 창피하게 한다.

"괜찮습니다." 카우어는 말한다. "저도 개를 좋아해요."

그러면서도 카우어는 자신의 옷을 쓸어내린다. 사실 허버트는 일부는 푸들이기에 털을 많이 떨어뜨리진 않지만, 카우어 경사는 이 사실을 모른다. 경사는 검은 바지에 흰 셔츠, 짙은 색 재킷을 입었다. 사복이지만 제복이나 다를 바 없이 개성이 드러나지 않는다. 카우어와 윈스턴, 내가 어제 차에서 본 두 사람임이 확실하다.

"들어오세요." 나는 말한다. 우리는 진입로를 올라 반짝거리는 도회풍 정문으로 들어간다. 나는 한 손으로 우편물을 확인하고, 다른 손으로는 응접실 쪽을 손짓한다. 목줄이 풀린 허버트는 부엌으로 뛰어 들어가 허공에 대고 짖기 시작한다.

"차 좀 갖다 드릴까요?" 나는 카우어와 윈스턴에게 묻는다.

"아니, 괜찮습니다." 카우어가 이렇게 대답하는 찰나, 윈스턴이 말한다. "크림 넣어서, 설탕 두 개 부탁드립니다."

쇼핑백에 든 병을 부엌에 내려놓을 때 내 죄를 확인해주듯 쨍그랑 소리가 난다. 나는 카우어가 이 소리를 듣지 않기를 바란다. 내가 상대해야 하는 사람이 그쪽임은 이미 안다. 나는 차를 내리고 비스킷을 접시에 올려놓는다. 그런 후에 내 발치에서 까부는 허버트를 달고 응접실로 돌아간다.

"저희는 엘라 엘픽 피살 사건을 조사 중입니다." 내가 자리에 앉자 카우어가 말한다. "이 소식은 이미 들으셨겠지요?"

"네, 저희 학과장 릭 루이스가 어제 전화로 알려줬습니다."

"유감입니다." 카우어가 말한다. "무척 충격을 받으셨겠지요, 하지만 저희는 되도록 빨리 엘라 씨의 친구들과 동료들 모두와 이야기를 해보고 싶습니다. 어떤 분이셨는지 파악해야 이런 끔찍한 짓을 저지른 자를 알아낼 수 있으니까요."

"제가 생각했을 때는……." 나는 멈칫한다.

"무슨 생각을 하셨는지요?" 카우어가 묻는다.

"제가 생각했을 때는, 추정했을 때는…… 엘라는 낯선 사람에게 살해당하지 않았을까요. 우연히 공격당한 게 아닐까요. 강도가 들어왔는데 일이 커지는 바람에……."

"대부분의 피해자는 아는 사람들에게 살해당합니다. 이번에도 그런 경우라고 생각할 만한 근거가 있습니다." 카우어가 말한다.

"릭 말로는 엘라가 칼에 찔렸다는데……."

"그렇습니다. 여러 번." 카우어가 말한다.

"세상에."

침묵이 흐른다. 윈스턴은 차를 마시고, 허버트가 작은 소리로 낑낑거린다.

"그러면, 탈가스 하이에서 엘라 씨와 함께 가르치셨지요. 맞습니까?" 카우어가 수첩을 꺼내며 말한다.

"네, 우리 둘 다 영어 과목을 가르쳐요. 가르쳤죠. 맙소사."

카우어는 내가 마음을 추스를 때까지 기다린다.

"저는 교육 3단계를 담당하고 있어요. 엘라는 교육 4단계 담당이었고요."

"교육 3단계라고 하면……?"

"7학년부터 9학년이 해당되죠. 열한 살부터 열네 살까지예요. 교육 4단계는 10학년과 11학년이 해당되는데, GCSE 수험 학년이죠. 대략 열네 살부터 열여섯 살 아이들입니다."

"그럼 두 분은 꽤 가깝게 지내면서 일하셨겠군요?"

"네, 작은 학과라서 식구가 여섯 명밖에 되지 않습니다. 주간 회의에서 교육과정을 함께 짜면서 진도와 학습 목표를 맞추는 일들을 했어요."

"사이는 좋으셨나요?" 카우어가 묻는다. 이 사람은 과거형을 아무렇지도 않게 쓰지만, 엘라가 현재형이었던 때는 결코 알지 못할 것이다.

"아주 좋았습니다."

"직장 밖에서도 사교가 있었습니까?"

사교라니, 기이한 단어다. 또한 우리 관계—허버트를 데리고 함께한 산책, 약간 지나치게 먹고 마신 저녁 시간, 〈스트릭트리 컴 댄싱〉에 관해 페이스북 메신저로 주고받은 긴 대화—에 대한 말치고는 너무 조직적으로 들린다.

"네." 나는 말한다.

"마지막으로 엘라 씨를 본 날이 언제입니까?"

"금요일 밤요. 영화 보러 갔다가 외식했습니다."

"두 분만요?"

"데브라 그린도 함께요. 탈가스 하이에서 역사를 가르치죠."

"어떤 영화를 보셨습니까?"

"〈블레이드 러너〉 신판요."

"저도 보고 싶던데." 윈스턴 경사가 입을 연다. 거의 처음인 듯하다. "영화 괜찮던가요?"

"약간 길어요." 나는 대답한다. "전편만큼 좋진 않아요." 후반부는 거의 졸아서 라이언 고슬링이 눈 속을 아주 천천히 걸어가는데 얼굴에 눈물 한 방울이 주르륵 흘러내리던 장면밖에 기억나지 않는다. 엘라가 어딘가에서 죽어 누워 있는데, 우리가 여기 앉아서 영화 토론이나 하고 있다니 믿을 수가 없다.

"일요일에 엘라 씨와 연락하셨습니까?" 카우어가 묻는다.

"아뇨, 〈스트릭트리 컴 댄싱〉 결과 발표 쇼가 시작되기 전에 문자를 보냈지만 답이 없었어요."

"그게 몇 시였습니까?"

"7시쯤요."

"저녁에 하신 일이 그건가요? 텔레비전 시청?"

"또 월요일 수업 준비도 했습니다. 문예창작반 수업요."

"저녁 내내 혼자 계셨습니까?"

"아뇨, 제 딸 조지아가 함께 있었어요."

"저녁 내내요?"

"네. 대부분은 자기 방에 있긴 했지만, 집에 있었어요."

"그리고 월요일에는 문예창작반 수업을 하셨죠? 그것도 탈가스 하이에서 하시는 거 아닌가요?"

"그렇습니다. 중간방학 때는 성인교육 강좌를 열거든요."

"따님은 지금 어디 있습니까?"

"아빠를 만나러 갔어요. 제가 월요일 아침에 아이를 역까지 데려다주었습니다. 내일 돌아올 거예요." 사이먼이 차로 데려다줄 테니 잘됐다. 내가 그 사람 얼굴을 봐야 한다는 점은 안된 일이고.

카우어와 윈스턴은 눈길을 교환한다. 카우어가 축 처진 팔걸이 의자에 기대며 말할 때는 어조가 달라져 있다.

"엘라 씨는 어떤 여성이었습니까?"

이 질문에는 정말 제대로 답변해야 할 듯하다. 나는 희생자인 엘라가 어이없이 비난받는 상황은 결코 원치 않는다. 카우어 경사는 '페미니스트란 이렇게 생겼습니다'라고 쓰인 티셔츠를 입고 다닐 법한 사람이지만, 그녀를 신뢰할 수는 없다. 경사의 질문은 이런 식의 대답을 유도한다. 엘라가 남자와 관계를 가졌을 테고, 결국 죽음을 당했다. 칼에 찔려서, 몇 번이고. 그러니 이 사건에 일말의 책임이 있다. 나는 엘라에 대한 기억을 훑어 내려간다. 복사, 재생, 삭제.

"사랑스러운 사람이었습니다." 나는 말한다. "무척 지적이었고, 재미있었어요. 누구나 좋아했죠."

분명 좋아하지 않았던 사람은 빼고. 나는 힘들게 말을 이어간다.

"엘라는 훌륭한 교사였습니다. 아이들은 엘라를 사랑했죠. 학생들이 이 사실을 안다면 얼마나 상심할지……."

카우어는 이 정도로 넘어갈 생각은 없는 것 같다. "엘라 씨에게 남자 친구가 있었습니까?"

나도 그 사실을 알고 대답한다. "제가 아는 한 없었습니다."

"전 애인들은요?"

"지난일이죠. 최근에는 없었습니다." 나는 조심스레 말한다.

"특정한 누군가에 대한 이야기를 하지는 않았습니까?"

"이전에 웨일스에서 학교를 다닐 때 누가 있었다는 말은 했습니다. 브래들리 뭐라는 사람입니다."

카우어는 적어놓고 다시 묻는다. "누가 자기를 방해한다는 말은 한 적 없습니까? 페이스북에서 스토킹한다든가? 그런 일은 없었나요?"

나중에 엘라의 페이스북 페이지를 들여다보기는 해야 할 것이다. 하지만 와인을 두어 잔 들이켜야 가능한 일이다.

"없었습니다."

나는 질문이 더 이어질 거라고 생각했기에, 두 사람이 비밀 신호에 맞추기라도 한 것처럼 동시에 일어나자 깜짝 놀란다.

"고맙습니다. 무척 도움이 되었습니다." 카우어가 말한다.

"친구분을 잃어 상심하셨을 텐데 애도를 표합니다." 윈스턴이 나가면서 말한다. 마치 미국 경찰 프로그램에 나오는 대사 같다. 카우어는 잠깐 발길을 멈추고 허버트를 쓰다듬어주지만 말없이, 엄격하게 개가 다리에 달라붙지는 못하게 한다.

경찰들이 떠난 후에, 나는 부엌으로 들어가 와인 한 잔을 따른다. 그러다가 아까 챙겨 들고 온 우편물이 있음을 알아차린다. 갈색 봉투에 담긴, 공식 문서 같은 편지 몇 통은 무시해버리지만, 하나는 무척 달라 보인다. 두꺼운 크림색 종이에 케임브리지 세인트 주드 칼리지의 인장이 찍혀 있다.

터무니없지만, 맨 먼저 든 생각은 '조지의 우편물일까'였다. 조지는 이제 열다섯 살이고, 아직 시험을 치지도 않았는데, 어째서 케임브리지 대학에서 내게 그 애에 관련한 편지를 보내겠는가? 조지가 영리하긴 해도, 공부는 가능한 한 적게 하면서 학창 시절을 쓱 지나가겠다는 속셈이 명확히 보였더랬다. 딸아이가 옥스브리지나 러셀 그룹*에 속하는 대학교들, 기숙사가 딸린 좋은 대학교에 진학하리라는 기대는 이미 접어두었다. 하지만 벌써 봉투를 뜯어보기라도 한 양 단어들이 눈에 훤히 보이는 듯했다. "탁월한 재능의 학생이 …… 저희 대학의 눈에 띄어 …… 장학금을 ……."

편지는 조지에게 거튼**에 무조건 자리를 내주겠다는 내용이 아니다. 그렇다고는 해도, 흥미로운 내용이다.

캐시디 귀하,

제가 알기로는 귀하께서 R.M. 홀랜드에 관한 책을 저술 중이시라던데요. 최근에 귀하께 흥미로울 수도 있는 편지 몇 통을 입수했습니다. 번거로우시겠지만 저를 방문하실 수 있다면 기쁘게 보

---

* 영국 대학교 협력 단체로 옥스퍼드, 케임브리지를 포함한 영국의 명문대 스물네 개 학교가 속해 있다.
** 케임브리지가 위치한 지역.

여드리고 싶습니다. 저는 10월 23일에 시작되는 주일에는 시간이
여유롭습니다.

영문과 부교수

헨리 H. 해밀턴 드림

나는 이 서신을 한참 들여다본다. 마치 19세기에서, 홀랜드 본
인에게 편지를 받은 것만 같다. 새침한 중간 머리글자에서는 빅토
리아시대 느낌이 풍긴다. 이 헨리 해밀턴이라는 사람은 어디서 내
주소를 얻었을까? 주소야 쉽게 얻을 수 있다. 학교 웹사이트에 있
으니, 알아내기 어렵지 않다. 이토록 존엄한 말투를 쓰시는 분이
나를 어떻게 찾아낸 걸까? 세상에, 누가 이분에게 내가 인터뷰한
그 텔레비전 프로그램을 보여주진 않았어야 할 텐데. 혹시 HHH
씨는 나를 유튜브에서 본 걸까? 이 입수했다는 편지들이란 뭘까?
너무 소중해서 우편으로 보내거나 스캔할 수도 없나?

전화가 윙윙거린다. 나는 상대가 조지이길 바라지만, 데브라다.

"집에 있어?" 데브라가 묻는다.

"응, 한 시간 전에 들어왔어."

"막 엘라 부모님께 전화를 걸었어."

나도 그래야겠지만, 두려운 마음이 든다. 나이젤과 사라 엘픽은
한 번 만난 적이 있는데, 다정하고 상냥한 부부처럼 보였다. 엘라
는 그들의 외동딸이다.

"괴로웠어." 데브라는 말한다. "무슨 말을 하겠어? 할 말이 없더
라. 자식을 잃는 건 사람이 겪을 수 있는 일 중에서 최악일 텐데."

"그래, 맞아. 정말이야." 나는 말한다.

"내가 울음을 터뜨려서 결국 엘라 어머니가 나를 위로해주셨어. 기분이 참담했어."

"그래도 전화하길 잘했어."

"모르겠어." 데브라가 담배를 훅 빨아들이는 소리가 난다. 정원에 서 있는 모양이다. 레오는 데브라가 실내에서 담배를 피우지 못하게 한다. "하지만 어쩌겠어? 엘라 페이스북 페이지 봤어?"

"아니."

"사람들이 '낙원에서 편히 쉬시길', '또 한 명의 천사가 천국으로 갔네요', 이런 글만 잔뜩 써놨더라. 그들 대부분은 엘라를 모르잖아, 세상에."

나는 카우어 경사가 엘라의 예전 남자 친구가 페이스북에서 엘라를 스토킹하지 않았느냐고 물었던 것을 떠올린다.

"경찰이 지금 막 왔다 갔어." 나는 말한다.

"경찰이? 왜?"

"엘라의 친구들은 다 만나고 다니는 것 같아. 다음은 네 차례겠지."

"맙소사. 우리 아들들이 너무 좋아하겠다. 남자 형사 둘이 문간에 떡 나타나다니."

"한 사람은 여자야. 무서운 사람도 그쪽이고."

"누가 그런 짓을 했는지는 감을 잡았대?"

"전 남자 친구에 대해서 묻던데."

"넌 뭐라고 했어?"

"최근에는 아무도 없었다고 했어."

"릭 이야기는 안 했고?"

"안 했어."

다시 한 번 숨을 들이쉬는 소리가 난다. 나는 다음 질문에 대비해 단단히 각오하지만, 데브라는 이렇게 말할 뿐이다. "아직도 믿기지 않아. 엘라가 죽었다니. 살해됐다니. 악몽 같아."

"아니면 소설 같지. 나 자신이 책 속에 있다는 생각이 계속 들어." 나는 말한다.

"넌 언제나 그런 생각 하잖아. 여기로 올래?" 데브라가 말한다.

"아니, 괜찮아. 와인 한 병이 있으니까. 허버트도 있고."

"완벽하게 들린다. 나는 이제 커브cub 스카우트 활동 간 애들 데려와서 저녁 해야 해. 레오는 파이브어사이드* 하러 나갔고."

"참 전형적인 가정생활이네, 그치?"

"그래. 단단히 덫에 걸렸지. 그럼 내일 만날까?"

"조지가 내일 돌아와."

"전화해. 만나서 커피 한잔 할 수 있을지 모르니까."

"그래, 안녕. 잘 지내. 운전 조심하고." 나는 말한다.

나는 선 채로 따라놓은 와인을 마시고 한 잔 더 따른다. 그런 후에 엘라의 페이스북 페이지를 찾아 클릭한다.

---

* 다섯 명이 짝을 지어 하는 실내 축구.

4장

  사이먼은 다음 날 4시, 예상보다 세 시간 늦게 나타난다. 조지가
오는 길에 미리 전화한 터라 창가에서 서성이며 기다리진 않았지
만 그래도 기분이 언짢다. 오늘 아침에 데브라를 만나 쇼핑을 했
지만, 그래도 사이먼이 런던에서 서식스로 오는 데 20분 걸린다는
착각만 제멋대로 하지 않았더라면 오후에 여러 일을 할 수 있었을
것이다.

  "1시에 오기로 했잖아." 전남편에게 내가 처음으로 건넨 말.

  "조지가 문자 했을 텐데." 그의 답.

  "안녕, 예쁜이. 재미있게 놀았니?" 나는 딸을 껴안는다.

  아이도 나를 껴안지만, 바로 허버트에게 넘어가 나보다 더 열정
적으로 반긴다.

  "내 강아지 어떻게 지냈어? 어땠어? 아유, 귀여워라. 조그만 얼
굴 좀 봐."

  조지는 허버트를 안아 올려 뽀뽀를 퍼붓는다. 사이먼과 나는 그
런 모습을 바라본다. 두 사람이 같은 생각(어째서 쟤는 우리한테
는 저렇게 살갑게 못 한대?)을 하는 순간인데, 나는 이런 사실을
인정하고 싶지 않다.

  "허버트는 운이 좋군." 마침내 사이먼이 트렁크에서 조지의 가

41

방을 꺼내면서 말한다.

"들어가서 차 한잔 할래?" 나는 말한다.

그는 망설인다. 나와 한 집에 갇히고 싶은 마음은 별로 없지만, 화장실에 가야 할 필요는 있을지 모른다(이제 전립선에 슬슬 문제가 생길 나이니까).

"잠깐만 있다 갈게. 고마워." 그가 말한다.

대체 얼마나 오래 걸릴 거라고 생각하는 걸까? 내가 일본식 다도를 준비하는 것도 아닐 텐데. 그를 따라 집으로 들어가며 나도 모르게 이를 악문다.

"부엌 좋네." 사이먼이 말한다. 여기 이사 올 때 새로 수리했기에 부엌이 근사하다. 반짝이는 문들, 화강암으로 된 개수대 상판, 천창과 정원이 내다보이는 전망. 그게 아니라도 사이먼은 꼭 부엌 얘기를 꺼낸다. 한편으로는 내가 늘 원했던 부엌을 가지게 돼서 분한 거라고, 나는 확신한다. 우리는 이혼하면서 런던 집을 팔았지만, 사이먼은 상대적으로 부유한 여자와 결혼해서 시내에 집을 살 수 있었다. 나는 시골로 쫓겨났다. 그러니, 적어도 화강암 상판 정도는 가질 자격이 있다는 것이 내 의견이다.

"플뢰르는 어떻게 지내?" 나는 받아친다. 사이먼의 아내에게는 아무런 반감이 없다. 사실상 그 여자를 동정하기까지 한다. 늘 양말도 색깔 맞춰 정리하는 남자랑 결혼했으니. 플뢰르는 사이먼과 마찬가지로 변호사이지만, 지금은 세 살 난 아이와 12개월 된 아기를 돌보며 집에 있다. 그런 생활이 재미있을 리가. 특히 신세대 남자를 자처하는 사이먼은 육아휴직은 생각조차 하지 않을 테니까.

"잘 지내." 그는 약간 지친 어조로 말한다. "오션이 아직도 밤에 잘 자지 못하고 깨서." 아이 탓을 할 수 있을까. 그렇게 우스운 이름을 지어줬으니 애가 정신적 상처를 받을 만도 하지.

"힘들겠네." 나는 사이먼이 다른 방으로 피난 갔을 거라고 장담할 수 있다. 내 눈에는 푹 쉰 사람처럼 보인다.

사이먼은 열쇠를 만지작거린다. 분명 초조하다는 신호다. "친구 일은 안됐어. 조지가 오늘 인터넷 뉴스를 보여주더라고."

엘라의 죽음은 어디서나 목격할 수 있다. 신문에도, 텔레비전에도, 인터넷에도, 에테르를 타고 떠다닌다. 고인이 가상공간에서 영원히 존재할 수 있도록 페이스북 페이지가 추모비 역할을 하는 듯하다(데브라는 우리가 엘라의 부모님께 이 이야기를 해야 한다고 한다).

"충격이었지." 나는 말한다.

"조지 말로는 자기 선생님이었다는데, 이 엘리라는 사람이."

"엘라야. 그래, 조지가 10학년 때 영어를 가르쳤어."

"애한테도 큰 충격이었나 봐. 계속 이야기하더라고."

"죽음을 처음 접해서 그렇지 않을까." 사이먼이 상처받은 얼굴이라, 나는 재빨리 덧붙인다. "당신 아버지 빼고. 나도 잊지 않았지. 하지만 데릭이 돌아가셨을 때 조지는 겨우 세 살이었는걸. 이제는 호르몬 왕성한 십대이고."

"호르몬 말이 나왔으니 말인데, 아직도 타이라는 녀석과 연락하고 있더라고." 사이먼이 말을 꺼낸다.

"알아."

또 한 번 이심전심, 보기 드문 순간이다. 다음 순간 사이먼이 말한다. "조지가 걔를 못 만나게 할 수는 없을 것 같아."

"그래봤자 득보다는 실이 더 많을 거야." 나는 말한다.

"꽤 오래되지 않았어?"

"여름부터였지, 십대에게는 영겁에 가까운 시간이야."

"당신은 그 남자애 만나봤지?"

전에 이미 한 이야기지만, 되도록 참을성 있게 다시 말한다. "그래, 정말 유쾌한 애였어. 아주 예의도 바르고, 다만 나이가 스물한 살이라는 게 문제지."

"조지 걔는 왜 자기 학교 동급생을 안 사귀는 거야? 자기 나잇대 애 말이야. 보통 그렇게 하지 않나?"

"타이가 멋있어 보이겠지." 나는 말한다. "혼자 살잖아. 차도 있고. 그런 게 열다섯 살한테는 중요한 거야." 타이라는 애는 잘생겼다. 단단한 근육이 셔츠에 불거져 보일 정도로. 하지만 이런 이야기는 사이먼에게 하지 않는다.

"뭐, 당신 능력껏 걔들 사이를 떼어놓으려고 해봐."

나는 이 말을 하는 사이먼에게 분개한다. 하루 종일 온라인으로 연락할 수 있는 두 사람을 떼어놓기가 식은 죽 먹기인 것처럼 말하는 이 남자. 하지만 나는 이 주문에 응수할 수 있는 완벽한 말이 있다.

"금요일에 조지 데리고 케임브리지에 갈 거야. 내 책 작업 때문에 만날 사람이 있거든. 이 정도면 좋은 외출이 될 거라고 생각해."

사이먼과 나는 대학에서 만났다. 사귄 지 몇 달 되지 않아, 우리가 브리스틀 학생들 대다수에게 '옥스브리지 탈락생'으로 알려져 있다는 공통점을 수줍게 나눴다. 나는 면접을 봤고, 사실상 필요 점수를 채웠지만 입학 허가를 받지 못했다. 사이먼은 입학 허가를 받았지만, 필요 점수를 채우지 못했다. 어느 쪽이 더 나쁜지는 말하기 어렵다. 처음에는 별로 신경 쓰지 않았다. 나는 브리스틀을 좋아했고 여러모로 다니던 대학도 좋아했다. 특히 윌스 메모리얼 건물은 빛을 제대로 받으면 꽤 옥스브리지 느낌이 났다. 최근 집필 작업을 하면서 나는 비로소 작가나 배우, 학자를 비롯해 얼마나 많은 사람이 우연히 자기가 옥스퍼드나 케임브리지를 다녔다고 언급하는지를 깨닫게 되었다. 홀랜드도 「낯선 사람」의 첫 페이지에서 그렇게 한다. 규칙은 이러하다. 옥스브리지를 다녔다면, 다녔다고 말한다. 다니지 않았다면 그저 '내가 대학에 다닐 때'라고 할 뿐이다.

사이먼은 법을 공부했기에 나는 1학년 내내 그를 무시했다. 법대생들은 의대생들처럼 몰려다녔다. 나는 영문학을 공부했고, 연극회, 토론 클럽에 가입했으며, 철학과에 다니는 세바스천하고 신이 날 만큼 망가진 관계에 빠져 있었다. 사이먼은 2학년 크리스마스 학기에 만났다. 당시 나는 젠과 캐시와 함께 아파트에 살았다. 둘 다 사랑스러운 사람이고 결국 좋은 친구가 되었지만, 그 무렵에는 이른바 슬로언이라는, 옷깃을 세우고 다니고 래브라도 개 사진을 침대 맡에 두는 거만한 상류층 여자애들이었다. 내 동거인들이 생각하는 재미란 저녁 식사 파티를 하는 것이었다. 올리브를 넣은 델리아 스미스* 방식 스페인 돼지고기 요리, 키안티 병에 꽂아 놓은 촛불, 왼쪽에서 오른쪽으로 돌리는 대마초가 있는 파티. 그들은 또한 짝수에 무척이나 집착하여, 나는 이미 사이가 식어버린 세

---

* 영국 요리사이자 쇼 진행자로 간단명료하게 요리를 가르치는 것으로 유명하다.

바스천을 초대해야 했다. 사이먼은 언어학과 여학생과 함께 왔다. 그는 우리가 포마이카 탁자에 차려둔 세련된 상차림을 쓱 보더니 깔깔 웃기 시작했다. 나는 사이먼과 눈이 마주쳤고, 그걸로 끝이었다. 포트와인과 대마초에 절어 진실 게임을 하다 말고, 슬쩍 빠져나가 이른 새벽의 브리스틀 거리를 뛰어다니다 배들이 항구에서 시끄럽게 쟁그랑대는 보르도 키Bordeaux Quay 옆에서 멈추어 키스를 했다. 우리는 클리프턴에 있는 사이먼의 아파트로 돌아가 검은 시트가 깔리고 침대 머리판 위에는 체 게바라 포스터가 붙은 침대에서 사랑을 나누었다. 우리는 남은 대학 시절 내내 떨어지려야 떨어질 수 없는 사이가 되었다. 이후 스물세 살 때, 사이먼이 변호사 시험을 마치고 내가 교원 연수를 끝낸 후에 결혼했다. 우리 친구들 중에서는 우리가 처음으로 결혼했고, 당시에 언젠가는 사이먼이 차를 마시는 모습만 봐도 짜증이 나서 내 몸이 굳어질 정도가 될 거란 말을 누군가 했다면, 면전에 대고 비웃었을 것이다.

케임브리지 이야기에 그는 예상대로 호기심을 보인다.

"아, 아직도 그 책 작업해?" 그가 최대한으로 끄집어낼 수 있는 말이다.

"응, 아주 잘되고 있어." 나는 말한다.

"유령 이야기 작가에 대한 글이지?"

"R. M. 홀랜드. 그래."

"자기 아내를 살해했다는 작자잖아?" 사이먼은 나름 꽤 재미있는 익살이라고 생각하는 듯하다.

"그가 아내를 살해했는지는 아무도 몰라. 내가 책을 쓰면서 풀어야 할 수수께끼 중 하나야. 그의 딸에 관한 의문도 있고." 나는 말한다.

"딸이 있었다니 몰랐는데."

"아무도 확실히는 모르지. 일기에서 M이라는 사람을 몇 차례 언급하는데, 이 여자가 그의 혼외 자식일 수도 있다고 생각해. 하지만 그 여자도 죽었지. 「M을 위하여, 평안히 잠들기를」이라는 시가 있거든."

사이먼이 연극배우라도 되는 양 몸을 부들부들 떨어서 나는 짜증이 났다. "망할. 그 양반 아무래도 매력이 넘쳤던 게 분명해. 그자의 물건이 아직도 학교에 있다니 믿을 수가 없네. 맨 꼭대기층에. 틀림없이 엄청 괴상한 곳이겠지."

내가 처음 서식스로 이사하여 탈가스 하이에서 일자리를 얻었을 때, 사이먼은 조지를 근처 사립학교에 보내야 한다고 주장했다. 이데올로기적인 거부감이 일었음에도(한때는 사이먼도 공유한 감정이지만), 나는 동의했다. 탈가스의 일자리를 받아들이기는 했지만, 학교가 위기에 놓였다는 사실도 알았기 때문이다. 조지는 그해 부모의 이혼과 런던을 떠나는 일로 심리적 동요가 심해 우리는 소수 정예의 여학교인 세인트 페이스가 좋을지 모른다고 생각했다. 하지만 조지는 그 학교를 싫어했다. 제복도, 이런저런 규칙도, 아무튼 죄다 싫어했다. 조지는 또 여자애들을 싫어했다. 대부분 근처 사립 초등학교에 다녔던 애들이었다. 단 한 학기 만에 우울해졌고 내성적인 아이가 되었으며 걱정스러울 만큼 말랐다(다이어트 경쟁은 세인트 페이스 학교가 가장 잘하는 스포츠였다). 나는 조지를 탈가스의 8학년으로 전학시켰고, 대체로 조지는 잘 지냈다. 친구를 많이 사귀었고 학업 성적도 꽤 좋다. 사이먼은 여전히 조지가 블레이저를 입고 플루트 케이스를 들고 다니기를 은근히 바란다. 뭐, 타이거와 오션하고는 그쪽 길을 마음껏 따라가시길(사이먼은 전에는 이국적 이름을 참아주질 못했는데 세월 따라 변했다. 이 역시 플뢰르의 영향이 아닐까 싶다). 하지만 사이먼도 조지가 학교에서 행복하게 지내고 있다는 사실은 부인할 수 없었기에 탈가스를 '빈민 지역의 종합학교'로 묘사하며 불건전한 분위기가 감돈다고 평가하는 데 그쳤다.

"학생들은 꼭대기층에 올라갈 수 없어. 학교는 올해 GCSE 성적이 좋았고, 이 지역에서 최고 수준일걸." 나는 말한다.

"조지아도 GCSE 보려면 열심히 해야 할 텐데. 그리고, 스물한 살짜리 부랑아랑 어울려 다니며 시간 죽이지 말라고 해." 사이먼이 말한다.

거기에 내가 동의한다손 쳐도, 사이먼이 이렇게 말한다는 사실은 불쾌하다. 뭐, 부랑아라고? 사이먼은 무슨 70년대 시트콤 캐릭터가 된 건가? 나는 그의 컵을 낚아채 설거지를 하기 시작한다.

"이제 돌아갈 시간 되지 않았어?" 나는 말한다.

조지와 〈그레이 아나토미〉 디브이디를 보다가(요새 우리가 가장 친밀하게 보내는 시간은 두개골 수술과 심혈관 우회 수술을 함께 할 때이다), 나는 말한다. "금요일에 케임브리지에 갈래?"

조지는 메러디스와 데릭이 십대 백혈병 환자에게 감정을 과하게 이입하는 장면에서 눈을 떼지 않는다.

"왜?"

"엄마 책 작업 때문에 누굴 만나야 해. 그 참에 점심도 먹고 동네를 한 바퀴 돌아볼 수도 있으니까. 아름다운 곳이야."

"누구를 만나야 하는데?"

"R.M. 홀랜드에 대해서 편지를 보낸 사람." 조지는 홀랜드를 안다. 사실 모든 학생이 안다. 하지만 홀랜드에게 조금이라도 관심을 보인 적은 없다.

조지는 다시 화면을 1분가량 보다가 입을 연다. "나한테 옥스브리지에 지원하라고 계속 닦달하진 않을 거지?"

"내가 그런 적은 있고?"

"은근슬쩍." 조지는 전화기를 들여다보지도 않고 자판을 친다. "누구네 딸이 거기 갔다더라, 엄청 재밌게 보낸다더라 같은 말들. 메이 볼*이니 뭐니 하는 쓰레기 같은 이야기들."

내가 그랬는지는 미처 몰랐지만, 런던에 사는 내 친구 모드가 옥스퍼드나 케임브리지에 다니는 애를 둔 것 같기는 하다. 가끔은 서식스로 이사 온 탓에 우리 두 사람의 미래를 망치지 않았나 생각하기도 한다.

"절대 그런 말 하지 않을게." 나는 약속한다.

"좋아, 그러면. 타이도 가도 돼?"

"안 돼. 이건 엄마랑 딸의 시간이야." 나는 말한다.

"웩." 조지는 이렇게 비명을 지르지만 싫다고는 하지 않는다.

---

* 옥스퍼드 대학과 케임브리지 대학에서 매년 6월에 개최하는 무도회.

클레어의 일기

2017년 10월 25일 수요일

나는 용기를 끌어모아 오늘 아침에 엘라의 부모님께 전화를 했다. 잘해낼 수 있을까, 자신이 없었다. 머릿속으로 연습을 했다. '뭐, 시도는 했어. 아마도 그 순간에 전화를 받지 않으실 거야. 전화가 도리어 방해되지 않을까, 그냥 카드를 보내는 편이 나을지 몰라.' 하지만 신호가 두 번 가자마자 전화를 받았다. 엘라의 어머니, 사라였다. 내가 "같은 학교 근무하는 클레어예요"라고 소개하자마자, 사라는 울음을 터뜨렸다. "오, 클레어. 어떻게 이런 일이 일어날 수가 있어?" 고통스러웠다. 나는 사라에게 제대로 된 위로를 전하려 했으나, 이런 상황에서 대체 뭐가 제대로 된 위로일까? 제대로 된 것이라곤 없다. 엘라는 죽었고, 부모님은 자식을 잃은 채로 뒤에 남겨졌다. 그들이 품었던 어떤 희망, 손자를 안아보고, 가족으로 함께 늙어갈 거라는 희망은 산산이 부서졌다. 나는 너무나 안타깝다는 마음을 전하고 장례식에 대해 물었다. 사라는 탈가스 예배당에서 치르고 싶다 했고, 나는 약간 울컥했다. 물론 나는 참석할 거라 말했고, 내가 할 수 있는 일이 뭐가 있는지 등을 물었다. 하지만 내가 할 수 있는 일은 아무것도 없었다. 중요한 건 바로 그것이었다.

그전에는 데브라와 시내에서 커피를 마셨다. 데브라는 엘라 때문에 무척이나 동요했지만, 이상할 정도로 열정을 보이며 이 일이 마치 텔레비전 시리즈인 양 부검이나 형사들의 조사에 대해 물었다. 나는 여기 왔던 두 형사를 줄곧 생각하는 중이었다. 그들은 딱히 적대적이라고 할 수는 없었지만, 그렇다고 친절하지도 않았다. 카우어는 말했다. "대부분의 피해자는 아는 사람들에게 살해당합니다. 이번에도 그런 경우라고 생각할 만한 근거가 있습니다."

경찰은 누구를 의심하고 있을까?

"이 세상에 영원히 숨길 수 있는 것은 없다."—윌키 콜린스,『이름 없는 사람』.

5장

우리는 아침 일찍 허버트를 도기 데이 케어에 데려다주고 케임브리지로 향한다. 날씨가 아름다운 날로, 상쾌하고 햇볕이 화창하다. 심지어 M25 고속도로 사정도 그다지 나쁘지 않다. 조지는 헤드폰을 끼고 나는 라디오4에 귀를 기울인다. 성희롱에 대한 특집 방송인데, 그동안 학교에서, 대학에서, 직장에서 얼마나 부적절한 말을 많이 들었는지 기억해내려고 노력해본다. 두 자릿수에 이르자 포기한다. 조지가 헤드폰을 귀에서 내리더니, 아직 멀었느냐고 묻는다.

"금방이야." 나는 내비게이션의 희망이 담긴, 도착 추정 시간 화면을 곁눈질하며 말한다. "한 시간 정도."

조지가 좌석에서 푹 내려앉는다. 우리는 음료와 간식을 먹고 화장실에 가려고 주유소에 들렀다가 다시 출발한다. M11을 타고 가다가 이름이 근사한 펜 코즈웨이에 들어선다. 땅이 우리에게서 서서히 멀어진다. 오로지 하늘과 눈앞에 펼쳐진 길뿐이다. 언젠가 미국 작가에게 들은 말이 기억난다. "캔자스에서는 누군가 저 멀리 달려나가는 모습을 며칠 동안 계속 볼 수 있죠." 여기서는 며칠까지는 안 걸려도, 달리는 사람이 지평선 너머로 사라지기까지 몇 시간은 걸릴 것이다. 내 할머니는 스코틀랜드 고지대에 살지만, 집은 상점들과 편의 시설이 잘 갖추어진 공동체가 있는 어촌에 있다. 아버지는 가능한 한 빨리 고향 마을에서 도망쳐 대학이 있는 에든버러로 탈출한 후 런던에 직장을 얻었다. 그래도 나는 스코틀랜드를 사랑한다. 울라풀 집에서 보낸 시간들은 내 인생에서 가장 행복한 기억을 남겼다. 여기는 또 다르다. 낯설고, 이런 날에도 음침한 풍경. 정확히 바다 밑바닥에 해당하는 장소.

나의 문제들은 케임브리지에서 시작된다. 세인트 주드 칼리지를 찾을 수 없고, 내비게이션은 "바로 앞에서 우회전 하십시오" 같은 말만 웅얼거리다 포기해버린다. 결국 나는 차를 멈추고 길을 물어보고 조지는 자리에서 더 내려앉는다. 한 번 더 일방 도로를 돌아, 고풍스러운 관문과 정문을 통과하니, 다른 세계가 언뜻 들여다보인다.

세인트 주드는 초자연적으로 별안간 나타난다. 브레이크를 밟으니, 뒤에 오던 차들이 경적을 울려댄다. 낮은 아치 아래로 돌아갈 때, 자전거 탄 사람을 칠 뻔한다. 놀랍도록 거대한 인물이 경비실에서 나오지만, 내 이름이 방문 예정자 명단에 올라 있는지 입장을 허락받는다. 계속 들어가세요. 나는 연초록빛 사각 광장을 지나 작은 주차장으로 들어선다.

"해밀턴 교수님은 도서관 계단 옆에서 만나실 수 있습니다." 아까 이 말을 들었기에, 근처 재활용 쓰레기통 옆에 차를 세운다.

조지는 두리번거린다. 우리를 둘러싸고 튜더 왕조 양식의 낮은 건물이 서 있고, 틀을 납으로 씌운 창문은 10월의 태양 아래 반짝거린다.

"소름 끼치네." 조지가 말한다.

"좋은 쪽으로." 나는 말한다. 이 정도 대꾸는 할 준비가 되어 있다.

도서관은 쿼드 광장 반대편에 있다. 우리는 잔디밭을 돌아 또 다른 낮은 문에 다다른다. 나는 머리를 살짝 수그려야 한다. 이 대학에 입학하지 못한 게 다행인지도 모른다. 어쩌면 회복 불능의 뇌진탕에 걸렸을 수도 있으리라. 어둡고, 기이하게 불길한 돌계단이 우리 앞에 있고, 왼쪽에는 우리를 편안하게 해주는 21세기 폰트로 '도서관'이라고 찍힌 안내판이 있다. 내가 막 문을 밀어 열려고 할 때 어떤 목소리가 들려온다. "캐시디 씨?"

나는 돌아본다. 내가 들어올 때 고개를 수그려야 했다면, 이 남자는 몸을 반쯤 접어야 했으리라. 나는 키가 178센티미터지만, 그를 올려다보려면 눈을 가늘게 떠야 한다. 남자의 머리는 침침한 현관 어둠에 거의 잠겨 있다.

"헨리 해밀턴입니다." 상대가 한 손을 내뻗는다.

"클레어 캐시디예요." 눈이 익숙해지자 상대는 검은 머리를 약간 길게 길렀음을 알 수 있다. 덕분에 작곡가나 시인 같은 인상이 풍긴다. 아마도 사십대일 것 같고, 어스름 속에서 바라본 얼굴은 가늘고 예민한 느낌을 준다. 키는 193센티미터 정도 될 것 같다.

"이쪽은 제 딸 조지아입니다."

조지는 간신히 악수를 하며 뭐라 웅얼거린다.

"만나서 반갑군요. 케임브리지는 처음 왔나요?" 헨리가 말한다.

"네." 조지가 대답한다.

"다른 대학들도 둘러보길 바라요. 세인트 주드는 킹스 칼리지나 트리니티 칼리지에 비하면 피라미에 불과하니까."

"아주 아름다운 피라미인데요." 나는 말한다.

"멋진 말이군요." 해밀턴이 말한다. "제 연구실로 올라가시겠습니까? 커피를 내려놓았습니다. 조지아, 내가 학부생에게 부탁해서 학교 안을 둘러볼 수 있게 해줄까요?"

조지는 이글거리는 눈으로 나를 보지만, 아무 말도 하지 않는다. 해밀턴은 조지의 침묵을 동의로 받아들인다.

우리는 모두 계단을 올라 'H.H. 해밀턴 교수'라는 명판이 붙은 문으로 들어선다. 친구들은 이 사람을 HH라고 부를까? 궁금해진다. 작은 방이지만, 온통 금빛 건물로 둘러싸인 학교 중앙 광장이 내려다보이는 풍경이다. 이것 말고는 연구실은 실망스러울 정도로 평범하다. 금속 책장, 컴퓨터 한 대, 이케아에서 사온 듯한 책상. 그러나 작은 커피포트와 비스킷을 담은 접시가 놓인 쟁반이 하나 있다.

해밀턴은 커피를 서둘러 내려놓고 잠깐 실례한다며 사라진다. 곧, 호리호리한 빨강 머리 청년과 함께 돌아온다. 청년의 얼굴에 난 여드름이 살짝 번들거린다. "이쪽은 에드먼드입니다. 제가 캐시디 씨에게 서류를 보여주는 동안 에드먼드가 기꺼이 조지에게 대학 구경을 시켜줄 겁니다." 조지가 방을 나갈 때, 나는 조심하라고 말하고 싶은 우스꽝스러운 충동을 간신히 삼켜야만 한다. 이 소름 끼치는 고딕 세계에서 애가 무사할까? 에드먼드가 조지에게 케임브리지 생활을 열망하게 해줄 타입 같지는 않았기에, 나는 약간 실망한다.

"잘한 일이었으면 좋겠네요. 조지가 심심할 수도 있을 것 같아서요." 해밀턴이 말한다.

"괜찮아요. 저도 조지가 대학이 어떤 곳인지 봐두길 바라거든요. 아직 11학년이긴 하지만, 아무리 서둘러도 이르다곤 할 수 없으니까요."

"조지가 케임브리지에 오고 싶어 합니까?"

"아, 그런 생각을 했을 것 같진 않네요."

해밀턴은 미소 짓는다. "저도 학교를 졸업하고 튀김집에서 일하기 전까지는 대학은 생각도 하지 않았어요. 가족 중에 대학을 다닌 사람은 아무도 없었죠. 저는 대구 튀김과 칩을 싸던 신문지에서 케임브리지에 대한 기사를 읽었습니다. 노동계급 아이들이 지원하도록 해주겠다는 기사였습니다. 저는 생각했죠, '이보다 더 나쁘진 않겠지.'" 그의 말투에는 미처 깨닫지 못했던 북부 지방 억양이 있다. 사이먼처럼 뉴캐슬 쪽은 아니고, 좀 더 부드러운 억양이다.

"제 부모님은 둘 다 학자셨어요." 나는 말한다. "대학 이야기를 계속 하셨죠. 그런 분위기에선 제대로 할 수가 없죠, 정말로."

잠시 침묵이 흐르다, 해밀턴이 말한다. "그럼 어쩌다 R.M. 홀랜드에 관심을 갖게 되신 겁니까?"

"그 사람이 제가 지금 가르치는 학교에 살았어요." 나는 말한다. "이전에 물론 「낯선 사람」을 읽었지만, 그가 실제 살았던 집에 있는 느낌은 좀 다르더라고요. 저는 금방 사로잡혔죠. 홀랜드는 흥미로운 인물이고, 아직 전기가 출간되지 않았어요."

"「낯선 사람」은 대단한 소품이죠."

"네, 학생들에게 아주 잘 먹혀요."

"분명 그렇겠죠. 저는 사실 홀랜드를 잘 모릅니다. 이 편지가 나타났을 때 조사를 좀 했습니다. 캐시디 씨가 그 사람 이야기를 하는 동영상 뉴스를 발견했어요."

"저는 화면에 나온 제 모습을 보기가 싫더라고요. 이전에도 나왔다는 말은 아니지만." 나는 얼굴을 찌푸리며 말한다.

"저는 〈유니버시티 챌린지〉*에 나간 적은 있습니다." 해밀턴이 말한다. "우리 팀이 졌고 어머니는 저한테 왜 넥타이를 매고 나가지 않았느냐고 꾸지람을 하셨죠."

"편지는 어떻게 여기 나타난 건가요? 홀랜드가 피터하우스**에 다닌 것은 알아요."

"편지는 윌리엄 페더릭 앞으로 온 겁니다. 「낯선 사람」에 나오는 거전의 모델이에요, 아시죠?"

"불쌍한 거전."

"그렇죠. 하지만 거전과는 달리, 페더릭은 비명횡사하진 않았어요. 여기 세인트 주드에 신학을 가르치러 왔더랬죠. 이 칼리지는 늘 성직을 이수하길 원하는 사람들에게 인기가 있었으니까요. 페더릭은 작곡도 해서, 여기 합창단 장학생들이 최근에 그의 악보를 훑다가 이것들을 찾아낸 겁니다." 그는 투명 봉투를 탁자 위로 밀어준다. 나는 홀랜드의 악필을 금방 알아본다. 서류를 꺼내자니 손이 떨린다.

"처음에는 롤랜드가 누군지 몰랐어요." 해밀턴이 말한다. "하지만 나중에 R.M. 홀랜드라는 이름을 떠올렸죠."

"롤랜드 몽고메리 홀랜드." 나는 말한다. 편지를 읽고 싶어서 몸이 근질거린다. 해밀턴도 이해했는지 이렇게 말한다. "천천히 보

---

* 1962년부터 1987년까지 방영했다가, 1994년에 부활한 대학생 대상 퀴즈 프로그램.
** 케임브리지의 칼리지 중 하나.

세요. 저는 답장을 써야 할 이메일이 두어 통 있어서." 그는 컴퓨터 쪽으로 돌아앉는다.

1848년 11월

친애하는 페더릭

3일에 보내준 편지 고맙네. 우정이란 실로 천천히 익어가는 과일이고, 이제 우리의 과일은 나뭇가지에 탐스럽게 달렸겠지. 앨리스의 죽음 이후에 나는 무척 침체돼 있었지만, 자네 말처럼 마리아나가 끝없는 위로가 되어주고 있네. 그렇다고는 해도, 그 애가 무척 걱정이 돼. 이런 허허벌판 한가운데 크고 휑뎅그렁한 집에 갇혀 살아야 하니 말일세. 유일한 말벗이라고는 무뚝뚝한 노인네뿐이고. 불쌍한 마리아나, 그 애의 이름이 불길한 징조가 되지 않기를 기도할 수밖에. 하지만 M은 정말로 천사처럼 성정이 다정하고 착한 애야. 그래도 아이가 제 어미의 오점을 물려받지 않았나 하여 두렵다네. 그렇다고 이기적인 늙은 독재자처럼 내 곁에 묶어두진 않을 걸세. 슈롭셔에 사는 내 누이와 가족에게 보낼 생각이야. 아, 그래도 아직은 아니지. 아직은 좀 더 내 곁에 있을 필요가 있다네.

자네의 동정 어린 말은 정말 고맙네, 친구여. 케임브리지의 석조 건물들이 얼마나 그리운지 모른다네.

자네의 친구,

롤랜드

다음 장은 확실히 더 긴 편지에서 뜯겨져 나온 일부 같았다.

…… 출판계의 얼간이들이지. 이 『먹이를 찾아다니는 짐승』은 반발과 혐오를 일으키기는 하지만, 문학적이고 예술적인 장점이 없지는 않아. 그자들은 「낯선 사람」과 틀이 같은 단편소설들을 더 써주길 바랄 뿐이고, 예의 기발한 경구를 쓰고 나서 내가 얼마나 후회하는지 알 걸세. 마리아나는 『짐승』이 내가 쓴 최고 걸작이라고 여긴다네. 딱히 그 애가 문학비평가는 아니지만 말이야. 하지만 마리아나는 내게 큰 위안이 돼.

자네의 〈키리에〉 새 편곡을 듣고 싶다네. 케임브리지에 가서 그 노래를 들을 수 있다면 얼마나 좋을까. 하지만 자네도 알다시피, 나는 요새 거의 여행을 하지 않으니 말이야. 다만 내가…….

더는 없다. 한 번 더 읽은 후에 고개를 들어 보니 해밀턴의 눈이—푹 들어간 검은 눈이—나를 빤히 바라보고 있다.

"이것들은…… 흥미롭네요." 나는 말한다.

"그렇게 생각하실 줄 알았죠."

"마리아나에 대한 언급과 그 애가 앨리스의 딸이라는 암시는……."

"마리아나에 대해 이야기해주세요." 해밀턴이 말한다. 나는 그가 개인 지도 모드로 들어가 두 손가락을 맞대어 세모꼴로 세울 거라고 반쯤 기대한다.

"홀랜드는 앨리스 에이버리라는 여성과 결혼했어요. 배우였죠. 두 사람이 어떻게 만났는지는 몰라요. 홀랜드는 서식스를 떠난 적이 거의 없었거든요. 앨리스가 죽은 후에는 집 밖에 거의 나가지 않았죠. 그는 앨리스 이야기를 일기에 써요. 처음에는 흠뻑 빠져 있었지만, 곧 일이 잘못되고 말죠. 앨리스는 일종의 정신 불안 증세가 있었던 것 같아요. 홀랜드는 그걸 '히스테리'라고 불렀습니다. 빅토리아시대에는 무척 흔한 진단이죠. 교수님도 잘 아시겠지만, 늘 여성에게 내려졌고요. 그들의 결혼 생활은 4년밖에 지속되지 못했죠. 앨리스가 죽었거든요. 홀랜드는 앨리스가 '죽음의 추락'을 당했다고 묘사했고, 나는 늘 앨리스가 홀랜드 하우스의 계단에서 굴러떨어졌을 것이라 상상했습니다. 지금은 학교의 구관 건물이죠. 홀랜드의 결혼과 앨리스의 죽음은 가족 성경에 기록되어 있지만, 마리아나는 언급돼 있지 않아요. 하지만, 다른 편지에 그가 이렇게 쓴 적이 있죠. '내 귀여운 아이 마리아나.' 그리고 「M을 위하여, 평안히 잠들기를」이라는 시가 한 편 있어요. 마리아나의 죽음을 슬퍼하는 내용이죠. 그때 고작 열세 살이었습니다. 하지만 마리아나에 대한 다른 언급은 없어요. 탈가스에 있는 묘지에 매장되지도 않았어요."

"학교 안에 묘지가 있단 말입니까?"

"네. 상식 밖의 일이지만, 아주 인기 있는 행선지라는 사실은 짐작하시겠죠."

"몰래 담배 피우기에는 딱이겠네요."

"다른 일에도요. 이 편지에서, 홀랜드는 마리아나가 '제 어미의 오점'을 물려받았다고 썼네요. 이건 마리아나가 앨리스의 딸이라는 사실을 의미하죠."

"어쩌면 마리아나를 슈롭셔에 사는 누이에게 보내지 않았을까요?"

"그럴 가능성은 있습니다. 홀랜드의 누이인 토마시나는 목회자와 결혼했는데, 서로 편지를 주고받지 않았고 일기에 나오지도 않아요. 하지만 이 사람들은 가족 성경이 있었고, 여기에는 토마시나의 모든 아이들 명단이 적혀 있죠. 아기 때 죽은 두 명까지 포함해서요. 거기에도 마리아나는 언급돼 있지 않아요."

"약간 소름 끼치는데요." 해밀턴은 말한다. "마리아나가 자기 곁에 있을 필요가 있다고 말한 내용들 하며."

나는 '소름 끼친다'는 표현에 충격을 받는다. 분명 학술적인 표현이 아닐뿐더러, 조지가 아까 이 대학을 묘사하는 데 쓰기도 했기 때문이다.

"아주 이상하죠." 나는 말한다. "홀랜드 자신이 이상한 사람이었어요. 말년에는 아편을 많이도 피웠고요."

"그런 사람들 모두 그렇죠." 해밀턴이 말한다. "윌키 콜린스는 어찌나 많이 피웠는지, 그의 시종은 콜린스에게 유산을 받은 걸 축하하는 마음으로 아편제를 약간, 주인이 매일 피우는 양의 8분의 1만 피웠는데도 죽어버렸다고 하잖습니까."

"『알마데일』*에 나오는 그월트 양도 있잖아요. '아편을 발명한 이는 누구였을까요? 그에게 진심으로 감사해요.'"

"저는 『알마데일』은 읽어본 적이 없습니다."

이 말에 나는 살짝 우쭐해지지만, 그의 말에서는 세상의 다른 책은 다 읽었다는 느낌이 약간 묻어난다. 나는 말한다. "읽어보셔야

---

* 윌키 콜린스의 또 다른 소설.

하는데, 엄청난 여자 악인이 나오거든요. 시종 이야기는 읽은 적이 있어요. 사실일까 의아하긴 하지만. 지나치게 윌키 콜린스 같은 이야기처럼 들리니까요."

해밀턴은 웃는다. "좋은 지적입니다. 『먹이를 찾아다니는 짐승』은 뭡니까? 미출간 작품인가요?"

"네. 일기에 몇몇 기록이 있어요. 숲속에 살면서 가끔 외떨어진 마을로 내려와 젊은 여자들을 끌고 가서 죽이고 먹어치우는 짐승에 관한 이야기죠. 이 짐승이 정말 동물을 가리키는지, 아니면 미친 남자를 가리키는지는 애매해요. 어쩌면 화자 본인일 수도 있고요. 홀랜드는 『바스커빌 가의 개』와 『지킬 박사와 하이드 씨』를 섞은 작품이라고 하죠."

"원고는 남아 있습니까?"

"홀랜드 하우스에 남긴 서류에는 없지만, 홀랜드는 일기에 그 작품에서 따온 구절을 적어두었어요. 인용을 많이도 하는 사람이거든요. 서류철에는 출판사에서 받은 거절 편지가 몇 통 있고요."

"그가 두 번째 편지에서 말하는 내용이군요."

"그래요. 그 책은 확실히 '반발과 혐오를 불러일으키는 내용' 같기는 해요. 꽤 노골적인 문단이 몇 개 있거든요. 제가 읽은 부분은 얼마간은 아편으로 인한 긴 악몽처럼 읽히긴 했어요. 하지만, 홀랜드의 말처럼 출판사에서는 「낯선 사람」 같은 단편을 더 원했을 뿐이죠."

"그래서 그걸 쓴 일을 후회한다고 했군요."

"네. 홀랜드는 「낯선 사람」을 청년기에 썼거든요. 막 케임브리지를 떠나 런던의 하숙집에 살던 시절에요. 아직 홀랜드 하우스를 상속받지 못했을 때죠. 「낯선 사람」은 주간지에 발표되었고, 후에 유령 이야기 선집에 들어갔어요. 홀랜드는 그 작품의 성공에 차츰 분개하게 됐죠. 어쩌면 거전을 죽여버린 데 미안한 마음이 있었을 거예요. 특히 페더릭하고는 여전히 친구로 지냈으니까요."

"우정은 천천히 익어가는 과일이다. 이건 아리스토텔레스가 한 말이던데요. 찾아봤습니다." 해밀턴이 말한다.

"약간 불쾌한 이미지죠. 과일은 결국에는 시들거나 썩게 마련이니까요."

해밀턴은 하찮은 브리스틀 졸업생에게서 문학 비평을 기대하지는 못했는지 약간 놀란 표정이다. 그때 문이 열리더니 에드먼드가 조지를 데리고 돌아온다. 청년은 작별 인사 조로 뭐라고 웅얼대더니 떠난다. 조지는 생각에 잠긴 눈으로 그의 뒷모습을 바라본다.

"시간 내주셔서 정말 감사합니다. 편지 사본을 가져가도 될까요?" 나는 일어서며 말한다.

"물론입니다. 정말 즐거운 대화였습니다. 마리아나에 대한 진실을 알게 되면 알려주시겠습니까?" 해밀턴이 말한다.

"책이 나오면 한 권 보내드리죠." 나는 약간 건성으로 말한다.

"그래주시면 정말 좋겠습니다."

우리는 근사한 채식 식당에서 점심을 먹고 몇몇 대학의 공개 구역을 좀 돌아다닌다. 조지는 케임브리지에서는 사각 광장 쿼드를 코트라고 부른다는 이야기를 해준다. 에드먼드에게서 캐낸 유일한 정보인 듯하다. "저거 정말 대학 예배당이야?" 조지는 킹스 칼리지의 높이 솟은 고딕 창문을 응시하며 묻는다. "대성당처럼 보이는데?"

"탈가스 하이에 있는 예배당보다 약간 크네." 나는 이렇게 말하면서, 엘라의 부모님이 장례식을 거기서 치르고 싶어 한다는 것을 기억해낸다. 오늘날 탈가스는 특정 종교와 관계가 없지만, 여전히 예배당은 사용된다. 주로 결혼식에 쓰인다. 무시무시한 현대식 건물들인데도, 어떤 사람들은 여전히 학교에서 결혼하기를 원하고, 이로써 학교는 상당한 수익을 얻는다. 저런 건물에서 치러지는 장례식이라니, 상상이 안 된다. 중앙 계단 위로 옮겨지는 관, 벽에 GCSE 관련 그림이 붙여진 복도들을 따라 걷는 조문객들. 도무지 상상도 할 수가 없다. 상상하지 않을 것이다.

집으로 돌아오는 길에, 조지가 무슨 편지였냐고 물어서 나는 놀란다. 지금까지 조지는 홀랜드에 관심을 보인 적이 없기 때문이다.

"흥미로웠어. 편지에 수수께끼의 딸 마리아나가 언급돼 있더라." 나는 대답한다. "그 애가 제 어미의 오점을 물려받았을까 걱정스럽다고."

"엄마 생각엔 그게 뭔데?"

"광기겠지, 내 추측엔."

"그럼 그 사람 부인이 미쳤었어?"

"그렇진 않을 거야. 당시에는 여성이 산후우울증을 겪거나 남편에게 순종하지 않으면 정신병원에 집어넣을 수 있었지. 심지어 소설을 너무 많이 읽는다는 이유로 감금된 여성들도 있었어."

"그때라면 엄마는 끝장났겠네."

나는 웃는다. "여성들은 종종 '히스테리' 진단을 받기도 했어. 그건 라틴어로 자궁이란 말에서 온 거지……."

하지만 조지는 자기 휴대전화만 들여다보고 있고, 나는 내 말을 들어주는 사람이 없음을 깨닫는다. 차가 M25에 들어서자 나는 무심하게 말을 던진다. "세인트 주드 어땠어?"

"괜찮던데. 에드먼드는 약간 희한한 사람이었지만. 고전을 공부하고 노를 젓는다던데. 알지? 텔레비전에 나오는 보트 경주."

"알지."

조지는 갑자기 킬킬 웃는다. "헨리 교수는 좋았어. 그 교수님은 엄마를 좋아하던데."

나는 편도 3차선 도로에서 운전하느라 정신이 없지만, 틈이 나자 묻는다. "무슨 말이야?"

"'그래주시면 정말 좋겠습니다'라고 했잖아." 조지는 깊고 귀족적인 목소리를 흉내 낸다. 그래봤자 해밀턴의 목소리와는 조금도 비슷하지 않다. "엄마를 다시 만나고 싶은 거야."

"말도 안 되는 소리." 그러면서도 어쩔 수 없이 슬며시 흐뭇해진다. 헨리는 내 책이 언젠가 출간될 거라고 짐작한다. 그 사람은 바로 그런 세계에서 살고 있는 것이다. 책을 쓰면 출판되는 세계 말이다. 하지만 실제 세계는 그렇지 않다. 나는 R.M. 홀랜드에 대한 글을 써보리라 작심하고 몇몇 문학 출판 대행업체에 편지를 썼고, 한 곳 정도는 꽤 관심을 보였다. 하지만 계약을 따내지는 못했고, 가끔은 집필을 끝낼 수나 있을까 싶다. 이제까지 6만 단어 정도 썼지만, 기분이 저조한 날에는 그중 5만 단어가 완전 헛소리처럼 느껴진다.

몇 킬로미터 더 갔을 때, 조지가 말한다. "타이가 오늘 밤 놀러 와도 돼?"

나는 가벼운 목소리를 유지하려 한다. "난 조용하게 저녁 시간을 보낼까 했는데. 피자 주문해서."

"타이도 피자 좋아해."

나는 아무 말도 않는다.

"내일은 타이가 일을 해서 만날 수가 없어." 타이는 마을 술집에서 일한다. 그 애가 뭔가 일을 한다면 나는 응당 기뻐해야겠지만(그렇다면 '부랑자'는 아닐 테니), 이는 법적으로 술을 마셔도 되고 술집에서 일해도 될 만큼 나이가 들었다는 사실을 떠올리게 할 뿐이다.

"제발, 엄마."

"아, 그렇게 해." 나는 말한다.

어쨌든 대망의 그날을 망쳐봤자 아무런 의미가 없을 테니까.

타이는 7시 정각에 나타난다. 가죽 재킷을 입고 문간에 우뚝 선 남자애를 보자, 나는 어째서 조지가 그 애를 좋아하는지 바로 알 수 있다. 타이는 아주 어른스러운 스타일로 잘생겼다. 짙은 색 머리칼, 짧게 자른 수염의 흔적, 무척 선명하게 보이는 근육. 조지가 타이의 겉옷을 받아 들고 무슨 피자 먹겠느냐고 물을 때 나는 딸을 슬쩍 바라본다. 홀딱 반한 것처럼 보이진 않았지만, 설사 그랬대도 무척 쿨한 애라서 드러내지 않았을 수도 있다. 조지는 타이가 파인애플 피자를 먹고 싶다고 하자 놀리지만(맞는 말!) 타이는 그저 나른하게 싱긋 웃을 뿐, 도발에 넘어가지 않는다. 나는 그 점이 마음에 들고 그 애가 와인을 권해도 사양하고 물을 선택한 것도 마음에 든다. 피자를 기다리는 동안, 나는 타이에게 가족에 대해 묻는다. 그는 켄트 출신이며, 부모님이 교통사고로 사망한 후에 조부모님이 키워주셨다고 한다(조지가 이 슬픈 사실을 한참 전에 일러줬던 것 같다).

"하지만 저희 할머니는 무척 멋진 분이에요. 인터넷은 물론 이것저것 다 하시고 은발의 서퍼세요. 도서관 수업도 들으시고요." 타이가 말한다.

"연세가 어떻게 되시는데?" 조지가 묻는다.

"그렇게 많진 않으셔. 일흔다섯." 타이 1득점.

"엄청 많으신 거 아니야?" 조지 1감점.

"내 말은 좋은 뜻이었어. 나이가 많으신 분들은, 음, 현명하시니까." 내가 나무라자 조지가 변명한다.

"할머니는 당신이 현명하시니까 내가 할머니 말을 들어야 한다고 늘 말씀하시지. 하지만 스냅챗에서 킴 카다시안을 팔로하시기도 해." 타이가 말한다.

나는 꽤 깊은 인상을 받는다. 사실은 스냅챗이 뭔지도 잘 모르는데.

피자가 도착하자 우리는 텔레비전 앞에 모여 먹는다. 금요일 밤의 시사 퀴즈쇼 따위가 방영되고 있다. 타이는 마이클 고브의 이름을 들어본 적이 없다고 했지만(걔한테는 잘된 일), 이언 히슬롭과 《프라이빗 아이》는 꽤 웃기다고 했다.* 확실히 멍청한 아이는 아니다. 타이와 조지는 소파에 앉고, 나는 허버트와 함께 내 의자에 앉는다. 허버트는 늘 남자 손님을 경계하는데 자기 털 속에 숨어 타이를

---

* 마이클 고브는 언론인 출신으로 국무조정실장을 역임한 보수 정치인이고, 이언 히슬롭은 언론인이자 시사 풍자 잡지 《프라이빗 아이》의 발행인이다.

감시한다. 타이 쪽에서는 전전긍긍하며 허버트를 대하는 듯하다.

"저는 자라면서 알레르기 때문에 개를 키워본 적이 없어요." 그는 이런 주장을 증명하듯 재채기를 한다.

"푸들은 털이 날리지 않으니까 알레르기 있는 사람에게도 좋대. 모직에 더 가깝다고." 조지가 말한다.

"허버트는 완전 푸들은 아니라서." 나는 이렇게 말하지만, 〈해브 아이 갓 뉴스 포 유〉*가 끝날 무렵에는 허버트도 타이가 자기 머리를 쓰다듬도록 허락한다.

조지는 어떤 멍청한 유명인이 나온다며 〈그레이엄 노턴 쇼〉를 보고 싶다고 한다. 나는 마음이 갈팡질팡한다. 한참을 운전한 터라 피곤하기도 하고 일기를 쓰면서 오늘 일들, 홀랜드가 보낸 편지와 헨리를 만난 일들을 정리해보고 싶다. 그렇지만 보호자도 없이 타이와 조지만 달랑 아래층에 놔두고 가도 될까? 사이먼이라면 펄쩍 뛸 것이다. 내가 거기 남아서 할머니 레이스 모자라도 쓰고 이글거리는 눈빛으로 애들을 감시하기를 바랄 것이다. 이윽고 나는 마음을 정한다. 사이먼처럼 치사하게 굴지 말아야지. 나는 애들에게 작별 인사를 하고 2층으로 올라간다. 꽤 웃기게도, 처음으로 허버트가 내 뒤를 따라오지 않는다. 응접실에 그대로 남아 있다. 아직도 벽난로에서 불이 타오르고 있기 때문일지도 모른다. 어쨌든 타이가 조지에게 덤벼들기라도 하면, 틀림없이 허버트가 짖어낼 테니 잘된 일이다. 나는 덤벼든다는 생각도, 십대들의 애정행각에 대한 어떤 생각도 하고 싶지 않다. 나 자신이 늙고 슬프고 약간 한심

---

* 이언 히슬롭이 진행하는 퀴즈쇼 제목.

한 사람이 된 기분이 들 테니까. 나는 억압적인 부모나, 더 심하게 는 질투하는 부모가 되고 싶진 않다. 하지만 사이먼이 떠난 뒤로는 남자와 키스해본 적이 없다. 그건 내 선택이었다. 그래, 나도 알지 만 이 순간에는 딱히 위로가 되지 않는다. 카우어 경사가 엘라에게 남자 친구가 있었느냐고 물어본 기억이 난다. 달리 대답해야 했을 까? 릭에 관한 진실을 말해야 했을까?

어쨌든, 허버트의 존재가 쓸모는 있다. 타이는 〈그레이엄 노턴 쇼〉가 끝나기 전에 갔다. 현관에서 짧게 작별 인사를 하는 소리와, 조지가 잠자기 전 오줌 누이려고 허버트를 데리고 나가는 소리가 들 린다. 그런 다음 내 아기 둘 다 2층으로 올라와 잠자리에 든다.

금방 잠이 들 줄 알았는데, 그날 하루 일어난 사건이 계속 머릿 속에서 저절로 재배열된다. 운전, 사각 광장(혹은 코트) 주위에 무 리지어 서 있던 고풍스러운 건물들, H.H. 해밀턴이라는 명판이 붙 은 연구실, 편지, 마리아나, 『먹이를 찾아다니는 짐승』. 잠시 후, 나 는 취침을 포기하고 불을 켠다. 책장에서 읽으면 안심이 될 만한 책을 찾아본다. P.G. 우드하우스나 조제트 헤이어나. 그러다가 내 오래된 책, 다 구깃구깃해진 테니슨의 시집을 찾아낸다. 홀랜드는 마리아나의 이름이 불길한 징조가 되지 않기를 바란다고 썼다. 나 는 그 시를 찾아보려고 얇은 책장을 후르르 넘긴다.

밤의 한가운데에 이르러
잠에서 깨어난 그녀는 밤새가 우짖는 소리를 들었다
수탉은 새벽이 되기 한 시간 전에 노래를 불렀다:

어두운 소택지로부터 소 울음소리가

그녀의 귀에 닿는다: 변화의 희망도 없이,

그녀는 쓸쓸히 잠 속을 걸어 다녔는지

외로이 해자가 에워싼 저택 주위로

찬바람이 회색 눈의 아침을 깨울 때까지.

그녀는 이렇게 말했을 뿐, "낮은 따분해,

그가 오지 않으니까." 그녀는 말했다;

그녀는 말했다, "나는 지치고 지쳤어

차라리 죽어버렸으면!"*

"어두운 소택지"라는 말에 나는 케임브리지와, 코즈웨이를 지나던 길, 일대의 풍경에서 가장 높은 지대에 있던 둑방길, 양옆으로 평평하게 쭉 뻗은 들판을 떠올린다. 으스스한 문단이다. 밤새, 어둠, 찬바람, 회색 눈의 아침. 홀랜드의 딸 마리아나도 이런 기분이었을까? 마리아나도 죽기를 바랐을까? 나는 이 여자에 대해 더 알아내야 한다. 이게 나의 돌파구, 책을 출판하려는 이유가 될 수도 있었다. 하지만 그보다는 기이하게도 이 여자에게 동지애를 느낀다. 오로지 언어로만 존재하는 듯한 이 여자에게. 홀랜드는 분명 마리아나를 사랑했지만, 잘난 체하는 태도도 묻어난다. "딱히 그 애가 문학비평가는 아니지만"이라고 했듯이. 하지만 마리아나는 "성정이 다정하고 착한" 만큼이나 영리했을 수도 있다. 어쩌면 마

---

* 알프레드 테니슨의 시 「마리아나」의 일부, 셰익스피어의 희곡 「눈에는 눈」에서 영감을 받은 이 시는 사회에서 유리된 한 여인의 고립을 묘사하고 있다.

리아나 또한 뜻을 이루지 못한 작가일지도…….

내 방 커튼이 살짝 젖혀져 있어, 옛 공장 위에 높이 뜬 달이 깨진 창문과 유령 같은 탑을 비추는 광경이 보인다. 커튼을 치려고 일어난 짧은 순간, 마치 촛불 하나가 폐허 위 높은 데서 깜박이듯 불빛이 창문에 비친다. 그러다 다음 순간 모두 어두워진다. 테니슨 시의 한 행이 다시 떠오른다. "네 개의 회색 벽과 네 개의 회색 탑." 우스꽝스럽게도 누군가 나를 지켜보는 느낌이 든다. 나는 커튼을 꼼꼼히 치고, 다시 책장으로 돌아간다. 내 침대에 앉아 있던 허버트가 부드럽게 으르렁거린다. "놀라게 하지 마." 나는 허버트를 타이른다

나는 『봄날의 지브스』*를 골라 다시 침대로 돌아간다. 허버트는 여전히 창을 응시하면서, '개는 유령을 볼 수 있다'는 속담에 어울리는 행동을 해서 신경을 건드린다. 이따금 나는 홀랜드의 이야기에 나오는 개의 이름을 따서 허버트라고 지은 것을 후회한다. 월요일에 학생들에게 했던 말이 기억난다. "동물들은 쓰고 버릴 수 있으니까요." 어째서 그따위 소리를 했을까?

"괜찮아, 허버트. 거기 아무도 없어." 나는 사랑하는 반려동물을 쓰다듬은 후 지브스와 우스터의 꾐에 몸을 맡기고는 홈버그 모자, 리츠 호텔 점심 식사, 빙고 리틀이 웨이트리스와 결혼하고 싶어 한다는 이유로 상속권을 박탈하려는 움직임을 막아내는 책략 속을 헤매다 잠으로 빠져든다.

---

* P.G. 우드하우스의 소설.

클레어의 일기

10월 29일 일요일

내일 학교에 가기가 두렵다. 학생들이 엘라 소식을 들으면 히스테리를 일으킬 테니까. 반은 순수하게 속상해할 테고, 반은 사건이 불러일으키는 극적 흥분을 즐기겠지. 지난 며칠—케임브리지에 다녀온 일, G와 보낸 토요일—동안은 가까스로 엘라를 마음 한편으로 밀어낼 수 있었지만, 이제 엘라는 다시 여기로 돌아왔다. 엘라가 나오는 꿈을 꾸진 않았지만, 악몽도 돌아왔다. 간밤에는 숲속에서 조지아를 잃어버렸고, 내 머리카락을 뽑아 아이가 길을 찾을 수 있도록 표시를 해야 했다. 여기에 어머니의 깊은 불안이 도사리고 있다는 것 정도는 프로이트를 굳이 들먹이지 않아도 될 일이다. 자기 가슴에서 살을 떼어내 자식들을 먹이는 게 펠리컨이었나? 나도 조지를 위해서라면 그렇게 할 수 있지만, 인간 살점을 토스트에 얹어준다고 그 애가 좋아하려나. 그 애는 늘 채식주의자가 되겠다고 협박하고 있으니까.

일요일 전통에 따라 엄마와 아버지에게 전화를 걸었다. 엘라 이야기를 하고 싶지는 않았지만, 부모님도 이미 신문을 통해 알고 있을지도 모른다고 생각했다(비록 부모님은 《가디언》지의 예술면밖에 안 보지만). 엄마는 '살인'이라는 단어를 쉽게 이해하지 못하는 것 같았다. "걔가 죽었어?" 하고 재차 되물었다.

"네, 엄마. 죽었어요."

"정말 사랑스러운 여자였는데."

엄마는 사랑스러운 여자들이 종종 살해당한다는 사실을 깨닫지 못하는 걸까. 부모님은 이 사건이 내게 어떤 영향을 끼쳤을지 생각조차 하지 않는 듯했다. 가장 친한 친구이자 가까운 동료가 살해당한 일인데. 아빠는 '충격적'이라고는 했지만, 어떤 면에서는 그걸로 대화가 끝나버린 셈이었다. 엄마는 참 슬픈 일이라고 하면서도 곧장 크리스마스를 준비한다는 이야기를 꺼냈다. 나는 엄마에게 우리는 하룻밤만 묵을 거라고 말했다. 나는 그 이상은 견딜 수 없고, G도 복싱데이*에는 친구들을 만나고 싶을 테니까. 마틴 오빠는 심지어 아예 가지도 않을 것이다. 틀림없이 이번에도 '병원 당직 근무'를 한다는 핑계를 델 것이다. 내가 알기로 지난 5년간 크리스마스 내내 당직 근무를 했다.

나는 언제나 그렇듯 애매모호하게 분개하며 전화기를 내려놓았다. 하지만 이런저런 일이 있었어도 지난 며칠은 좋았다. 간밤에는 G의 친구 태시가 들러, 모두 함께 〈스트릭트리 컴 댄싱〉 핼러윈 특집편을 보았다. 이 프로그램을 볼 때는 엘라와 자주 문자로 대화를 나누었기 때문에 엘라 생각이 났다. 우리 모두 허버트와 소파에 앉아 크레이그를 향해 욕설을 날리고 조니와 수전을 응원하는 일은 재미있었다. 소녀들은 가차 없었다("차차를 출 땐 좀 더 빙글빙글 돌아야지."). 그래도 나는 이런 게 좋았다. 현란함과 반짝임, 팝 밴드의 연주 말이다. 나는 잠깐 헨리 해밀턴이 이를 어떻게 생각할

---

* 크리스마스 다음 날인 12월 26일.

까, 궁금해졌다. 내가 상상한 바와는 달리 머리가 희끗희끗한 학자
는 아니었으나, 이런 프로그램은 자기가 시청하기엔 너무 경박하
다 여길지 모른다. 조지는 헨리가 나를 "좋아하던데"라고 했다. 나
도 그랬나? 아마도 약간은. 그는 에이브러햄 링컨 같은 느낌을 주
는 매력남이고, 사실은 홀랜드에 대한 이야기를 알고 있고 관심을
보이는 사람을 만나서 좋았다.

조지는 오늘 밤 타이와 함께 외출했다. 모호하게 계획만 알려주
었는데("브라이턴에 있는 친구들을 좀 만나러 갈 거야."), 안 된다
고 말해봤자 소용없을 테지만 나는 숙제를 두고 뭐라 잔소리를 했
고, 내일은 학교 가야 하니 10시까지는 돌아온다는 약속을 받아냈
다. 지금 10시다, 그 애가 곧 돌아왔으면 좋겠다. 타이에게 차가 있
으니 적어도 조지가 버스 정류장에서 바들바들 떠는 일은 없을 것
이다. 반면, 차가 있으면 온갖 걱정거리가 새로 따라온다. 의외로
타이가 술이나 약에 취할 수도 있으니까. 윌키 콜린스처럼 뭔가,
아편에 해당하는 현대의 약에 취할지도. 어째서 나는 아직도 타이
를 의심하는 걸까? 좋다, 조지에 비해 나이가 너무 많긴 해도 꽤 지
각 있는 애 같기는 했다. 금요일 밤에는 술도 마시지 않았으니까.
내가 처음 생각한 것보다 영리하기도 했다. 그저, 석연치 않은 점
이 있다. 잘생기고 호감을 주는 얼굴 뒤에 숨은 진면목을 보지 못
한 느낌이 들었다. 하지만 타이는 약에 취한 채로 운전하는 부류는
아니다. 부모님이 자동차 사고로 돌아가셨으니, 아마도 무척이나
조심스럽게 운전하겠지. 그럼에도 타이가 카오디오를 쾅쾅 울리
게 틀어놓고 해변 도로를 휙 돌아 달려가면 조지가 옆에서 깔깔 웃
는 광경이 그려진다. 지금 어디로 가는지는 신경도 안 쓰면서. 지

역 라디오 방송을 틀거나 구글에서 웨스트 서식스 교통사고 정보를 찾아봐야 할까? 아, 다행스럽게도 지금 조지가 문에 열쇠를 밀어 넣고 돌리는 소리가 들린다.

6장

차를 몰고 교문 안으로 들어서자마자 분위기를 감지할 수 있다. 연철로 된 문들과 웅크린 사자 석상이 양옆에 딸린 입구는 홀랜드 하우스 시절의 인상적인 유물이지만, 오늘 차로는 파란 스웨트셔츠를 입은 학생들로 가득하다. 킬트 치마의 허리를 접어 기이하게, 흉할 정도로 짧게 줄여 입고 다니는 여자애들과 학교 규칙에 반항하며 블랙 진을 입은 남자애들. 아이들은 내 차가 지나가도록 길을 비켜주지만, 평소보다 더 빤히 쳐다보며 서로 팔꿈치로 쿡쿡 찌르고 나를 가리키는 것 같다. 아이들이 하는 말이 상상이 된다. "캐시디 선생님이다. 엘픽 선생님이랑 가장 친했대."

조지는 앞좌석에 가로로 누워 있다시피 뻗어 있다.

"여기서 내릴래." 조지가 말한다.

차를 세우자, 조지가 차에서 뛰어내려 순식간에 푸른 군중 속으로 사라진다. 나는 구관 앞 주차장으로 향한다. 릭은 오늘 수업이 시작되기 전에 학과 회의를 소집했다. 그가 해야 하는 일이다. 알면서도 두렵다. 나는 중간방학 때 채점한 학생들 과제물을 쑤셔 넣은 가방을 챙겨서 재빨리 직진해서 정문을 통과한다.

영어과 교무실은 구관 2층, 도서관 옆에 있다. 여름에는 덥고, 겨울에는 얼어붙을 듯이 춥지만, 그래도 천장이 높고 새시 창문이 있어서 자연광이 전혀 안 드는 지하 과학실보다는 낫다. 하지만 오늘은, 문을 밀어 열어젖히니, 교무실에 슬픔과 충격의 장막이 드리워져 있다. 베라와 앨런은 말없이 소파에 앉아 있고, 아누시카는 눈에 눈물이 그렁그렁하며, 릭은 막 말을 끝마친 사람처럼 방 한가운데에 무력하게 서 있다. 푸른색 팔걸이의자에는 낯선 사람이 앉아 있다. 얼굴은 보이지 않지만, 아마도 엘라가 하던 수업을 맡기기 위해 부른 대리 교사일 것이다.

베라는 나를 보자 다가와서 껴안는다. 베라는 체구가 작아 내 턱 아래에 머리가 닿고, 틀어 올린 머리카락이 코를 간지럽혀서 기분이 이상하다. 게다가 우리는 신체 접촉을 하는 사이가 아니다. 잘 지내고, 학기말에는 회식도 하지만, 서로 껴안거나 같은 팀이라고 뭉치거나 감정을 털어놓지는 않는다. 그래서 학과 게시판 앞에 서서 조그마한 베라가 나를 껴안고, 고작 스물다섯 살인 아누시카가 뒤에서 흐느끼는 이 상황이 낯설게만 여겨진다. 마침내 베라가 나를 놓아주자 우리는 앨런 옆 소파에 앉는다. 그는 울지는 않지만, '늙은 선생은 절대 죽지 않는다'라고 쓰인 머그컵을 쥔 두 손은 눈에 띄게 떨고 있다.

"토니는 뭘 하려고 이래?" 그가 릭에게 말한다. "집단 치유라도 하자는 건가?" 앨런은 구세대이고 토니와는 사이가 좋지 않다. 그의 말투에는 토니가 뭘 하든 다 틀려먹었다는 느낌이 깔려 있다.

"오늘 조회 시간에 아이들에게 이야기하려고 합니다." 릭이 말한다. 상담을 해줄 겁니다."

"상담이라니!" 앨런은 코웃음을 친다. 하지만 그가 엘라를 좋아했다는 사실을 나는 안다. 두 사람은 자주 농담을 나누었고, 토니와 그의 신세대 성공제일주의 문화를 공공연히 경멸했다.

"좋은 생각인 것 같아요." 아누시카가 말한다. "학생들이 얼마나 마음이 아프겠어요. 다들 엘라를 좋아했는데."

"우리 모두 마음 아프죠." 릭이 말한다. "하지만 어떻게든 극복해야 합니다. 이제, 여러분께 돈을 소개해드리죠. 이번 주에 엘라가 하던 수업을 맡아줄 분입니다. 경력이 많으셔서, 우리가 모실 수 있는 게 행운이죠."

돈은 확실히 경험이 많아 보이긴 하지만, 다 좋은 경험인 것 같지는 않다. 오십대 남자로, 머리카락이 의심스러울 정도로 검고 가늘며 피부는 처졌다.

"이런 슬픈 상황에서 여기 오게 되어 안타깝습니다." 그가 말한다. 학생들이 대번에 '상류층', 좀 더 그럴듯하게는 '게이'(나는 학생들에게 이건 모욕이 아닌 섹슈얼리티의 문제라고 누누이 말하지만)라고 분류할 만한 목소리다.

"클레어." 릭이 내게로 돌아선다. "지금 즉시 교육 4단계 학년 부장으로 임명합니다. GCSE 예상 문제를 논의하는 회의를 이번 주 후반부에 열 겁니다."

릭은 이미 예고했기 때문에, 나는 고개를 끄덕일 뿐 달리 할 일이 없다. 진짜 승진이기는 하나, 기쁘다는 느낌이 들지 않는다.

"베라가 교육 3단계를 이어받을 겁니다." 릭이 말한다. "우리 모두 이런 어려운 시절에는 똘똘 뭉쳐야겠죠."

"우리가…… 엘라를 위해 뭘 할 수 있을지…… 혹시 아실까요?" 아누시카가 묻는다. "나무를 심는다든가, 엘라를 기리는 상을 신설한다든가요? 엘라를 기억할 수 있는 일이라면 뭐든요."

"토니가 조문객 방명록을 놓을 거라고 합니다." 릭이 대답한다. "엘라의 부모님께서 여기, 예배당에서 장례식을 열고 싶다고 하시는데요, 우리가 엘라의 삶을 기념할 수 있게요. 과에서도 뭔가 하는 것이 좋겠지요. 생각해봅시다."

"연극은 어떻게 하죠?" 베라가 묻는다.

엘라는 크리스마스 연극을 담당하고 있었다. 올해는 〈공포의 구멍가게〉이다. 릭은 전보다 한층 더 괴로워 보인다.

"취소할까도 생각해봤는데, 토니는 사기를 끌어올릴 일을 해야 한다고 생각하더군요. 클레어, 클레어가 아누시카와 맡아줄 수 있을까요?"

"우리가 엘라를 추모해서 근사한 극을 만들게요. 우리가 할 수 있겠죠, 클레어?" 아누시카는 약간 기운을 차리고 말한다.

갑자기, 엘라가 대낮처럼 환한 모습으로 내 앞에 나타난다. 두 손은 허리를 짚었고, 머리카락이 얼굴 위로 흘러내린다. "네가 내 자리를 차지해버렸네." 엘라가 말한다. "내 연극도 가져가버렸고. 이제 내 삶을 이어받는 거야?" 이 환상은 너무 선명해서, 나는 눈을 비벼 떨쳐버려야 했다.

"클레어?" 릭이 나를 보고 있다.

"미안해요. 네, 우리가 엘라를 추모하는 극을 올릴게요."

"우린 결코 엘라를 잊을 수 없을 거예요." 베라가 말한다. "엘라는 늘 우리와 함께하겠죠."

나는 이 말이 정말로 진실일지도 모른다는 생각이 들기 시작한다.

나가는 길에 릭이 나를 불러 세운다. 몰골이 끔찍하네, 나는 생각한다. 창백한 얼굴, 붉은 눈, 목에서부터 슬금슬금 일어난 두드러기.

"어떻게 지내요?" 그가 묻는다.

"아…… 알잖아요…….." 나는 7학년 학생들에게 '알잖아'를 문장부호처럼 쓰지 말라고 늘 말해왔지만, 그래도 이건 가끔 쓸모가 있다.

"경찰하고 이야기했죠?"

"네, 화요일에요. 집으로 왔더라고요."

"경찰들이…….." 릭은 마치 '몰래'라는 단어를 몸짓으로 표현해달라는 부탁을 받기라도 한 듯이 교무실 안을 두리번거린다. "하이드 이야기를 했습니까?"

"아뇨." 나는 그를 응시하며 말한다. 이런 질문을 하다니 믿을 수 없다.

릭은 이제 볏처럼 일어선 머리카락을 한 손으로 훑는다. "경찰들이 물어보면, 엘라와 나에 대해서는 말하지 말아줘요. 엘라가 클레어에게는 비밀을 털어놓았다는 거 압니다. 두 사람 사이에는 비밀이 없었잖아요?"

'아, 비밀이야 많고 많죠.' 나는 이렇게 말하고 싶다. 물론, 엘라와 릭의 연애에 대해서는 알았다. 둘의 관계를 이렇게 묘사할 수 있다면 말이다.

"엘라와 릭 사이에 일어난 일은 당사자가 알아서 할 일이죠." 나는 말한다. "난 아무한테도 이야기한 적이 없어요."

"고맙습니다." 그가 말한다. 그의 얼굴에 떠오른 안도의 표정을 보자 당황스럽다. "그저…… 데이지가 지금 무척 약해진 상태라서

요."

이 말이 내 급소를 친다, 심지어 상대가 릭이라 해도.

"끝났습니다." 그가 말한다. "나와 엘라의 관계는 지난여름에 끝났어요."

지난여름이면 별로 오래되지도 않았네……. 그전에 이 사람은 내가 자주지 않으면 자살하겠다고 말했더랬다. 나는 갑작스레 속에서 분노가 치솟아 놀란다.

"뭐, 그렇게 말한다면 그런 거죠. 이제 조회에 가봐야겠네요." 나는 말한다.

"클레어……." 릭은 한 손을 뻗지만 나는 피한다. 교무실을 나오는데 그가 헐떡이며 숨을 들이쉬는 소리가 들린다. 마치 우는 것만 같다.

학교에는 모두 모일 만큼 넓은 장소가 없기 때문에, 토니는 조회를 두 군데서 열면서 학생들에게 훈시를 한다. 나는 고등 학년들에게 간다. 500명의 십대들이 체육관에 꽉꽉 들어차고, 토니의 머리 위로 농구 골대가 후광처럼 떠 있다.

토니는 잘해낸다. 우리는 절대 엘라를 잊지 않을 것이며, 우리 삶은 엘라를 알고 나서 더 나아졌다고 말한다. 그는 엘라가 비극적으로 죽었으나, 엘라가 살았던 방식과 학교에 빛과 웃음을 가져다주었음을 기억해야 한다고 한다. "여러분들이 삶의 여정을 시작할 때, 엘픽 선생님과 선생님이 표상한 가치를 기억하십시오." 내 옆에 선 앨런은 '가치'라는 말에 눈알을 굴리지만, 많은 학생들의 눈에는 눈물이 그렁그렁하며 내 눈도 젖어든다. 9학년과 11학년이

줄줄이 나가자 앨런은 말한다. "모두가 여정을 시작하네 어쩌네 하는 말에 너무 질려서. 어째서 요새는 도착하는 사람은 없을까?"

"저는 좋았는데요. 하기 힘든 일이니까요." 나는 말한다.

토니가 허겁지겁 세운 연단에서 내려와 우리에게 온다. 그는 사십대지만 쉼 없는 운동과 다이어트로 날렵한 몸을 유지하고 있다. 학교 주변의 낙서로 판단하건대, 일부 학생들은 그가 '멋있다'고 여기는 것 같다. 그의 성 '스위트먼'을 가지고도 장난을 많이 친다. 하지만 내가 보기에 그는 미간이 너무 좁고, 너무 자주 미소 짓는다. 물론 지금은 미소를 띠고 있지 않다.

"잘하셨어요. 힘드셨을 텐데." 나는 말한다.

토니는 눈을 비빈다. "악몽을 꾸는 것 같아요. 며칠 동안 잠을 제대로 못 잤죠. 경찰이 오늘 올 겁니다. 엘라가 맡았던 개인교습반 학생들과 이야기를 해보고 싶답니다. 학부모의 허락도 받아야 하는데, 많은 분들이 아직 허락하지 않네요."

"왜죠?" 내가 묻는다.

"여기 부모님들이 어떤지 아시잖아요. 몇몇 분은 경찰을 직접 대면한 적도 있으시죠."

맞는 말이다. 여기는 중산층 동네지만, 부유한 사람들은 아이들을 세인트 페이스 같은 사립학교에 보낸다. 우리 학생들 중 다수가 이른바 '복잡한 문제'를 가지고 있다.

"많은 사람들이 경찰에게 고통받은 경험이 있을걸." 앨런이 미끼를 덥석 문다. "아이들이 신문받기를 원하지 않는다고 해서 부모를 탓할 수 있겠나?"

"이건 살인 사건 수사입니다." 토니가 말한다. "애들 부모들이 돕고 싶을 수도 있죠."

"어째서?" 앨런이 묻는다. "어째서 그들이 체제를 떠받치고 싶어 할까?"

"학생의 선생님이 살해당했으니까요." 토니는 자기도 모르게 목소리를 높였다가 죄책감을 느끼는지 주위를 돌아본다. "학생같이 유치한 사회주의는 전 사절입니다, 앨런."

"신문을 받으면 심리적 충격이 꽤 커요. 저도 무척 언짢은 기분이 들었다는 걸 깨닫고 놀랐죠." 나는 말한다.

"상담사들을 대기시킬 겁니다." 토니가 말한다.

"교직원을 위해서도 그렇게 해줄 건가요?"

"괜찮아요, 클레어?" 토니는 내게 '지금은 무너지지 말라'는 눈길을 보낸다.

"난 괜찮아요." 나는 대답한다. 괜찮을 것이다, 그래야만 한다. "이제 수업에 가봐야겠네요."

첫 수업은 GCSE 시험 준비 첫 해를 맞는 10학년을 대상으로 한다. 우리는 『생쥐와 인간』을 두고 토론해야 하지만, 어쩔 수 없이 엘라 이야기를 꺼내고 만다. 내 수업안을 따르지 않고, 학습 목표를 다 채우지 못하게 되지만, 학생들이 원하고 필요로 하는 이야기임이 분명하다.

"엘픽 선생님은 내가 처음 탈가스에 들어왔을 때 무척 다정하게 대해주셨어."

"교직원 대 학생 네트볼 경기 때 엘라 선생님이 원더우먼으로 분장했던 것 기억나?"

"아니면, 장기 자랑에서 〈오버 더 레인보〉 부른 건?"

"선생님 참 예뻤는데."

"참 친절했고."

"머리카락이……."

"학교에서 제일 훌륭한 선생님이었는데."

엘라가 살아 있을 때도 그런 이야기를 해줬니? 궁금해진다. 하지만 나는 아이들이 십대의 방식으로 진지하고 순수하게 엘라를 추억한다는 것을 안다. 이 순간, 진심으로 엘라를 사랑하고 그리워하고 슬퍼하며 고인을 기린다. 하지만, 토니의 말처럼, 아이들은 인생의 출발점에 서 있다. 응당 그래야 하듯이, 이 또한 지나갈 것이다. 바로 이런 남자애와 여자애 무리들에게는 현재가 중요하다. 지금은 눈시울을 붉히며 감상에 빠지더라도 몇 년 안에, 심지어 몇 달이 지나지 않아 아이들은 엘라의 이름조차 쉬 떠올리지 못하게 되리라.

마침내 우리는 컬리의 아내* 이야기로 돌아간다. 이 사람 또한 살해되었고, 스타인벡은 심지어 피해자의 이름조차 말해주지 않았다.

"이 인물의 붉은 드레스는 어떤 의미가 있을까?" 나는 학생들에게 묻는다.

"빨간색은 위험을 뜻합니다." 누군가 말한다.

"정열의 색이에요." 다른 누군가 말하자, 야유 소리가 들려온다.

"옷을 잘 차려입었어요. 특히 목장에 사는 사람치고는요. 어쩌면, 독자들이 이 여자가 남자들을 끌어들인다고 생각하게 하려는 장치

---

* 『생쥐와 인간』에 나오는 인물.

인지도 몰라요." 이 조시 브라운은 안경을 쓴 성실한 소년이다.

"'남자들을 끌어들인다', 이건 무슨 뜻일까, 조시?" 나는 카우어 경사가 엘라의 남자 친구에 대해 한 말을 떠올린다. 그러니까, 이런 일들이 일어난다. 한 여자가 살해당하면, 사람들은 피해자가 남자와 성교를 했거나 가슴이 위험하리만큼 유혹적이었기에 얼마간은 비극적인 사태에 일조한 거라는 뜻을 내비친다. 틀림없이 엘라의 옷장에 빨간 드레스가 많았겠지만, 그렇다고 사람이 죽어도 된다는 얘기는 아니다. 나는 책임과 동의에 관한 토론을 하려고 마음을 다잡지만, 그때 문이 열리며 7학년 여자애가 나타나서 안심한다. 그 애는 오늘의 '당번'으로, 전학생이 오면 학교 지리에 익숙해지도록 도움을 주는 학생이다.

당번은 체구가 작고 접먹은 표정이었으며, 머리를 땋아 내렸다. "쟤 귀엽지 않니?" 10학년 여자애 한 명이 속삭이는 소리가 들린다. 고작 세 살밖에 많지 않으면서.

땋은 머리가 내게 쪽지를 건넨다.

쪽지에는 이렇게 쓰여 있다. "경찰이 이야기를 하고 싶답니다. 쉬는 시간에 제 사무실로 오시겠습니까? T."

나는 쪽지를 도로 건네준다. "스위트먼 선생님께 내가 간다고 전해드려."

카우어 경사와 윈스턴 경사가 토니의 사무실에서 기다리고 있다. 그들은 벌써 사무실이 제 집인 양 편안해 보인다. 그들 앞에는 커피가 담긴 스티로폼 컵이 놓였고, 책상에는 영화의 한 장면처럼 도넛 상자가 있다. 토니는 비서 사무실로 추방된 듯하다. 연결된

문은 굳게 닫혔다.

"안녕하세요, 클레어." 카우어가 인사한다. "와주셔서 감사합니다."

"우리가 서로 이름 부르는 사이였군요." 나는 대답한다. "이름이 뭐였죠?"

"하빈더예요." 카우어는 내게 시선을 보내며 말한다.

"네, 하빈더. 저 시간이 별로 없는데. 15분 후에 수업 들어가야 하거든요."

학생들이 복도를 우르르 뛰어다니기 때문에 지금을 쉬는 시간이라고 할 수 있을지도 잘 모르겠다. 학생들은 비가 오지 않는 날이면 야외로 나가서 뛰어야 하지만, 오늘은 규율이 좀 느슨하다.

"용건을 빨리 마치겠습니다." 하빈더가 말한다. 경사는 플라스틱 봉투를 내 쪽으로 민다. "엘라의 소셜 미디어 정보를 좀 보고 있었어요. 몇 가지 질문이 있습니다."

내가 무엇을 예상했든 간에, 이건 아니다. '소셜 미디어 정보'라니 무슨 의미일까? 나는 페이스북 계정을 가지고 있긴 하지만 대개 단체 대화를 할 때나 쓴다. 심지어 영어과 방도 있다. 조지는 스냅챗과 인스타그램을 쓰지만, 나는 내 얼굴(이나 저녁 식사) 사진을 에테르 속으로 내보내는 짓이 멍청하다는 기분이 든다. 트위터도 하지 않는데, 유명하지도 않고 미치지도 않았기 때문이다.

"7월에, 클레어는 엘라와 함께 하이드에 교사 연수를 갔었죠." 하빈더가 말한다. "거기서 무슨 일이 있었어요. 엘라의 페이스북 메시지를 보고 알아냈습니다. 뭐였죠?"

그러니까 이게 바로 릭이 하던 말이다. 경찰이 하이드에서 무슨 일이 있었는지 알아낸 것이다. 심지어 엘라가 누구와 잤다는 것까지 알아냈지만, 상대방 이름은 알아내지 못했다. 나는 퀄리의 아내와 붉은 드레스를 생각한다. 경찰에 협조하진 않을 것이다. 릭을 위해서가 아니다. 엘라를 위해서다. "무슨 의미죠?"

"우리는 하이드에서 엘라의 마음을 어지럽히는 어떤 일이 일어났다는 걸 압니다." 하빈더가 말한다. "클레어도 거기 있었죠. 친구잖아요. 무슨 일인지 알 수도 있다고 생각합니다."

"아뇨." 나는 대답한다. "일반적인 교사 연수와 관련된 일뿐이었어요, 아시잖아요."

"아뇨, 모르겠습니다." 하빈더는 무표정하게 말한다. "서식스 경찰이 관내 교육과정까지 챙기지는 않거든요. 하이드에서 무슨 일이 있었습니까?"

나는 안다, 눈을 깜박이거나 시선을 돌려서는 안 된다는 사실을. "아무 일도 없었습니다." 이윽고 나는 대답한다. "보통 있는 일뿐이었어요. 강연, 조 활동을 많이 하고 저녁엔 술도 마시고."

"술요?"

"네, 사교적인 면이 있는 행사예요. 사람들은 한잔하거나 식사를 하러 같이 외출하기도 하죠." 나는 평온한 목소리를 유지하려 애쓴다.

"함께 술을 마신 분은 누굽니까?"

"여럿 있었죠."

"엘라요?"

"네."

"그리고 릭도? 학과장이시죠?"

"네, 한두 번."

"탈가스 하이에 다니는 다른 사람들도요?"

"아누시카가 있었어요. 그땐 신임교였죠."

"신임교요?"

"신입 임용 교사요."

"여기서," 하빈더는 해당 페이지를 톡톡 치며 말을 이어간다. "엘라는 하이드를 잊고 싶다고 씁니다. 무슨 뜻이라고 생각하십니까?"

나는 무심한 표정을 유지하려 한다.

"전혀 모르겠는데요."

"지킬 박사와 하이드 씨에 대한 이야기도 합니다." 하빈더는 여전히 매서운 눈길을 보내며 말한다. "그게 무슨 뜻이라고 생각하시죠?"

"오타 아닐까요?" 나는 말을 던져본다. 하빈더도 윈스턴 경사도 그 책은 읽지 않았을 것이다, 돈을 걸어도 좋다.

하빈더는 내 말을 무시한다. "엘라는 'C는 알고 있다'고 하네요. 여기서 C가 클레어죠?"

"모르겠네요." 나는 이제 시선을 피할 수밖에 없다. 식은땀이 흐르지만 경찰들이 눈치채지 못하기만을 바랄 뿐이다. 하빈더는 내가 폐경기일 거라고 짐작할지 모른다.

닐 윈스턴이 입을 연다. 이 사람 목소리를 듣고 있자면 거의 충격을 받게 된다. 말에서 극적인 요소를 죄다 빨아들이는 단조로운 템스강 유역 억양이 묻어난다. "엘라의 시체에서 쪽지가 발견되었습니다."

내가 미처 예상하지 못한 말이다. "뭐라고 쓰였던가요?"

"'지옥은 비었다.'" 닐은 휴대전화를 들여다보며 글을 읽는다. "클레어 씨는 이게 무슨 의미인지 아시겠습니까?"

"인용구예요. 「템페스트」에 나오는."

"그다음 줄은 뭐죠?" 하빈더가 물어보지만, 나는 경사가 미리 찾아봤으리라고 확신한다.

"지옥은 비었다." 나는 읊는다. "그리고 모든 악마는 여기에 있다."

7장

미친 듯이 바쁜 날이라서 집에 와서야 겨우 페이스북을 확인할 수 있다. 어쨌든 학교에서는 하고 싶지 않았다. 주위에 동료들이 돌아다니고, 학생들이 교무실 문을 두드리고, 베라가 교과과정을 두고 진지한 질문을 퍼부어대면 온전히 집중할 수가 없을 테니. 나는 집에 들어서자마자 간이 식탁에 앉아서 노트북 컴퓨터를 켠다. 조지는 숙제를 하려는지 태시의 집에 갔고, 허버트는 아직도 도기 데이 케어 센터에 있지만(어린이집만큼이나 비싸다) 6시까지는 그냥 두어도 된다. 작고 파란 페이스북 아이콘을 찾아 클릭하는 동안 등 뒤에서는 나의 맞춤형 부엌이 조용히 웅웅댄다.

지난번 처음 본 이후로 엘라의 페이지를 다시 보진 않았다. 어쩌면 더는 열리지 않을 수도 있다. 어쩌면 검은 사각형 안에 "고인의 명복을 빕니다"라고만 적혀 있고 아무것도 없을지도. 어쩌면 데브라의 제안대로 부모님이 딸의 페이스북을 추모관처럼 만들어 엘라의 육체는 죽었지만 사이버 자아는 거기서 살게 되었을지도 모른다. 하지만 내가 엘라의 이름을 클릭했을 때, 엘라는 여전히 거기 있었다. 프로필 사진은 작년 영어과 크리스마스 회식 때 찍은 것이다. 머리카락은 풀어 내렸고, 마리니의 이탈리아 식당 불빛 아래서는 튜더 왕조풍 머리장식처럼 보석이 박힌 듯 보이는 종이 모자를 쓰고 있다. 엘라는 미소 지으며, 약간 도전적인 표정으로 눈을 크게 뜨고 카메라를 똑바로 바라보고 있다. 이 사진은 누가 찍었을까? 기억이 나지 않는다. 나는 미소를 띠긴커녕 맘 편히 있을 때면 자주 그러하듯 약간 화난 얼굴이다. 나는 머리가 작아서, 종이 모자를 쓰면 제대로 붙어 있는 법이 없어서 이런 축제에서는 유령처럼 보인다. **당신의 부정이 아니라 내 광기가 떠든다는 말로 맘에 맞는 고약을 영혼에 바르지 마세요.***

하이드에서 찍은 사진은 없다. 엘라의 타임라인에서 7월로 돌아가려면 얼마나 아래로 스크롤을 해야 할까. 하빈더는 그 댓글을 어디서 찾은 걸까? 엘라가 나름 안전하다고 믿었던 메신저 앱에서? 다른 사람에게 보낸 개인 메시지에서? 나는 내 페이지로 옮겨간다. 2015년("조지의 열세 번째 생일, 날씨 좋다. 갑자기 청소년의 엄마가 되어버렸네!") 이후에는 아무 글도 올리지 않았지만, 주기적으로 개인 메시지는 주고받았으며, 단체 대화방에 들어가기도 했다. "우리 셋이서……"라는, 엘라와 데브라와 함께한 채팅방에 내가 마지막으로 올린 메시지의 날짜를 확인해보니 엘라가 죽은 일요일이다. "저 파소도블레에 고작 4점이라니. 심사위원들 다 눈멀었나???" 그날 파소도블레를 춘 사람이 누구였는지는 기억나지 않지만, 사람들이 많이 보는 텔레비전 프로그램에 대한 심술궂은 코멘트가 카우어 경사에게 딱히 깊은 인상을 남겼을 것 같진 않다. 물음표 세 개도 마찬가지다. 나는 하이드에서 일어난 일에 대해 소셜 미디어에 쓰지는 않았지만, 일기에는 기록해두었다. 나는 거의

---

* 「햄릿」 3막 4장, 햄릿이 어머니 거트루드에게 하는 말.

매일 일기를 쓰고, 침실에 있는 작은 자물쇠 달린 수납장은 일기장으로 가득하다. 가끔은 현재 쓰고 있는 일기장을 들고 다니지만, 옛날 일기—나는 머릿속에서는 문서 저장고라고 부른다—는 서랍장에 넣고 잠가버린다.

겨우 5시밖에 되지 않았다. 아직은 허버트를 데리러 갈 필요가 없고, 조지는 몇 시간 후에나 돌아올 것이다. 나는 방으로 들어가 수납장으로 간다. 각양각색의 일기장이 모두 여기에 날짜별로 가지런히 정리돼 있다. 현재 일기장은 8월부터 쓰기 시작했으니, 하이드에 대한 기록은 이전 일기장에 있을 것이다. 연청색 몰스킨 공책에 "2017년 1월부터 8월까지"라고 적혀 있다.

나는 페이지를 후르르 넘긴다. 2017년 7월 20일. 학기가 전날인 목요일에 끝났다. 공기 중에 학기 말의 기운이 감돌던 기억이 난다. 아름다운 날로, 바다에는 파란색과 초록색 줄이 그어지고 돛단배들이 점점이 수를 놓았다. 나는 엘라와 함께 차를 타고 하이드로 가면서 창문을 열고 라디오에서 흘러나오는 노래를 따라 불렀다. 조지는 사이먼에게 가 있었다. 그들은 다음 날 콘월로, 사이먼이 자주 하는 표현으로 "가족 휴가"를 떠날 예정이었다. 그렇다고 해도 내 기운이 꺾이진 않았다. 학기는 끝났고, 친한 친구와 좋아하는 동료들과 함께 주말을 보낼 작정이었다. 연수 과정도 흥미로웠다. 전형적인 교육용 명칭(하지만 아무 의미도 없는)이 붙은, '창작을 위한 일기 기록'이라는 과정이었다. 나는 열정이 있었다. 이듬해 탈가스 하이 영어과는 최우수 실행 학급으로 선정될 터였다.

적어도 그때는 그런 느낌이 들었다.

2017년 7월 21일

올해는 좋은 방을 받았다. 킹사이즈 침대, 바다 전망, 심지어 소파까지 있어서 스위트룸 느낌이 난다. 엘라가 막 문자를 보냈는데, 보통 더블 침대가 있는 방을 받았다고 한다. "그럼 난잡한 파디는 네 방에서 해야겠네." "하하." 나도 문자를 보냈다. 난잡한 파티를 할 가능성은 별로 없지만, 첫 번째 저녁 수업이 시작되기 전 6시에 다과를 곁들인 환영회가 있다. 스톡포트 학교에 재직 중인 폴도 올해 여기 올까 궁금하다. 엘라 말로는 내가 그 사람한테 반했다 하는데(차를 타고 오는 동안 엘라는 내내 이랬다. 세상물정 다 아는 어른 여자처럼 구는가 하면 눈 휘둥그레 뜬 십대 같은 모습을 보이며) 나는 유부남도 게이도 아닌 남자 선생을 알고 지내는 게 좋을 뿐이다. 어쨌든, 나는 내 방에서 몇 시간 보낼 수 있게 되었다. 나는 호텔에서 혼자 있는 것을 좋아한다. 〈앤티크 로드쇼〉를 볼 수 있고, 특산 차를 마시고 비스킷을 먹을 수 있다. 이번 주말은 왠지 느낌이 좋다.

그다음.

오늘 저녁 엘라 때문에 정말 기분이 상했다. 대학입시반 징크스에 빠졌다는 기분에 잠겼다가 남자들과 미친 듯이 시시덕거리더니 이제는 나를 겨냥해 가시 돋친 말을 쏟아냈다. "아, 클레어는 우리가 너무 시끄럽다 생각하나 보네요." "클레어는 사람들이 재미 좀 보는 걸 달가워하지 않아요." 엘라는 아까부터 폴 옆에 붙어 있더니 저녁 식사 때는 옆자리에 앉았다. 두 사람의 웃음소리가 내가 앉은 테이블 끝, 침침한 구석까지 떠돌았다. 나는 마찬가지로 침울한 기분에 푹 빠진 릭 옆에 앉았다.

저녁 수업은 괜찮았다. '친애하는 일기장에게'라는 제목으로 매일 글을 쓰면 내용이 아무리 쓰레기라도 문해력이 향상된다는 내용이었다. "클레어는 일기를 써요." 엘라가 큰소리로 내뱉었다. "그러세요?" 폴이 받았다. "빅토리아시대 소설에 나오는 사람 말고는 누가 일기를 쓰는 줄 몰랐는데." 뺨이 붉어지는 느낌이 들었다. "아, 저 되게 놀랄 만한 점이 많은 사람이거든요." 나는 그냥 웃으면서 말했다. 하지만 속은 부글부글 끓고 있었다.

그 후에는 해안 도로를 산책했다. 엘라는 릭과 함께 걸었고, 나는 엘라가 어느 시점에 슬쩍 그의 팔을 잡는 모습을 보았다. 나는 바다를 보려고 잠깐 멈췄고, 돌아서 보니 그들은 거의 호텔로 돌아간 터였다. 두 사람은 내가 그 자리에 있는지도 몰랐다.

2017년 7월 22일

자정에 가까운 시각. 엘라가 막 내 방을 나갔다. 방금 일어난 일을 믿을 수가 없다. 엘라는 오늘 또다시 제정신이 아니었지만 이번에는 내게 훨씬 더 친절했다. 사실 지나치게 친절했다. 내 팔을 잡고, 나를 자기 '절친'이라고 부르고, 누가 들으면 우리를 영어과의 사고뭉치로 알 법한 이야기들을 했다. 오후에 소모임 활동을 할 때, 엘라와 같은 팀이 되지 않아 다행이었다. 폴은 우리 팀이었고, 아누시카와, 루이스와 베스라고 북아일랜드에서 온 괜찮은 교사 둘도 같은 팀이었다. 실제로 모임 활동은 무척 재미있었고, 나도 슬슬 즐거워지던 참이었다. 우리 팀은 저녁 식사 때 함께 앉았고, 나는 몇 테이블 건너에 앉은 엘라와 릭이 무척 열정적으로 이야기하는 모습을 보았다. 그런 다음 두 사람은 사라졌다. 나는 바에서 술을 두어 잔 마시고 침대에 들었다. 엘라가 몇 분 후 방문을 두드렸다. 머리카락은 헝클어지고 눈은 평소의 두 배로 커져 있었다. 나는 엘라가 무슨 약을 먹은 게 아닐까 생각했다.

엘라는 내 킹사이즈 침대에 털썩 몸을 던졌다. 엘라가 말했다. "릭이랑 자게 될 것 같아." 나는 빤히 바라보기만 했다. 엘라는 두 사람이 해변에서 "십대처럼" 서로 더듬었으며, 아마 "휴가지 섹스"를 할 것 같다고 떠들어대기 시작했다. 현실에서는 별거 아닌 일로 칠 수 있지 않냐면서. "릭은 유부남이잖아." 내가 말했다. 엘라는 릭이 자기에게 미쳐 있다고, "완전히 사로잡혔다"고 말했다. "나 때문에 병이 난다나."

릭이 나한테도 한 말이었다. 바로 '나'한테, 고작 몇 달 전에 한 말이었다. "난 당신에게 미쳐 있어요, 클레어. 항상 당신 생각만 하죠. 당신 때문에 병이 난다고." 나는 당시에 그 말이 참 불길하다고 생각했다. 나 때문에 '병이 난다'. "병이 나면, 도움을 받으세요." 나는 이렇게 말했다. "당신은 유부남이잖아요. 난 유부남과는 자지 않을 거예요." 하지만 끌린 것은 사실이었다. 이유는 모르겠지만, 진지하게 끌리기는 했다. 어쩌면 그래서 엘라에게 화가 났는지도 모른다. 나는 엘라에게 소리쳤다. 유치하고 멍청하게 행동하는 것 같다고 말했다. 엘라는 내게 즐기는 법을 모른다고 되쏘았다. "폴하고 한번 하지그래? 아니면 주말 내내 너한테 추파를 보내던 바텐더라도? 넌 늘 다른 사람보다 잘나야 직성이 풀리잖아. 하지만 남보다 잘난 구석도 없어. 그냥 지루한 애일 뿐이지."

엘라가 나갔을 때 내 몸은 떨리고 있었다. 엘라를 절대 용서하지 못할 것 같다.

아니면 릭을.

일기를 읽다 멈추자 몸이 다시 떨린다. 엘라가 릭과 불장난을 했던 것을 기억하고 있다. 기억하고말고. 하지만 고작 그 주말뿐이었다. 엘라는 주말이 지날 때쯤 싫증을 냈다. 빗속에서 집으로 돌아오던 차에서 나눈 대화가 기억난다. 엘라는 릭이 너무 진지하고, 유머 감각이 떨어지며, 남성상위 체위만 고집하는 경향이 있다고 비웃었다. 8월 내내 비가 온다 싶었지만, 조지의 페이스북 페이지에는 콘월의 황금빛 여름날, 회전목마, 카약, 해변의 바비큐, 비키니를 입은 조지와 귀여운 보덴 비치 가운을 입은 이복동생 타이거의 사진만이 가득했다.

릭은 엘라에게 꽤 집착하게 됐다. 실제로, 엘라에게 줄곧 전화를 걸고 만나달라고 빌고 자기는 아내를 떠나고 직장도 그만두겠다고 말했다. 나는 고작 몇 달 전 일을 떠올리며 그런 릭을 멸시했다. 그때도 내 집 밖에 앉아서 같이 자달라고 빌었더랬다. 하지만 하이드에서 일어난 일은 기억나지 않았다. 그때는 너무 화가 났고, 너무 긴장했으며, 너무 **질투가 났다.** 나는 엘라가 학과장과 불륜을 저지르는 짓은 어리석다고 생각했었다. 어쨌든 이전 학교에서도 그런 일로 결국 잘못되지 않았던가? 하지만 그건 엘라가 알아서 할 일이었다. 어째서 엘라를 절대로 용서하지 못할 거라고 말했을까?

나는 이번에는 다르게 읽어보리라 결심하고 일기를 다시 훑어보다 페이지의 맨 아래에 무언가 쓰여 있음을 깨닫는다. 작게, 모두 대문자로 쓰인 글자.

안녕, 클레어. 당신은 나를 모르죠.

8장

안녕, 클레어, 당신은 나를 모르죠. 이 말이 저녁 내내 머릿속에서
울려 퍼진다. 조지와 태시의 새 머리 모양에 대해 잡담을 하고, 조
지에게 다음 날이 마감인 역사 숙제가 있다고 다시 알려주는 동안
에도 마찬가지다. 나는 조지에게 저녁을 같이 먹자고 하지만, 조지
는 태시와 벌써 먹었다고 한다. 저 애가 음식을 거부할 때면, 내 머
릿속에 '거식증 경고!'라는 비상벨이 울리지만, 조지는 (나처럼)
무척 말랐기는 해도 건강이 나빠 보이지는 않는다. 어쨌든, 나도
뭘 먹을 기분은 아니다. 나는 허버트를 데리고 오늘의 마지막 산책
을 나가 길을 걷는다. 타운하우스들이 모여 이루어진 주변 거리에
신호등이 몇 개 있지만, 그것 빼고는 시골 특유의 어둠이 온통 주
위를 감싼다. 한밤중 이 시간에는 차들도 드물어서, 허버트와 나는
도로 위를 걷는다. 허버트는 한 다리를 덤불 위로 들었다가 아닌
척 다시 내려놓으면서 나를 놀린다.

안녕, 클레어. 당신은 나를 모르죠.

누군가 내 일기에 그렇게 써놓았다. 처음 보는 글씨다. 가늘고
뾰족하며, 예전에 이탤릭 펜이라고 부르던 필기도구로 쓴 것이다.
나는 『나는 황제, 클라우디우스다』에서 칼리굴라가 저지른 여러
악행 중에서도 자기 아버지의 이름을 벽에 작은 글자로 써서 그를

광기와 죽음으로 몰고 간 대목을 계속 떠올린다. 매일 한 글자씩 줄어들어 게르마니쿠스Germanicus의 G에 이르렀을 때 그의 아버지가 죽었다. 나의 칼리굴라는 누굴까?

이렇게 생각해봤자 아무것도 떠오르지 않는다. 일기에 접근할 수 있었던 사람이 누군지 생각해야 한다. 하이드에 갔을 때 가져갔고, 직장에도 두어 번 가져갔을지 모른다. 하지만 늘 다른 사람들이 볼 때는 쓰지 않으려고 주의했다. 심지어 조지도 내가 일기 쓰는 모습은 본 적이 없다. 일기를 쓰는 습관에는 약간 기이하고도 강박적인 면이 있다. 딱히 비밀이라고는 할 수 없지만, 다른 사람과 논의하고 싶은 일도 아니다. 하지만 엘라는 알고 있었다.

일기의 대목에 다 나와 있다. "클레어는 일기를 써요.""빅토리아시대 소설에 나오는 사람 말고는 누가 일기를 쓰는 줄 몰랐는데." 엘라가 한 일일까? 한편으로는 엘라가 재미있다고 여겼을 법한(그녀에 대해 과거형으로 말하는 게 점점 편해진다) 일이기는 하나, 엘라의 필체 같지는 않다. 엘라의 글씨는 더 크고, 느슨하며, 흘려쓰기에 가깝다.

"지옥은 비었다"라는 문구도 계속 생각난다. 「템페스트」는 GCSE용 시험 지정 도서이다. 하빈더 카우어는 이미 확인해두었을 뿐만 아니라 영어과 사람들 모두가 이 대사에 익숙하다는 사실을 알고 있다. 강한 확신이 든다. 이 대사는 소위 '중요 인용구'이다. 그런데 카우어는 이 대사가 홀랜드의 단편에도 나온다는 사실을 알고 있을까? 그렇다면, 이 문구가 쓰인 쪽지가 틀림없이 나를 가리킨 거라고 생각하겠지. 경사는 정말로 내가 엘라 살인 사건에 관련돼 있다고 생각하는 걸까? 경사가 일요일 밤에 내가 무엇을 하고 있었는지, 누구와 함께 있었는지를 물었던 기억이 난다. 그때부터 내게 의심을 품었던 걸까? 그들은 또한 내 필체 견본을 달라고 부탁했다. 모든 사람에게 그렇게 했을까? 나는 점점 편집증에 사로잡혀 실제로 내 글씨가 원래 쪽지에 쓰여 있었던가 하는 의심까지 든다.

허버트가 마침내 쉬를 하고 우리는 집으로 돌아간다. 조지는 자기 방에 있고 조지의 노트북 컴퓨터에서 흘러나오는 〈프렌즈〉의 주제가가 들린다. 사이먼과 나는 조지의 방에는 텔레비전을 들여놓지 않기로 했지만, 조지의 맥북은 휴대용 텔레비전, 영화관, 시디플레이어, 카메라, 비디오 레코더 기능을 모두 갖추고 있을 뿐 아니라 항상 들고 다닐 수도 있다. 나는 아래층 전등을 다 끄고 문을 이중으로 단속한다. 허버트는 어째서 내가 이토록 보안에 신경 쓰는지 의아해하는 것처럼 머리를 갸웃하며 나를 바라본다. 나는 다시 뒷문을 확인하고 휴대전화와 핸드백을 들고 위층으로 올라간다. 만약을 대비해서.

침대에 들어가 연청색 일기장을 조심스럽게 넘기지만 수수께끼의 필적은 다시 나타나지 않는다. 다른 일기장은 차마 들여다볼 엄두가 나지 않는다. 1997년("독자여, 나는 결혼했다네."), 2002년("조지아 메이 뉴턴이 오늘 태어났다."), 혹은 2013년("오늘 이혼이 최종 결정됐다. 어둡고, 어두우며, 어둡다."). 대신에 나는 지금 쓰는 일기장을 꺼내 쓰기 시작한다.

다음 날은 핼러윈이고, 나는 방과후에 처음으로 〈공포의 구멍가게〉 연습을 해야 한다. 조지가 텅 빈 집에 오는 일은 별로 마음에 들지 않지만, 그런 말을 해서 아이를 겁주고 싶지도 않다.

"오늘은 늦을 거야. 연극 연습이 있어." 회전교차로에서 다른 차들 틈에 섞이면서 나는 말한다.

"엄마 정말 그 연극 해?" 조지가 전화기에서 고개를 든다.

"그래, 파머 선생님이랑. 연습이 두렵다."

"페파 피그*가 거기 나오는 것은 놀랍지도 않아."

페파 피그는 주역 오드리를 맡은 피파 파슨스의 별명인데 조지 패거리들은 이렇게 부른다. 피파는 11학년으로, 음색이 인상적이고 키가 큰 금발인데, 그래, 약간 돼지코라는 것은 인정할 수밖에 없다. 피파는 늘 노래 대회나 성가대에서 가창력을 뽐낸다. 어쩌면 그래서 조지가 싫어하는지도 모른다.

"누구를 말하는지 모르겠는데." 나는 말한다.

"뭐, 알면서."

"어쨌든, 원하면 태시네 집에 가도 돼."

"태시도 그 연극에 나와. 합창단에 있잖아."

"그럼 너도 남아서 연습을 보든가."

"아니, 엄마 말이 맞아. 허버트를 찾아서 집으로 갈게."

"네가 깜깜해진 후에 앤디네서 집까지 걸어가는 거 엄만 싫은데."

"도기 데이 케어겠지." 조지는 이 말을 할 때는 늘 오르락내리락 읊조리는 미국식 억양으로 말한다. "달랑 10분 거리야. 큰길 따라가면 돼."

---

* 영국 애니메이션 시리즈의 제목이자 주인공 이름.

"좋아. 큰길만 따라 가고, 헤드폰은 끼지 마. 차 소리 들어야 하니까."

"알았어, 알았어. 좀 진정해, 엄마."

"필요하면 누굴 부르든가."

"엄마, 괜찮은 거야? '학교 가는 평일'에 누구 부르는 걸 좋아한 적이 없잖아." 조지는 비꼬듯 강조할 구절에 청각적 인용 부호를 넣어 말한다.

"네가 친구를 원하지 않을까 생각한 거지. 핼러윈 맞아서 '사탕 안 주면 장난칠래', 이러고 다니는 애들이 있을 수도 있고."

"난 걔들한테 '장난쳐'라고 말할 건데. 그러면 정신 차리고 가겠지."

"런던 버스 그려진 양철 상자에 사탕 좀 있을 거야."

"됐어, 엄마. 마녀 의상 입은 애들 몇 명 정도는 상대할 수 있다고. 나를 지켜줄 친구로는 허버트가 있을 거야. 그리고 엄마도 늦게 오지는 않을 거잖아?"

나는 말한다. "그래, 늦진 않을 거야."

우리는 말없이 남은 길을 간다.

당신은 나를 모르죠. 나는 종일 간간이 이 말을 생각한다. 다행스럽게도 또다시 미친 듯이 바쁜 하루다. 엘라가 맡았던 반은 불쌍한 돈의 말을 듣지 않고 그를 괴롭혀서, 나는 두 번 "끼어들어" 아이들을 째려보고 질서를 되찾았다. 또, 엉망진창이 된 GCSE 자료와도 씨름하고 있다. 나는 아직 3단계인데, 엘라가 4단계를 맡았다는 사실에 늘 약간 분개했었지만, 솔직히 확인해야 할 자료의 양이 어마어마해서 미칠 것 같다. 정부에서 몇 초 만에 한 번씩 GCSE 요강을 바꾸는 행위도 한몫한다. 최근의 책략은 영어와 수학 과목 점수를 A★에서 E까지 매기는 대신에 1부터 9까지 매기게 한 것이다. "난 영어에서는 절대로 A를 받지 못할 거라는 뜻이야, 엄마." 조지는 이 사실을 알게 되자 짐짓 슬픈 척하며 말했다. 나는 이 사실을 두고 실제로 눈물을 흘렸다는 내색은 하지 않았다.

연극 연습은 학생들이 원하면 집에 갈 기회를 주기 위해 5시에 시작한다. 이 덕분에 나도 케임브리지에 갔다 온 이후로 쭉 하고 싶었던 일을 할 기회가 생긴다.

홀랜드의 다락층 서재는 주인이 죽은 이후로 바뀐 것 하나 없이 거의 고스란히 남아 있다. 계속 잠겨 있기는 하지만, 주임 교사이자 현직 홀랜드 전문가로서 내게는 열쇠가 있다. 수업이 끝난 후에 거기 올라가서 둘러보고 싶다. 이전에도 물론 가본 적은 있다. 심지어 가끔 학생들 견학도 시켜준다. 이번에는 사진을 제대로 들여다보고 싶다. 벽에 걸린 사진 액자만 해도 상당량이고, 책상에도 사진이 담긴 은제 액자가 한가득 놓여 있다. 그중에 마리아나의 사진도 있다면? 나는 전화로 사진을 찍어서 집에 가서 살펴볼 작정이다. 머릿속에서는 헨리 해밀턴에게 전화하는 상상을 한다. "약간 흥미로운 발견을 했어요."

마지막 수업이 끝나자 나는 재빨리 구관 1층을 따라 걸어간다. 여기는 수업이 끝나면 대체로 조용하고, 학생들은 대개 학급 교실이 있는 신관에 붙어 있다. 하지만 오늘은 십대 마녀와 흡혈귀 몇 명이 불쌍한 선생을 놀래려고 돌아다니고 있다. 엘라가 사망한 터라 토니는 공식 핼러윈 활동은 금지했지만(이전 해에는 교복 입지 않는 날로 정하기도 하고, 한 번은 무도회를 연 적도 있다), 학생들은 여전히 과하게 흥분해서 평소보다 섣부르게 행동하기 십상이다.

"여기서 뭣들 하지? 방과후 클럽활동이라도 있어?" 나는 마녀와 흡혈귀들에게 말한다. "아뇨, 선생님." 해리 포터 망토를 입은 마녀가 킬킬대며 말한다. 애슐리인가 하는 아이인데 7학년 때 가르쳤던 학생이다.

"음, 그러면 집에 가. 가서 사탕이나 받으면 어떨까?"

"사탕 받는 거는 애들이나 하는 일이죠." 저음의 흡혈귀가 말한다. 패트릭 오리어리, 11학년, 럭비부, 말썽꾼.

"가서 그럼 숙제를 하면 되겠네. 예상문제 좀 풀어보지그래, 패트릭. 모의고사 치를 때 도움이 될 텐데."

패트릭은 웃더니 여유로운 걸음걸이로 자리를 뜨고 다른 아이들도 뒤를 따른다. 나는 아이들이 앞문을 빠져나갈 때까지 바라보고 있다가 2층으로 향하는 계단을 오른다.

이 2층은 방과후에는 접근 금지이지만 학생들이 몰래 숨어들었다는 이야기를 들은 적이 있다. 하지만 오늘은 조용하다. 문을 쾅쾅 닫고, 바닥을 쿵쿵거리며 걸어 다니며 일으키는, 축구 경기장에서 울려 퍼지는 고함 소리와 같은 소음들이 다 사라졌다. 지금 복도에는 초자연적인 고요가 흐른다. 여기에는 1층의 쪽모이 마루와 신관의 창백한 리놀륨 바닥과는 달리 양탄자가 깔려 있다. 이끼 같은 녹색 양탄자가 내 발소리를 죽이는 듯하다. 문은 모두 닫혔고, 마치 원근법 습작처럼 선들은 모두 복도 끝으로 향해 있다. 거기에 R.M. 홀랜드의 서재로 오르는 나선형 계단이 있다. 여기가 바로 이 집의 기이한 수수께끼가 있는 곳 가운데 하나이다. 홀랜드의 아내 앨리스는 그의 사무실까지 맨발로(어떤 이야기에서는 알몸으로) 올라가곤 했다는데, 앨리스가 죽은 후에, 홀랜드는 아내의 발자국이 찍힌 특별 양탄자를 주문했다고 한다. 이 유령 발자국에 발을 디디지 않고 계단을 오르기란 불가능하다. 일전에 나는 이 발자국이 정확히 내 발 크기와 같다는 것을 깨달았다.

나는 계단 발치에 멈춰 선다. 이전보다 더 강압적으로 느껴지는 고요가 주위에서 점점 불어난다. 나는 뭔가 위안이 될 만한 21세기의 소리를 찾아 휴대전화를 더듬지만, 사무실에 놓고 왔다. 황당한 생각 하지 마, 나는 속으로 말한다. 나는 학교에 있잖아. 교사잖아. 무슨 일이 있겠어? 나는 계단을 오르며 앨리스 에이버리가 한때 걸었던 자리에 부츠 신은 발을 내디딘다.

문은 쉽게 열린다. 내 앞에는 홀랜드의 책상, 책장에 놓인 책, 벽에 걸린 사진이 있다. 그리고 책상 앞에서는 롤랜드 몽고메리 홀랜드 본인이 환영의 의미로 두 팔을 내뻗고 있다.

추우신가? 바람이 점점 거세지지 않았나? 창문을 연거푸 내려치는 눈이 보이오? 아, 기차가 다시 멈췄군. 오늘 밤은 더 나아갈 수 있을지 참 의심스럽소.

브랜디 좀 드릴까? 내 여행 담요를 같이 덮으시오. 나는 이런 여행에서는 늘 최악을 대비해놓는다오. 인생을 위한 좋은 격언이오, 젊은 양반. 늘, 최악에 대비하라.

자, 어디까지 했더라? 아, 그래요. 그래서 거전과 나 그리고 또 다른 친구는, 그를 윌버포스라고 부릅시다, 그 집 가까이 갔다오. 헬 클럽의 정회원 세 명이 우리에게 안내를 주었지. 그들은 물론 복면을 하고 있었지만, 목소리로 누군지는 알 수 있었다오. 바스티안 경과 그의 심복인 콜린스. 세 번째 사람은 외국인 억양이 있었는데, 아랍인 같았소.

윌버포스가 첫째로 안대를 썼소. 그는 양초와 성냥갑을 들고, 폐가를 향해 떠나는 장님처럼 비틀거리며 떠났소. 우리는 기다리고 또 기다렸다오. 주위에서는 겨울바람이 울부짖었소. 그래요, 지금처럼. 우리는 기다렸고, 사람의 일평생 같은 긴 시간이 흐른 후에, 창문 틈에서 깜박거리는 촛불을 보았소. 아주 희미하긴 해도, 밤공기를 가르며 소리가 들려왔소. "지옥은 비었다!"

우리는 환호성을 질렀고, 우리 목소리는 돌과 고요에 부딪쳐 메아리쳤다오. 바스티안은 거전에게 초와 함께 성냥갑을 건넸소. 천천히 거전은 안경을 벗고 자기 눈 위에 안대를 끌어다 썼소.

"행운을 빌어." 나는 말했소.

그는 미소를 띠더군. 우습게도 그의 미소가 아직도 기억이 나요. 거전은 미소를 띠고 두 손을 마치 상품을 광고하는 상점 점원처럼 벌리는 이상한 동작을 했지. 그가 지금도 내 앞에 서 있는 것처럼 눈에 선하군. 바스티안 경이 그를 한 번 밀었고, 거전도 서리 낀 잔디 위로 휘청휘청 걸어갔소.

우리는 기다리고 기다리고 또 기다렸소. 밤새 한 마리가 울었지. 누군가 재채기를 했고, 다른 사람은 웃음을 참더군. 나는 이유는 알 수 없었지만 숨을 헐떡였소.

우리는 기다렸고, 마침내 창문에서 촛불이 비쳤소. "지옥은 비었다!" 응답하는 우리의 환호성이 울려 퍼졌소.

이제는 내 차례였지. 나는 양초와 성냥을 받고 안대를 썼지. 그러자 밤이 더 어두워질 뿐만 아니라, 더 춥고 더 적대적으로 느껴졌소. 바스티안에게 등 떠밀려 떠날 필요도 없었지. 나는 일을 빨리 끝내고 싶어서 초조했으니까. 그래도, 앞이 안 보이는데 걸어가려니 앞길이 얼마나 길던지. 나는 점점 다른 방향으로 가고 있다, 폐가를 놓쳐버렸다고 확신했지만, 바로 뒤에서 바스티안의 목소리가 들리더군. "곧장 가 멍청아!" 두 손을 앞으로 뻗고, 나는 비틀비틀 앞으로 나아갔소.

내 손이 돌에 닿더군. 집에 도착한 거지. 집의 정면부를 더듬더듬 따라가면서, 나는 마침내 빈 곳에 닿았소. 문이었소. 나는 문지

방에 걸려 넘어지며 포석에 크게 엉덩방아를 찧었지. 하지만 적어
도 건물 안에는 들어왔으니까. 안에 들어오니 바람은 덜했지만,
추위는 한층 더했소. 또 그 고요 하며! 주위에서는 메아리가 치고
울려 퍼져서 나를 짓누르고 땅으로 밀어붙이는 것 같았소. 나는
자루를 진 거지처럼 몸을 숙이고 있다는 걸 알았소. 헐떡거리는
거친 숨소리가 들렸지. 그것이 내가 계단을 슬금슬금 올라가는 동
안 유일한 동반자였소.

　계단을 몇 단이나 올랐더라? 스무 단이라고 들었지만, 열다섯
단까지 세다가 놓쳐버렸소. 허공에 발을 얹었을 때에야, 계단참까
지 올라왔다는 것을 깨달았지. 거전이나 월버포스가 숨죽여 인사
라도 건넬 줄 알았는데, 아무 말이 없었소. 기다렸지. 그러다가 앞
으로 슬금슬금 나아갔소. 창문을 찾아서 이 팬터마임을 끝내야 했
지. 내 손이 앞에 있는 벽의 회반죽을 쓸다가 마침내…… 찾았지!
나무 창틀에 손이 닿았소. 나는 안대를 벗었고 차가워진 손가락으
로 더듬더듬 성냥을 그어 초에 불을 붙였소. 그런 후에 촛농을 창
틀에 몇 방울 떨어뜨려 초를 세웠지.

　"지옥은 비었다!" 내 목소리는 내 귀에도 가냘프게 들렸소. 그
제야 나는 주위를 돌아보고 발치에 있는 시체들을 보았소.

2부

하빈더

9장

처음부터 클레어 캐시디가 싫었다. 일단 너무 키가 컸다. 짧은 진갈색 머리, 커다란 눈, 긴 목, 영원히 이어지는 듯한 다리. 나한테는 천막 같을 드레스를 입고도 사뿐사뿐 걸어 다닐 여자. 심지어 닐도 반했다. 그는 "모델같이 생겼지"라고 말하고는 내 표정을 보더니 덧붙였다. "정말로 쓰레기 같은 잡지에 나오는 그런 모델." 나쁜 부류의 인간은 아니다, 닐은.

우리가 차를 타고 학교 안으로 들어가던 첫날, 나는 탈가스 하이에서 무슨 일이 일어나고 있다는 것을 알았다. 거길 알고 있는 나로서는 조금도 놀랍지 않았다.

우리는 구관의 주차장에 차를 세웠다. 나는 닐에게 말했다. "다시 한 번 보고 싶을 뿐이야." 중간방학이라 학교가 비었을 거라고 생각했으나 거기서 지금 성인교육 수업을 한다는 사실을 잊었다. 폴더와 미술 도구를 들고 정문으로 들어가는 사람이 보였다. 나라면 비번일 때 학교 공부나 하러 다니진 않겠지만, 사람 취향이야 가지각색이니까.

"네가 여기 다녔다는 게 아직도 믿기지 않는데." 닐이 말했다.

"어쨌든 다녔으니까. 심지어 하빈더 카우어 별관도 여기 있어." 나는 말했다.

"정말?"

닐을 상대하기란 너무 쉽다. 정말로 그렇다.

"아니, 그럴 리 있겠어. 떠날 때는 누구랑 악수 한번 한 적 없어. 여기 GCSE 합격증이 있네, 이제 꺼져. 이런 식이었어."

"하지만 너 대학 다니지 않았어?" 닐은 내가 열등생이 아니었다는 사실을 증명하려고 불쌍하리만큼 애썼다.

"치체스터를 다니긴 했지만, 거긴 제대로 쳐주지 않지. 집을 떠나지도 않았고." 그건 부모님이 단서로 단 조항이었다. 내가 집에서 다니고 학생들이 할 만한 일은 아무것도 하지 않아야 대학에 갈 수 있다고. 술도, 약도, 섹스도 할 수 없다. 그렇다고 아예 안 하고 살진 않았지만, 대체로 즐겁게 하지는 못했다.

나는 계단과 양쪽 여닫이문, 줄줄이 뚫린 창문들을 올려다보았다. 빨간색과 녹색 담쟁이넝쿨이 내 기억보다 더 무성하여 크리스마스카드 같았다. 엄마는 늘 학교의 이런 면이 얼마나 아름다운지 모른다고 찬양했으나("로에딘 같은 사립학교 느낌이 나잖아."), 여전히 내게는 너무 많은 기억이 얽혀 있어서 그런 것은 눈에 잘 들어오지 않았다.

"여기서 뭘 하는 거야?" 몇 분 후 닐이 물었다. "서로 돌아가서 엘라의 부모님과 면담해야 한다고."

"그냥 여기 있는 엘라를 상상하고 싶었어." 나는 말했다. "잠깐만, 잠깐 기다려." 다시 한 번 창문을 올려다보았을 때 나를 내려다보는 누군가의 모습을 보았다. 하얀 얼굴, 검은 눈.

클레어 캐시디.

일요일 밤 10시에 전화를 받았다. 이웃들은 쇼어햄에 있는 엘라 엘픽의 집에서 누가 언쟁을 벌이는 소리를 들었다고 했다. 정복 경찰들이 출동해 부엌에서 마흔 살 정도 되는 여성의 시체를 발견했다. 자상을 여러 군데 입은 것으로 보였다.

내가 갔을 때는 과학수사대가 벌써 도착해 있었다. 어두운 거리에서 푸른빛이 번쩍이고 앞문에는 접근 금지선이 쳐져 있었다. 엘라 엘픽은 교회 뒤의 아담한 작은 집에 살았다. 이웃들이 이 일을 어떻게 볼지 상상할 수 있었다. 나는 종이 보호복을 입고 머리를 모자 속에 쑤셔 넣었다. 흰옷을 입은 과학수사 요원들이 사진을 찍고 바닥에 무릎 꿇고 먼지 샘플을 찾고 혈흔의 궤적을 계산한다며 북적거리기 전에 시체를 보고 싶었다.

작은 부엌에는 벌써 사람들이 꽤 들어차다. 정복 경찰 한 명은 속이 좋지 않은지 뒷문에 기대 서 있었고, 과학수사대 한 팀이 시체 주변에 웅크리고 있었다. 엘라는 바닥에 쭉 뻗어 있었다. 부엌은 조리대가 길게 뻗은 갤리 타입인데(꽤 근사했다. 반짝거리는 흰 부엌 가구와 진청색 타일), 엘라는 거의 바닥 전체를 차지하고 있었다. 두 손은 마치 그런 자세를 누가 만들어놓은 것처럼 양옆에 놓였고, 양쪽 손바닥에는 깊은 자상이 있었다. 피는 사방팔방에 튀었다. 가슴에, 머리카락에, 반짝이는 부엌 가구에. 과학수사 요원이 시체 위로 몸을 숙이고 있어서 여자의 복이 보이지는 않았지만, 피의 색깔로 보아 목을 찔린 것 같았다. 나는 발을 보았다. 언젠가 어떤 여자 배우가 캐릭터를 만들 때면, 발부터 시작한다는 말을 들었다. 나라면 그렇게 시시한 말은 절대 하지 않을 테지만, 신발은 늘 주시한다. 엘라는 분홍색 컨버스 운동화를 신고 있었다.

"카우어 경사입니다." 나는 웅크리고 있는 과학수사대를 향해 신분증을 흔들어 보였다.

"파텔 순경입니다." 문 옆에 있던 정복 경관이 말했다.

"혼자 왔나?"

"파트너는 밖에 있습니다." 그는 다소 무력하게 손짓을 해 보였다.

토하고 있겠지, 나는 생각했다. 순경들은 이런 사건에 익숙하지 않다.

"사망자의 신원은 알아냈고?"

"엘라 엘픽입니다. 탈가스 하이 교사라 합니다. 신분증 목걸이가 핸드백에 있었습니다."

당시에도 이건 꽤 나쁜 징조라고 이미 생각했다. 나는 사람들에게 탈가스를 다녔다고 말하고 다니지는 않는다. 학교를 졸업하고도 계속 그 동네에 산다고 하면 약간 창피한 느낌이 들었다. 나이가 서른다섯이나 됐는데 아직도 부모님 집에 산다고 하기는 더욱 어려웠다. 그걸 아는 사람은 도나와 닐뿐이지만. 경찰서에선 세 사람이 탈가시언이다. 마치 대단한 동창회라도 여는 명문교처럼 말하자면 그렇다는 이야기다. 하지만 강력반 소속은 나뿐이다.

"가까운 친척에게 연락은 했나?"

"아니요."

그럼 내가 해야겠네.

"응접실에서 봐." 나는 말했다. "뒷문으로 나와, 시체를 넘지 말고." 시체. 이제 엘라는 금발에 분홍색 운동화를 신은 여자가 되어버린 것이다. 나는 시체에 몸을 숙이고 있는 과학수사대 사람들을 놔두고 옆방으로 들어갔다. 내가 기대한 대로였다. 책장, 쿠션이 많은 소파, 여러 가구 위에 잔뜩 놓인 초와 포푸리.

파텔 순경이 문에 나타나자마자 닐이 도착했다. 하얀 보호복을 입은 닐은 더 거대해 보여서 마치 백곰 같았다. 우리 모두 알다시피, 백곰만큼 귀엽지는 않지만.

"살인 사건이야?" 그가 말했다.

"자기 목을 스스로 벤 게 아니라면." 나는 대답했다.

파텔은 인사과에서 쓸 법한 말로 하자면 나처럼 '유색인'이지만, 피부가 창백해 보였다.

"부엌에서 목과 가슴을 식칼에 찔린 것 같습니다." 파텔이 말했다. "앞문에서 흉기를 찾았습니다."

"살인 흉기를 남기고 갔어?" 닐이 말했다. "꽤 멍청한데."

"아니면 영리할 수도." 나는 말했다. "지문 따위는 없다는 뜻일 테니까."

"범인과 몸싸움을 벌인 것 같습니다." 파텔이 말했다. "두 손에 상처가 있습니다."

"주의 깊게 확인해야겠어." 나는 말했다. "중요한 단서로 보이더라고. 양손에 똑같은 상처라니, 아마 사후에 베인 자국이 아닐까 싶어."

"성흔인가." 닐이 말했다. "예수처럼 말이지." 그는 내게 알려주려는 듯이 덧붙였다.

"정말 고맙네, 닐." 나는 말했다. "내가 시크교도일 수는 있어도 예수란 이름은 들어봤거든. 유대인 목수 아니었나?"

"알았어, 알았어." 닐은 파텔에게로 돌아서서 물었다. "달리 알아야 할 사항이 있나?"

"쪽지가 있었습니다. 사실은 포스트잇입니다. 시체 옆 바닥에 남겨져 있었습니다."

살인자가 정말 친절하게 구는데, 나는 생각했다. 우리가 DNA를 검출할 수 있는 곳을 많이도 남기고 갔다. 거기에다 분석할 수 있는 손글씨까지.

"뭐라고 써 있지?" 나는 물었다.

"지옥은 비었다." 파텔이 말했다.

"지옥이라니, 지옥 같은 소리하고 있네." 닐은 같은 말을 반복한다는 것도 모른 채 말했다.

"일종의 인용구 같은데." 내가 말했다. "알아낼 수 있을 거야. 포스트잇은 증거품 수집 봉투에 넣었나?"

파텔은 고개를 끄덕였다.

"혈흔이라도 있어?"

"그런 것 같진 않습니다."

"그렇다면 살인자가 미리 써두었다는 말인데." 나는 말했다. "그게 아니면 분명 혈흔이 있었을 테니까. 부엌은 피바다야."

이 불운한 순간에, 속이 불편한 파텔의 파트너, 젊은 여자 경관이 모습을 드러냈다. 얼굴이 무척이나 창백했으나 이제 자제력을 찾은 것처럼 보였다. 나는 그녀에게 엘라의 가방을 살펴서 가장 가까운 친척을 찾아보라고 지시했다.

"휴대전화가 잠겨 있지 않으면, 그걸 열어보는 쪽이 제일 쉬운 길이고." 나는 설명했다. "'연락처'에서 '엄마'를 찾아봐."

"맙소사. 불쌍한 노인네들." 나보다 훨씬 마음이 약한 닐이 말했다. 아이가 있기 때문일 것이다.

나는 방 안을 둘러보았다. 대부분의 책들은 고전이었다. 책등만 봐도 알 수 있었다. 하지만 텔레비전은 평면이었고 커피 탁자에는 표지가 반들거리는 잡지들이 쌓여 있었다. 그러니 엘라도 온전히 고상한 차원에서만 살아가진 않았을 것이다. 나는 이 사람이 탈가스에서 무슨 과목을 가르쳤을까 궁금했다. 아마도 영어나 미술일 터였다. 벽에는 기하학적인 프린트가 두어 점 걸려 있었다. 누가 됐든 진짜로 아름다워서 사는 작품들은 아니었다. 나는 부엌에 걸려 있는 달력도 테이트현대미술관 것임을 떠올렸다. 탁자에 쌓인 잡지 옆에 놓인 컵에 담긴 차는 허브 같았다.

"저것도 챙기도록." 나는 파텔에게 말했다. 무슨 일이 있었을까? 엘라가 여기 앉아 차를 홀짝거리며 텔레비전을 보고 있는데, 살인자가 초인종을 눌렀다?

"여기 도착했을 때 텔레비전은 켜져 있었어?" 나는 물었다.

"아니요."

휴대전화는 가방에 있었다. 여자 순경은 이제 가방을 훑고 있었다. 그러면 엘라는 페이스북 페이지를 스크롤하거나 판다팝 게임을 하고(내가 제일 좋아하는 저녁 활동 두 가지) 있지는 않았던 것이다.

"사망 시각은 알아냈나?"

"저희는 9시로 보고 있습니다." 파텔이 말했다. "도착했을 때는 죽어 있었지만, 시체가…… 아시겠지만…… 따뜻했습니다."

"이웃들 탐문은 했어?"

"아직 안 했습니다."

"그럼 당장 탐문해. 내가 찾으란 번호는 찾았나?" 나는 두 번째 순경에게로 돌아섰다. 순경은 고개를 끄덕이며 내게 휴대전화를 건넸다.

"고마워. 이름이 뭐지?"

"올리비아, 올리비아 그랜트입니다."

"좋아, 올리비아. 파텔과 같이 가서 주변 이웃을 탐문해. 이 집에서 났다는 소음을 처음으로 들은 시각이 정확히 몇 시인지 알아내라고. 닐, 우리는 엘라의 친구와 가족하고 이야기를 해봐야겠어."

"누가 네게 지휘권을 줬지?" 닐은 소파에서 움직이지 않았다.

"내가 줬다고 하자고." 나는 말했다. "일이 더 편해질 테니까."

10장

　클레어 캐시디의 이름은 수사를 시작한 지 꽤 이른 시점에 나왔다. 엘라의 어머니와 이야기한 후에(단순히 '사고'가 있었다고만 하고, 지역 경찰이 가서 소식을 전할 수 있도록 주소를 받아놓았다) 닐과 나는 서로 돌아갔다. 말로니 경위가 담당 수사관인데, 예상한 대로 나를 자기 보좌관으로 임명했다. 도나는 약간 허술하기는 해도, 수사를 조직하는 법을 잘 알고 필요할 때는 결단력을 발휘했다. 도나는 이 사건을 우선순위에 놓았고, 우리는 꽤 넉넉한 인력을 지원받고 정보를 건네받았다. 또 수사 계획도 짰다. 아침이 되면 탈가스 학교의 교장인 토니 스위트먼과 이야기를 한다. 우리는 그의 허를 찔러 반응을 보고 싶었다. 또, 엘라와 가까운 친구들과 동료들과도 이야기해야 했다. 엘라의 휴대전화를 입수했고, 통신사에 정보 협조 요청을 하면 암호화된 문자 메시지를 모두 검색할 수 있었다. 나는 자정쯤 집에 돌아갔다. 엄마는 나를 기다리면서 깨어 있진 않았지만, 그와 비슷했다. 내가 앞문을 따고 들어갈 때 계단 위에서 슥 사라지는 엄마의 잠옷 가운이 보였다.

　우리는 토니 스위트먼의 집에 아침 8시에 도착했다. 닐은 더 일찍 가길 원했지만, 나는 8시가 가장 사람을 혼란스럽게 하는 시간이라고 보았다. 중간방학 기간이었고, 집에 어린아이들이 있다는 것도 알고 있었다. 스위트먼은 스테이닝 외곽의 꽤 멋진 집에 살았다. 봉급은 얼마나 받을까. 탈가스에는 학생이 1200명 있고, TES(《타임스》의 교육 관련 특별 페이지)의 광고를 빠르게 훑어본 결과 연봉을 10만 파운드 이상은 받을 수 있을 듯했다. 이 정도면, 옛 목사관을 살 정도는 되려나? 커다란 정원에 차가 두 대 들어가는 차고가 딸린 벌꿀색 돌로 지은 주택? 잘은 모르지만, 한번 알아볼 마음은 있었다.

스위트먼 본인이 문을 열었다. 인터넷에서 사진을 보아두었지만, 그래도 꽤 젊어 보여서 놀랐다. 내가 학교 다닐 때는 윌리엄스 선생님이 교장이었다. 당시에도 백 살 정도 되는 할머니 같았는데 겨우 3년 전에야 은퇴했고, 그때는 아마 인생의 막바지였을 것이다. 토니 스위트먼은 피부색이 짙고 몸매가 날렵한 남자로, 청바지에 럭비 셔츠 차림이었다. 딱히 내 타입이라고 할 수는 없지만—내가 남자랑 자던 때라도—교사치고는 확실히 잘생긴 편이었다('정치인치고 잘생겼다'는 소리를 들을 만큼 끝내주진 않는다 해도 대강 그 정도). 또한 여긴 영국이고 10월인데도 피부가 무척 그을린 상태였다. 스키를 타는 건가, 아니, 계절로 보아 너무 이른가? 그러면 일광욕이라도 했겠지. 어느 쪽이든 나는 그에 대한 편견을 품었다.

"스위트먼 씨? 저는 서식스 경찰서의 카우어 경사이고, 이쪽은 윈스턴 경사입니다. 말씀 좀 나눌 수 있을까요?"

"무슨 일입니까?" 스위트먼은 약간 산만하게 뒤를 돌아보았다. 〈스폰지밥〉 주제곡을 배경으로 개와 아이들 소리가 뒤섞인 소음이 들려왔다.

"긴급한 일입니다." 나는 말했다. "어디 조용히 이야기할 데 없을까요?"

"약간 어렵습니다만⋯⋯." 그는 두 손으로 머리를 넘겼다. 내가 보기에 백인 남자치고는 좀 길게 길렀는데, 마치 머리 꼭대기에 축구공을 올려놓은 것처럼 고개를 높이 쳐들고 있는 것으로 보아 그는 자신의 장발을 자랑스러워하는 것이 분명했다.

"중요한 일입니다." 나는 말했다. "저희는 강력반 형사입니다."

그는 겁에 질린 표정을 짓더니 재빨리 우리를 작은 방으로 안내했다. 나는 서재일 거라고 짐작했다. 책장에는 교과서들이 있고 여러 럭비 팀에 끼어 있는 그의 사진들도 있었다. 이 사람 아내는 뭘 하는 사람일까? 나는 궁금했다. 아이들이 있다는 것은 분명한데(보면대, 플레이스테이션 리모컨이 달려 있는 텔레비전), 안주인의 관심사를 보여주는 물건은 하나도 없었다. 닐과 나는 소파 침대 비슷한 물건에 나란히 앉았다. 나는 책상 의자를 차지하고 싶었으나, 그랬다가는 수사 초반부터 너무 도발하는 것처럼 보일지 모른다는 생각이 들었다.

토니는 누군가와 속삭이며 들리지 않게 대화를 하고 있었다. 아내? 보모? 아니면 애들을 봐주는 외국인 학생? 그는 아까보다도 더 산만한 표정으로 문간에 다시 나타났다.

"죄송합니다." 그가 말했다. "아내는 출근했고, 지금은 중간방학이라서요."

"괜찮습니다." 내가 대답했다. "이해합니다. 저희가 나쁜 소식을 가져온 게 아닌가 싶습니다만."

그가 책상 앞에 앉더니 의자를 돌려 우리를 마주 보았다.

"엘라 엘픽 씨가 선생님 학교에서 근무하는 것으로 아는데요."

"네." 토니의 입이 살짝 벌어졌다.

"이런 소식 전하게 되어 유감이지만 엘라 씨가 간밤에 사망한 채로 발견되었습니다. 저희는 지금 의문사로 보고 있습니다."

나는 토니를 면밀히 관찰했다. 그는 정말로 큰 충격을 받은 얼굴이었다. 햇볕에 그을린 피부가 옅어지는 듯했고, 머리카락은 다시 헝클어졌다.

"엘라가요? 저는…… 저는 믿을 수가 없습니다……."

"가급적 빨리 엘라 씨의 친구와 동료들과 이야기를 나누고 싶습니다." 나는 말했다. 살인 사건 수사에서는 처음 몇 시간이 중요하니까요."

"살인 사건요?" 토니가 물었다. "확실합니까?"

"아직은 초동 수사 단계입니다." 닐은 자기가 보일 수 있는 가장 딱딱한 태도로 말했다. "하지만, 카우어 경사가 말했듯이 엘픽 씨의 사건을 의문사로 보고 있습니다."

나는 수첩을 꺼냈다. 후에 서에서 신문할 때 녹음할 테지만, 토니에게 내가 기록을 한다는 사실을 인지시키고 싶었다.

"그러니까, 엘라 씨는 탈가스 하이에서 영어를 가르쳤군요." 나는 말했다.

"네, 엘라는 탈가스에서 5년간 일했습니다. 무척 유능한 교사였습니다." 토니는 침착성을 찾으려 애쓰는 것처럼 보였다.

"교장이 된 지는 얼마나 되셨습니까?"

"3년 됐습니다. 제가 학교를 특별 조치 상황에서 *끄집어냈죠*."

나는 토니의 말이 상황에 안 맞는 진술이라고 생각한다는 티를 내려고 이렇게 말했다. "축하드립니다."

"제 말뜻은 그게 아니라……."

"엘라 씨는 동료들 사이에서 인기가 좋았습니까?" 닐이 물었다.

"모두 엘라를 좋아했습니다. 설마 그런 생각을……." 토니는 소름 끼친다는 표정이었다.

무슨 생각을 할지는 우리가 알아서 할게요, 나는 속으로 그에게 말했지만 실제로는 이렇게 물었다. "영어과의 모든 직원 그리고 엘라 씨와 특별히 친했던 인물의 명단을 받을 수 있을까요?"

"물론입니다." 토니가 대답했다. "지금 당장 작성해드리죠. 엘라는 여러 직원들과 친하게 지냈습니다."

"가장 가까운 동료는 누구죠?"

토니는 시선을 왼쪽 위로 보냈다. 무언가를 기억해낼 때 하는 행동이다. 아니면 지금 천장에 박혀 있는, 8자가 쓰인 헬륨 풍선을 보고 있는지도 몰랐다.

"클레어 캐시디요." 그는 마침내 말했다. "같은 영어과 교사입니다. 두 사람은 동시에 우리 학교에 들어왔어요. 그리고 역사과의 데브라 그린도 있습니다. 삼총사라고, 저는 그렇게 부르죠." 그는 평소에 하던 농담을 떠올리고 슬픈 미소를 지었다.

"자세한 연락처를 알 수 있겠습니까?" 나는 수첩에 적으면서 물었다.

"가져다드리겠습니다. 모두 파일에 있습니다."

"엘라 씨에게 남자 친구가 있었습니까?" 닐이 물었다.

"제가 아는 한은 없습니다. 릭 루이스가 영어과 학과장입니다. 그가 무척 상심하겠군요."

"루이스 씨 주소가 있습니까?"

"알려드리겠습니다." 토니는 앞에 있는 노트북을 열더니 쭉 스크롤하기 시작했다. 마치 십대 소년처럼 엄지손가락만 사용했다. 내가 다닐 때 근무했던 윌리엄스 교장 선생님은 노트북은 구경도 못 했을 텐데.

"마지막으로 엘라 씨를 보셨을 때 어땠습니까?" 나는 물었다. "걱정이나 근심거리가 있어 보였나요?"

토니는 여전히 화면을 보며 말했다. "괜찮아 보였습니다. 중간 방학을 기대하는 것 같았죠. 교사가 얼마나 피곤한 직업인지 잘 아시죠?"

그래, 당신들 피로하기는 하겠지. 하지만 3시면 수업이 끝나고 방학도 길잖아. 경찰은 쥐꼬리만 한 월급에 근무 시간은 길고, 우리 중에 10월에 선탠한 사람은 보기 힘들어. 그러나 나는 동정하는 듯이 흠흠 소리를 내고 말했다. "힘든 직업이겠지요."

"점점 힘들어집니다. 성취해야 할 목표가 너무 많아요. 그에 더해 안전 보호, 학생 보조금, 시험 대비까지 챙겨야 하죠. 우리가 책임져야 하는 일이지만, 가끔은 끔찍하게 부담을 느낍니다." 토니는 순순히 미끼를 물었다.

"엘라 씨도 부담이라고 여겼나요?"

토니는 금방 물러나 상세히 설명했다. "아, 엘라는 늘 완벽하게 모든 일을 처리했습니다. 영어과 GCSE 시험 요강이 지난해에 바뀌어서 초과근무가 많았습니다. 하지만 엘라는 모두 잘 조절했고, 여름에 우리는 최고 결과를 얻었습니다. 엘라는 교육 4단계 책임자였습니다. 그게 GCSE죠." 나는 이 사람이 너무나 쉽게 과거형을 사용하는 것에 더 흥미가 갔다. 나는 GCSE의 영어 시험에서 B를 받았지만, 시제 변화 정도는 눈치챌 수 있었다.

나는 집에서 보이지 않는 곳까지 가서 주차했고, 닐과 간략하게 의논을 했다.

"저 사람 어떻게 생각해?" 내가 물었다.

"약간 세련됐는데. 그런데 어떻게 저런 집을 사서 유지할 여유가 되지?"

"아내가 변호사야." 토니는 황송하게도 우리가 나오는 길에 이 정보를 주셨다. "둘 다 벌이가 좋으신 거지."

"그리고 아이들을 돌볼 외국인 학생을 두고 있지." 닐은 18개월 된 아기와 전업 주부 아내를 둔 남자답게 못마땅한 기색으로 말했다.

"나도 아이가 있다면, 그런 학생을 두겠어." 내가 말했다. "보모하고 유모도." 닐은 웃었는데, 내가 아이를 갖는다는 생각이 우스운지, 아이를 맡길 만큼 돈이 있다는 생각이 우스운지는 알 수 없었다.

"그럼 이제 뭘 하지?" 닐이 물었다. "부모를 만날 수 있는지 가족 연락 담당관에게 물어봐야겠군."

가족 연락 담당관이 어젯밤 엘픽 부부와 동행하여 시체보관소에서 시신의 신원을 확인했다. 이제 엘라의 부모는 경찰이 제공하는 숙소에 묵고 있었다. 닐의 말이 맞았다. 우리는 그들과 정식 면담을 해야 했다.

"릭 루이스를 먼저 만나보자고." 내가 말했다. "여기서 2킬로미터도 안 되는 동네에 사는데."

"왜?" 닐은 고집스러운 표정을 지었다.

"토니가 남자 친구들에 대해 말했으니까."

"그 사람은 엘라한테 남자 친구가 없다고 했잖아."

"맞아, 그래놓고 바로 릭 루이스를 언급했지."

릭 루이스의 집은 쇼어햄의 다세대 연립주택 단지 맨 끝에 있었다. 확실히 스위트먼의 저택보다는 한 단계 아래였지만, 그래도 괜찮은 가족 주택이었다. 큰 키에 터틀넥 점퍼를 입은 남자, 릭이 문을 열어주었다.

나는 그에게 신분증을 보이고 이야기를 나눌 수 있겠냐고 물었다. 문간에 한 여자가 같이 나와 섰다. 마흔 살가량 되어 보였는데, 통통한 체형에 체구가 큰 여자들이 선호할 만한 원피스 바지 세트를 입은 모습이 꽤 예뻤다.

"무슨 일이야, 릭?"

여자는 공포에 질린 목소리였다. 흥미롭군.

"선생님 학과 동료에 관한 나쁜 소식이 있어서 전하러 왔습니다." 나는 말했다. "어디 들어가서 이야기 좀 할 수 있을까요?"

"아, 맙소사. 클레어입니까?" 릭 루이스가 말했다.

아주 흥미로운데.

우리는 두 사람에게 사정을 설명했다. 이 단계에서는 개인적으로 이야기하고 싶다고 우겨봤자 별 소용이 없고, 게다가 릭의 아내 데이지도 흥미로웠다. 어째서 저렇게 동요하는 걸까? 내가 릭에게 엘라에 대해 이야기하자, 데이지는 작게 비명을 지르더니 두 손으로 얼굴을 가렸다.

"믿을 수가 없습니다." 릭이 말했다. "금요일에도 봤는데요. 세상에, 부모님이 무척 상심하시겠군요."

나는 릭에게 엘라의 심리 상태를 물었지만, 같은 대답만 얻었다. 좋았다, 약간 피곤해했다, 중간방학을 고대했다. 나는 릭에게 또 일요일 밤에 무엇을 하고 있었는지 물었다. 릭은 재빨리 데이지와 눈길을 주고받더니 말했다. "우리는 집에서 텔레비전을 봤습니다. 포장 음식과 와인 한 병을 들며 〈스트릭트리 컴 댄싱〉을 봤죠. 그게 저희 일요일 밤 규칙입니다."

"아주 좋습니다." 나는 말했다. 토니의 알리바이도 똑같았지만, 포장 음식이 아닌 제대로 된 요리로 가족 식사를 했다는 점만 달랐다. 한데 4인 가족에게 어울릴 법한 집인데 루이스 부부에게는 아이가 없었다. 일부러 갖지 않기로 한 걸까? 나는 의구심을 품었다. 어쩌면 이 점이 이 부부의 유대와 결속을 설명해주는지도 몰랐다. 두 사람은 같은 의자에 앉아 있는 거나 다름없었다.

나가면서 닐이 데이지와 서던 철도에 대한 이야기를 나누는 동안, 나는 릭에게 엘라와의 사이가 어땠는지를 물었다.

"무척 좋았습니다." 그는 말했다. "엘라는 아름다운 사람이었어요." 릭은 엘라의 성격을 두고 한 말이지만, 나도 사진을 보았기 때문에 엘라가 정말로 아름다운 축에 든다는 사실을 알았다. 물론 키가 크고, 날씬하고, 금발을 길게 기른 여자를 좋아한다면 그럴 텐데, 슬프게도 많은 사람들이 그러했다. 어느 쪽이든, 릭이 선택한 **형용사**는 흥미로웠다. 보셨죠, 나는 머릿속에서 내 예전 영어 교사였던 카스카트 선생님에게 말했다. **저도 이런 문법 정도는 안다고요.**

차를 타고 멀어지는 동안 나는 닐에게 내가 탈가스 하이에 다녔다고 말했다. 그는 내 어깨가 으쓱해질 만큼 놀랐다.

"그건 짐작도 못 했네."

"왜? 거기가 지역 종합학교잖아."

"그래도, 약간 똥통학교 아니야? 난 릴리를 좀 더 좋은 학교에 보내고 싶어."

맙소사, 애는 두 살밖에 안 됐는데, 부모는 벌써 학업 계획을 세우고 있었다.

"우리 부모님이 지각이 없었나 보지." 나는 말했다. "우리는 모두 탈가스에 다녔지만, 그럭저럭 괜찮았어."

쿠시는 우리 가게에서 일하고, 아비드는 전기 기술자가 되었다. 내 남자 형제 둘은 합쳐서 다섯 아이를 두었고 여전히 터번을 쓰고 다닌다. 부모님 입장에서는, 이것만 해도 탁월한 성공이었다. 서른다섯에 미혼, 엄마가 '남자 직업'이라고 하는 일을 하고 있는 나에 대해서는 말을 아낄수록 좋았다. 내가 동성애자라는 사실을 부모님이 안다면, 두 분 다 동시에 이 세상 하직하실 것이다.

"탈가스에 가보자고." 나는 말했다. "돌아가는 길에 그냥 한번 둘러보게."

11장

우리는 이튿날까지는 클레어 캐시디를 보러 가지 않았다. 나는 클레어가 막 수업을 마쳤을 때 교실로 들이닥치는 광경을 연상하면서 즐거워했지만, 그녀에게 익숙한 환경인 집에서 보고 싶어 그렇게 결정했다. 그래도 그 집 바깥에 멈춘 우리는 놀라고 말았다. 옛날 시멘트 공장에 딱 붙어 있는 이런 집들에 사는 사람은 누굴까 늘 궁금했더랬다. 이제는 답을 찾았다.

"맙소사." 닐이 말했다. "백만금을 준대도 이런 집에는 안 살 거야. 사람들이 여길 뭐라고 하는 줄 알아?"

"몇몇 다른 버전으로 들었지." 나는 말했다.

"귀신 들렸다고 하잖아. 시멘트에 빠져 죽은 아이 이야기 들었어? 그 여자아이가 밤마다 우는 소리가 아직도 들린다지. 그리고……"

"그래, 맞아." 나는 말했다. "학교에서도 모두 똑같은 유령 이야기를 했지. 구관 계단에서 굴러떨어져 죽은 여자 이야기. 흰옷 입은 여자가 복도를 떠돌아다닌다는 이야기. 누가 죽을 때 나타나기로 되어 있는 여자."

"그러면 일요일 밤에도 나타났나 궁금하네."

"클레어에게 물어보자고. 저기 오니까."

나는 그녀가 다가오는 모습을 보았다. 검은 르노 클리오. 내가 기대한 대로 그녀가 운전할 법한 차였다. 클레어는 보도 옆 우리 차 뒤에 차를 세우고 내렸다. 그냥 그 여자 모습을 보는 것만으로도 부아가 치밀었다. 클레어는 블랙진에 회색 니트 상의를 입었다. 기본적인 옷차림으로 보이지만, 꼭 끼는 바지는 무릎 길이의 부츠에 집어넣었고, 스카프와 함께 어우러진 캐시미어 스웨터는 내가 입었으면 우스꽝스러워 보였겠지만, 안타깝게도 그녀가 입으니 꽤 근사해 보였다. 한 손에는 쇼핑백을 들고 자동차 트렁크에서 보조 가방(이전에 카탈로그에서 본 적이 있어 캐스 키드슨 제품이라는 것을 알 수 있었다)을 꺼냈다. 그런 다음 조수석을 열었다. 하얀 소형견이 미친 듯이 짖으면서 튀어나왔다.

나는 개한테는 전혀 반감이 없지만, 개다운 개를 좋아한다. 내 부모는 술탄이라는 독일 셰퍼드를 키운다. 가게를 지키게 하려고 데려왔지만, 사실상 부모님 침대에서 자고 아들 대접을 받는다(실상 딸보다 더 귀여움을 받는다). 그래서 간혹 언짢기도 했지만, 적어도 술탄은 예쁜 동물, 동물 중의 왕자였다. 지금 짖고 있는 저 하얀 솜뭉치는 얼토당토않은 녀석이었다.

내가 가까이 다가가자, 개는 내 검은 바지로 돌진했다. 클레어는 다소 서투르게 개를 떼어놓았다. 나는 내 소개를 하고, 이야기를 나눌 수 있겠느냐고 물었다. 클레어는 나를 날카롭게 쳐다보더니 여전히 침을 흘리는 개 대신에 미안하다고 사과했다. 이름은 허버트라고 하는 모양이었다.

"괜찮습니다." 나는 바지를 쓸어내리며 말했다. "저도 개를 좋아해요."

집 내부는 꽤 괜찮았다. 회색과 파란색 사이의 색깔로 세련되게 칠한 응접실에는 하얀 책장을 들였고 나무 바닥을 깔았다. 닐이 꽤 좋은 인상을 받았음을 알 수 있었다. 클레어가 차를 권했다. 목소리는 낮은 편이었다. 딱히 상류층 억양이라고는 할 수 없으나 경제난을 알리는 라디오4의 아나운서 목소리같이 들렸다. 닐이 그녀에게도 꽤 좋은 인상을 받았음을 알 수 있었다. 그는 차에 설탕 두 개를 넣어달라고 했고, 클레어는 잘난 척하는 태도로 미소 지었다. 그런 후에는 사뿐사뿐 사라졌지만, 금방 쇼핑백에서 쨍 하고 유리가 부딪히는 소리가 났다. 오늘 저녁에는 누가 혼자 술을 마실 계획인가 보군.

부엌에서 개 짖는 소리가 들렸다. 작은 개 중에서도 저 녀석이 최악이다. 끊임없이 배경에서 소음을 내고 있잖아. 우리집 술탄은 중요한 일이 일어났을 때만 짖는다. 나는 벽난로 선반에 놓인 사진들을 보았다. 클레어가 십대 소녀와 함께 찍은 사진. 클레어처럼 키가 크고 말랐지만, 머리카락이 길고 검다. 허버트와 함께 있는 십대 소녀. 허버트 혼자 찍은 사진. 바로크 음악회 전단지. 누가 R이라고 서명해서 보낸 카드.

"다시 온다." 닐이 말했다.

클레어는 낮은 나무 탁자에 차와 비스킷을 놓았다. 이걸 보니 엘라의 집이 생각났다. 허브티가 담긴 찻잔 하나.

"저희는 엘라 엘픽 피살 사건을 조사 중입니다." 나는 말했다. "이 소식은 이미 들으셨겠지요?"

클레어는 살짝 눈을 깜빡이며 고개를 끄덕인다. 눈이 큰데, 이 눈을 이용해 커다란 효과를 낸다. 어쩌면 이건 부당한 판단인지도 모르겠다. 그저 마음이 동요한 탓인지도 모르니까.

"네, 저희 학과장 릭 루이스가 어제 전화로 알려줬습니다." 클레어가 말했다.

"유감입니다. 무척 충격을 받으셨겠지요, 하지만 저희는 되도록 빨리 엘라 씨의 친구들과 동료들 모두와 이야기를 해보고 싶습니다. 어떤 분이셨는지 파악해야 이런 끔찍한 짓을 저지른 자를 알아낼 수 있으니까요."

클레어의 눈썹이 퍼덕거렸다. 그녀는 닐을 바라보고 나를 보더니 입을 열었다. "제가 생각했을 때는……."

"무슨 생각을 하셨는지요?" 나는 도움을 줄 마음이 없이 물었다.

"제가 생각했을 때는, 추정했을 때는…… 엘라는 낯선 사람에게 살해당하지 않았을까요. 우연히 공격당한 게 아닐까요. 강도가 들어왔는데 일이 커지는 바람에……."

나는 고의로 사무적인 말투를 유지하려고 애쓰면서 말했다. "대부분의 피해자는 아는 사람들에게 살해당합니다. 이번에도 그런 경우라고 생각할 만한 근거가 있습니다."

나는 이 말이 실감나도록 잠깐 말을 멈췄다. 이 여자에게 "지옥은 비었다"라고 적힌 쪽지 건은 아직 이야기하지 않을 작정이었지만, 찾아본 결과 「템페스트」에 나온 말이라는 것은 알고 있었다. 올해 GCSE 지문이기도 했다. 엘라, 클레어, 릭은 모두 GCSE 영어 과목을 가르쳤다.

수첩을 꺼내며, 나는 엘라와 함께 가르쳤느냐고 물었다.

"네, 우리 둘 다 영어 과목을 가르쳐요. 가르쳤죠. 맙소사."

그녀는 적어도 시제 변화를 인식하는 사람이었다. 클레어는 심호흡을 하고, 진정하려 했다. 허버트가 여자의 다리에 한 발을 올려놓았다. 정말로 다정한 행동이었다.

그녀는 자기가 교육 3단계 책임자라고 설명했다. 엘라는 교육 4단계 담당이었다. 영어과에는 여섯 명이 있었고, 모두 가깝게 지냈다고 했다. 나는 클레어에게 사이가 좋았느냐고 물었다. 클레어는 좋았다고 대답했고 직장 밖에서도 교류했다고 말했다. 금요일 밤에 데브라 그린과 함께 영화를 보러 가서 식사를 같이 했을 때 엘라를 마지막으로 봤다고 했다. 데브라 그린은 탈가스에서 역사를 가르쳤다. 나는 삼총사에 관한 토니의 발언을 떠올렸다. 클레어는 이런 일상적인 질문에 대답할 때도 불안해 보였기에, 닐이 끼어들어 나름 유대관계를 형성하려고 영화를 주제로 수다를 떨도록 놔두었다. 결국, 차를 청한 사람은 닐이었으니까. 이건, 심리학자들에 따르면, 두 사람 사이에 벌써 일종의 관계가 형성되었다는 뜻이었다.

나는 엘라와 일요일에 연락했느냐고 물었고, 클레어는 〈스트릭트리 컴 댄싱〉 결과 때문에 문자를 했지만 답을 받지 못했다고 말했다. 나는 〈스트릭트리 컴 댄싱〉을 혐오한다. 지적이고 성공한 여자들이 죄다 반짝이 의상을 입고 자신들의 '여성적인 면'을 포용해야 한단다. 그걸 볼 때마다 구역질이 난다. 나는 클레어 캐시디가 어렸을 때 발레를 했을 거라고 기꺼이 장담할 수 있다. 딱 그런 타입의 여자로 보였다. 어쩌면 키가 너무 커서 포기했을지도 모르지만.

클레어는 저녁 내내 텔레비전을 보면서 문예창작반 수업 준비를 했다고 말했다. 딸 조지아는 집에 있었지만, 참으로 십대답게 자기 방에 틀어박혀 있었다고 했다. 조지아는 중간방학 때는 아빠와 지내러 가서 내일 돌아올 예정이라고 했다. 그럼 클레어는 이혼했다는 이야기다. 방을 보고 짐작하기는 했다. 어떤 남자라도 저런 향초를 참아줄 리는 없을 테니까.

클레어는 한결 긴장이 풀렸는지 의자에 기대면서 발목을 꼬았다. 나는 닐을 보면서 대화 분위기를 유지하려고 했다.

"엘라 씨는 어떤 여성이었습니까?"

클레어는 대답하기 전에 한참 시간을 끌었다. 고개를 들어 왼쪽을 보았고, 다리를 풀었다가 다시 꼬면서 우리에게서 살짝 떨어졌다. 허버트가 부드럽게 낑낑댔다. 어딘가 뒤에서 전화벨이 징 울렸다.

"사랑스러운 사람이었습니다." 클레어는 마침내 말했다. "무척 지적이었고, 재미있었어요. 누구나 좋아했죠. 엘라는 훌륭한 교사였습니다. 아이들은 엘라를 사랑했죠. 학생들이 이 사실을 안다면 얼마나 상심할지……."

"엘라 씨에게 남자 친구가 있었습니까?" 나는 클레어가 대답하려고 고심할 시간을 주지 않으려고 불쑥 물었다.

"제가 아는 한 없었습니다."

기이한 대답이었고, 또 한편 토니 스위트먼과 같은 대답이었다.

"전 애인들은요?" 나는 다시 한 번 친근한 말투를 내보이려 하며 물었다.

"지난 일이죠. 최근에는 없었습니다."

"특정한 누군가에 대한 이야기를 하지는 않았습니까?"

"이전에 웨일스에서 학교를 다닐 때 누가 있었다는 말은 했습니다. 브래들리 뭐라는 사람입니다."

나는 적어놓았다. "누가 자기를 방해한다는 말은 한 적 없습니까? 페이스북에서 스토킹한다든가? 그런 일은 없었나요?"

"없었습니다." 클레어가 다시 도전적으로 우리를 보며 말했다.

캐시디 선생에게 물어보고 싶은 게 더 있었지만, 먼저 엘라의 소셜 미디어 기록을 보고 싶었다. 틀림없이 거기에 뭔가 있으리라. 엘라, 클레어, 릭. 내가 다닌 학교에서 뭔가 일어나고 있었다. **지옥은 비었다. 그리고 모든 악마는 여기에 있다.**

"고맙습니다. 무척 도움이 되었습니다." 나는 말했다.

서로 가는 길에 닐은 클레어가 모델 같다고 말했다. 그는 곧장 발뺌했지만, 우리가 치체스터로 들어가는 길에 수없이 많은 회전교차로를 지나는 동안, 나는 닐이 정곡을 찔렀다고 생각했다. 확실히 중등학교 교직원 중에 그렇게 아름다운 여자가 둘이나 있다니, 특이한 일 아닌가? 내가 탈가스 하이를 다니던 시절을 생각해봐도, 선생님들은 한결같이 구태의연했고, 세련됨과는 거리가 멀었다. 카스카트 선생님은 인중에 코털이 무성했고, 사탕과 탤컴파우더가 뒤섞인 냄새를 풍겼다. 클레어 캐시디는 조 말론의 잉글리시 페어 앤드 프리지아 향수를 뿌렸다. 나는 향수 냄새 하나는 귀신같이 분간했다.

클레어 캐시디와 엘라 엘픽이 남성 동료들의 열정을 자극할 수 있었을까? 죽여버릴 정도로? 나는 이 생각을 닐에게 꺼냈다.

"토니 스위트먼과 릭 루이스는 둘 다 유부남이야." 닐은 내가 안쪽 차선으로 진입해 앞차를 추월하자 움찔하며 말했다. 우리는 교대로 운전했고, 그는 나보다 훨씬 조심스러웠다.

"그게 무슨 상관이야?"

"정말로 동료들 중 한 사람이 여자를 죽였다고 생각해? 살인 방법이 너무 잔혹하잖아."

나는 말했다. "칼을 휘두른 살인은 열정과 관계가 있지. 여자를 죽이려면 가까이 가야 하잖아. 이건 감정이 강했다는 증거 아닐까. 두 사람이 이미 그 깔끔한 셰익스피어 인용구를 주고받았다는 점은 더 말할 필요도 없고."

"나는 셰익스피어를 좋아해본 적이 없어서."

"그거야 네가 경찰이라 그렇겠지." 하지만 나 역시 솔직히 몇몇 희곡은 꽤 즐기기도 했다. 심지어 카스카트 선생님에게 배웠다고 해도. 「맥베스」는, 좋은 살인 사건 이야기 아닌가.

"그리고 잊지 마." 나는 말했다. "엘라는 전에 이미 동료와 관계가 있었어. 클레어가 아까 그 사람 이름을 꺼냈잖아." 엘라의 부모가 어제 브래들리 존스 이야기를 해주기는 했다. 엘라가 웨일스에 있는 학교에 재직할 때 학과장이었다. 엘라와 브래들리는 불륜을 저질렀고, 엘라 어머니의 표현으로는 "나쁘게 끝났다". 우리는 내일 존스를 만나러 가기로 했다.

"그럼 엘라는 토니 혹은 릭과 불륜을 저질렀고, 질투심에 사로잡힌 클레어가 엘라를 찔렀단 이야긴가." 닐이 말했다. "내가 보기엔 말이 안 되는데."

"릭이 한 말 기억해? '클레어입니까?' 뭔가 있는 거야."

"그냥 너는 그 여자가 마음에 안 드는 거겠지."

"좋아하지도 싫어하지도 않아. 다만 그 여자가 뭔가 숨기고 있다고 생각할 뿐이야."

12장

다음 며칠 동안 우리는 엘라 엘픽에 대해서 많은 것을 알아냈다. 1977년 서리에서 태어났고, 여자 문법학교에서 교육을 받았으며, 엑시터에서 영문학을 공부한 후 동아시아로 여행 가서 일본에서 잠깐 일했다. 해외에서 5년을 보내고 집으로 돌아와 교사 연수를 받았다. 엘라는 이때 좋은 성적을 얻었고, 첫 직장에 발령을 받았다. 엘라는 플리머스에 있는 중급 학교에서 일하다, 카디프로 이사해서 교육 4단계 부장을 맡았다("실수였죠"라고 어머니가 말했다). 과학수사대는 아직 현장감식 보고서를 보내지 않았고, 이웃들도 딱히 도움이 될 만한 증언을 해주진 않았다. 일요일 밤 고성을 들었다(누군가는 '남자 목소리'라고 말했지만, 확신하지는 못하는 듯했다)고 했으나 엘라의 집에 손님이 다가가는 모습을 본 사람은 없었다. 교회 바깥에는 시시티브이 카메라가 있었으나, 6시와 10시 사이의 영상은 괴로울 정도로 따분했다. 교구 목사, 개를 산책시키는 남자, 휴대전화에 빠져 있는 십대 둘.

사후 검시 결과 엘라는 목과 가슴에 입은 자상으로 사망했다. 내 생각대로 손에 난 상처는 사후에 난 것이었다.

"성흔이라니." 도나가 말했다. "우리가 찾는 살인자는 광신도일 수도 있어. 쪽지에도 지옥 어쩌고 했잖아."

"그건 인용구인데, 중요한 점 같습니다." 내가 말했다. "엘라가 학교에서 가르쳤던 과목의 희곡에 등장하는 문구입니다."

"정말로 살인자가 탈가스와 연관이 있다고 생각하나? 네 모교잖아." 도나가 나를 슬쩍 쳐다보며 물었다.

"그런 똥통 종합학교를 무슨 모교씩이나." 나는 말했다. "그저 옛날에 다녔던 곳이죠. 하지만…… 모르겠네요. 뭔가 있습니다. 교장, 학과장, 클레어 캐시디까지. 모두 초조해 보였어요. 무언가 숨기는 사람처럼."

"살인자는 엘라 가까이 접근했어. 치정 살인 사건이란 얘기야." 도나가 말했다.

사실이었다. 경찰들은 가끔 '거리화'에 대해 이야기한다. 피해자에게서 거리를 둘 수 있기 때문에 칼로 찌르는 것보다는 총으로 쏘는 쪽이 더 쉽다는 이론이다. 드론 공격을 생각하면 된다. 조종자는 분명 자신이 살인자라는 느낌을 받지 않겠지만, 그래도 살인자일 뿐이다. 엘라를 죽인 자도 치명상을 입힐 수 있을 정도로 가까이 가서 찔렀고, 이는 냉혹하고 두려움이 없는 사람이란 뜻이다. 아니면 엘라와 잘 아는 사이였든가.

수요일에 우리는 브래들리 존스를 만나러 카디프로 갔다. 그는 잘생겼지만, 기이할 정도로 무능해 보이는 남자로, 면담 내내 "엘라가 자기에게 먼저 접근했다"느니 엘라가 "선을 넘어서 몸을 허락했다"는 소리만 반복했다. 딱히 애도를 표한다거나 과거를 후회한다는 식의 말은 하지 않았다. 안타깝게도 존스는 일요일 밤 알리바이가 있었다. 자기 딸 세이디가 발레 공연을 해서 관람하고 있었다. 대체 춤이 다 뭐란 말인가? 일요일 저녁에는 이 나라 사람들 모두 춤을 추고 있거나 다른 사람들이 춤추는 모습을 구경하는 모양이었다. 어쨌거나 존스가 8시에 웨일스에서 딸의 공연을 관람한 다음에 서식스로 가서 10시 이전에 엘라를 죽이기란 불가능했다. 존스가 엘라와 불륜을 저지르던 시절에 세이디는 아직 아기였는데, 이 또한 어쨌든 여자의 잘못이었다. "그때는 내내 잠을 못 이루고 너무 피곤한 나머지, 저항할 수가 없었습니다." 존스는 닐을 보며 남자 대 남자라는 의미를 담아 미소를 지으려 했다. 하지만 닐이 돌처럼 냉담하게 이 남자를 쩨려봐줘서 내심 흐뭇했다.

"더러운 자식." 닐은 집으로 돌아오는 길에 말했다. "엘라가 죽어서 안타깝다는 말조차 하지 않았어."

"엘라는 남자 보는 눈이 없었나 봐." 나는 말했다. "이게 중요한 단서가 될 수 있지."

엘라는 취직하려고 카디프를 떠났는데 탈가스 하이에서도 교육 4단계 부장을 맡았다. 수평이동인 셈인데, 부모의 증언에 따르면 행복해 보였다. 교육 4단계가 교육 3단계보다 나은가? 나는 궁금했다. 클레어 캐시디는 엘라가 더 좋은 일자리를 얻었다고 질투한 걸까? 그럴 수도 있겠지만, 클레어가 호봉이 조금 밀린다고 동료를 찔러 죽였을까. 둘 다 인기 많고 존경받는 선생님이었다. 우리는 그 사실은 알았다.

주말에 엘라의 소셜 미디어 기록을 받았다. 페이스북에는 엘라 루이즈(아마도 학생들이 자기 프로필 페이지를 찾지 못하게 하려 한 듯하다)로 등록되어 있었고, 트위터 아이디는 @lizziebennet77이었다. 이 아이디의 뜻을 닐에게 설명해줘야 했다. "『오만과 편견』

에 나오는 인물이야." 닐은 켈리가 이 영화를 봤다고 말했다. 엘라가 본인을 엘리자베스 베넷이라고 생각했다니 흥미로웠다. 성격이 불같고 매력적이며, 지루한 목사와 결혼하기를 거부하고 끝까지 버텨 다시를 차지한 여자. 하지만 엘라의 트위터에는 흥미로운 구석이 없었다. 대부분 좌파적 정치 트윗이나 고양이 사진을 리트윗했을 뿐이었다. 페이스북 기록에는 조금 건질 게 있었다. 옛 학교 친구인 메건과 안나와 계속 연락했고, 매일 어머니에게 메시지를 보냈으며, 노동당과 존 루이스 백화점, 귀엽게 구는 작은 동물 동영상에 '좋아요'를 찍었다. 또한 여름 내내 왓츠앱 메시지를 메건에게 쏟아 부으며 "하이드에서 있었던 일"을 언급했고, 한 번은 "지킬 박사와 하이드 씨"라는 표현도 썼다. 엘라가 하이드에서 연수를 받는 동안 후회할 짓을 저질렀지만("그런 일이 일어나지 않았으면 좋았을걸.") 조용히 묻어두고 싶은 듯했다("다행히도 지금은 방학이니까. C가 알지만 말하지 않을 거야.").

"클레어 캐시디 말인가?" 닐이 어깨 너머로 읽으며 말했다.

"어쩌면. 지킬 박사가 누군지 궁금하네."

"같이 연수에 참여한 학교 사람 아닐까. 릭 루이스?"

우리는 메건(리즈에 사는 발 치료사)에게 연락했고 메건은 엘라가 "직장의 누군가와" 잤으며 곧장 후회했다는 말을 했다는 사실을 인정했다. 실망스럽게도, 상대방 남자 이름은 생각해내지 못했다. 토니 스위트먼에게 전화를 해보니, 영어과에서 네 명이 여름학기 끝자락에 하이드에서 열린 '창작을 위한 일기 기록'이라는 연수에 참여했다는 것을 확인할 수 있었다. 릭 루이스, 엘라 엘픽, 클레어 캐시디, 아누시카 파머였다.

우리는 교직원 및 학생들과 이야기를 해보려고 월요일에 학교에 갈 작정이었지만, 토요일에 릭을 서로 불러들이기로 했다. 그가 엘라와 불륜을 저질렀을 가능성이 제일 높은 후보이긴 했으나 닐이 (희망에 찬 눈길로) 내게 계속 깨우쳐주었듯이, "동성애자가 있을 가능성도 무시해서는 안" 되었다. 동성애 관계일 가능성은 브라이턴에 술집이 있다는 말이나 마찬가지일 듯했고, 나 또한 사람들을 당연히 이성애자라고 추정하는 부류는 절대 아니긴 했으나, 엘라와 클레어는 결단코 지금까지 이성애자로 살아왔다. 그들이 하이드에서 하룻밤을 같이 보냈을 가능성이 없진 않지만 나는 그럴 가능성은 무척 낮다고 생각했다.

우리는 릭을 제1신문실로 데려갔다. 도나가 양면 거울을 통해 보고 있었다. 릭은 집에서는 초조해 보였는데 지금은 불안해하고 있었다. 하지만 외모가 보기 싫진 않았고 키가 크고 마른 데다 뿔테안경을 쓰고 있어서 실제보다 더 똑똑해 보이는지도 몰랐다. 엘라가 그와 바람을 피울 수 있다는 것은 의심의 여지가 없었다.

처음에 릭은 우리가 마치 8학년 영어 수업을 듣는 학생처럼 법적 절차를 두고 자기 권위를 내세우려 했다.

"이게 다 무슨 일이죠? 저는 바쁜 사람입니다." 그는 이 말을 반복했다.

"물어볼 게 몇 가지 있어서요." 닐은 달래듯 말했다. 나는 침묵을 지키고 있었다. 릭 루이스가 나를 경계한 나머지 절대 방심하지 않으려 한다는 것을 알았다.

형식적인 절차를 거친 후에, 나는 말했다. "하이드에 대해서 말해주시죠, 릭 씨."

"뭐라고요?" 그는 안경 너머로 나를 응시하며 물었다. 탁자 아래에서 한쪽 다리가 덜덜 떨리는 게 보였다.

우리 엄마는 "뭐라고요?" 대신에 "죄송합니다만, 다시 말씀해주시겠습니까?"라고 하라고 말하셨다. 그러나 어쨌든 "죄송합니다만" 역시 용서할 수 없을 만큼 흔한 말이다.

"하이드에서 엘라 씨와 무슨 일이 있었다는 것 압니다." 나는 말했다. "본인 입으로 직접 말씀해주시죠, 그러면 기록을 바로잡을 수 있을 텐데요."

나는 창문 반대편에 있는 도나의 모습을 그려보았다. 비난하고, 동감하고, 대안을 제시하라. 경찰학교에서 하는 말이다. 나는 잘못된 순서로 신문하고 있는지도 몰랐다.

"아무 일도 없었습니다." 릭이 말했다. 덜덜.

우리는 둘 다 기다렸다.

"학기말 연수였습니다." 릭이 말했다. "모두 스스럼없는 사이가 되었습니다."

"엘라 씨가 하이드에서 누군가와 잤어요." 나는 말했다. "우리는 상대가 당신이라고 생각합니다."

"그렇지 않아요. 저는 유부남입니다." 그는 침착함을 유지하려 애쓰는 모습이 역력했다.

"클레어 캐시디는 어떻습니까?" 나는 물었다.

"클레어가 뭐요?" 그는 꼼지락거리다 말고 갑작스레 완전히 멈춰버렸다.

"클레어 씨와의 관계는 어떻습니까?"

"우리는 동료입니다, 친구예요. 그게 답니다."

"꽤 아름다운 여자죠." 닐은 청년들처럼 친밀한 말투로 말했다.

"그런가요? 네, 그런 것 같습니다."

"엘라 엘픽도 그렇고요."

"네."

"릭 씨와 엘라 씨의 관계에 대해 물으면 클레어 씨가 뭐라고 할까요?"

"우리가 친구였다고 하겠죠. 사실이니까요." 릭은 애써 목소리를 절제하려는 듯했다.

그는 꿈쩍하려 들지 않았다. 좌절스러웠지만 수사는 긴 게임이다. 우리는 그에게 가도 좋다고 했다.

월요일에는 탈가스 하이로 갔다. 내 GCSE 증명서를 받으러 간 날 이후로 학교 건물 안에는 처음 들어가는 셈이었다. 냄새는 정확히 똑같았다. 바닥 광택제와 발 냄새가 뒤섞여 있었다. 우리는 안내 데스크에서 이름을 적었고(내가 다니던 시절 이후 실시한 개혁의 결과라고 할 수 있다. 90년대에는 학생 안전 문제를 그리 걱정하지 않았으니까), '당번'이라고 쓰인 배지를 달고 머리를 땋아 내린 소녀가 복도를 따라 우리를 교장실로 안내했다. 학교의 이쪽 구역은 전혀 바뀌지 않았다. 똑같은 예술 작품이 벽에 걸려 있는 듯했고, 코팅한 안내판에는 크리스마스 연극에 참여할 사람 이름을 적어달라거나(〈공포의 구멍가게〉라니, 하!), 계단에서 뛰지 말라고 쓰여 있었다. 하지만 자기 시험 결과를 열람하는 학생 사진은—탈가스 사상 GCSE 최고 득점!—새로웠다. 내 GCSE 점수는 꽤 괜찮아서 형제들 중 제일 나았지만 누구도 노래하고 춤추지는 않았다. 점수가 찍한 무서운 종이를 들고, 환히 웃는 교장 선생님과 사진을 찍는 일은 결코 없었다. 수험반에 들어갈 때부터 나는 내리막길을 탔고, 간신히 치체스터대학에 들어갈 정도의 입시 점수를 쌓을 수 있었다. 대입 A-레벨 시험 성적 발표일에 나를 찍은 사진도 없었다.

하지만 패널을 댄 벽과 높은 천장, 바닥에 쪽모이 세공을 한 복도를 걸어가고 있노라니 모퉁이만 돌아가면 열두 살 시절의 나와 마주치는 것도 결코 불가능한 일은 아닐 듯했다. 머리카락을 길게 땋아 늘이고 남색 블레이저를 입고, 끝을 물어뜯어서 삐뚤빼뚤해진 타이를 맨 나. 교복은 내가 다니던 시절 이후로 바뀌었다. 이제는 스웨트셔츠를 입고 블레이저도 타이도 벗어던졌다. 실용적이지만 딱히 예쁘지는 않다. 됐다, 내 오빠 쿠시는 늘 블레이저 대신에 가죽 재킷을 입었고, 누가 오빠에게 뭐라고 한 기억은 없다. 쿠시는 늘 멋있었고, 그게 내게는 편리했는데, 나는 그렇지 않았기 때문이다.

우리는 양쪽으로 열리는 문을 지나 이제는 굳게 닫힌 예배당으로 들어갔다. 엘픽 부인은 엘라의 장례식을 거기서 치르고 싶다고 말했다. 나는 첫 남자 친구인 게리 카터와 성가대 단상 뒤에서 더듬으며 키스한 이래로 안에 들어가 본 적이 없었다. 어떤 날에는 중앙 계단을 지나면, 흰옷을 입은 여자가 엉겅퀴 솜털처럼 공기 중에 떠다닐 것 같았다. 나도 예전에 이 여자를 직접 본 적이 있었지만, 그렇게 공기처럼 흐릿하지는 않고 복수의 천사에 더 가까웠다. 하지만 나는 닐에게 이 말은 하지 않을 작정이었다.

"제법 근사하네." 닐은 목을 쭉 빼며 나선형 계단을 올려다보았다.

"현대적인 건물도 봐야 해." 나는 말했다. "내가 다니던 시절만 해도 건물이 쇠락해고 있었어. 비가 오면 미술실 복도에 양동이 놓고 빗물 받았다고."

"아직도 그래요. 과학실에는 곰팡이가 피고요. 실제로 버섯이 생긴 적도 있어요." 우리를 안내해주던 소녀가 불쑥 끼어들었다.

"가정경제 수업에는 편리하겠네요." 나는 말했다가 요새는 가정경제 수업이 없을지도 모른다는 사실을 깨달았다. 소녀는 혼란스러운 표정을 짓더니 다시 입을 열지 않았다. 소녀는 우리를 '교장 스위트먼'이라고 쓰인 명판이 붙은 문 앞까지 데려다주더니 무거운 실내화를 신은 발로 뛰지 않으면서도 최대한 빠른 속도로 가버렸다.

우리는 엘라가 담임이었던 반 학생들을 만날 생각이었다. 탈가스 하이에서 교사들은 학교에 있는 내내 같은 학급을 맡는다. 무슨 말이냐면, 비록 조회와 종례 시간에만 만난다고 해도 11학년쯤 되면 서로 꽤 잘 알게 된다는 뜻이다. 엘라의 학급은 11학년이었고, 아이들이 7학년일 때 이 학교에 왔으니, 엘라가 이 학생들을 5년 동안이나 맡아왔다는 뜻이다. 학생들은 유용한 증인이 될 수 있지만 우리는 무척 부드럽게 접근해야 했다. 모든 학부모에게 허락을 받아야 했으며, 교감인 프랜시스(리즈) 선생이 면담 내내 '적절한 성인' 역할을 하며 옆에 앉아 있기로 했다.

"하지만 걔들도 애들은 아니잖아." 닐은 차를 타고 들어오는 길에 말했었다. "열여섯 살인 데다 남자애들 몇은 덩치가 나만 하던데. 엘라같이 호리호리한 여자는 쉽게 힘으로 제압할 수 있을걸."

"오늘 우리 입장에서는 아이들이야." 나는 이렇게 말했지만 닐의 말이 맞는다는 것을 알았다. 학생 한 명이 엘라를 짝사랑하다가 거절당하니 폭력적인 반응을 보인 거라는 가정도 영 황당무계하지는 않았다. 하지만 공공연히 그런 말을 하지는 않을 생각이었다.

토니와 프랜시스 선생이 교장실에서 우리를 맞았다. 우리는 거기서 면담을 할 수 있게 해달라고 요청했더랬다. 학교의 주요 시설과는 분리돼 있을 뿐 아니라 방 자체에 위엄이 서려 있기 때문이다. 그곳은 교장실이었고, 아무리 스웨트셔츠를 교복으로 입는 느슨한 시대라고 해도, 여전히 어떤 힘이 도사리고 있기를 나는 바랐다.

우리는 맥도날드에서 커피를 가져왔고, 나는 토니가 못마땅한 눈길로 스티로폼 컵을 바라본다는 걸 알아챘다.

"비서에게 제대로 된 커피를 내려달라고 부탁해놓았는데요." 그가 말했다.

"던킨 도넛 하나 드시죠." 닐이 상자를 내밀었다.

"아니, 괜찮습니다." 토니는 몸을 바르르 떨었다.

나는 리즈 프랜시스가 맘에 들었다. 토니보다 나이가 더 많았고, 남색 정장과 납작한 신발을 신은 모습이 고지식해 보였지만, 마치 이런 일은 이전에 겪었으며 어떤 일도 심각하게 받아들이지 않는 사람처럼 유머가 어린 얼굴이었다. 리즈는 도넛을 하나 집더니 잼이 들었으니 하루치 과일과 채소 섭취량을 다 채운 셈이라고 말했다.

"우리 건강 식습관 선언을 기억해요, 리즈." 토니는 반쯤 농담하듯 말했다.

토니는 오늘 아침 전체 조회 시간에 모든 학생에게 이야기할 거라고 설명했다. "학생들은 모두 엘라에 대해 알게 될 겁니다. 요새는 소식이 어떻게 퍼지는지 아시죠. 그래도 저한테 직접 듣는 편이

제일 좋다고 생각합니다." 진심이 느껴지긴 했지만, 자기를 지나치게 중요한 사람 취급하는 것 같기도 했다.

"우리는 그 후에 학생들을 만나기로 하죠." 나는 말했다. 리즈는 학생들 시간표 사본을 가져다주었고(11학년 아이들은 모두 다른 과목 수업을 들었다), 우리를 위해 순서를 짜주었다. 하지만 교사들이 나가자마자, 나는 닐을 돌아보며 말했다. "클레어를 다시 만나보자. 하이드에 대해 물어보자고."

"지금 수업 중일 텐데."

"그럼 쉬는 시간에 보면 되겠지. 하이드 건으로 그 여자를 흔들어놓을 수 있어."

"나는 어째서 네가 그 여자를 못 잡아먹어서 안달인지 모르겠다." 닐이 한숨 지으며 말했다.

"그런 적 없는데." 나는 말했다.

우리는 11학년 엘픽 반의 학생들을 한 번에 한 명씩, 프랜시스 교감이 배석한 가운데 만났다. 우리는 모든 학생들에게 똑같은 질문을 던졌다.

1. 엘픽 선생님과 어떻게 지냈는가?
2. 엘픽 선생님과 잘 지내지 못한 사람을 알고 있는가?
3. 우리에게 따로 하고 싶은 이야기가 있는가?

학생들은 모두 엘라를 좋아했다고 말했다. 그들의 헌사는, 어깨를 으쓱하며 "괜찮은 선생님이었어요"에서 눈물이 그렁그렁한 눈으로 "선생님을 정말 좋아했어요"에 이르기까지 다양했다. 나는 눈물이 그렁그렁한 쪽은 별로 신경 쓰지 않았다. 리즈 프랜시스는 학생들이 오늘 과하게 흥분했다고 말했다. "중간방학 마치고 개학한 첫날이니까요. 그런데 담임선생님이 막 살해당했다니까. 아이들은 정말로 동요했지만, 이런 비극적인 상황을 즐기는 애들도 있죠." 리즈는 미소를 띠었다. "게다가 내일은 애들을 늘 들뜨게 만드는 핼러윈이니까요." 나는 핼러윈을 혐오했다. 엄마는 늘 아이들이 사탕을 받으러 올까 봐 문 옆에 사탕을 잔뜩 쌓아두었지만, 아이들은 대체로 우리 집을 무시했다. 이유 하나, 우리가 큰 개를 기르고 있었기 때문에. 이유 둘, 우리가 외국인이고 '웃기는 옷'을 입었기 때문에.

엘라의 학생들은 정확히 말하면 과하게 흥분한 것 같지는 않았다. 몇몇은 감정이 고조돼 있었고, 몇몇은 불안해했으며, 몇몇은 경찰 면담이 지루한 십대 생활에 늘 있는 일처럼 굴었다. 엘라와 사이가 좋지 않았던 사람은 누구도 생각해내지 못했고, 우리에게 할 만한 중요한 이야기도 없었다. 우리는 당번을 통해 클레어에게 전갈을 보냈고, 쉬는 시간에 클레어는 오만하고 무시하는 표정을 띠고 나타났다.

"안녕하세요, 클레어." 내가 말했다. "와주셔서 감사합니다."

클레어는 자리에 앉았다. 검은 치마에 진회색 스웨터를 입고 있다. 무척 점잖았지만, 또한 신비스럽게 우아했다. 무릎까지 오는 부츠를 또 신었고, 검은 스타킹이 슬쩍 내비쳤다.

"우리가 서로 이름 부르는 사이였군요." 클레어는 차갑게 말했다. "이름이 뭐였죠?"

"하빈더예요." 나는 이 말이 다소 뻔뻔하다 여겼지만, 목소리만은 유쾌하게 냈다.

"네, 하빈더. 저 시간이 별로 없는데. 15분 후에 수업 들어가야 하거든요."

대단하시네. "용건을 빨리 마치겠습니다." 나는 말했다. "엘라의 소셜 미디어 정보를 좀 보고 있었어요. 몇 가지 질문이 있습니다. 7월에, 클레어는 엘라와 함께 하이드에 교사 연수를 갔었죠. 거기서 무슨 일이 있었어요. 엘라의 페이스북 메시지를 보고 알아냈습니다. 뭐였죠?"

나는 그녀의 반응을 면밀히 살폈다. 클레어는 재빨리 닐을 바라보더니 다시 내게로 시선을 옮기며 물었다. "무슨 의미죠?"

시간을 버시겠다. "우리는 하이드에서 엘라의 마음을 어지럽히는 어떤 일이 일어났다는 걸 압니다." 나는 말했다. "클레어도 거기 있었죠. 친구잖아요. 무슨 일인지 알 수도 있다고 생각합니다."

"아뇨. 일반적인 교사 연수와 관련된 일뿐이었어요, 아시잖아요." 클레어는 '전문직 여성의 동료 의식'을 강조하는 친근한 어조로 말하려고 했다.

"아뇨, 모르겠습니다." 나는 말했다. "서식스 경찰이 관내 교육과정까지 챙기지는 않거든요. 하이드에서 무슨 일이 있었습니까?"

"아무 일도 없었습니다." 클레어는 이번에도 큰 눈으로 특유의 표정을 지으며 말했다. "보통 있는 일뿐이었어요. 강연, 조 활동을 많이 하고 저녁엔 술도 마시고."

나는 이 말을 믿지 않았다. 이 연수 과정에서 무슨 일인가 있었고, 누가 술을 사고 말고 그런 일은 아니었다. 나는 같이 술을 마신 사람은 누구냐고 물었고, 클레어는 엘라라고 말했으며, 더 종용하자 릭 루이스 이름까지 댔다. 또한 학과의 다른 교사인 아누시카 파머 이름도 꺼냈다.

나는 앞에 놓인 파일을 가리키며, 내가 던진 질문의 답을 이미 알고 있다는 뜻이 전달되기를 바랐다. "여기서, 엘라는 하이드를 잊고 싶다고 씁니다. 무슨 뜻이라고 생각하십니까?"

"전혀 모르겠는데요." 클레어는 다시 다리를 꼬았다 풀었다 한다, 긴장했다는 신호였다.

"지킬 박사와 하이드 씨에 대한 이야기도 합니다. 그게 무슨 뜻이라고 생각하시죠?"

"오타 아닐까요?"

나는 그녀에게 시선을 보냈다. 그녀는 우리가 그 책을 읽지 않았다고 생각하는지도 몰랐다. 뭐, 공교롭지만 사실상 맞는 생각이었다. 그래도 나는 그녀의 얼굴에 떠오른 우월감을 지워버리고 싶었다.

"엘라는 'C는 알고 있다'고 하네요. 여기서 C가 클레어죠?"

"모르겠네요." 클레어는 말했지만, 이제 흔들린 표정이었다. 땀방울이 이마에 송글송글 맺혔다. 갱년기 열감인가? 그럴지도. 클레어도 어쨌든 마흔다섯 살이다. 하지만 어쩌면 다른 이유 때문인지도 몰랐다. 이제 닐이 쪽지를 언급할 차례이고 그는 단조롭고 무감한 목소리로 잘해냈다.

"뭐라고 쓰였던가요?" 클레어는 거의 속삭이듯이 물었다. 닐은 이야기해주었고, 클레어는 해당 인용구가 「템페스트」에 나오는 대사라고 했다. 우리가 그것도 읽지 않았다고 생각할 수도 있다.

"그다음 줄은 뭐죠?" 나는 이미 알고 있었지만 물었다.

"지옥은 비었다." 클레어가 말했다. "그리고 모든 악마는 여기에 있다."

그 쪽지에 있는 무언가가 정말로 클레어의 심기를 건드렸다. 우리 두 사람은 알 수 있었다. 클레어는 한 손을 이마에 댔다가 이게 어떻게 보일지 깨달은 듯했다. 클레어는 머리를 뒤로 넘기는 쪽을 택했다. 아주 짧게 잘랐지만 앞머리는 좀 길었고, 금색 하이라이트를 넣은 진갈색 머리카락이었다. 고급스러운 인상이었다.

나는 클레어의 필적 견본을 달라고 요청했다. 내가 왜 그러는지 알아차렸겠지만, 그녀는 매우 침착하게 대응했다. 클레어는 토니의 근사한 몽블랑 펜으로 문제의 문장을 썼다.

"지옥은 비었다. 그리고 모든 악마는 여기에 있다."

같은 필체가 아니었다.

엘라의 학생 하나가 흥미로운 이야기를 했다. 점심시간이 거의 되어서야 우리는 톰 크리브라는 소년을 만날 수 있었다. 여드름이 난 호리호리한 청소년으로 양옆 머리카락을 다 밀어버렸다. 요즘음 탈가스에서는 두발 규정이 훨씬 완화된 듯했다. 내가 다닐 때는 남자들은 뒤와 옆 머리를 짧게 쳐야 했고, 여자들은 뒤로 묶어야만 했다. 나는 아빠가 학교에 와서 시크교도 아이들은 머리를 자를 수 없으며, 그래, 터번은 남자애들에게 필수라는 사실을 설명했다는 사실을 안다. 하지만 이제는 원뿔형으로 틀어 올린 스타일부터, 레게 스타일로 땋은 머리, 민머리, 온갖 형편없는 염색 머리까지 모두 볼 수 있다. 톰은 딱히 외모로는 점수를 딸 수 있는 아이는 아니었다. 우리 앞에서 구부정하게 앉아 스웨트셔츠에 난 구멍을 뜯고 있었다. 하지만 "엘픽 선생님과 잘 지내지 못한 사람을 알고 있는가?"라는 질문에 이렇게 대답했다. "음, 패트릭 오리어리와 일이 있었어요."

"무슨 일이?" 닐과 나는 서로 마주 보았다. "패트릭이 선생님에게 밸런타인데이 카드를 보냈어요. 우리 모두 알아요. 엘픽 선생님이 루이스 선생님에게 말해서 패트릭은 반을 옮겼거든요."

"그래서 패트릭은 어떤 기분이었지?" 내가 물었다.

"저야 모르죠." 톰은 겁에 질린 표정으로 말했다. "난 걔 친구가 아니거든요." 톰은 손가락으로 남아 있는 머리카락을 넘겼다. "제가 말했다고 걔한테 알려줄 거 아니죠?"

"그럼, 완전 비밀을 유지할 거야." 나는 아이를 안심시켜주었다.

끈기 있는 당번이 패트릭을 찾아오기를 기다리는 동안, 리즈는 상황을 균형 있게 보려고 애썼다. "그렇게 큰일은 아니었을 거예요. 학생들이 종종 교사들에게 연심을 품기도 하는데, 유일한 해답은 학생과 절대로 단둘이 있지 않는 것이죠. 엘라가 릭에게 이야기한 것은 옳은 판단이에요. 릭이 엘라의 직속 상사니까요."

"패트릭은 어떤 소년입니까?" 나는 물었다.

"아주 영리하죠." 리즈가 말했다. "스포츠를 잘하고, 럭비를 합니다. 하지만, 여기 있는 동안에 말썽에 한몫하기는 했습니다."

"어떤 말썽이죠?"

"다툼이죠, 교사에게 말대꾸하거나. 그런 일이에요."

"학교 다닐 때 저 같은데요." 닐이 말했다.

하지만 모습을 드러낸 패트릭 오리어리는 결코 닐 같지 않았다. 짙은 색깔 머리에 잘생긴 소년이었고, 허세가 있었다. 패트릭은 우리 반대편에 앉아 다리를 쩍 벌렸다. 전철에서 내 건너편에 그러고 앉았으면, 발로 차줬을 것이다.

"일전에 엘픽 선생님에게 밸런타인데이 카드를 보냈다고 들었는데." 나는 시간을 허비하지 않고 바로 물었다.

"네, 근데 그게 뭐요?" 패트릭은 당황하지 않는 듯했다. 심지어 살짝 미소까지 띠었다.

"엘픽 선생님이 꾸중했지?" 내가 말했다.

"네. 선생님은 그런 거 보내면 안 된다고 했는데, 그냥 웃자고 한 일이에요." 그는 어깨를 으쓱했다.

"엘픽 선생님은 학과장 루이스 선생님에게 보고했고?"

"네에. 선생님이 뭐 적절하지 못한 행동이니 어쩌니 했죠. '우리는 선을 지켜야 할 필요가 있다' 이러면서." 패트릭은 높고 좀스러운 목소리를 흉내 냈다. 분명히 릭의 성대모사인 듯했다.

"그건 좀 심했네. 그냥 웃자고 한 거라며." 닉은 또다시 젊은 청년 모드를 켰다.

"전 신경 안 썼어요, 솔직히." 패트릭은 내리깐 눈썹 사이로 닐을 보고는 말했다. 무슨 작전인지 알아차릴 수 있는 애였다.

"엘픽 선생님을 학교 밖에서 본 적은 있어?" 나는 물었다. "선생님 집에 갔다든가?"

"아뇨. 누가 그렇게 말했다면, 거짓말이에요." 패트릭은 허리를 약간 펴고 앉았다.

"그런 말을 할 사람이 누가 있겠어?"

패트릭은 대답하지 않았다.

"넌 지금 문제가 된 게 아니란다, 패트릭." 리즈는 몸을 앞으로 내밀고 말했다. "하지만 질문에 대답은 해야 해."

"난 몰라요." 그 애는 마침내 말했다.

"너는 다른 학급으로 옮겼다고 하지 않았니?" 내가 말했다.

"네, 11GN 반으로."

"그거 꽤 힘들었겠는데." 닐이 말했다.

"괜찮아요. 어차피 자주 안 보니까. 그냥 출석이나 뭐 그런 것 때문이죠. 어차피 친구들은 있어요."

"그럼 지금 엘픽 선생님에 대한 기분은 어때?" 나는 물었다.

그 애는 내 눈을 똑바로 바라보고 말했다. "선생님이 돌아가셔서 안타깝습니다. 그게 다예요. 내가 선생님을 따로 생각할 일이 없어요. 난 여자 친구도 있고. 그냥 다 웃자고 한 일이라니까요."

토니는 학교에서 점심을 먹어도 된다고 했지만, 나는 딱히 그러고 싶은 마음이 없었다. 식당은 건물의 옛 구역에 있었고, 사무실에서 나오는 음식 냄새를 맡을 수 있었다. 토니는 이제 신관에 간이매점이 있다고도 했다. "거기서 조각 피자 같은 걸 팝니다." 하지만 나는 신선한 공기를 쐬러 밖에 나갈 거라고 말했다. 여전히 만나 볼 학생이 몇 있고 영어과 교사와 학생은 모두 남아 있었다. 치체스터에 있는 난도 식당이라면 우리의 집중력을 유지하는 데 도움이 될 거라고 생각했다.

우리는 차를 타고 사각 광장을 가로질렀다. 파란 스웨트셔츠가 사방팔방에 보였고 저 멀리서 축구를 하는 아이들의 고함 소리가 은은하게 들려왔다. 남자애들 한 무리가 주차장 옆에서 어슬렁거렸다. 담배 피우러 나왔음을 알 수 있었다. 그 애들은 특유의 은밀하고도 도전적인 표정을 짓고 있었다. 교사 한 사람이 그들에게 다가갔다. "너희들 여기서 뭐 하냐? 주차장은 접근 금지야. 점심 먹으러 안 들어가?"

"전 몸매 관리 중이거든요, 카터 선생님." 남자애 중 한 명이 말했다.

우리는 바로 그들 곁을 지나치는 중이었고, 나는 발길을 멈추고 교사를 보았다. 트위드 재킷, 녹색 넥타이, 적어지는 머리숱, 약간 무력한 표정.

게리 카터는 전혀 변하지 않았다.

13장

"나 오늘 게리 카터 봤어요." 나는 엄마한테 말했다.

"난 게리 좋아했어. 그렇지 않았니?" 엄마는 야채를 잘게 썰다 말고 말했다.

"엄마는 아무나 다 좋아하잖아요."

"아니야. 너 초등학교 다닐 때 그 조그만 남자애는 좋아하지 않았어. 널 미끄럼틀에서 밀어서 떨어뜨린 애 말이지. 그리고 마거릿 대처도 별로야."

"요전날 밤에 텔레비전에서 본 독립당 사람도 별로 좋아하진 않았죠."

"그 사람이 우리 가게에 온다면 친절하게 대하겠다. 하지만 생각 없는 인종차별주의에는 그다지 관심이 없지." 엄마는 머리를 한 손으로 빗어 넘겼다.

엄마가 보이는 전형적인 태도였다. 엄마는 늘, 말하자면 가설에 불과한 일도 무척 진지하게 받아들였다. "내가 점심 식사에 여왕님을 초대한다면 무슨 음식을 내놓을지 무척 고심할 거다. 필립 공이 소화에 문제가 있거든." "내가 레이스 경주 운전자라면, 경주 끝날 때는 샴페인 대신에 프로세코를 터뜨려달라고 할 거다. 기품이 제대로 나면서도 훨씬 싸니까." 엄마는 사실 운전도 못 했다. 어떨 때는 상황을 축소하기도 한다. 엄마는 인종차별주의에는 "그다지 관심이 없다"면서도, 인종 학살 때문에 "꽤 화를 냈"으며, 전쟁은 "생각해보면 실제로는 그렇게 좋은 발상이 아니다"라고 했다.

"게리는 지금 탈가스에서 교사를 해요. 오늘 이야기를 나눴어요. 지리를 가르친대요."

"아, 너희는 늘 지리에 재능이 있었지. 근사한 지도도 그렸잖니."

"엄마 그건 8학년 때 그만뒀어요." 엄마 말대로 나는 지도 그리기에 능했다. 대륙의 가장자리를 파란색으로 칠하고, 산을 그렸으며, 작고 하얀 빙산을 하나씩 세웠다.

"게리는 결혼했대?" 엄마 속은 가끔 뻔히 들여다보인다. 엄마는 심지어 나를 보지도 않고 양파와 마늘을 냄비에 붓고 지글지글 타는 모습을 바라보았다.

"안 물어봤어요." 나는 물어봤고 게리는 결혼하지 않았다고 했다. 심지어 내일 밤 한잔하기로 술 약속도 잡았다. 그래야 탈가스 교직원에 관한 소문을 얻어들을 수 있을 것 같았다. 하지만 엄마에게는 말하지 않았다. 엄마가 오해하는 상황은 원치 않으니까. 게다가 지나친 흥분은 엄마 건강에도 좋지 않다.

"걔가 선생이 됐으면 잘했네." 엄마는 짐짓 태연한 목소리로 말하며 양념을 쳤다.

"경찰보다 더 나을 것도 없어 보이던데." 의심할 여지 없이 약간 방어적인 말투가 됐다.

"나는 경찰이 되는 것이 무척 멋지다고 생각은 한다. 늘 너를 자랑하고 다니는걸." 엄마는 몸을 돌려 나를 보며 항의했다.

이 말은 의심스러웠다. 내 부모님은 구드와라*에서 내 이름만 나오면 화제를 돌리려고 했다. "하빈더는 뭐해?" "아직 결혼 전이야?" "애는?"

술탄이 짖기 시작했다. 그러니까 아빠가 오고 있다는 뜻이었다. 나는 벽시계를 보았다. 인도 지도 모양을 한 이상한 구리 시계다. 마이소르 위에 작은 바늘이 가 있다. 7시였다. 가게는 9시에 문을 닫으니까 쿠시 오빠가 교대했을 것이다.

부모님은 쇼어햄에서 작은 편의점을 한다. 이전에는 디브이디를 팔았지만, 넷플릭스 때문에 끝장났다. 이제는 대부분의 수입을 주류 판매에서 얻지만, 두 분 다 술을 마시지 않는다. 심지어 프로세코를 뿌리고 싶다는 엄마도 그렇다. 내가 어렸을 때 우리는 모두 가게에서 일손을 도왔고 나는 부모님 대신 맥주를 사실지, 와인을 사실지 소리쳐 물어야 했다. 그런 물건을 사도 될 권리가 있는지는 물어볼 생각을 하지 않았다. 이제는 쿠시와 아빠만이 가게에서 일할 뿐이고, 가끔은 쿠시의 아들 하킴이 일한다. 그들은 신분증을 보여달라고 말하는 데 많은 시간을 허비한다.

아빠는 나를 보자 말했다. "어이구, 비비. 우리 꼬마 딸이 집에 있네." 아빠가 이러는 이유는 그러면 내 신경을 건드린다는 걸 알기 때문이다. 아빠가 몸을 숙여 내게 입을 맞추자, 애프터셰이브 로션 냄새가 났다. 아빠는 결코 피곤하거나 지저분해 보인 적이 없고, 무슨 일이든 아주 꼼꼼하게 처리한다. 아빠의 쿠르티는 언제나 눈처럼 하얗고, 터번은 진청색이다. 아빠는 종일 가게에서 일하고

---

* 시크교의 사원.

돌아와도 늘 애프터셰이브 로션과 비누 냄새가 났다.

"사건은 어떠냐?" 아빠는 이렇게 물으며, 숟가락을 꺼내 와서 카레 맛을 보았다. 엄마가 늘 질색하며 화를 내는 습관이었다.

"너무 슬퍼요." 엄마는 말했다. "그 여자, 선생 있잖아요, 너무 예뻤더라고. 신문에서 사진 봤어요."

"못생겼으면 덜 슬프고요?" 나는 말했다.

"말조심해라, 비비." 아빠가 말했다.

"물론 그건 아니지." 엄마는 위엄 있게 말했다. "나는 그냥 의견을 말했을 뿐이야."

"아주 골치 아픈 사건이에요." 나는 말했다. "우리는 피해자가 범인과 아는 사이였다는 점은 확신하고 있어요. 그러면 범위가 좁혀져야 하는데, 지금 그렇지가 않아요."

"우리 밤에는 문을 잠그는 편이 좋겠어." 엄마가 말했다.

"언제나 잠그잖소. 경비견도 있고." 아빠가 말했다.

두 분 다 애정이 듬뿍 담긴 눈길로 술탄을 보았다. 술탄은 가능한 한 커다란 민폐덩어리가 되려는 것처럼 바닥 한가운데 누워 있었다.

"쟤가 우리를 어떻게 보호해요. 너무 물렁하잖아요." 나는 말했다.

"쟤도 훈련된 킬러야." 아빠가 말했다.

"누가 훈련시켰는데요?"

"내가. 술탄!" 아빠는 개를 불렀다. "죽은 척 해봐." 근육질의 개 꼬리가 바닥을 쿵 쳤다.

"벌써 죽은 척하고 있는데요." 나는 말했다. "저녁은 얼마나 걸려요? 샤워부터 하고 와도 되나?"

나는 성인이 되고서도 부모님 집에서 살 마음은 없었다. 대학 졸업하자마자 경찰에 들어갔고, 처음에는 다른 훈련생들 셋과 함께 아파트를 썼다. 아, 모르겠다. 얼마 지나지 않아 그들이 그저 신경에 거슬렸다. 너무 지저분했고, 제대로 된 식사를 차려 먹는 일이 없었다. 새벽 2시에 케밥을 사서 들어오고, 아침에 부엌에 가보면 맥주 캔과 잘게 썬 양상추가 사방팔방에 널려 있었다. 룸메이트들은 나의 특별 우유를 마시고, 텔레비전에서 〈아임 어 셀리브리티〉를 보자고 했다. 1년 후, 나는 엄마와 아빠 집으로 다시 들어왔다. 임시방편이었다. "얘가 결혼할 때까지만이야." 엄마가 디파 이모에게 하는 말을 들었다. 뭐, 그러자면 한참 기다리셔야 할 텐데. 동성결혼은 '축복된 결합'(이 말을 할 때마다 늘 원양 여객선 이름 같다는 느낌이 들지만, 시크교도의 결혼식을 단어 그대로 옮기면 저렇게 된다)에 자격 미달이다. 부모님은 내가 동성애자라는 사실을 모르고, 현재 나는 '교황님보다 더 금욕적인' 단계에 있기 때문에, 부모님께 굳이 말할 가치를 느끼지 않는다. 어쩌면 부모님이 내가 적당한 남편감을 찾을 수 있다는 희망을 다 버릴 때까지 기다려야 할지도 모른다. 나는 어쩌면 엄마가 딸이 동성애자라는 사실은 괜찮아할지도 모른다고 생각한다. 엄마는 가게 건너편에서 애견 미용실을 운영하는 스티브와 던컨과 무척 친하게 지냈고, 그레이엄 노턴*을 숭배했다. 하지만 확신컨대 빅토리아 여왕처럼, 엄마도 여자끼리 섹스를 할 수 있다는 생각을 정말로 즐기진 않을 것이

---

* 텔레비전 쇼 진행자로, 동성애자이다.

다. 지금은 말하지 않는 편이 훨씬 낫다. 내가 말한 대로, 엄마 나이에 지나친 흥분은 좋지 않다.

대체로, 늙은 부모님과 함께 사는 것은 별로 나쁘지 않다. 방에 샤워실도 딸려 있고 근사한 음식을 끝없이 얻어먹을 수 있다. 부모님은 내가 저녁에 언제 귀가할지 묻지 않지만, 나는 엄마가 자물쇠에 내 열쇠 꽂히는 소리가 들릴 때까지 잠을 자지 않는다는 사실을 안다. 부모님은 남자 친구 사귀라고 잔소리하지도 않고, 엄마는 이제 펀자브에 사는 먼 사촌과 맺어주려는 노력도 포기했다. 부모님은 대체로 좋은 동거인이다. 일요일에는 자신이 '인도판 잉그리드 버그만'처럼 생겼다는 엄마의 망상 같은 믿음과 아빠의 심술궂은 논평―"아, 저기 저 사람이다, 웃긴 외국인 남자 있잖아. 전두엽 절제 시술을 받아서 자기 이름도 제대로 발음하지도 못하는 남자."―을 들으며 함께 옛날 영화를 보는 것도 즐겁다. 주말에 오빠들을 만나는 것도 좋다. 특히 조카들을 보면 즐겁다. 경찰 무전기를 들고 사이렌 울리는 차를 타는 멋진 고모 행세 하는 일도 재밌지만, 가끔 내 올케 언니들은 이렇게 말한다. "아가씨는 애를 참 잘 보네요. 안타까운 일이야……." 하지만 난 딱히 아이들을 좋아하진 않는다. 아니, 이 말은 모욕적이다. 나는 특정한 애들을 좋아할 뿐이다. 친구도 무척 골라서 몇 사람하고만 사귀듯이. 엄마는 이렇게 말한다. "너는 너무 까다로워." 엄마는 부모님이 중매한 첫 번째 남자와 결혼했다. 엄마야 운이 좋았지만, 그렇다고 엄마가 충분히 까다롭지 않았다는 사실이 바뀔 리는 없다.

샤워를 한 후에 나는 방으로 가서 이메일을 확인했다. 전화기가 울렸다. 도나였다. 나는 옷을 입었다. 타월로만 몸을 감싼 채 상사와 통화하는 것이 부적절하게 여겨졌기 때문이다.

"여기 과학수사대 보고서가 왔어." 도나는 말했다. 입에 뭔가 가득 든 채로 말하는 느낌이어서, 틀림없이 아직도 사무실에서 칩을 먹고 있구나 싶었다. 도나는 결혼해서 아이가 둘 있는데, 애들이 잠자리에 들 때까지 직장에서 기다리는 일이 더 쉽다고 말한 적도 있다.

"뭔가 흥미로운 내용이 있습니까?" 나는 물었다.

"칼에는 지문이 없대."

"쪽지에는요?"

"아무것도. 비닐 코팅 흔적은 있나 봐. 말인즉, 냉동용 비닐 백에 넣어서 보관했다는 얘기겠지."

"백의 상표를 특정할 수는 없습니까?"

"없어. 모두 똑같다는군. 흔한 싸구려."

"다른 건요?"

"우리가 가장 기대를 걸어볼 만한 물건은 정원 덤불에서 발견한 실오라기야. 아웃도어 의상 같은 데서 나온 거라던데. 왁스 코팅이 된 등산복 종류 있잖아. 감식실에 조사해보라고 지시했어."

"스키 재킷일 수는 없을까요?" 나는 토니 스위트먼의 그을린 피부를 떠올렸다.

"그럴지도. 학교 쪽은 어떻게 됐어?"

"흥미로운 점이 하나 있습니다. 11학년 남자아이 하나가 엘라를 짝사랑했다더군요. 밸런타인데이 카드를 보냈대요."

"11학년이면 몇 살이지?"

"열다섯에서 열여섯 정도 됩니다."

"그 정도면 나이가 꽤 들었네." 생각에 잠겨서 어적어적 씹는 소리.

"그렇죠." 나는 말했다. "그 정도면 나이가 꽤 들었죠. 게다가 키도 크고 체격도 좋고 럭비를 합니다. 한데 엘라한테 그렇게 집착한 것 같진 않았어요. 계속 그냥 웃자고 한 일이라고 하더군요."

"그래도 단서이기는 해. 그 애를 확인해봐야겠어."

"알리바이는 별로 없어요. 집에서 컴퓨터게임을 했다더군요."

"어디나 십대는 다 똑같군."

"그리고 집에 다른 사람은 없었습니다. 컴퓨터 위치 기록을 확인해볼 수는 있을 것 같습니다."

"흥미로운데." 도나가 말했다. "좀 더 파보자고."

"그리고 모교에서 가르치는 옛날 친구를 만났어요." 나는 말했다. "내일 만나려고 합니다. 내부 정보를 얻을 수 있을지 보려고요."

"좋은 생각이네."

"어머니가 엄청 들떠 계세요. 그 친구가 운명의 상대일지도 모른다고 생각하거든요."

도나가 웃더니 물었다. "오늘은 뭘 먹었어? 침이라도 흘리게 이야기 좀 해줘." 전에 우리 집에서 밥 한 번 먹었을 뿐인데, 여전히 그 이야기를 한다.

"양고기 파산다, 차파티*와 밥요."

"나 너네 집으로 이사 가도 되니?"

---

* 반죽을 발효시키지 않고 바로 오븐에서 굽는 빵.

"집에 들어가세요, 도나." 나는 말했다. "내일 차파티 좀 싸서 경찰서로 갖다드릴게요."

14장

그날이 핼러윈이라는 사실을 일시적으로 잊고 있었다. 게리를 탈가스 하이에서 가장 가까운 마을에 있는 술집 더 컴퍼스에서 만나기로 약속했건만. 거리는 조그마한 마녀들과 악마들로 붐볐고, 애정 넘치는 부모들은 자식들을 데리고 중산층의 구걸 잔치를 벌이고 있었다. **지옥은 비었다. 그리고 모든 악마는 여기에 있다.** 나는 엄마가 오늘 밤에는 손님들을 맞길 바랐다. 엄마는 미니 좀비들 무리를 보고 어머 하고 놀랄 기회가 있으면 즐거워할 것이다. 나라면 집 안 불을 다 끄고 죽은 척하겠지만.

더 컴퍼스도 이 난리에 한몫 꼈다. 나는 목을 움츠리고 거미줄 아래를 지나 바 쪽으로 가야 했다. 게리는 저기 호박 모양 초를 앞에 두고 구석 탁자에 앉아 있었다.

게리는 자기가 먼저 사겠다고 우겼다. 그는 맥주 1파인트를 마셨지만 나는 오렌지 주스를 고집했다. 사람들은 종종 내가 시크교도이기 때문에 술을 마시지 않을 거라고 넘겨짚지만, 나는 와인 한 잔이나 진토닉 정도는 꽤 좋아하는 편이다. 엄마와 아빠는 술을 입에 안 대고 집에 들이지도 않지만, 엄마는 어느 크리스마스에 베일리스 한 병을 사주신 적이 있었다. "이게 젊은 사람들이 마시는 거지"라면서. 믿을 수 없을 만큼 역겨운 술로, 액체 토사물에 커피 가

루를 탄 맛이 났다. 실은 메를로를 한 잔 마시고 싶긴 했지만 운전을 해야 했고, 게리와 술부터 마시면서 일을 시작하고 싶진 않았다.

"우리 때는 핼러윈을 이렇게 거창하게 치르진 않았는데." 게리가 셜롭*의 소굴을 뚫고 우리 탁자로 돌아왔을 때 내가 말했다.

"미국 영향이지." 게리가 대답했고, 나는 전에도 그가 여러 차례 이렇게 말했을 거라고 추측했다. "학교에서는 늘 봐."

"미국에선 아이들이 아무 의상이나 입지 않나? 슈퍼히어로나 공주처럼?" 나는 미국에는 가본 적이 없었다. "여기는 온통 흑마술투성이잖아. 아, 참 귀엽기도 하지. 당신 아이들을 언데드undead처럼 입히세요."

"하브스는 예나 지금이나 똑같네." 게리가 웃으며 말했다.

나는 이 말을 어떻게 받아들여야 할지 몰랐다. 무슨 뜻으로 이렇게 말한 걸까? 여전히 웃기다? 여전히 심술궂고 약간 괴상하다? 사실 몇 년 동안 '하브스'라는 애칭도 들어본 적이 없었다.

"탈가스에서 가르친 지는 얼마나 됐어?" 나는 물었다.

"10년. 신임 교원 연수를 받고 처음 얻은 직장이야. 약간 시시하지? 어렸을 때 자란 동네에서 여전히 살고 일하다니." 그는 약간 남을 의식하는 것처럼 웃었다.

"적어도 넌 아직도 부모님과 살진 않잖아."

"그건 아니지." 그는 실컷 웃다가 요점을 파악했다. "아, 넌 그래?"

"그래, 아직도 엄마 아빠와 함께 집에 있어."

---

* J.R.R. 톨킨의 『반지의 제왕』에 나오는 거대한 거미.

"난 네 어머니 좋아했어." 게리가 말했다. "너네 집에서 먹었던 요리도 잊을 수가 없어. 그렇게 맛있는 음식은 먹어본 적이 없거든. 네 아빠랑 오빠들은 좀 무서웠지."

"아빠랑 오빠들은 마음 약한 야옹이야." 나는 말했다. "우리 집 대장은 엄마지."

"난 네가 결혼했을 거라고 생각했는데." 게리가 말했다. "우리 학교 동창들은 이제 다 결혼해서 애도 있더라고. 나만 빼고."

"나도 빼고. 난 결혼한 적이 없어."

"넌 경찰이 됐잖아. 그거 멋지잖아." 게리는 분명히 나를 격려하려고 하는 말 같았다.

"그러니?"

"아! 너 혹시……."

"나한테 총 있냐고 묻지 마."

"미안." 게리는 다시 예의 부끄러워하는 웃음을 지었다.

"영국 경찰은 총을 상시 소지하진 않아." 나는 분개심을 누그러뜨리며 말했다. "하지만 화기 교육을 이수하긴 했어."

"뭐, 그래도 여전히 지리 선생보다는 멋지잖아."

"탈가스에서 가르치는 일은 어때?" 나는 물었다.

"좋아." 그는 맥주를 꿀꺽 들이켜고는 윗입술의 거품을 닦았다. "토니는 엄격한 관리자야. 늘, 정확한 자료를 받아야 하고, 온갖 유행어를 알고 있지. 그 사람이 학교 환경을 개선한 것은 의심의 여지 없는 사실이야. 아이들 훈육도 훨씬 나아졌고. 이제 문구 캐비닛에 갇힐 걱정은 안 하고 살 수 있지."

그는 다시 웃었지만, 나는 이 이야기가 게리 자신의 경험담이 아닐까 하는 생각이 들었다.

"이번 주는 힘들었겠다. 엘라 일 때문에 말이야." 나는 말했다.

게리의 얼굴이 약간 구겨졌다. 그는 나이치고는 외모가 꽤 괜찮았으나, 어느 순간 더 늙은 남자처럼 보이기도 했다. "끔찍했어. 사람들이 여기저기 소문을 떠들고 다니고. 엘라를 잘 알지도 못하는 사람들이."

그 말은 흥미로웠다. "너는 엘라를 잘 알아?"

"약간. 우리는 매년 직원 장기 자랑에 함께 나갔거든. 엘라는 노래를 하고 나는…… 기억하니…… 나는 기타를 치잖아." 그는 얼굴을 붉혔다.

맙소사, 게리의 기타 연주는 내가 몇 년 동안 잊고 살 수 있었던 것이었지만, 이 말을 하는 그의 눈에 부드러운 빛이 떠오르는 순간 그가 여전히 자신을 쇼어햄의 지미 헨드릭스로 생각한다는 것을 알 수 있었다. 나는 바로 가서 음료를 한 잔씩 더 받아 왔다. 이제 필연적으로 따라올 회상 장면을 헤치고 나아가자니 와인 한잔이 당겼지만, 나로서는 맑은 정신을 유지할 필요가 있었다. 이건 일이야, 나는 속으로 말했다.

다시 자리로 돌아와 앉았는데, 게리가 엘라는 '사랑스러운 사람'이라고 말했다.

"정말로 재능도 있었지." 그는 말했다. "노래 잘하고 춤도 잘 췄어. 배우가 됐어도 성공했을 거야."

"남자 친구는 있었어?"

나는 이 말을 너무 불쑥 해버렸고 게리는 움찔 놀란 것처럼 보였다.

"너…… 혹시 의심하는 게……?"

"나는 그냥 엘라라는 사람을 알고 싶을 뿐이야." 나는 달래듯 말했다.

"엘라에게 남자 친구가 있었던 것 같진 않아." 게리가 말했다. "전에 있던 학교에서 누굴 만났다고 한두 번 언급한 적은 있어. 그때 상처를 심하게 받은 것 같더라고. 다시는 그런 일에 얽히고 싶지 않대."

"얽히다니?"

"뭐, 우리 학교 직원들은 대부분 결혼을 했거나 연애 중이거든." 게리는 약간 방어적으로 말했다. 너는 아니잖아, 나는 속으로 생각했다.

"그래서 엘라는 유부남하고는 얽히지 않으려 했다?"

"그렇지. 절대 그랬을 리 없어."

"아까 소문이 있다고 했는데, 사람들이 뭐라고 떠들어?"

게리는 이제 정말로 불편해 보였다. "엘라는 정말로 매력적인 사람이었거든." 마침내 그가 입을 열었다. "사람들은 늘 소문을 수군거리니까."

"엘라와 릭 루이스에 대해서?"

게리는 안도의 한숨을 내쉬었다. "그래, 너도 들었구나. 내 입으론 말하고 싶지 않았어. 사람들이 릭과 엘라를 두고 이러쿵저러쿵 하는데, 나는 정말로 두 사람 사이에 뭐가 있었을 거라고는 생각 안 해. 일단, 릭은 클레어에게 마음이 있거든."

"클레어 캐시디?"

"그래. 만난 적 있어? 클레어도 영어 교사야. 외모는 괜찮지만,

내 취향으로는 약간 도도한 편이지. 하지만 클레어와 엘라는 좋은 친구였어."

"나도 클레어를 만난 적 있어. 그래서, 릭이 클레어를 좋아했다?"

"그래. 우리 모두 알았어. 얼마 전까지는 클레어에게 진심으로 마음이 있었거든. 릭이 클레어의 집 밖에 몇 시간이나 앉아 있었다는 말도 들었고. 유부남인데도 그만두지 않더라고."

"클레어는 릭을 어떻게 생각했어?" 나는 폐공장의 그늘 속에 잠긴 작은 집을 생각하고 있었다. 릭이 정말로 클레어를 스토킹했을까? 그랬다면 어째서 토니에게 보고해서 그를 자르게 하지 않았을까?

게리는 다시 웃었지만 이번에는 약간 냉혹하고 냉소적인 느낌이 담겨 있었다. "클레어는 릭 루이스를 두 번도 돌아보지 않았을 걸. 클레어는 국제 금융가 정도 되는 사람하고만 데이트를 할 여자야."

이것이 게리가 생각하는, 얻을 수 없는 부에 대한 개념인 듯했다.

"학생들은 어때? 엘라를 짝사랑한 애들이 있었을까? 그런 일 있는 거 알잖아."

"나도 알아." 게리는 모호하게 자기 맥주잔 속을 들여다보았다. "나도 크리드 선생님을 좋아했던 기억이 나. 너도 기억나지, 연극반 선생님? 그 선생님한테 나 미쳤었다."

"난 전혀 생각이 안 나는데. 연극에는 별 관심이 없어서 말이지. 그래서, 누가 엘라에게 소년다운 연정을 품었단 말이야?"

"내가 아는 한 없어." 그는 갑자기 자신이 형사와 말하고 있다는 사실을 깨달은 모양이었다. "너 학생 중 누굴 의심하는 거 아니지?"

"난 엘라가 아는 사람에게 당했다고 생각해. 너도 범인을 알지 모른다는 뜻이야."

이 말로 확실히 분위기는 깨져버렸다.

나는 술을 다 마시고 일어났다. 이제 브릿빅을 한 잔 더 마시고 게리가 늘어놓는 '옛날' 이야기를 들어줄 상황은 아니었다. 그는 십대 시절의 파티와 축구 경기를 행복하게 기억하고 있는지 모르지만, 나는 탈가스 하이를 떠나면서 십대의 기억도 다 두고 떠났다. 절대로 돌아가지 말라, 그게 나의 원칙이었다. 게리는 심지어 언제 같이 "카레나 먹으러 가자"는 말까지 했다. 농담하나? 우리 엄마가 영국에서 제일 맛있는 카레를 만드는데, 내가 뭐 하러 굳이 돈 내고 인도 식당을 가겠어? 나는 어물쩍 둘러대고는, 내 차로 탈출해버렸다. 게리에게 태워다주겠다고 했으나 그는 걸어서 집에 가겠다고 했다. 분명 그 마을에 사는 것 같았다. 마권 판매소 바로 위에.

하이 스트리트는 한적했다. 꼬마 악마들은 모두 집으로 가버렸다. 신호등은 하나도 없고, 어둠에 싸인 다운스*가 고요히 우뚝 솟아 있었다. 주차장에 앉아 있으려니 약간 으스스했다. 돌연 집에 빨리 돌아가서 부모님이 10시 뉴스를 보고 서로 말싸움하는 소리나 듣고 싶었다. 출발하기 전에 형식적으로 근무용 전화를 확인해 보았다. 전화가 두 통이나 와 있었는데 모르는 번호였다. 나는 음

---

* 영국의 초원 구릉지대.

성사서함 버튼을 눌렀다.

"카우어 경사님. 클레어 캐시디예요. 저한테 전화 좀 주시겠어요? 드릴 말씀이 있어요."

15장

　나는 면담한 사람에게 늘 명함을 주지만, 이걸 사용하는 사람은 드물었다. 즉시 클레어에게 전화를 걸었다.

　"일이 생겼어요. 중요한 일일지도 몰라서요." 클레어가 말했다.

　"지금 집입니까?" 나는 물었다.

　"네."

　"제가 곧 가죠."

　길은 어두웠지만 한적했다. 나는 안개등을 켰고, 그 빛은 산울타리와 농가의 문, 교차로 한가운데 서 있는 유령 같은 안내판, 풀밭 가장자리에 죽어 있는 오소리, 한밤의 모험에 나서느라 총총히 걸어가는 유령들을 비췄다. 클레어의 집 밖에 릭 루이스가 앉아 있었다, 이 생각 때문에 클레어의 전화를 우선시하게 된 걸까? 어쩌면, 옛 친구와 더불어 과거에 잠겨 있었던 터라 뭔가 유용한 일을 하고 싶다는 욕망이 생겼기 때문인지도 모른다. 어쨌든 10분이면 갈 수 있는 거리였다.

　줄줄이 늘어선 집들에는 불이 켜져 있어 버터처럼 부드럽고 따뜻해 보였다. 하지만 집 뒤에는 공장이 백악 절벽 앞에서 괴물 같은 인공 절벽처럼 솟아 있었다. 빛의 장난질인지, 언뜻 비친 달빛 때문인지, 갑자기 깨진 창문에서 뭔가 번뜩이는 불빛을 본 것만 같왔다. 촛불, 알지 못하는 새 스쳐 가는 깜빡임 같았다. 모스 부호. 켜졌다 꺼졌다, 켜졌다 꺼졌다. 나는 1분가량 지켜봤지만, 더는 불빛이 보이지 않았다.

클레어가 문을 열어주었다. 여전히 출근복(흰 셔츠, 검은 바지)을 입고 있었지만 발에는 털이 복슬복슬한 방한용 양말을 신고 있었다. 그래서 그녀가 조금 좋아졌다.

"와주셔서 감사해요." 클레어는 옆으로 비키며 나를 안으로 들였다.

"마침 근처에 있었어요."

청회색 응접실은 아늑했다. 장작을 때는 벽난로에서는 불이 타올랐고, 술이 달린 갓을 씌운 탁자 전등에서 불빛이 흘렀다. 텔레비전은 꺼져 있었고, 커피 탁자에는 책 한 권이 뒷면이 보이게 놓여 있었다. 윌키 콜린스의 『흰옷을 입은 여인』. 나는 허브차를 마시며 어둠 속에 앉아 있었을 엘라 엘픽을 떠올렸다. 누군가 이 여자들에게 넷플릭스의 존재를 알려줘야 했는데.

클레어는 차나 커피 중에 뭘 마시겠냐고 물었고, 나는 차로 달라고 했다. 오렌지 주스의 맛을 씻어버리고 싶었다. 불 옆에서 뜨거운 음료를 홀짝이고 있으려니 모든 것에서 거짓된 친밀감이 느껴졌다. 클레어의 딸 조지아가 2층에 있었으므로 우리는 목소리를 낮추었다.

"별거 아닐 수도 있어요." 클레어가 말했다.

"하지만 중요한 일일 수도 있죠." 나는 말했다. "그렇지 않았다면 클레어가 전화하지는 않았을 테니까요."

"네, 그랬겠죠." 클레어는 머그잔(『해리포터』: 그리핀도르) 안을 잠시 들여다보더니 다시 입을 열었다. "나는 일기를 써요."

그녀가 어떤 대답을 기대했는지는 알 수 없었다. 놀람? 감탄? 사실 일기 쓰는 클레어는 내가 보는 그녀의 이미지와 딱 맞아떨어졌다. 19세기 소설의 주인공처럼. 나는 클레어가 자신을 자기 삶의 주인공으로 여긴다고 확신했다.

클레어는 이야기를 이어갔다. "경사님이 하이드에 대해 물었을 때, 나는 예전 일을 돌아보고 엘라와 릭 사이에 실제로 무슨 일이 있었는지 확인하고 싶어졌어요."

그럴 줄 알았지. "그 일에 대해서는 아무것도 모르는 줄 알았는데요."

"제가 잘못한 일은 잊어주세요." 그녀는 살짝 얼굴을 붉히며 말했다. "게다가 그건 그들 두 사람의 사적인 일이니까요."

"하지만 이건 살인 사건 수사거든요." 나는 이렇게 말했지만 그냥 넘기기로 했다. 이 이야기가 어디로 흘러가는지 알고 싶었다.

"그래서 일기를 다시 들여다봤어요." 클레어가 말했다. "당시에 어떻게 생각했는지 보려고요. 그리고 해당 페이지를 찾았는데, 거기에 누가 뭐라고 써놨더라고요."

"무슨 뜻입니까?"

"다른 사람이 내 일기에 뭐라고 써놨다는 말이에요." 클레어는 짜증스러운 목소리로 말했다. "누가 내 일기를 찾아서 거기에 뭔가를 썼어요."

"뭐라고 쓰여 있었습니까?" 나는 여전히 그 말의 뜻을 가늠하기 힘들었다.

"안녕, 클레어. 당신은 나를 모르죠."

"제가 봐도 될까요?"

클레어는 내키지 않는 듯했지만, 각오는 한 모양이었다. 탁자에 "2017년 1월부터 8월까지"라는 라벨이 붙은 연청색 공책이 있었으니까. 클레어는 공책을 들었지만 내게 건네기 전에 서둘러 말했다. "또 다른 것도 있어요. 나는 오늘 밤 늦게까지 일했거든요, 엘라가 맡았던 기말 연극을 넘겨받아서."

"〈공포의 구멍가게〉 말입니까?"

"맞아요. 그래서 연습이 시작되기를 기다리다가 맨 위층에 가보기로 했어요. R.M. 홀랜드의 서재요." 클레어는 놀란 얼굴이었다.

"그게 아직도 거기 있어요?" 나는 말했다.

"네, 물론 학생들은 출입할 수 없지만요." 클레어는 대답했다.

"저도 그 방은 한 번도 본 적이 없어요. 소설은 읽었죠.「낯선 사람」요."

"그래요? 마음에 들었어요?" 놀란 말투였다.

"별로요. 약간 멜로드라마 같잖아요. '우리는 기다리고 기다리고 또 기다렸소' 같은 문장만 많고." 나는 어깨를 으쓱했다.

"그게 바로 고딕 전통이에요." 클레어가 설명했다. "상황을 세 번에 걸쳐 쓰는 것."

"오늘 밤 무슨 일이 있었습니까?" 나는 독서토론 같은 이야기는 빨리 끝내고 싶어서 물었다.

클레어는 시선을 돌렸다가 다시 내게로 향했다. 남자가 옆에 없을 때도 여전히 사슴 같은 눈망울이었다. "나는 홀랜드의 서재로 올라갔어요. 그 사람에 대한 책을 쓰고 있기 때문에 방에 있는 사진을 좀 보고 싶었거든요. 어쨌든 거기 가보니, 복도 끝에 있는 나선형 계단 위죠, 누군가 책상 앞에 앉아 있었습니다."

"맙소사, 누구였죠?" 나도 모르게 말이 튀어나왔다.

"의상실 마네킹이었어요." 클레어는 말했다. "섬유과에서 가져온 게 분명해요. 빅토리아시대 의상을 입고 두 팔을 뻗고 있더군요. 홀랜드처럼 보이게 하려고 그런 것 같아요."

"기겁하셨겠네요."

"죽는 줄 알았어요. 비명을 질렀지만, 물론 제 소리를 들을 사람은 아무도 없었죠. 숨을 돌린 후 비로소 알아챘어요. 요컨대, 누가 저를 겁주려고 마네킹을 거기에 갖다 놓았다는 거죠. 다락방에 올라갈 사람은 저밖에 없으니까요."

"또 누가 열쇠를 갖고 있습니까?"

"관리인이 갖고 있을 거예요. 모든 자물쇠의 복제 열쇠를 갖고 있죠."

"관리인은 아직도 퍼비pervy* 팻인가요?" 나는 생각도 않고 물었다.

"패터슨 씨는 10년 전에 은퇴했다고 들었어요. 제가 오기 전에." 클레어는 덧붙였다. "그 사람을 어떻게 알죠?"

"저도 탈가스 하이를 다녔으니까요, 옛날 학생이죠." 내가 말했다. 어쨌든 클레어도 조만간 알게 될 일이었다. "금방 나이가 더 든 느낌이네요."

"토니도 알고 있나요?" 클레어가 물었다. "조심하세요. 아니면 10학년 직업 탐방의 날에 초청해서 강연하라고 할 테니까."

---

* 변태라는 뜻도 있다.

"아직 말은 안 했습니다." 그렇지만 솔직히 말해 학생들 앞에서 강연한다는 생각이 싫지는 않았다.

"거기 마네킹을 가져다놓을 수 있는 사람이 누구라고 생각하세요?" 나는 물었다.

"모르겠어요. 아무리 생각해봐도." 클레어가 대답했다.

"클레어에게 원한을 품은 사람이라도 있습니까?"

"내가 아는 한 없어요."

"릭 루이스는 어떻습니까?"

"어째서 그런 질문을 하시죠?" 클레어는 허리를 꼿꼿이 펴고 앉더니 내가 마치 선생님 이름이 뭐냐고 물어본 7학년 학생이라도 되는 양 쳐다보았다.

"그 사람이 한때 클레어에게 마음이 있었다는 사실을 압니다."

"한참 전이에요. 모두 잊은 일이고요."

그것이 문제였다. 게리와 저녁을 함께하며 알게 된 사실은, 그 무엇도 정말로 잊히진 않는다는 것이었다.

"말씀해보세요." 나는 격려하듯 말했다.

클레어는 한숨지었다. "릭은 늘 무척 친절했어요. 정말로 좋은 학과장이었죠. 무척 다가가기 쉬웠고요."

"그랬겠죠."

"뭐, 그 사람이 제게 다가왔다는 말은 아니에요. 처음에는요. 시작은 짧은 쪽지, 우리 둘 다 좋아하던 책에 나오는 인용구 같은 거였어요. 엘라와 나는 그걸 두고 비웃곤 했죠. 올해 초쯤, 직원 회식을 갔어요. 어쩌다 보니 릭과 함께 차로 걸어가게 됐는데 갑자기 제게 덤벼들더니 키스하기 시작했어요."

"맙소사." 나는 또 이렇게 말했다. 클레어는 가볍게 얘기했지만, 이건 성폭력이었다.

"물론 나는 그를 밀쳐냈어요. 정신 차리라고 말했죠."

클레어는 다음 순간에는 교사처럼 말했다. "제 말은, 그 사람이 술에 취해서 그런 행동을 했다고 짐작했다는 겁니다. 하지만 다음 날, 그가 제 집 앞에 다시 나타났어요. 나랑 사랑에 빠졌다고 말하더군요. '당신 때문에 병이 난다고.' 이러더라고요."

"참도 매력적인 말이네요."

"나도 그렇게 생각했죠. 나는 절대로 유부남과는 관계를 맺지 않는다고 말했습니다."

"마음이 끌렸습니까?" 나는 별다른 목적 없이 물었다. "그 사람 꽤 잘생겼던데요."

"아뇨, 1초도 끌린 적이 없어요." 클레어는 똑바로 몸을 세우고 앉아 말했다. "릭이 그 사실을 받아들일 줄 알았는데, 며칠 후 또다시 내 집 앞에 앉아 있었어요. 이상했죠. 그냥 거기 앉아 있기만 했어요. 나는 그 사람이 길을 잃었거나 어딜 가는 중이라고 생각했어요. 그런데 다음 날에도 거기 있더군요. 그다음 날에도."

"스토킹했네요."

"그때는 정말로 그렇게 보진 않았어요. 하지만 그만두라고 말했죠. 학과장이 그런 식으로 행동해서는 안 되죠. 사람들 사이에 말이 날 거고."

모두 알고 있던데요, 나는 말해주고 싶었다. 게리는 늘 소문을 제일 나중에야 듣는 사람이기 때문이었다.

"그래서 멈췄습니까?" 나는 물었다.

"어느 정도는요. 여전히 셰익스피어에서 인용한 비통한 문구를 적은 이상한 카드를 보냈지만요. '안녕히! 당신은 나의 소유물이 되기에는 너무도 사랑스럽소.'* 하지만 주로, 네, 우리는 그저 동료였어요."

나는 처음 이 방에 들어왔을 때 벽난로 선반 위에서 보았던 카드를 생각했다. 카드에는 R이라고 서명이 되어 있었다. 거기에 뭐라고 적혔는지, 필적이 어땠는지 슬프게도 기억할 수 없었다. 나는 난롯가를 보았지만, 이제는 카드가 없었다.

"그 사람 필적을 알아볼 수 있겠습니까?" 나는 물었다.

"아마도요." 클레어가 대답했다. "그는 직원들에게 손글씨로 쪽지를 써서 많이 줘요. 그편이 덜 딱딱하다고 여기는 것 같더군요."

"제가 일기에 쓴 글을 봐도 될까요?" 나는 물었다.

클레어는 푸른 공책을 건넸다. 나는 항목을 쭉 훑었다. 그저 엘라가 릭과 자고는 금방 차버렸다는 사실을 알 수 있을 만큼만 보았다. 그런 후에는 페이지 하단에 쓰인 작은 글씨에 집중했다.

"이게 릭의 글씨입니까?" 나는 물었다.

"그런 것 같진 않아요." 클레어가 말했다. "릭은 훨씬 크고 동그랗게 써요. 이건 거의 이탤릭체에 가깝잖아요. 무척 작고요."

작긴 했지만, 한 가지는 분명히 알아볼 만큼은 컸다.

"지옥은 비었다"라는 쪽지를 엘라의 시체에 남기고 간 사람의 필적과 같았다.

---

* 셰익스피어 소네트 87번의 한 구절.

나는 황량한 집의 복도에 울려 퍼지는 비명을 들었고, 그게 내가 지른 소리였음을 깨달았소. 나의 친구 거전이 죽은 채로 내 발밑에 쓰러져 있었지. 윌버포스는 몇 미터 떨어진 곳에 있었고. 나는 그들의 목을 짚어 맥을 확인한 결과, 더는 할 수 있는 일이 없다는 것을 알았소. 누군가, 무언가가 지옥에서 온 짐승처럼 이들을 덮쳐서 도살한 것이오. 거전의 가슴은 두 번 세 번 찔려서 피로 붉게 물들어 있었소. 팔은 대자로 벌리고 있어서 손바닥의 베인 자국이 보였소. 오, 얼마나 끔찍한 신성모독인지. 마치 우리의 축복받은 주님의 성흔을 닮은 상처였소. 나는 처음에는 윌버포스도 칼에 찔려 죽었다고 생각했지만, 깜빡거리는 촛불 속에 자세히 보니 목 졸려 죽었다는 것을 알 수 있었소. 하얀 천이 목에 단단히 감겨서 얼굴이 파랗게 질려 보였지. 그러나 암살자의 칼이 그를 놓아주진 않았더군. 단검이 그의 가슴에 박혀 손잡이가 드러나 있었소.

내 몸이 바들바들 떨려서 촛불 그림자가 벽에 기이한 형상을 그렸고 몇 분 동안 나는 공포로 얼어붙어 있었소. 내 벗들을 죽인 이 악마가 분명히 가까이에 있을 테니까. 놈이 이제 진홍색 손에 칼을 들고 나를 덮치려나?

하지만 폐가는 잠잠했소. 위층에서 쥐들이 후다닥 뛰어갈 뿐 아무 소리도 들리지 않았지. 그때 바깥에서 어떤 외침이 들렸소. "안에 무슨 일이야?" 그런 후에 콜린스와 바스티안, 그리고 세 번째 남자가 계단을 뛰어 올라왔소. 나는 여전히 촛불을 들고 있었기에, 그들은 맨 먼저 이 유령 같은 빛에 비친 내 잿빛 얼굴을 보았겠지. 그 뒤에 진정 공포스러운 장면이 펼쳐졌을 테고.

다음에 일어난 일에는 베일을 드리우다, 아니, 베일이 아니라 무거운 커튼이겠지. 나는 대학 당국에 보고하자고 했지만, 바스티안 경은 우리가 문제에 휘말릴 거라고, 어쩌면 퇴학당할지도 모른다고 지적했소. 또한 헬 클럽에서는 이 사실이 새어나가면 좋아하지 않을 거라고 말했소. 다른 두 사람은 이 의견을 무겁게 받아들였고, 그들 모두 선배였다는 점을 기억하시겠지. 짧게 줄이자면, 가장 좋은 방법은 이 무서운 집을 떠나 아무 일도 없었던 것처럼 대학으로 돌아가는 거라는 주장에 나도 설득되고 말았다는 것이오. 시체는 물론 발견되겠지. 조사도 할 테고. 하지만 우리는 이 사건에 대해서 아무것도 모르는 거요. 우리는 절대 그날 밤 일어난 일을 이야기하지 않을 거요.

"우리 맹세해야 해." 이렇게 말한 바스티안은 공포스럽게도 무릎을 꿇더니 우리 주님을 의심하는 토마를 흉내 내어 거전의 손에 난 상처에 자기의 손가락을 담갔소.

"맹세해, 그의 피에 대고 맹세해." 그는 말했지.

그런 장면을 상상할 수 있겠소? 촛불, 점점 거세게 부는 바람, 거전의 피를 자기 손에 묻히고 서 있는 바스티안. 우리 모두 반쯤 미쳐 있었소. 이 말 외에 달리 설명할 수는 없소. 바스티안은 마치

제의 수요일 의식을 행하는 사제처럼 피 묻은 엄지손가락을 우리 이마에 찍어 자국을 남겼소. **기억하라, 인간이여, 너는 흙이니 흙으로 돌아갈 것이니라.***

"맹세합니다.""맹세합니다." 우리는 차례로 말했소.

다음에는 무슨 일이 있었느냐고? 아, 친애하는 젊은 양반, 그렇게 놀란 표정 지을 거 없소. 언제나 그러하듯이 시간이 흘렀지. 시체가 발견되었소. 경찰이 수사를 했지만, 살인자는 찾지 못했소. 그날 밤 나의 행동에 대해서는 누구도 묻지 않았지. 부학장은 친구의 죽음을 목격한 나를 위로하였고, 나는 진실한 마음으로 무척 상심했다고 말했소. 그는 나를 동정하였지만, 호메로스의 작품에 등장하는 서늘한 경구를 인용했지. 극기심을 고취하려는 의도였음은 의심할 바 없소. **강해져라, 내 심장이 말했도다, 나는 군인이니. 나는 이보다 더 심한 광경도 보았느니라.**** 그렇게 끝났소. **콘수마툼 에스트**Consummatum est(일이 완결되었도다).

아니, 나는 그렇게 생각했었소.

---

* 창세기 3장 19절.
** 호메로스의 『오디세이아』의 한 구절.

3부

조지아

16장

허버트를 도기 데이 케어에서 찾아오는데 벌써 어둑해져 있다. 우리가 대로를 따라 걸을 때 차들이 쌩 지나가고, 헤드라이트가 바람에 날리는 이파리를 비춘다. 허버트는 낑낑거리면서 되도록 울타리 가까이에 붙어 움츠린다. 허버트는 겁쟁이다. 결국 내가 허버트를 안고 가야 한다. 아직 작은 개지만 놀랍도록 단단하고 무겁다. 집에 다다를 쯤에는 기운이 다 빠져버린다. 아마도 엄마 말이 맞겠지. 나는 운동을 좀 더 해야 한다. "운동을 하면 엔도르핀이 분비되어 십대들이 우울증에 걸리거나 비만이 되는 것을 막아주지. 또 건강한 습관을 기르고 약 생각을 하지 않을뿐더러 대학에 가서 운동 팀에 들어갈 수 있게 될 거야……." 이건 엄마가 제일 좋아하는 설교 2번인데, 1번은 이거다. "너 지금 시험공부 열심히 하지 않으면 후회한다. 대학은 인생에서 제일 좋은 시절이지만, 그것도 러셀 그룹이나 그보다 더 좋게는 옥스브리지를 다닐 때 이야기지. 나는 옥스퍼드에는 못 갔지만 뭐 그렇다고 마음이 쓰리지는 않아……."

집으로 돌아와서, 나는 허버트에게 사료를 주고 내가 제일 좋아하는 초를 켠다. 우리 집은 마을에서 꽤 멀리 떨어져 있어서 핼러윈 사탕 받는 애들이 올 것 같지는 않지만, 혹시나 싶어서 하리보

젤리를 사놓았다. 엄마는 단걸 엄청 좋아하지만, 오직 아스텍 지방에서 재배한 코코아빈으로 만들었다는 수제 다크 초콜릿만 먹는다. 어린아이들은 좀 더 일반적인 사탕을 더 좋아할 것이다. 어쨌든 나는 초를 켜고, 휴스 선생님이 가르쳐준 주문을 외우며 「낯선 사람」을 편다.

지난 4년 동안 나는 핼러윈이면 「낯선 사람」을 읽었다. 엄마는 모르고, 찬성하지도 않겠지만, 수업 시간에는 늘 이 책을 교재로 쓴다. 심지어 학생들에게 소리 내어 읽어주기까지 한다. 엄마는 건강과 안전상의 이유로 초를 켜지 않는다. 대신 노트북에 불꽃 앱 따위를 열어놓고 장작이 타는 소리를 배경음으로 설정해놓는다. 소름 끼칠 정도로 무서울 것 같다. 내가 어렸을 때 엄마는 즐겨 책을 읽어주었다. 처음에는 그림책으로 시작해서, 노엘 스트리트필드를 지나 애거사 크리스티와 조제트 헤이어*까지 이어졌다. 『악마의 자식』은 내가 제일 좋아하는 책이며, 낭만적인 도미닉은 정말 완벽한 주인공이다. 이 이야기를 타이에게 했더니, 타이는 꽤 질투를 했다. 나는 말했다. "그 책을 읽어봐. 아마 이해하게 될걸." 하지만 나는 타이가 표지에 크리놀린 드레스를 입은 사람이 나오는 책을 읽을 거라는 생각은 하지 않는다. 헤이어의 책 표지는 어찌 그리도 고리타분할까? 책에서는 납치, 신분 위조, 말을 탄 사람들의 격렬한 추격전 등 온갖 흥미로운 사건이 일어나는데 표지에는 늘 무도회 드레스를 입은 여자가 남자를 올려다보며 바보같이 예쁘게 웃고 있는 사진이 실려 있다. 베니샤도 조제트 헤이어를 좋

---

* 영국 소설가로 주로 역사 로맨스와 탐정 소설을 썼다(1902~74).

아하는데, 그의 책에서 이름을 따왔다고 한다.

"괜찮으시면," 낯선 사람이 말했다. "이야기를 하나 해드리고 싶소. 긴 여행인 데다 하늘 상태를 보아 하니 한동안은 이 칸에서 나갈 길은 없을 테니 이야기를 나누면서 몇 시간 보낸들 어떻겠소? 늦은 10월 저녁에는 딱 제격이지.

정말 좋은 첫 문단이다. 내 책에는 세 가지 종류의 첫 문단이 있다. 하나는 주인공 시점, 다른 하나는 주인공 경쟁자의 시점, 그리고 시험 삼아 써보고 있는 전지적 관찰자 시점도 있다. 어떤 식으로든, 이 글을 다 마쳐야 어떻게 시작할지를 알 수 있을 것이다. 휴스 선생님 말로는 대부분의 작가들은 처음 써놓은 장을 다 없애버리는데, 그러면 책이 더 나아지기도 한다. 하지만 「낯선 사람」 같은 단편은 이야기가 다르다. 모든 단어가 중요하다.

엄마는 내가 책을 쓰고 있다는 사실을 모른다. 심지어 문예창작 수업을 듣는다는 사실도 모른다. 내가 그냥 태시의 집에서 빈둥대며 여자애들 취향의 영화나 보고 손톱이나 칠한다고 생각한다. 엄마는 잔소리하고 설교하기는 해도 이쪽을 더 좋아하는데, 그러면 내가 '보통 십대'처럼 보이기 때문이다. 이게 무슨 뜻이건 간에. 심지어 타이, "어울리지 않는 남자 친구"도 이 서사에 딱 맞아떨어진다. 엄마와 아빠는 내가 당신들의 이혼으로 심리적 타격을 입었을까 걱정한다. 그래서 여기로 처음 이사 왔을 때 그토록 독실하고 끔찍한 세인트 페이스에 나를 보냈을 것이다. 아빠는 "잘 보호받는 환경"이라고 했다. 맙소사, 차라리 스트레인지웨이스 교도소가 보호받는 환경이라고 하시지. 나는 참을 수 없었다. 새침한 여자애들이 자기 조랑말 이야기나, 승마복 입으면 엉덩이가 더 커 보일지 모른다는(간단히 말하면 그렇다) 이야기나 하는 곳. 그리고 살아 움직이는 남자애를 거의 볼 수가 없기 때문에 남자에게 엄청 집착했다. 창문 유리창 청소부가 올 때면 나는 아이들 때문에 부끄러웠다. 정말로 그랬다.

탈가스로 이사했을 때 모든 것이 변했다. 이런 변화를 일으킨 사람은 엘라, 엘픽 선생님이었다. 그래서 선생님이 죽었다는 사실이 너무나도 슬펐다. 살해되었다니. 나는 돌려 말하기 싫다. 엘픽 선생님은 내 에세이를 좋아했고, 내게 휴스 선생님의 문예창작반에 들어가라고 권해주었다. 나는 거기서 태시와 패트릭, 베니샤를 만났다. 세상에서 제일 친한 친구들이다. 휴스 선생님은 식스폼 칼리지*에서 가르치기 때문에, 우리는 월요일마다 방과후에 거기 간다. 태시와 패트릭은 나처럼 탈가스에 다니지만, 베니샤는 세인트 페이스 학생이다. 비이(베니샤)는 내가 세인트 페이스에 다닐 때는 나를 좋아하지 않았는데, 아마도 내가 진정한 오라를 숨기느라 바빴기 때문일 거라고 말한다. 나는 솔직히 그때의 비이는 기억이 나지 않는다. 비이 말로 자기는 학교에서는 모습을 보이지 않게 하는 기술을 익혔다는데, 그 애가 선명한 빨강 머리를 1미터 가깝게 기르고 다니는 걸 생각하면 놀라운 일이다. 나타샤, 즉 태시는 '공식적으로' 나와 가장 친한 친구로, 양쪽 가족도 그렇게 알고 있고, 엄마는 평소의 약간 속물적인 이유로 우리 사이를 승인한다. 태시의

---

* 중등학교 졸업 후 가게 되는 대학 입시 전문 학교.

190

부모님은 대학을 나온 전문직 종사자들이다. 태시 본인도 말을 얌전하게 하고, 귀걸이 구멍도 보통 수준으로 뚫었다. 개네 가족은 좋은 집에 살고, 웨이트로즈에서 쇼핑한다. 패트릭은 학교에서는 자주 못 보는데, 럭비를 하고 온갖 얼간이들과 어울려 다니기 때문이다. 태시와 나, 둘 다 패트릭을 좋아하기는 하지만, 둘 중 한 사람이 패트릭과 사귀면 우리 무리의 기를 깨기 때문에 절대 그러지 않기로 했다. 패트릭에게는 또 로지라는 여자 친구가 있다. 귀엽고 자그마한 애다.

우리는 휴스 선생님이 하얀 마녀라는 사실을 몰랐다. 나는 그저 선생님이 똑똑한 교사라고만 생각했다. 선생님은 어떤 단어가 맞고 틀렸는지 즉시 알아본다. 하지만 문장을 고치라고 할 때도 우리가 바보 같은 느낌이 들지 않게 해준다. 격려해주고 최고의 작품을 내도록 영감을 준다. 엘픽 선생님이나 심지어 엄마만큼도 외모가 멋있지는 않다. 꽤 땅딸막하고, 긴 회색 머리를 틀어 올렸다. 하지만 약간 웨일스 억양이 묻어나는 목소리가 근사하다. 휴스 선생님이 평소에 흔히 보는 무신론자 혹은 영국국교회 신자가 아니라는 첫째 실마리는 휴일에 글래스턴베리에 가는 것이다. "부모님이 거기 출신이세요?" 태시가 물었다. 우리는 그때쯤 은근히 이 선생님에게 홀려 있었다. "내 자매들이 거기 살아." 선생님은 미소를 띠며 말했다. 또 다른 때에, 베니샤가 수술하러 병원에 가게 되었을 때 겁을 내자(베니샤는 태어날 때부터 심장에 구멍이 있었는데, 심각하진 않지만 늘 이걸로 소란을 피운다) 휴스 선생님은 베개에 뿌리라며 무슨 기름을 주더니, "여신이 그대를 지켜주기를"이라는 글자가 새겨진, 달을 바라보는 토끼 그림도 주었다. 비이는 이 기름 덕에 좋은 꿈을 꿀 수 있었다고 말했다.

우리가 「맥베스」를 공부한 9학년 말이 되어서야, 선생님은 우리에게 이야기해주었다. 패트릭이 이 희곡은 사람들이 마녀를 두려워하던 17세기에나 유효할 거라고 말하자, 휴스 선생님은 특유의 내밀한 미소를 지으면서 말했다. "사람들은 여전히 마녀를 두려워하죠. 우리는 언제나 우리가 이해하지 못하는 것을 두려워해요. 나는 오로지 특별한 사람들에게게만 내가 하얀 마녀라고 말해요. 평범한 영혼들은 그것을 이해할 수가 없죠." 물론 우리는 자신들이 특별하고, 평범하지 않다는 사실에 전율을 느꼈다. 선생님은 많은 이야기를 하지 않았고, 엄마가 늘 문간에서 싸우는 사람들처럼 우리를 개종시키려 하지도 않았다. 그런 사람들은 우리가 휴대전화를 쓰기 때문에 지옥에 갈 거라고 한다. 휴스 선생님은 우리에게 명상기법과 간단한 주문을 가르쳐주었다. 수호의 원을 만드는 법과 해로운 혼령에게서 벗어나는 법도 알려주었다. 또한 악령에 저항해서 우리를 지켜줄 수 있는 흑요석도 하나씩 주었다. 그래서 나는 이제 핼러윈 날에 혼자 유령 이야기를 읽고 있어도 두렵지 않다. 오히려 오늘 밤 밖에서 걸어 다닐 영혼들에게 문을 열어주고 내가 할 수 있다면 돕고 싶다.

"평온을 찾지 못한 영혼들이여, 두려워 말라. 땅의 굴레를 풀고 빛을 향해 얼굴을 들라……."

허버트가 요란하게 짖기 시작한다. 누군가 계단을 올라오는 소리가 들린다. 나는 기분이 약간 불쾌해지지만, 하리보 젤리를 기억해내고 얼굴에 환영하는 미소를 띠며 문을 연다.

"안녕, 예쁜이."

핼러윈 사탕을 받으러 온 아이들이 아니다. 타이이다.

타이는 술집에 일하러 가는 길이지만, 나를 핼러윈에 혼자 두고 싶지 않다고 한다. "너희 엄마가 오실 때까지 여기 있을게."

타이가 좋은 뜻을 품고 여기 왔기 때문에 나는 성가신 기분을 도로 삼킨다. 타이는 언제나 좋은 뜻을 품고 있다. 덩치만 큰 강아지 같다. 어째서 엄마랑 아빠가 쟤를 암흑의 왕자처럼 여기는지 정말 모르겠다. 지난여름 나는 가짜 신분증을 들고 클럽에 갔다가 완전히 취해버렸고, 거기서 처음 만난 타이는 나를 항상 돌봐주려 한다. "넌 세상을 몰라. 무시무시한 곳이라고." 타이는 스물한 살의 세상 경험을 밑천 삼아 나를 내려다보며 말한다. 하지만 휴스 선생님과 문예창작반 친구들 덕분에 나는 이 크고 넓은 세상을 건너 다음 단계로 가려 한다. 나는 아무것도 두렵지 않다.

타이가 와서 소파에 앉더니 초를 보고 웃으며 하리보를 한 움큼 집어 먹는다. 허버트는 방 건너편에서 타이를 보고 으르렁댄다. 이 동물은 엄마의 심부름꾼임이 확실하다. 푸들 털은 보통 알레르기를 일으키지 않지만, 타이는 털 때문에 재채기를 한다.

타이는 내 유령 이야기 모음집을 들고 읽기 시작하지만, 나는 홀랜드를 위한 순간은 지나가 버렸음을 안다. 나는 텔레비전을 켜고 타이는 한 팔을 내게 두른다. 이렇게 우리는 보통의 포옹/레슬링 마라톤으로 접어든다. 내 말을 오해하지 않았으면. 나는 타이와 섹스하고 싶다. 그는 잘생겼고, 내 또래의 남자아이들과는 달리 자기 앞가림도 할 수 있다. 성욕을 끌어안는 것은 중요한 일이라고, 휴스 선생님은 말한다. 강력한 힘이라고. 하지만 타이는 내가 열여섯 살이 되는 2월 달 이전에는 나와 자지 않겠다고 결심했다. 그래서 우리는 그것 빼고는 뭐든 하는 피곤한 과정을 겪고 있다. 그는 계속 하다가 끊고 신음하면서 허공을 보고, 나는 꽉 눌러놓아 금방이라도 튀어오를 용수철이 된 기분이 든다. 이제 타이는 내게 키스하면서, 한 손은 내 허리춤 속에 넣고, 다른 손으로 브래지어를 푼다. 나는 복잡하게 생각하지 않으려고 한다. 내 마음은 붉은색과 검은색, 온통 윙윙대는 벌레들로 가득하다. 그때 허버트가 짖기 시작한다.

"너희 엄마야?" 타이가 똑바로 일어나 앉는다. 타이는 엄마를 무서워한다. 이건 좀 재미있다.

"아직 일러. 엄마는 연극 연습을 맡았거든. 식인 식물에 대한 폐파 피그의 노래를 듣고 있지."

타이는 멍한 표정이다. 당연하겠지.

하지만 허버트는 엄마한테만 하는 방식으로 꼬리를 흔들며 낑 낑거린다. 허버트는 소파 등받이로 뛰어 올라, 내 귀에 대고 왈왈 짖는다. 헤드라이트 불빛이 응접실을 비춘다. 나는 초를 끄고 거실의 큰 등을 켠다. 타이는 옷매무새를 가다듬는다. 나도 브라를 올리고 〈프렌즈〉가 방영되는 채널로 바꾼다. 보통의 십대가 볼 법한 프로그램이다.

문이 열리지만, 엄마는 응접실로 들어오지 않는다. 아마 타이의 차를 봤을 테니 그가 여기 있다는 사실을 눈치챘을 것이다. 이걸 내가 미리 꾸몄다고 엄마가 생각할까 봐 기분이 좋지 않다. 남자 친구와 보내는 은밀한 밤. 사실, 내 동기는 훨씬 더 순수했는데.

엄마는 부엌으로 들어오고 나는 뒤를 따른다. 엄마는 리드미컬하게 흔들리는 빨간 코트를 입고 선 채로 와인을 잔에 따른다.

나는 묻는다. "무슨 일 있었어? 연극 연습 취소됐어?"

엄마가 몸을 돌리자 나는 충격을 받는다. 얼굴이 끔찍해 보인다. 평소에도 엄마 얼굴은 창백하지만, 이제는 누가 하얀 물감을 끼얹은 것처럼 보인다. 울었는지 마스카라가 뭉쳐 있다.

"엄마 괜찮아?"

엄마는 와인을 꿀꺽꿀꺽 들이켠다. "그냥 좀 충격을 받았어. 타이가 여기 있니?" 엄마는 애써 웃어 보이려 한다.

"막 가려던 참이야." 나는 말한다.

"허겁지겁 갈 필요는 없어." 엄마가 말한다. "하지만 이따가 누가 잠깐 들를 수도 있어. 그땐 여기 없는 편이 좋겠구나."

"타이는 6시면 가야 해. 오늘은 술집에서 일하는 날이거든." 나는 말한다.

엄마는 안심한 표정이다. 나 또한 비켜주길 바라는 기색이 역력하다. 나는 엄마가 가여워 보여서 이런 바람을 들어주기로 한다.

"타이가 가고 나면 해야 할 숙제가 많아." 나는 말한다.

17장

엄마의 손님은 10시쯤 도착한다. 창밖을 내다보니 꽤 멋진 회색 차가 보이고, 한 여자가 내린다. 얼굴은 보이지 않지만, 어제 학교에 왔던 경찰관이 분명하다. 패트릭은 엘픽 선생님 반이었기 때문에 경찰을 만나야 했고, 경찰이 정말 무시무시하더라고, 우리 속마음을 정확히 알면서도 절대 휘둘리지 않는 사람 같다고 했다. 옛날 공장의 죽은 영혼은 오늘 밤 자기네 일을 하고 있다. 불빛을 깜빡이고, 이상한 소리를 내고, 매우 강렬한 전기 에너지를 내뿜고 있어서 가지를 뻗은 번개가 하늘을 가르는 광경이 보이지 않아 놀랍다. 경찰도 뭔가를 감지한다. 발을 멈추고 올려다본다. 하지만 내면의 목소리를 듣지 않기로 결단을 내렸음이 분명하다. 경찰은 고개를 젓더니 우리 집 앞문으로 계속 다가온다.

엄마는 경찰에게 와줘서 고맙다고 하고, 경찰은 친절을 베풀었다는 일말의 암시도 내비치지 않으려는 듯 "마침 근처에 있었어요"라고 말한다. 이윽고 엄마와 경찰이 응접실로 들어가 버려서, 나는 둘이서 무슨 말을 하는지 들을 수가 없다. 잠시 후, 허버트가 위층으로 올라와 내 침대에 앉는다. 살인 이야기에 지루해졌겠지. 나는 아니다. 나는 두 사람이 무슨 이야기를 하는지 궁금해 죽겠다. 누구도 나에게 엘라 선생님 이야기는 하지 않는다. 사실 나는 선생님을 꽤 잘 알고 있었는데도. 엘라 선생님은 자주 우리 집에 왔다. 하지만 난 그냥 애인 데다 더 나쁘게는 기분이 오락가락하는 십대니까. 누구도 내 의견을 들으려 하지 않는데, 그럼 정말 자기네만 손해다.

한 손으로 허버트를 쓰다듬으며, 나는 노트북 컴퓨터를 연다. 해야 할 숙제가 있다. 역사와 스페인어. 하지만 지금은 좀 더 중요한 일을 해야 한다. 오늘의 일기를 완성하기. 일기를 꾸준히 쓰는 일은 꽤 귀찮은데, 바로 이게 요점이다. 하기 싫더라도 해야만 한다. 작가가 되는 데 아주 좋은 훈련이라고 휴스 선생님은 말한다. 태시, 베니샤, 패트릭과 나는 모두 마이시크릿다이어리 닷컴에서 일기를 쓴다. 실제로 비밀은 간직하고 싶은 만큼만 비밀이 된다. 많은 사람이 자기 일기를 '공개'로 설정해놓는다(뭐, 웹사이트 에서만 공개된다. 그리고 회원만 글을 볼 수 있다). 나도 가끔 일기를 공유하지만, 글이 특히 좋을 때, 일기 수준을 뛰어넘을 때만 그렇게 한다. 나는 내 일기를 갈고닦으려 애쓰며 그래서 노트북을 사용한다. 편집하기 쉽기 때문이다. 일기를 손으로 쓰면 기분이 어떨지, 또 자기를 표현할 기회가 단 한 번뿐이며, 종이에 남은 잉크가 영원히 지워지지 않는다면 기분이 어떨지 전혀 상상이 안 된다. 당연하게도 요즘은 누구도 그런 식으로 일기를 쓰지 않는다.

나는 로그인을 한다. Herbert17이 비밀번호인데, 모든 아이디에 이 비번을 쓰니 위험하기도 하다. 허버트는 자는 척하고 있지만, 나를 보고 있다는 것을 안다. 나는 오늘 저녁에 올라온 일기를 쭉 내려가며 본다. 베니샤가 글을 올렸고, 패트릭도 올렸다. 리틀베어가 올린 글도 있는데 이건 기분 나빴고, 사이버울프가 올린 글은 마음에 들었다.

패트릭은 다시 나름의 판타지 여행을 떠났고, 이 글을 쓰고 있는 이가 패트릭인지 또 다른 자아인 퓨마인지 알 수가 없다. 딱히 재미는 없다. 나는 실제 삶은 언제나 환상보다 더 어둡고 복잡하다고 생각한다. 베니샤의 글에는 진짜 삶이 너무 많이 녹아들어 있다. 온통 "엄마는 나를 이해하지 못한다", "이 남자애는 나의 존재를 모른다", "아무도 나의 인스타그램 사진에 '좋아요'를 눌러주지 않는다" 따위의 이야기뿐이다. 중요한 점은 우리 어머니들 중 누구도 우리를 이해하지 못하며, 그들은 선천적으로 또 사회학적으로 우리를 이해할 능력이 없다는 것이다. 베니샤는 세인트 페이스의 다른 여자애들과 똑같이 남자애들에 집착하지만, 약간 개들을 두려워하기도 한다. 늘 버스에서 보거나 오로지 페이스북에서만 보고 아는 남자애를 마음에 품는다. 그러면서 "너한테는 괜찮겠지, 조지. 너는 남친이 있잖아"라고 말한다(지금도 개 목소리가 똑똑히 들려서, 혹시 소리 투사 주문을 썼나 싶다). 나도 그 말에는 얼마간 진실이 있다고 생각하지만 인스타그램/스냅챗 이야기는 지루하기만 하다. 엄마와 아빠는 내가 소셜 미디어에 중독되었다고 우기길 좋아한다. 엄마 아빠가 자기 친구들에게, 진짜 감정을 숨기려고 일부러 가벼운 투로 말하는 소리를 듣는다. "조지는 늘 전화를 붙들고 살아. 문자도 하고 왓츠앱인지 뭔지도 하고. 그게 건강할 리 있겠어. 내가 쟤 나이 때는 나가서 하키도 하고 신문 배달도 하고 친구를 만나기도 했는데. 요새 십대들은……." 그렇게 애드 인피니툼ad infinitum(무한히 이어진다). 나는 부모님이 그렇게 생각하도록 놔둔다. 그쪽이 더 편하기 때문이지만(또 부모님 생각이 재미있기도 하다. 책 읽기는 좋은 일, 화면 읽기는 나쁜 일), 사실 나는 소셜 미디어에는 아무 글도 올리지 않는다. 단체대화방에는 물론 참여한다. 선생님들 몇몇은 페이스북에 스터디 그룹을 개설하기도 했다. 하지만 내가 방문하는 사이트는 마이시크릿다이어리뿐이다.

나는 키보드를 치기 시작한다. "올해 핼러윈은 엘픽 선생님의 죽음으로 취소되었다. 설사 죽음의 신이라 해도 변질된 성인 대축제 전야, 키치적 반짝이 파티에는 끼어들면 안 된다는 듯이. 학교의 몇몇 아이들은 마녀 모자를 쓰거나 흡혈귀 이빨을 달았지만, 선생님들은 아직도 E 선생님 때문에 눈이 벌겋게 부은 상태로 그런 아이들을 꾸짖었다. 지리 시간에 카터 선생님은 누가 장례식에 대해서 물어보자, 울어버릴 뻔했다. 아마도 학교 예배당에서 하는 모양이다. 나라면 거기서 마지막 의식을 거행하고 싶지 않다, 절대로. 그렇다고 장례식을 교회에서 하고 싶지도 않다. 나는 4원소로 흩어지고 싶다. 내 몸은 흙에 묻고, 피는 물에 뿌리며, 숨결은 공기 중에 흩어버리고, 영혼은 불태워주길."

나는 잠깐 멈춘다. 생각한다. 이 글을 올리려면 여기서 멈춰야 한다. 꽤 괜찮았다. 특히 죽음의 신에 대한 대목이 좋다. 하지만 타이와 엄마, 그리고 지금 우리 집에 경찰이 왔다는 사실을 적으려면 비공개로 해야 한다. 엘픽 선생님의 죽음에 대해 쓰기는 했지만, 사람들로 하여금 우리 엄마가 어떤 식으로든 관련돼 있다고 생각하게 하고 싶지는 않다. 나는 글을 올리고 싶고, 패트릭과 베니샤에게 보여주고 싶지만, 이 계정에 또 누가 있는지는 절대로 알 수 없다. 부모님은 우리가 이런 점들을 이해하지 못한다고 생각하지만, 우리도 안다. 나는 '비공개'로 전환한다.

오늘 학교에서 무슨 일이 있었다. 엄마는 마치 유령을 본 얼굴로 집에 돌아왔다. 어쩌면 정말로 봤을지도? 홀랜드 아내의 영혼이 학교 안에서 떠돌아다닌다고 한다. 내가 직접 본 적은 없지만, 구관 2층에서 서늘한 분위기를 분명히 느낀 적이 있다. 모두들 수업을 들어야 할 때도 거기 가기를 싫어한다. 으스스할 뿐만 아니라, 아니, 그보다 슬프기 때문이다. 앨리스 홀랜드의 슬픔, 꼭대기층 계단에서 뛰어내려야 하는 운명을 감수한 그녀의 절망을 느낄 수 있다. 나는 마리아나도 거기 있음을 안다. 가끔은 마리아나가 무척 가깝게 느껴진다. 엄마가 헨리 해밀턴 교수와 만날 때 나도 옆에 있게 해주었으면 좋았으련만. 엄마는 나를 여드름쟁이 에드먼드와 함께 치워버렸다. "너희 젊은 사람들끼리"라고 하면서. 엄마는 물론 내가 케임브리지의 기운에 반해서 모든 시험에서 A*를 맞기 위해 공부에 매진하기를 바랐을 것이다. 나는 대학 진학보다 홀랜드에 훨씬 더 관심이 있다. 남자애들보다도 이 문제에 더 관심이 있다.

타이가 오늘 밤 집에 들렀다. 타이는 자신이 내게 잘해준다고, 아니면 나를 보호해준다고 생각하는 것 같다. 핼러윈에 나를 혼자 두고 싶어 하지 않았는데, 물론 나 또한 그러기만을 바랐다. 타이는 키스했고, 모든 일이 다시 시작됐다. 나는 우리가 그냥 섹스를 하고 그 문제를 끝내버리면 얼마나 좋을까 싶었다. 하지만 타이는 양심의 가책을 느끼는 것 같다. "넌 미성년자잖아." 이 소리만 계속한다. 나이는 그저 숫자일 뿐이다. 게다가 휴스 선생님은 내가 전생에서 늙고 현명한 여자(물론 마녀의 다른 표현)였을 수도 있다고 생각한다. 어쨌든 엄마는 상황이 너무 과열되기 전에 왔다. 타이는 웃길 정도로 엄마를 두려워해서, 엄마랑은 더듬더듬 몇 마디 말만 주고받은 후 사라졌다. 엄마는 여전히 넋이 나가 있어서, 내가 저녁을 차렸다. 엄마 말로는 '손님'이 올 거라고 해서, 나는 위층으로 올라가 '숙제'를 했다. 손님은 알고 보니 엘릭 선생님 살인 사건을 수사하는 경찰관이었다. 어째서 엄마는 이 사람을 오라고 한 걸까? 엄마가 엘라 선생님의 죽음에 관한 증거라도 가지고 있는 걸까? 엄마랑 선생님이 좋은 친구였다는 사실은 안다. E는 종종 우리 집에 놀러 왔고, 두 사람은 와인을 마시며 〈스트릭트리 컴 댄싱〉(중년의 아편)을 보았다. 이날 저녁 무슨 일이 일어났나? 책에서처럼, 푸아로가 갑자기 살인자가 누군지 '알게' 되지만 끝나려면 100페이지는 더 남았기 때문에 아무에게도 말하지 않는 것처럼. 뭐, 엄마는 내게 말해주지 않을 테고, 나도 이 이야기를 우리 창작반에서 꺼내지 않을 것이다. 분명 패트릭은 여전히 E 선생님에게 빠져 있으니까. 나이는 그저 숫자일 뿐이지만, 열여섯 살짜리가 선생님에게 밸런타인데이 카드를 보내는 일은 허용되지 않는다. 나는 그때도 걔한테 그렇게 말했다. 하지만 사람들은 대개 내 말을 듣지 않는다.

그 사람들 실수하는 거지.

18장

엘픽 선생님의 장례식 날은 토요일이지만, 엄마는 나보고 교복을 입으라고 했다. "스위트먼 선생님은 학생들이 교복을 입기를 바라서. 눈에 띌 테니까. 엘라의 부모님이 좋아하실 거라고 생각하더라고." 스위트먼 선생님(물론 엄마에게는 토니)은 늘 남들에게 어떻게 보일지를 신경 쓴다. 그래도 그렇게 나쁜 교장 선생님은 아니다. 선생님이 멋있다고 생각하는 여자애들도 있는데, 참 웃긴 일이다. 라디오2의 디제이처럼 생겼는데.

검은 드레스와 코트를 입은 엄마는 정말로 멋지다. 스웨트셔츠에 체크무늬 치마를 입은 나는 멍청이처럼 보인다. 정말로 추운 날이라서 나는 위에 파카를 입고 검은 비니를 쓴다. 차로 걸어가는 우리는 슈퍼모델과 노숙자처럼 보일 것이다. 불평하는 것은 아니다. 이유 1번, 나는 외모는 신경 쓰지 않기로 하고 훈련하고 있기 때문에. 이유 2번, 엄마는 정말 정말 스트레스를 받은 사람처럼 보여서. 아침을 먹을 때 엄마는 눈물을 흘리기 직전이었지만, 허버트가 탁자로 뛰어올라 마마이트 냄새를 맡기 시작하자 발작하는 사람처럼 웃기 시작했다.

"진정제 좀 먹어, 엄마." 나는 허버트를 내려놓으면서 말했다. 이건 나의 '정상 십대' 말버릇이다. 부모들이 눈을 흘기며 오늘날 영국 청소년에게 미국 문화가 미친 영향을 두고 토론하게 만드는 표현.

"미안해." 엄마는 눈을 닦으며 말했다. "너무 긴장했나 봐. 오늘 일이 정말 두렵다."

"이걸 헤쳐 나가는 방법은 헤쳐 나가는 것뿐이야." 나는 휴스 선생님이 한 말을 조금 바꾸어 말했다.

"넌 가끔 참 늙은 할머니 같다니까. 너도 아니?" 엄마는 나를 가볍게 껴안았다.

운전하면서 엄마는 두 번은 여우를 보았다고 착각해서, 한 번은 우리 앞에 맹금 한 마리가 무척 낮게 날아들었기 때문에 브레이크를 밟는다. 날개가 앞 유리창을 쓸고 갈 뻔한다. 좋다, 이건 어떤 징조야. 다만 무엇을 뜻하는지를 확실히 모를 뿐이다.

우리가 도착해보니, 주차장에는 벌써 차들이 많다. 양복에 검은 넥타이를 맨 관리인 두 명이 중앙 계단에 서 있어서 기이해 보인다. 엄마는 둘 중 나이가 많은 도지 데이브와 이야기를 나누려고 잠깐 멈춘다. 우리가 앞으로 가는데 그 사람이 나한테 윙크한다. 나는 무시한다.

우리는 특별 조회나 콘서트가 있을 때만 예배당에 들어간다. 보통은 잠겨 있다. 나는 악기 연주를 하지 않고 9학년 때 합창단도 탈퇴했기 때문에 안에 들어가 본 지 무척 오래됐다. 오늘은 얼마나 큰지, 얼마나 많은 사람들이 들어갈 수 있는지 깨닫고 새삼 놀란다. 예배당의 주요 자리들과 성가대석은 거의 찼다. 제단은 하얀 꽃으로 장식했다. 잎이 두껍고 부드러워서 뭔가 저속해 보이기도 하는 백합 향기가 공기를 가득 채운다. 맨 앞 두 줄은 엘픽 선생님 가족들이 앉는 자리인지 비어 있다. 엄마는 뒤에서 두 번째 줄에 앉는다. 루이스 선생님은 우리 앞에 부인인 것 같은 통통한 여자와 함께 앉아 있다. 다른 선생님들도 많이 와 있다. 프랜시스 교감 선생님. 우리에게 영어를 가르치는 파머 선생님. 지리를 가르치는 카터 선생님. 스위트먼 선생님은 보이지 않는데 가족을 기다리는지도 모른다. 머리를 쭉 빼고 둘러보다가 마침내 저 뒤쪽에서 그분을 찾을 수 있었다, 회색 머리를 땋아 머리 주위로 죽 감아 올린 사람. 휴스 선생님은 나를 보고 미소 짓고 나도 화답한다. 패트릭과 베니샤는 선생님과 함께 앉아 있었지만, 나는 엄마만 놔두고 갈 수가 없다. 잠시 후, 태시와 그 애 어머니가 우리 옆에 앉기 때문에 괜찮다.

다음 순간 교회 뒤편에서 움직임이 일고, 우리는 관이 도착했다는 사실을 깨닫는다. 나는 장례식에 가본 적이 없다. 결혼식에는 딱 한 번, 아빠가 플뢰르와 시청에서 했을 때 갔을 뿐이다. 두 사람은 신부 들러리도 없이 식을 치렀다. 그래도 플뢰르는 내가 들러리 역할을 해주기를 바랐다. 꽤 다정한 행동이라고 생각해서, 나는 로라 애슐리 원피스를 입고 꽃다발을 들었다. 그때 열두 살이었는데 진짜 멍청이가 된 기분이었다. 엄마야 당연히 가지 않아서, 나는 친할머니와 앉았고 할머니는 계속 내 머리를 쓰다듬으며 한숨지었다. 할머니는 그때는 플뢰르를 인정하지 않았지만, 플뢰르가 아이 둘을 연이어 낳자 마음을 살짝 바꾸었다. 그중 하나는 아들이었고.

장례식은 약간 결혼식 같다. 좋지 않은 쪽으로. 검은 옷을 입은 남자들이 멘 관이 통로를 지나가고 사람들이 마치 들러리나 화동처럼 뒤를 따른다. 손을 꼭 잡은 머리가 희끗한 남자와 여자, 이들은 엘픽 선생님의 가족이 분명하다. 그보다 더 나이가 든 부부는 엘픽 선생님의 할머니, 할아버지일까? 또 다른 중년 부부가 뒤를 따르고 스위트먼 선생님이 맨 뒤에서 온다. 걱정하는 표정 짓기를 거울 보고 연습한 사람 같다.

엘픽 선생님의 몸이 저 상자 안에 들어 있다 생각하니 너무 충격적이다. 실제로는 상자라기보다 꽃들을 한데 얽어놓은 고리버들 관으로 매우 예쁘다. 성경을 읽거나 연설을 하는 사람들은 바로 옆을 지나가야 한다. 죽은 사람, 시체에서 겨우 몇 미터 떨어진 자리이다. 죽음을 가리키는 말들은 죄다 끔찍하다. 하지만 죽음 자체가 끔찍한 것은 아니라고 휴스 선생님은 말한다. 그저 한 상태에서 다른 상태로 이동하는 것일 뿐이다.

스위트먼 선생님이 성경에서 무슨 구절인가 읽는데 진정성 있게 들리게 하려고 너무 애쓰는 것 같다. 문장 자체는 아름답다. "예수께서 이르시되 나는 부활이고 생명이니……."* 이어 친척 중 한 명이 나와서 시낭송을 한다. "내 무덤가에 서서 울지 마오…… 나는 거기 없어요, 나는 죽지 않았어요." 아까만큼 감동적이진 않다. 우리는 울어야 하고 선생님은 정말로 죽었으니까. 온갖 에두른 말들: 세상을 뜨다, 잠들다, 예수님의 품 안에서 안전하다. 나는 옛 묘지를 방문할 때(엄마가 좋아하는 여가 활동이다)마다 늘 이 생각을 한다. "조 블로그스. 1884년 5월 10일 잠들다." 뭐, 그렇다면 이 사람을 왜 땅에 묻었나?

이제 찬송가를 합창한다. 합창단이 노래 부르고, 로제티 선생님

---

* 요한복음 11장 25절.

이 독창을 맡았는데 뭔가 어우러지지 않는다. 오르간 소리는 쨍쨍 거리고 희미하다. 양옆에 색칠이 돼 있고 파이프가 천장까지 솟아 있는 원래 오르간은 아무도 연주하지 않기에 전자 오르간을 사용한다. 이 예배당은 홀랜드가 머물던 시절 이후에, 사립학교일 때 증축되었다. 백합과 기사가 묘사된 스테인드글라스가 있는 이 건물은 애매하게나마 아르누보 양식이다. 아주 오래된 건축물은 아니라서, 깊이 있는 기운을 내뿜지는 않는다.

교구 목사님이 엘픽 선생님 이야기를 한다. "수많은 젊은이에게 영감을 준 헌신적인 교사." 목사님이 선생님을 잘 알았던 것 같지는 않다. 선생님 부모님은 인사말을 하지 않는다. 우리는 다시 한 번 찬송가를 부르고 검은 옷을 입은 남자들이 고리버들 관을 어깨에 들쳐 멘다. 엘픽 선생님 가족들이 뒤를 따른다. "가족들끼리만 개인적으로 토장할 거예요." 엄마가 태시의 엄마에게 말하는 소리가 들린다. 토장이라니, 또 다른 완곡어법이다. 땅에 묻는 거면서. 태시와 나는 서로 바라보고 우리 엄마들을 지나쳐 슬쩍 빠져나간다. 엄마들은 이제 루이스 선생님 부부와 이야기하고 있다. 옛 식당에서 다과가 있을 예정이라 하니, 휴스 선생님과 다른 아이들을 만날 기회가 있을 것이다.

통로를 도로 내려가다가, 뒤에 선 여자 경찰을 본다. 다른 날 여기 왔던 남자와 함께 서 있다. 희끗희끗한 머리에 약간 소처럼 보이는 사람. 놀랍게도 내가 지나쳐 갈 때 여자 경찰이 말한다. "너 조지아 캐시디 맞지."

"조지아 뉴터이에요." 나는 가부장적인 성에 찬성하지 않지만, 그래도 사람들이 내가 엄마의 성을 쓸 거라고 멋대로 짐작해버리면 거슬린다.

"나는 카우어 경사고 이쪽은 윈스턴 경사야."

"안녕하세요." 나는 약간 어색하게 말한다. 인파 사이로 휴스 선생님의 땋아 올린 머리가 사라지는 것이 보인다.

"네 이야기 많이 들었어." 카우어 경사가 말한다. 경사는 피부색처럼 짙은 색 머리카락을 어깨 길이로 기르고 있다. 딱히 예쁘다고는 할 수 없지만 어찌 보면 또 매력적이다. 눈은 움푹 들어갔으며, 눈 주위의 피부가 거무스름하다. 살인범을 추적하느라 편히 쉬지 못한 인상이다. 물론 그렇겠지.

"엘픽 선생님 수업을 들었니?" 윈스턴 경사가 묻는다.

"10학년 때요." 나는 말한다. "죄송한데, 저 친구들 따라가야 해서요." 나는 휴스 선생님과 이야기할 기회를 놓치고 싶지 않다.

우리는 식당 바깥에서 만난다. 사람들이 벌써 음식과 음료를 받으려고 줄을 서 있다. 아직 한낮이지만, 너무 지겹다. 엄마는 보이지 않는다.

"무슨 소동극 보는 거 같더라." 패트릭이 말한다.

"선생님의 육체는 각 원소로 해방되어야 했는데." 베니샤가 말한다.

"몇몇 노래는 괜찮더구나." 휴스 선생님이 친절하게 말한다. "특히 〈어메이징 그레이스〉는."

"로제티 선생님이 부른 거예요." 내가 대답한다. "합창단은 너무 못하더라고요."

"엘픽 선생님은 그런 걸 원하지 않았을 거야." 태시가 말한다. "굉장히 영적인 분이었으니까."

207

"정말 그랬지." 휴스 선생님이 말한다. 물론 엘픽 선생님과 알 았고 친구 사이였다. 오늘 선생님이 무척 음울해 보이는 것도 당 연하다.

"우리는 선생님을 위해 우리만의 식을 열어야 해요." 내가 말한 다. "동짓날이 좋을지도 모르겠어요."

"좋은 생각이구나, 조지아." 휴스 선생님이 한 손을 내 손에 얹 자, 혈관을 타고 쭉 흐르는 기운이 느껴진다.

"그게 바로 내가 한 말이에요." 베니샤가 약간 토라져서 말한다. 걔는 나와 휴스 선생님 사이를 질투한다.

선생님 한 분이 다가와 휴스 선생님에게 말을 걸고 태시와 베니 샤는 음식을 받으러 간다. 패트릭이 내 팔을 잡는다. "조지아, 잠깐 이야기 좀 할래? 개인적으로."

"그래, 위층으로 가자." 나는 말한다.

안내문이 붙어 있지는 않지만, 오늘 학교의 나머지 구역은 접 근 금지라는 것을 안다. 관리인들은 여전히 사람들을 홀로 몰아넣 기 바빠서 뒤쪽 계단으로 올라가는 우리를 본 사람은 없다. 우리는 2층으로 간다. 홀랜드의 거처. 여기에는 다른 기운이 있다. 다른 세 계, 다른 시간대에 있을 수 있다. 단지 양탄자가 깔려 있고, 제대로 된 커튼이 드리워져 있어서 그렇다는 말이 아니다. 더 심오한 무엇 이 있다. 손에 깃털 펜을 든 홀랜드나 맥베스 부인처럼 촛불을 높 이 쳐들고 떠다니는 앨리스가 상상된다.

패트릭은 특별한 공기를 눈치챈 것 같지 않다. 성큼성큼 걸어서 문손잡이를 한 번 당겨본다. 패트릭은 교복 차림이 아니다. 검은 양복을 입고 있어서, 뒤에서 보면 낯선 사람 같다.

"다 잠겼어." 나는 말한다. 정말일까, 사실 자신이 없다. 언젠가 엄마한테 열쇠는 대부분 분실되었다는 말을 들은 것 같다.

우리는 홀랜드의 서재에 이르는 나선형 계단에 다다른다. 나는 이전에 엄마와 함께 온 적이 있고, 양탄자의 발자국을 두고 엄마가 한 말을 기억한다. 갑자기 앨리스의 영혼이 무척 가깝게 느껴진다.

"올라가자." 패트릭이 말한다.

"잠겼어." 내가 말한다.

"아니, 그렇지 않아. 도지 데이브는 언제나 깜박하니까."

나는 패트릭과 함께 서재에 들어가고 싶지 않다. 우리는 형제자매 같은 사이지만, 이유는 몰라도 이 애와 단둘이 있고 싶지 않다. 애는 오늘 너무 어른 같고 잘생겼지만 약간 위협적이기도 하다. 또, 내 안의 하찮은 준법정신이 잠을 깨고 일어나, 패트릭 오리어리와 함께 다락방에 있는 모습을 들키고 싶지 않다. 엄마가 뭐라고 할지 상상이 된다. 아마도 사후 피임약을 먹이려 들지도 모른다.

하지만 패트릭은 계단을 오르고 있다. 나는 조심스레 도드라진 발자국 위에 내 발을 내디디며 뒤를 따른다. 계단 꼭대기에 올라서 서재에 발을 디디자 심장이 멈춘다. 홀랜드의 의자에 남자가 앉아서 좀비처럼 팔을 내뻗고 있다. 순간 나는 생각했다. 그 사람이야. 그 사람이 나를 잡으러 온 거야. 「낯선 사람」에 나오는 남자처럼. 나는 뒷걸음질 치려 하지만 패트릭의 웃음소리가 들려와 멈춘다.

"내 마네킹 맘에 드냐?"

"뭐?" 마법은 깨진다. "네가 저거 갖다 놨어? 왜?"

패트릭은 어깨를 으쓱한다. 어둠 속에 잠겨서 얼굴이 보이지 않지만, 들려오는 목소리는 냉정하고 거슬린다. 럭비 팀 동료들하고 있을 때 쓰는 목소리다.

"그냥 웃자고 한 일이야. 우리 몇 명이 핼러윈 때 여기 왔거든. 섬유과에서 가져왔어."

"옷은 어디서 났어?"

"〈올리버〉 공연하고 남은 거야." 엘픽 선생님이 작년에 올린 연극이다. "어쩌면 픽윅 씨나 뭐 그런 사람이겠지."* 나는 패트릭의 말을 바로잡아주지 않는다. 나는 생각한다. 어쩌면 엄마는 핼러윈 밤에 이걸 봤는지도 몰라. 그래서 무척 심란한 상태로 집에 일찍 온 거지. 순간 나는 패트릭에게 증오에 가까운 감정을 느낀다.

"조지, 너한테 할 말이 있어." 패트릭은 이제 완전히 다른 목소리로 말한다. 그는 구석에 있는 작은 벨벳 장의자에 앉고 자기 옆자리를 톡톡 두드린다. 나는 잠깐 망설이다 앉는다.

"나한테 무슨 얘길 하고 싶은데?" 벽에 걸리고 책상 위에 놓인 사진들에 자꾸 눈길이 가지만 나는 눈을 돌린다. 여기 올라온 지 한참 된 것 같은데, 저걸 감상할 시간이 있을지 모르겠다. 하지만 패트릭의 말은 나를 현실 속으로 끌어들인다.

"경찰이 여기 있어."

"알아, 여자 경찰인 카우어 경사가 막 나랑 이야기했어." 나는 말한다.

"뭐래?"

"별말 없던데. 다른 사람, 남자 경찰은 엘픽 선생님 수업을 들었느냐고 묻더라."

* 『올리버 트위스트』와 『픽윅 페이퍼스』는 둘 다 찰스 디킨스의 소설이다.

패트릭은 한 손으로 머리카락을 훑는다.

"조지, 경찰이 나를 의심하는 것 같아."

나는 패트릭을 빤히 본다. "어째서 경찰이 너를 의심하는데?"

"밸런타인데이 카드에 대해서 알아냈거든. 선생님 죽던 날 밤에 뭘 하고 있었냐고 물어보더라."

"너 뭐 하고 있었는데?"

그는 잠시 대답이 없더니 한참 후에 두 손에 머리를 파묻고 말한다. "선생님 집에 들렀어."

뭐? 나는 내가 잘못 들었기를 간절히 바란다.

고개를 든 패트릭은 이제는 어려 보인다. 열여섯 살보다 훨씬 어려서, 아직 세 살도 안 된 내 남동생 타이거와 비슷해 보인다.

"엘픽 선생님 집에 갔었어. 그냥 선생님을 만나고 싶었거든. 난 기분이 좋지 않았어. 루이스 선생에게 카드 이야기는 하지 말았어야지. 그래서 학급에 있는 애들이 다 알게 됐잖아. 반도 바꿔야 했고. 괜찮은 척했지만 기분이…… 안 좋았다고."

나도 이건 이해할 수 있다. 패트릭은 당시에는 가볍게 넘겼지만, 틀림없이 창피했던 것이다. 학교에서 가장 인기 있는 남자애가 선생님을 짝사랑한다는 사실이 알려지다니.

"왜 지금 와서?" 나는 묻는다. "밸런타인데이는 한참 전이었잖아." 나는 카드 두 장을 받았다. 하나는 스페인어 수업을 같이 듣는 남자애가 보냈고, 다른 하나는 누가 보냈는지 알 수 없었다. 그때는 타이를 몰랐다. 알았다면, 걔는 옷 입은 동물이 그려진, 빨갛고 반짝거리는 무언가를 만들어 왔을 것이다.

"휴스 선생님이 그러라고 했어." 패트릭이 말한다. "뭔가 풀리지 않은 감정이 나의 영적인 발전을 가로막고 있대. 내가 그걸 바로잡 아야 한다고 했어."

곧장 질투가 난다. 패트릭이 휴스 선생님과 개인적으로 만나고 있다니. 나는 이런 감정을 억누르려 애쓴다. 질투는 순전히 부정적 인 감정이다.

"엘픽 선생님을 만났어?" 나는 묻는다.

"아니. 문을 두드렸는데 대답이 없었어." 패트릭이 대답한다. "나는 어정거리며 기다렸지. 교회 그늘 밑에 있어서 아무도 나를 보진 못했어. 하지만 나는 그 사람을 봤어. 엘픽 선생님 집에서 나 오는 사람을 봤다고."

"누구?"

"루이스 선생."

19장

패트릭은 아무에게도 말하지 말아달라고 부탁한다. 오로지 내게만 비밀을 털어놓은 이유는 엘픽 선생님이 살해당한 날 밤, 제대로 된 알리바이가 없어 걱정되었기 때문이다. 패트릭은 형사들에게는 집에서 컴퓨터로 〈콜 오브 듀티〉 게임을 하고 있었다(고전적인 '정상 십대' 행동)고 말했지만 사실은 마이시크릿다이어리에 글을 쓰고 있었다. 집에 홀로 있었는데, 부모님은 파티에 가셨고 (패트릭 부모님은 무척 사교적이다. 엄마라면 약간 못마땅해하겠지만) 형은 여자 친구와 데이트하러 나갔다.

"상황이 안 좋아 보여." 패트릭은 계속 이 말만 한다. "만약 누가 선생님 집에 간 나를 봤으면 어떡하지?"

"우리는 루이스 선생님에 대해선 경찰에 말해야 해. 내 말은, 그 사람이 살인자일 수도 있잖아."

내가 말해놓고도 터무니없이 들린다. 루이스 선생님은 **교사다**. 믿을 만하고, 가끔은 지루하며, "여기서 존 스타인벡에 대한 재미있는 거짓 같은 진실을 알아볼까" 같은 말을 던지는 사람이다. 그런 사람이 살인자일 리가. 피가 뚝뚝 떨어지는 칼을 들고 마스크를 쓰고 돌아다니는 사람이라고? 맥베스와 홀랜드라면 '진홍색'이라는 표현을 썼겠지. 루이스 선생님은 예배당에서 바로 우리 앞에 앉아서 아내를 한 팔로 감싸고는 종종 눈물을 닦았다. 무척 심란해 보였으나 죄책감에 휩싸여 있는 것 같지는 않았다. 확실히 엘픽 선생님을 살해했다면, 고통스러워하지 않았을까?

"아니야!" 패트릭이 다시 어른이 된 얼굴로 내 팔을 움켜쥔다. 힘이 무척 세다. 그는 매일 운동을 하고 럭비도 한다. 한순간에 나를 힘으로 제압할 수 있다. 하지만 현실은 거듭 이렇게 주장한다. 이 사람은 **패트릭**이다. 나의 친구, 형제나 다름없는 사람, 우리 무리의 일원. 그가 나를 다치게 할 리 없다. 패트릭은 동요하고 있으며 내 도움이 필요하다.

"아무한테도 말하면 안 돼." 그가 말한다. "거기 있었다는 걸 경찰이 알면 내가 선생님을 죽였다고 생각할 거야. 신문 헤드라인이 벌써 눈에 선하지 않아? **정서 장애 십대가 구애를 거절당한 후 교사 살해.** 친구들은 패트릭 오리어리가 컴퓨터로 전쟁 게임을 즐겨 했던 외톨이라고 말한다."

나도 모르게 웃어버린다. "**금발** 교사라고 해야지." 나는 말한다. "분명히 머리카락 이야기는 할걸. 브라 사이즈는 말 안 한대도."

패트릭은 웃지 않고 내 팔을 놓아주지도 않는다.

"아무에게도 말하지 않겠다고 약속해."

"약속할게."

패트릭은 팔을 놓는다.

"우리 원의 이름으로 맹세해."

원의 이름으로 맹세하면 우리 무리의 힘을 불러일으키게 된다. 우리 모임을 마녀 집회라고 부르고 싶은가, 그래도 좋나. 내가 서약을 깨면 우리 모두 고통받을 것이다.

"우리 원의 이름으로 맹세한다." 나는 한숨짓는다.

패트릭은 일어서더니 이 모든 게 사소한 장난, 럭비 선수들의 농담이라도 되는 것처럼 웃으려 한다.

"내려가는 게 좋겠어." 그가 말한다. "우리가 못된 짓 하러 올라왔다 생각할 테니까."

못된 짓 하러 올라온다, 낯선 말이다. 고풍스럽지만 어딘가 불길하기도 하다.

"네가 먼저 가." 나는 되도록 가벼운 목소리를 유지하려 한다. "함께 있는 모습 보이지 않는 편이 좋으니까."

나는 나선형 계단을 내려가는 패트릭의 무거운 발소리에 귀를 기울인다. 나는 늘 원했듯이 홀랜드의 서재에 홀로 있다. 방 안을 둘러본다. 창문 두 개. 스테인드글라스로 양귀비 같아 보이는 꽃을 표현한 클로버같이 생긴 이상한 모양의 창문이 하나 있고, 흔히 보는 기울어진 다락방 스타일 창문이 하나 더 있다. 홀랜드의 책상은 창문 아래에 있다. 책상 앞에는 지금 마네킹이 앉은, 조각 장식 의자가 있다. 벽은 붉은색 벽지를 발랐는데, 물기 어린 줄무늬가 살짝 바랬다. 하지만 이 붉은색은 거의 보이지 않는다. 두 벽에는 천장까지 닿는 책장이 놓여 있고 다른 두 벽은 액자들로 덮여 있기 때문이다. 또, 패트릭과 내가 앉았던 장의자 하나, 쇠창살이 달린 작은 벽난로가 하나 있다. 여기가 집의 중심이야, 나는 생각한다. 처마 아래서 빛을 발하는 붉은 심장.

나는 아래층으로 내려가서 소시지 롤을 먹고 숨죽인 목소리로 엘픽 선생님 이야기를 나눠야 한다. 하지만 여기서 몇 분 더 있고 싶다. 홀랜드가 저 아래 있는 것들로부터 나를 보호해주는 기분이

든다. 비밀과 협박, 죽음으로부터. 나는 일어나서 벽에 걸린 사진들을 본다. 모두 흑백이고, 대체로 턱수염을 기른 남자들과 버팀대를 넣은 드레스를 입은 여자들이다. 대학 관련 사진도 두 장 있다. 하나는 '피터하우스 1932년'이라는 제목이 붙었는데, 세인트 주드와 비슷하게 생긴 대학 건물 바깥에 졸업 가운을 입은 학생들이 나와 있다. 다른 하나에는 총을 든 네 명의 젊은이들이 있다. '피터하우스 소구경small-bore* 클럽'이라는 손글씨가 그 아래 적혀 있다. 나는 당시에도 사람들이 저 이름으로 농담을 했을까 궁금하다.

홀랜드가 나온 사진은 달랑 두 장이다. 하나는 이 방, 지금 무서운 마네킹이 차지한 의자에 앉아서 글을 쓰는 척하는 모습이다. 누가 찍었을까? 궁금하다. 드물게나마 가정이 화목했던 시절의 앨리스일까? 다른 한 장에서는 지금은 네트볼 코트로 쓰는 잔디밭 위 접의자에 앉아 있다. 두 다리를 앞으로 쭉 뻗었는데, 느긋해 보이고 파나마모자를 썼으며 보이지 않는 사진사를 향해 한 손을 들고 있다. 나는 사진 아래 붙은 설명문을 읽는다. "마리아나와 함께."

하지만 사진에 다른 사람은 없다.

나는 눈에 띄지 않게 슬쩍 식당으로 들어간다. 엄마는 친구인 데브라 선생님과 이야기하는 중이다. 둘 다 눈물을 훔치다가 웃다가 하는 걸 보니 엘픽 선생님 이야기를 하는 모양이다. 태시와 비이는 나와 같은 학년의 여자애들과 이야기하고 있다. 학생들은 많지 않

---

* 총구의 지름이 작다는 뜻인데 시시하다는 뜻도 있다. bore는 지루한 사람이라는 뜻이다.

고, 다른 학교 학생이라 우리 교복을 입지 않은 비이를 제외하고 우리는 모두 푸른 스웨트셔츠를 의식하고 있다. 패트릭의 모습은 어디에서도 보이지 않는다. 나는 그들 무리에게 다가간다. 아이슬라 베이츠라는 여자애는 우는 척하면서 흘리지도 않은 눈물을 닦으려고 한 손을 눈 위에 댄다.

"그게 말이야, 정말 너무 슬프지 않니." 그 애가 말한다. "나 엘픽 선생님 정말 좋아했는데."

"슬퍼." 태시는 아이슬라의 등을 토닥이면서도 곁눈으로 나를 본다.

"살인자가 아직도 어딘가 돌아다니고 있다던데." 아이슬라의 친구 페이지가 말한다.

물론 살인자는 어딘가 있겠지, 나는 말하고 싶다. 범죄 전문가가 아니라도 다 아는 이야기다. 대신 이렇게만 말한다. "형사들이 장례식 때 와 있었어. 이 사건 수사하는 형사들이야."

"어디?" 아이슬라가 작게 비명을 지른다.

"사복 경찰들이야." 나는 무뚝뚝한 표정으로 말한다. "그러니까 눈에 안 띄지."

비이가 말한다. "이 방에도 있을지 몰라. 사실, 살인자도 여기 있을지 모르지."

"엄마야. 진짜, 그런 말 하지 마." 아이슬라가 자기 몸을 껴안는다.

나는 루이스 선생님이 스위트먼 선생님과 서 있는 쪽을 안 볼 수가 없다. 두 사람은 머리를 맞대고 열심히 이야기하고 있다. 루이스 선생님은 이전과 똑같아 보인다. 키가 크고, 약간 너저분하고, 삶에 지친 모습. 저 사람이 살인자일 리는 없는데, 정말 그럴까?

"스위트먼 선생님 부인 봤어?" 페이지가 말한다. "저기, 검은 바지 정장 입은 사람. 파머 선생님하고 이야기하는."

저쪽을 보니 날렵하게 빠진 바지를 입은 날씬한 금발 여자가 보인다. 내가 우리 교장 선생님 부인으로 꼽을 만한 사람이다. 매력적이지만 엄격한 사람. 오라는 밝지만 얕은 물에 비치는 햇빛처럼 실체가 비어 보인다. 아주 다정한 파머 선생님은 그녀의 말을 이해하지 못하겠다는 표정을 짓고 있다.

"진짜 예쁘다." 아이슬라가 말한다. "아쉽다, 정말 아쉬워." 아이슬라는 스위트먼 선생님을 짝사랑해서 망상에 빠지는 여자애들 중 하나였다.

"변호사래." 내가 말한다. 이 이야기를 엄마한테 들은 것 같다.

"진짜 귀여운 아기 둘이 있다더라." 페이지가 말한다. "내 친구가 선생님 집에서 가끔 아기를 봐주거든."

"세상에." 아이슬라는 세상에서 가장 놀라운 소식이라도 들은 양 놀라워한다.

태시가 나와 시선을 맞추며 말한다. "가서 다른 사람도 만나보자." 태시는 내 팔을 붙잡는다. 비이도 따라와서 우리는 군중을 헤치고(여전히 사람이 많았으나 엘픽 선생님 가족은 어디에서도 볼 수 없었다), 휴스 선생님에게로 간다. 선생님은 음료 탁자 옆에 홀로 서 있다. 하지만 어색하거나 외로워 보이지 않는다. 마치 자비로운 생각에 잠긴 사람처럼 부드럽게 미소 짓고 있다.

"안녕, 얘들아." 선생님이 말한다. "장례식 고기 음식은 즐기고 있니?"

휴스 선생님은 엄격한 채식주의자이다.

"그거 「햄릿」에 나오는 말 아니에요?" 내가 묻는다. "장례식의 구운 고기 어쩌고."

"영리하구나." 휴스 선생님이 말한다. "**장례식의 구운 고기가 차갑게 식어 결혼식 잔칫상에 올라갔지.** 남편이 죽은 지 얼마 안 돼서 재혼한 거트루드에 관한 대사지."

비이가 짜증난 기색이 훤히 보인다. 걔는 내가 인용구의 출처를 맞히는 걸 싫어한다. "휴스 선생님, 누가 엘픽 선생님을 죽였다고 생각하세요?" 그 애가 묻는다.

휴스 선생님은 비이를 빤히 본다. 눈이 무척 파랗다. "우리가 할 만한 질문은 아닌 것 같구나." 선생님은 대답한다.

"그럼 어떤 질문을 하죠?" 태시가 묻는다.

"엘라의 혼령이 우리와 여전히 함께하는지, 우리가 엘라를 빛으로 이끌어줄 수 있는지." 휴스 선생님이 말한다.

"너 식스폼 칼리지의 이상한 여자랑 이야기했니?" 집에 올 때 엄마가 묻는다. "이름이 뭐더라? 브라이어니 뭐 아니었나? 브라이어니 휴스, 맞네. 그 사람을 어떻게 알아?"

"이전에 베니샤 선생님이었어." 나는 말한다.

"약간 괴짜던데. 엘라 말로는 마녀라더라." 엄마가 말한다.

몇 분 동안 둘 다 말이 없다. 엄마는 확실히 엘라 생각을 하는 모양이고 나는 엘픽 선생님이 휴스 선생님의 힘에 대해 얼마나 알았을까 궁금하다. 어쩌면 엘픽 선생님은 그냥 농담을 했는지도 모른다. 엄마에게는 확실히 그랬을 듯하다. 엄마는 학교에서 나온 이후로 기분이 좋지 않고, 거의 정신이 나간 사람 같다. 끔찍한 합창을 들으며 웃다가, 다음 순간에는 눈물을 닦고, 운전할 때는 차선을 왔다 갔다 하고. 나는 빨리 열일곱 살이 되어 직접 운전을 하고 싶다.

"네가 패트릭 오리어리와 이야기하는 것 봤어." 엄마가 말한다.

나는 침묵이 최선이라는 결론을 내린다. 옆으로 스쳐 가는 회색 겨울 들판을 바라본다. 모피처럼 부드러워 보인다.

"걔 네 친구니?" 엄마는 한참 뜸을 들이다 말한다.

나는 어깨를 으쓱한다(십대들은 그러기 마련이니까).

"걔 꽤 매력 있지." 엄마는 공감하는 척하지만 정말 소름 끼치는 시도이다.

나는 아무 말도 하지 않는다.

"나쁜 남자애들은 언제나 매력이 있으니까."

하느님, 제발 이걸 멈춰주세요. 우리 두 사람을 이 고난으로부터 구하소서. 나는 말한다. "난 걔 잘 몰라. 좀 지루해 보이던데. 알잖아, 럭비 선수 같은 애들이 어떤지."

엄마는 눈에 띄게 긴장을 푼다. 어깨가 내려가고 운전대를 쥔 손에서 힘이 빠진다.

"엄마는 패트릭보다는 타이가 나아?" 엄마를 약간 놀려주고 싶은 마음을 어쩌지 못한다.

"난 타이를 싫어하지 않아. 착한 애야. 착한 남자지. 다만 너한테는 약간 나이가 많다고 생각할 뿐이야."

"그럼 내가 패트릭과 데이트하는 편이 더 좋겠어?"

엄마는 나를 재빨리 쳐다본다. "걔가 데이트하재?"

"아니. 진정하세요, 엄마." 나는 말한다. 이런 십대 말투 때문에

엄마는 안심한 것 같다. 우리는 그럭저럭 친근한 침묵에 잠겨 집까
지 간다.

바람이 울부짖는 소리를 들어보시오. 바람이 기차를 흔드는 것 같지? 하지만 우린 여기서는 안전하오. 어쨌든 객차 사이에 연결되는 문이 없으니까. 누구도 여길 들어올 수도 나갈 수도 없지. 브랜디 더 드시려오?

다음에는 무슨 일이 있었을까? 뭐, 산문적으로 따분하게 말해서 사실은 이렇다오. 딱히 할 말이 없어요. 거전의 부모님이 그의 시체를 가져갔고 거전은 고향 글로스터에 묻혔소. 나는 거기 참석하지 않았지. 윌버포스는 어떻게 되었는지 모르오. 이전에 말했듯이 경찰들은 그들의 살인자를 찾아내지 못했소. 1년 후, 폐가는 철거되었지. 나는 학업을 계속했소. 나는 꽤 고독하고 이상해졌던 것 같아. 내가 코트를 가로지르거나 식당에 앉아 있을 때면 다른 학생들이 나를 이상하게 바라봤지. "쟤야." 누가 속삭이는 소리를 들은 적도 있소. "다른 애." 나는 피터하우스의 사람들에게 '다른 애'가 되어버린 게 아닐까 싶소. 아마도 나 자신에게도.

바스티안과 콜린스는 별로 보지 못했소. 나는 공식적으로는 헬 클럽 회원이었지만, 회합이나 매년 열리는 악명 높은 피의 무도회에는 참석하지 않았소. 대부분 내 방이나 도서관에서 시간을 보냈지. 내가 만나는 동료 학생들은 사격 클럽의 회원들뿐이었소. 적어도 그들과 있으면 복잡하지 않고 동료애 넘치는 시간을 보낼 수 있었지.

나는 1등으로 졸업했고, 그건 흐뭇한 일이었소. 바스티안 경은 유급을 했고, 콜린스는 학위를 마치지 못했다는 소문을 들었지. 하지만 그들은 다른 칼리지 학생이고 우리의 길은 이미 갈라진 지 한참 지났소. 나는 박사과정을 밟기 위해 공부를 하고, 학부생 때 성립된 고독한 독신 남성의 존재 양식을 이어갔지.

그때, 대학원 첫 학기에, 나는 약간 기이한 서신을 받았소. 11월, 쓰라리게 추운 날이었고, 내 우편물을 가지러 문지기 오두막으로 걸어가는 길에 발밑에 서리가 오도독 밟히던 기억이 나는군. 내가 우편물을 많이 받은 것은 아니었소. 어머니는 간간이 편지를 쓰셨고, 나는 신학 학술지를 두 권 구독했지. 그게 전부였소. 하지만 이날은 다른 게 있었소. 외국 소인이 찍힌 편지, 낯설고 기울어진 서체로 쓰여 있었지. 나는 호기심을 품고 편지를 뜯어보았소. 안에는 페르시아 신문에서 잘라낸 조각이 들어 있더군. 물론 나는 페르시아-아랍 글씨를 이해하지 못하지만, 역시 똑같은 이텔릭체로 쓰인 번역문이 있었소. 아미르 에브라히미라는 남자가 열기구와 관련된 끔찍한 사고로 죽었다는 기사였소. 이륙은 완벽했으나 비행 중 어느 지점에서 에브라히미는 풍선에 매달린 바구니에서 추락해 사망했다는 거지. 대체 누군지 모르나, 이런 소름 끼치는 사건에 내가 관심이 있으리라 생각한 이유가 뭘까 궁금해하며 두 손으로 편지를 뒤집어보았소. 바로 그때 종이 뒷면에 쓰인 글을 보았지. **지옥은 비었다.** 그리고 나는 에브라히미가 세 번째 남자, 바스티안과 콜린스의 동반자였다는 사실이 기억났소.

그 다른 사람.

4부

클레어

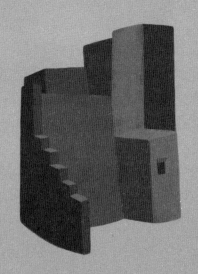

20장

엘라의 장례식이 치러진 날 저녁 조지아를 집에 두고 나가려니 마음에 걸린다. 하지만 데브라가 간청한다. "난 오늘 밤 레오랑 애들하고만 집에 있으면 미쳐버릴 것 같아. 엘라를 사랑했던 누군가와 함께 있어야겠어. 동네 술집에 가자. 카레도 먹고, 와인도 한 병나눠 마시고. 그렇게 늦진 않을 거야." 그래서 조지에게 물어보니, 조지는 괜찮은 듯하다. 자기는 태시와 베니샤를 불러 〈스트릭트리 컴 댄싱〉을 보겠다고 한다. 나는 타이도 오는지 확인하진 않지만, 여자애들끼리만 있겠지 짐작한다. 장례식이 끝난 후에 조지가 패트릭 오리어리와 이야기하는 모습을 보았는데, 달갑지는 않았다. 9학년 때 가르친 그 남자애는 여자들을 압도하는 힘을 얻어 가차없이 사용하는 부류이다. 그 애 부모님하고는 그저 막연히 아는 사이다. 술을 많이 마시고, 파티를 많이 여는 아일랜드 사람들이다. 적당히 착한 사람들이지만, 아들의 남성중심적 태도를 두고 이야기할 만한 부류는 아니다. 조지에게 얘기를 꺼내보니 패트릭은 약간 지루한 애라고 가볍게 넘겼다. 이 말이 안심이 되기도 하고, 어쩌면 사실일지도 모른다. 패트릭 오리어리의 머리에 럭비 말고 다른 게 들어 있다는 생각은 들지 않는다.

나는 또 조지가 식스폼 칼리지의 영어 교사, 휴스 선생이 포함된

무리에 섞여 있는 모습에 심란했다. 브라이어리 휴스는 나이 든 히피 같은 사람으로, 브룬힐데 식으로 머리를 땋아 올리고, 크리스털이나 은 장신구를 주렁주렁 달고 다닌다. 시험 성적은 무척 잘 내는 모양이지만, 카리스마에 의존하는 유의 교사이다. 웨일스인 버전의 진 브로디* 같은 사람. 난 항상 그게 약간 수상쩍었다. 엘라도 그런 경향이 있었고, 그래서 휴스와 친구로 지냈는지도 모른다. 됐다, 나는 두 사람이 얼마 전에 다투고 갈라졌다고 생각했다. 엘라는 브라이어니가 하얀 마녀로, 한밤에 묘지에서 춤추며 돌아다니며 원기를 얻는 사람이라고 말한 적이 있다. 나는 사실로 받아들이지 않지만, 엘라는 어쩌면 이 괴짜 자매의 행동이 약간 소름 끼친다고 여겼는지도 모른다. 어쨌든, 나는 조지가 휴스의 마법에 빠지기를 원하지 않는다. 조지는 어쩌면 탈가스를 졸업해서 식스폼 칼리지에 갈지도 모르지만, 나는 조지가 휴스 선생 반에는 들어가지 못하게 하고 싶다. 하기는 조지가 영어 수업을 들을 거라는 기대는 하지 않는다. 그 애는 책에 관심을 보인 적이 없다.

막 나가려는데 나타샤와 베니샤가 도착한다. 베니샤의 오빠가 꽤나 화려한 스포츠카로 아이들을 데려다주었다. 둘 다 착한 애들이다. 태시는 세터setter 강아지처럼 열정이 넘친다. 나는 가끔 태시가 유별나다고 느끼지만, 친구로 사귀면 재미있는 애라는 점을 알 수 있다. 영리하기도 하고, 남자애들에게 열을 올리는 것 같지도 않다. 태시의 어머니는 음악 교사이고 아버지는 의사라서 나의

---

* 뮤리얼 스파크의 『진 브로디 선생의 전성기』에 나오는 인물로 학생들에게 지대한 영향을 미쳤지만, 한편으로는 위험한 사상을 주입한 사람이다.

중산층 불안도 달래준다. 베니샤는 빨강 머리로 무척이나 마르고 약간 과민해 보인다. 그 애 부모는 약간 상류층이라서, 나는 그들에게 별로 정이 가지는 않는다. 오리어리 가족과, 그들이 더비 경마대회 날 벌이는 술잔치와 마찬가지로. 사실, 계급 문제를 제대로 해결하기란 무척 어렵다. 사이먼이라면, 내가 오로지 자가 주택을 보유한 《가디언》지 독자에게만 만족한다고 말할 텐데, 아마 옳을 것이다. 나는 조지가 세인트 페이스에 다닐 때 베니샤를 만났고, 조금 놀랍기는 해도 둘이 여전히 친구로 남아 있어서 좋은 일이라 생각한다.

나는 조지에게 엄마 계좌로 피자를 시켜 먹으라고 말하고, 태시는 내게 넘치도록 고마움을 표한다.

"정말 최고예요, 클레어." 조지의 친구들은 나를 집에서는 클레어라고 부르고, 학교에서는 캐시디 선생님이라고 한다. 아이들은 이런 호칭 변화에 어려움을 느끼지 않는 듯하다. 나는 언젠가 태시가 숙제를 잊고 제출하지 않아서 잡아두고 나머지 공부를 시킨 것과, 8학년 때 조지의 친구 페이지가 엄마의 남자 친구와 그의 약물 습관을 두고 작문을 한 것도 잊지 못하고 다 기억하는 사람인데.

데브라와 나는 찰스 2세가 원두당을 피해 도망가다 피신했다는 여러 여인숙 중 한 곳인 로열 오크에서 만난다. 오늘날에는 식당 겸 술집이 되어 음식을 아슬아슬하게 작은 탑으로 쌓기를 좋아하지만, 카레가 맛있고 토요일 밤에도 그렇게 소란스럽지 않다. 나는 보통 운전을 할 때는 술을 안 마시지만, 오늘은 레드 와인 작은 잔을 시킨다. 데브라는 진토닉 큰 잔을 주문한다.

"나는 이게 필요해. 아, 장례식은 정말 싫어." 데브라는 잔을 부딪치며 말한다.

"장례식 좋아하는 사람도 있겠니." 나는 말한다.

"모르지." 데브라는 말하며 술 반 잔을 입안에 털어 넣는다. 데 브라도 밖에 차를 세워놓았는데 개의치 않는다. "몇몇 나이 지긋 한 우리 친척들은 좋아하는 것 같던데. 뭐, 나이 든 사람들은 다르 겠지. 오래 잘 살았고, 자식들이나 손자들이 다 자신들을 추모하며 거기 있을 테니. 하지만 엘라는 아니잖아. 맙소사. 아직 살아서 할 일이 많은데."

"그러게 말야." 나는 말한다. "부모님이 참 안됐지. 두 분과 말은 나눠봤어?"

엘라의 부모님은 내가 추모식장을 떠나기 직전에 화장터에서 돌아왔다. 나는 몇 마디만 허겁지겁 전하고, 어색하게 포옹하고, 애매모호하게 연락드리겠다는 약속을 했을 뿐이다.

"아주 잠깐." 데브라가 말한다. "두 분 다 무척 강인하게 행동하 셨지만, 엘라 어머니는 얼마나 상심하셨겠어. '나의 가장 친한 친 구를 잃었구나' 하시더라."

조지는 나를 가장 친한 친구라고 말하게 될까? 당연한 일이지만 그럴 리는 거의 없겠지. 순간 나는 질투에 가까운 감정이 찌르는 느낌을 받는다. 나는 딱히 친구처럼 가깝게 지내지는 않아도 엄마 를 사랑한다. 엄마보다 더 마음이 가는 스코틀랜드에 계신 할머니 도 자주 뵈러 가지 못한다. 할머니는 내게 편지를 쓰지만 나는 좀 처럼 답장을 쓸 시간을 내지 못한다. 할머니에게 스카이프를 설치 해드리고 싶지만, 할머니 말로는 울라풀은 와이파이 신호가 너무 약하단다. 곧 뵈러 가야 할 것 같다.

나는 와인을 천천히 한 모금 마신다. 어머니와 딸에 대해서 생각하다가, 데브라가 한 말을 놓칠 뻔한다. "릭은 어떻게 버티고 있어?"

"괜찮아. 장례식장에서 내 앞에 앉던데." 나는 대답한다.

"자기 아내랑?"

"그래."

"그 사람 아내는 엘라에 관한 이야긴 전혀 모르지? 아나?"

"모를 거야."

부스 자리에는 우리 둘밖에 없고, 엿들을 만한 거리에 아무도 없지만 데브라는 몸을 앞으로 숙인다.

"경찰이 릭에 대해 묻더라."

"그랬어?"

"그래. 나한테 하이드에서 무슨 일 있었느냐고 묻더라고. 나는 거기 가지 않아서 모른다고 했어." 그렇지만 데브라도 엘라가 릭과 하룻밤 보냈다는 사실은 안다. 엘라는 릭이 한심한 실연남처럼 행동한다며 데브라에게 자세히 말해준 적이 있었다. 바로 지금에야 나는 릭의 행동이 한심한 게 아니라 불길한 게 아니었나 생각하게 된다.

"나한테도 릭에 대해 물어봤어." 나는 말한다.

"릭이 너한테도 마음 있었다고 말했어?"

"벌써 알고 있는 것 같더라. 카우어 경사 말이야."

"그 여자 다부진 사람이지? 탈가스에 다녔대, 알고 있어?"

"그래, 말해주더라."

"섬유과의 도로시 로든이 가르쳤다는 사실을 기억하더라고."

"정말? 학교 다닐 때 어땠대?" 나는 여기에 흥미가 간다.

"영리했던 것 같더라고. 섬유 과목은 별로 좋아하지 않았대. 그때는 바느질이라고 했겠지만. 뒷자리에 앉아서 제임스 허버트 책을 읽었다고 하더라."

어린 하빈더가 공포 소설의 팬이었으리라는 점은 상상할 수 있다.

"정말로 경찰들이 학교에 있는 누군가를 의심한다고 생각해?" 나는 묻는다.

"글쎄, 보통은 용의자가 피해자와 가까운 사람이니까, 그렇지 않겠어?" 데브라가 말한다. "책에는 그렇게 나오잖아." 다음 순간 갑자기 데브라의 얼굴이 일그러지더니 눈물이 뺨을 타고 마구 흘러내린다. 데브라는 붉은 냅킨으로 눈물을 톡톡 찍어낸다. "맙소사." 데브라는 말한다. "내가 하는 말 들었지! 피해자라니. 무슨 텔레비전 드라마에 나오는 사람처럼 말하잖아. 레오가 토요일 밤에 즐겨 보는 프로그램. 하지만 엘라는 우리 친구였어."

나는 데브라가 경찰과 수사에 대해 얼마나 관심이 있었는지 기억한다. 어쩌면 우리들 모두가 이러는지도 모른다. 현실을 회피하며 이야기를 구성하기.

"이 모든 일이 연극 속에서 벌어지는 것만 같아." 나는 말한다. "아니면 악몽이거나. 엘라가 돌아올 것 같다는 생각이 계속 들어."

"유령으로 말이야?" 데브라가 말한다.

그런 뜻은 아니었지만, 데브라의 말을 듣고 보니 엘라가 금빛 머리카락을 뒤로 너울거리며 스르르 미끄러져 오는 모습이 상상된다. 맥베스 부인처럼, 앨리스 홀랜드처럼. 말은 하지 않지만, 유령 엘라가 내게 화났다는 사실을 알고 있다.

"엘라는 돌아오지 않을 거야. 죽었어, 클레어." 데브라는 한 손을 내 손에 얹으며 부드럽게 말한다.

"나도 알아." 순간 나는 깊은 절망을 느낀다.

나는 천천히 차를 몰아 집으로 온다. 옅은 안개가 바다로부터 밀려온다. 이 근방 사람들은 시 프렛sea fret, 해무라고 한다. 시야는 고작 몇 미터에 불과하고 안개등을 켜봤자 도움이 안 된다. 그저 안개만 환히 밝혀줄 뿐. 안개는 연극에 나오는 유령 같고, 드라이아이스처럼 보인다. 집에 돌아와 보니 조지는 이미 잠자리에 들었다. 다 타버린 초 세 개가 커피 탁자에 놓여 있어서 나는 불현듯 「낯선 사람」을 떠올린다. 탁자에는 마른 이파리도 떨어져 있다. 나는 의심스러워하며 냄새를 맡아본다. 조지가 대마를 피운다고는 생각하지 않지만 모를 일이다. 이파리에서 포푸리 같은 냄새가 난다. 학기말 선물로 늘 산더미같이 받는 것이 포푸리이다. 더불어 초콜릿, 초, 가끔 들어오는 와인, "최고의 선생님"이라고 쓰인 냉장고 자석을 받기도 한다. 허버트가 자기도 끼워달라는 듯이 깡총깡총 뛴다. 한 귀는 세우고, 다른 귀는 늘어뜨린 채로 이파리 냄새가 궁금한지 코를 킁킁댄다.

"이리 오렴, 마약 탐지견. 이제 한밤 쉬하러 갈 시간이다." 나는 말한다.

나는 개를 데리고 길을 건넌다. 보름달이 떠 있지만, 안개에 휩싸여 흐릿하고 공장의 폐허에 희미한 빛을 흩뿌릴 뿐이다. 나는 며칠 전 밤에 저기서 본 불빛을 생각한다. 공장 건물에서 누가 노숙하는 게 아닐까? 어디 신고해야 하나? 경찰? 노숙자 자선 단체? 어쩌면 하빈더 카우어가 도와줄 수 있지 않을까? 장례식에서 카우어 경사를 보았지만, 내게 말을 걸지는 않았다. 하빈더와 닐은 그저 존중을 표하려고 거기 왔을 것이다. 추모식에서는 보지 못했다.

허버트가 마침내 일을 보자, 나는 서둘러 집 안으로 돌아온다. 보안 사슬을 채우고 뒷문의 잠금장치도 확인한다. 그런 다음 위층으로 올라간다. 조지의 방에 불이 켜져 있어서 나는 문을 두드린다.

"들어와."

조지는 침대에 앉아서 『해리 포터』를 읽고 있다. 조지의 애착 인형 미어캣(사이먼이 준 선물)이 옆에 세워져 있다. 조지는 일곱 살 아이처럼 보인다.

"저녁 재미있게 보냈어?" 나는 침대에 걸터앉아 묻는다.

"응." 조지가 말한다. "〈스트릭트리 컴 댄싱〉이 너무 지루해서 '카드 어게인스트 휴머니티(인간성에 반대되는 카드)' 게임을 했어.

"베니샤의 오빠가 데리러 왔어?"

"태시네 엄마가. 아줌마가 엄마한테 전화한댔는데."

나는 조지의 호그와트 이불을 손으로 쓰다듬는다. 조지의 방은 아이와 십대 사이 어딘가에 머물러 있다. 여전히 실바니안 동물 인형의 집이 있지만, 각종 전자 제품도 넘쳐난다. 충전용 전선이 방 안을 뱀처럼 기어 다니고 있다. 침대 머리판 위에 꽂아놓은 폴라로이드 사진에는 조지와 여자 친구들이 셀카 스타일로 카메라를 보고 웃고 있다. 입술을 내밀고 머리를 풀어 내리고.

"데브라 선생님과 좋은 시간 보냈어?" 조지는 예의 바르게 묻는다.

"그래. 약간 슬펐어. 엘라 이야기만 계속 했거든." 나는 대답한다.

"슬퍼하는 것은 나쁜 일이 아니야. 엄마한텐 가장 친한 친구였잖아."

"네 말이 맞아." 나는 조지의 이마에 키스한다. "잘 자라, 딸. 너무 늦게까지 책 읽지 말고."

나는 재빨리 샤워를 하고 가장 따뜻한 파자마를 입은 후 침대에 든다. 허버트는 벌써 코를 골고 있다. 나는 일기장을 펴고 하루를 되살릴 준비를 한다. 지난 며칠은 아무것도 쓰지 못했다. 긴장감이 너무 팽팽했기 때문이겠지. 그래도 장례식에 대해서는 기록할 가치가 있다고 느낀다.

마지막 일기는 10월 30일 월요일에 썼다. 마지막 문장은 "핼러윈이 내일이다. 신이 우리를 도우시길." 내 글은 거기서 끝나지만 반대편에 새로운 기록이 있다. 필체는 다시 한 번 낯설고, 끔찍할 정도로 익숙하다. 이렇게 시작한다. **"진정한 친구가 인사를 보내며."**

21장

"『흰옷을 입은 여인』에 나오는 말이에요." 내가 말한다.

"뭐라고요?" 닐이 묻는다.

오늘 아침 맨 먼저 하빈더에게 전화를 걸었지만 일요일에도 근무하리라는 기대는 하지 않았다. 하지만 하빈더는 경찰서에서 만날 수 있겠느냐고 물었고, 와보니 이곳은 컴퓨터 화면을 들여다보는 사람들로 가득했다. 범죄는 절대 자는 법이 없는 모양이다. 웨스트 서식스에서조차. 이전에는 경찰서에 들어가 본 적이 한 번도 없어서, 일반 사무실과 꽤 비슷한 모습에 놀라고 만다. 컴퓨터와 커피 머신이 있고, 점심시간에는 요가 강습을 한다는 안내문이 붙어 있다. 또한 남자보다 여자가 더 많다.

하빈더가 우리를 작은 회의실로 안내한다. 팔걸이의자와 조화가 꽂힌 꽃병까지 있지만, 여전히 왠지 모르게 불길하다. 맞은편에 짙은 색 창문이 있어서, 바깥쪽에서 사람들이 우리를 바라보고 있나 싶다.

지난밤 하빈더는 일기장에 더는 손대지 말고 비닐 백에 넣으라고 했다. 지금은 얇은 비닐장갑을 끼고 책장을 넘긴다.

"『흰옷을 입은 여인』에서 악역인 포스코 백작이 메리언 할콤의 일기에 글을 쓰기 시작해요." 나는 설명한다. "백작이 서사를 이어가는데 몇 페이지에 걸쳐 이어져요. 그가 쓴 부분을 '진정한 친구가 붙인 후기'라고 해요."

"제가 지난밤 들렀을 때『흰옷을 입은 여인』을 읽고 있지 않았나요?" 하빈더는 말한다.

나는 경사가 기억하고 있다는 사실에 놀란다. "네, 제가 제일 좋아하는 책 중 하나예요."

하빈더는 페이지를 후루룩 넘기며 단조롭고 감정 없는 목소리로 읽기 시작한다.

진정한 친구가 인사를 보내며. 이 흥미로운 일기를 정독한 감상을 말하고자 합니다(지금 막 끝냈습니다만). 몇 백 페이지나 되더군요. 내 심장에 손을 얹고 말하건대, 모든 내용이 참으로 매혹적이고 상쾌했으며, 나를 기쁘게 해주었습니다.

존경스러운 여성이여!

하지만 클레어, 모든 사람이 나처럼 당신을 높이 사지는 않습니다. 이런 말을 하는 내 마음도 아픕니다만, 당신을 해하려고 일을 꾸미는 이들이 있어요. 이런 피조물들 중 하나는 이미 처리해버렸습니다. 이제 먹이를 찾아다니는 짐승처럼 다른 자들을 덮칠겁니다.

"첫째 구절은 책에 나와요." 나는 말한다. "'존경스러운 여성이여!'까지." 나는 책을 가져왔다. 표지에 화려하고 하얀 비단 드레스를 입은 여자의 사진이 실린 옛 도버 판본이다. 앤 캐서릭은 절대 그런 드레스를 살 만한 여유가 없었을 텐데. 나는 해당 부분을 표시해서 두 형사에게 건넨다.

닐은 입을 살짝 벌리고 읽는다. 하빈더는 몇 초 만에 책을 훅 훑는다.

"음, 우리가 쫓는 남자는 확실히 『흰옷을 입은 여인』를 읽었네요." 하빈더는 말한다. "이 범인이 남자라면 말이죠."

"그렇게 판단할 근거는 있지 않나?" 닐은 마치 고기 근수를 재듯 한 손에 책을 들고 무게를 가늠한다.

"학교에서도 『흰옷을 입은 여인』을 가르칩니까?" 하빈더가 묻는다.

"아뇨, 교육과정에 없습니다."

"성인반 수업은 어떻습니까? 문예창작반 수업에서는요?"

"가끔은요. 다중 시점 서술의 예로 씁니다."

"여기서 또 알아볼 수 있는 게 있습니까?"

"네." 나는 대답한다. "'먹이를 찾아다니는 짐승'은 R.M. 홀랜드의 미발표작 제목입니다."

"그 사람은 누구죠?" 닐이 말한다.

"이 학교에 살았던 작가야." 하빈더가 대답해준다. "100년 전쯤. 그의 서재가 구관 꼭대기층에 있어. 유령 이야기 「낯선 사람」을 썼지. 몇 년 전 텔레비전에도 나왔잖아."

"그럼 모든 사람이 이…… 이 『먹이를 찾아다니는 짐승』을 안다는 건가?"

"아뇨." 나는 말한다. "우리는 홀랜드의 작품은 가르치지 않고 이건 교육과정에도 없어요. 홀랜드에 대해 들어본 사람이라 해도 『먹이를 찾아다니는 짐승』은 알 리가 없어요. 이 작품은 출판되지 않았고 원고는 사라졌으니까요. 그의 일기에 발췌문만 있을 뿐이에요."

"맙소사." 닐이 말한다. "나는 에이드리언 몰*만 일기를 쓴 줄 알았더니 모든 사람이 쓰고 있었네."

하빈더가 그를 쏘아본다. "당신 일기에 집중하죠, 클레어. 여기에 또 접근할 수 있는 사람이 누가 있습니까?"

"접근요?" 참으로 딱딱하고 법률적인 단어처럼 들린다.

하빈더가 참을성 있게 한숨을 쉰다. "클레어 일기에 글을 쓸 수 있는 사람이 누가 있지요? 일기는 항상 집에 두시나요?"

"아뇨. 지금 쓰고 있는 일기는 가끔 학교로 가져가요. 쉬는 시간에 쓰기도 해서."

"이번 주에도 가져갔습니까?"

"네." 나는 핼러윈 날에도 연극 연습이 시작되기를 기다리는 동안 일기를 쓸 생각이었지만, 홀랜드의 서재로 올라가서 의자에 앉은 그 형상을 보고 말았다. 그다음에 아누시카에게 〈공포의 구멍가게〉 연습을 맡아달라고 부탁하고 곧장 집으로 갔다.

"학교에 있을 때는 어디다 보관합니까?"

"제 가방이나 사물함에요."

"사물함은 어디 있죠?"

"영어과 공용 사무실에 있습니다."

"잠겨 있습니까?"

"아뇨." 열쇠는 내가 학교에 오기 한참 전에 사라지고 없었다.

---

* 영국 청소년 소설 『비밀 일기』의 주인공.

"그럼 딱히 사물함이라고 할 수도 없겠네요?" 닐이 불쑥 웃음을 터뜨린다.

하빈더는 그를 무시하고 말한다. "영어과 사람들 모두 지문을 떠야 할 것 같습니다. 필체 견본도 필요하고요. 용의선상에서 제거 하려는 겁니다. 클레어의 견본은 이미 갖고 있지만, 따님의 견본도 필요합니다."

"조지요?"

"네, 따님이 집에 함께 있었잖아요. 조지도 용의선상에서 제거 해야죠."

또 한 번 서늘한 단어다. **제거하다.** 나는 일기를 떠올린다. **이런 피조물들 중 하나는 이미 처리해버렸습니다.**

"이걸 쓴 사람이 엘라를 죽인 사람이라고 생각하세요?" 나는 묻 는다.

하빈더와 닐은 마치 어떻게 말해야 할지 결정하려는 사람들처 럼 마주 본다. 마침내 하빈더가 말한다. "처음 보여주셨던 일기의 필적과 현장에서 발견된 쪽지의 필적이 일치합니다. 확정할 만큼 글자가 많지는 않지만요."

잠시 나는 순전한 두려움이 밀려와 토하거나 기절할 것만 같다. 혼자서 무언가를 무서워하는 것과 형사가 사무적으로 확인해주는 이야기를 듣는 것은 차원이 다르다. 마치 죽음의 천사가 방 안을 날아다니며 으스스한 날개를 퍼덕이는 듯하다.

지옥은 비었다.

"그렇다고 이 사람이 범인이라는 뜻은 아닙니다." 하빈더는 장 갑 낀 손으로 내 일기를 톡톡 친다. "편지를 살인자가 보낸 거라고 당연히 믿어버리면 실수를 하게 되죠. 그게 70년대에 요크셔 리퍼 사건 발목을 잡았지요. 경찰은 "나는 잭이다"라고 녹음된 테이프를 가지고 성문 전문가들에게 출신지 방언을 분석하게 하느라 몇 시간이나 인력을 낭비했습니다. 하지만 알고 보니 그저 관심을 끌고 싶은 미치광이였을 뿐이죠. 그런 경우일 수도 있습니다."

"하지만 현장의 쪽지는……" 나는 말한다.

"맞아요. 그래서 이게 좀 더 중요하게 됐습니다." 하빈더가 말한다.

"누가 썼든 그는 「낯선 사람」을 읽었어요." 나는 말한다. "'지옥은 비었다'는 이 단편의 중요 대사예요. 주인공들이 폐가에 갔을 때 외쳐야 하는 구호였죠."

"기억납니다." 하빈더가 말한다. "그것도 참 빌어먹을 일이죠. 그럼 이 인용구가 「낯선 사람」에서 나왔을 수도 있겠군요. 하지만 「템페스트」에서 나왔다고 보는 쪽이 더 그럴듯하지 않을까요? 그게 GCSE 지문이지 않습니까?"

"맞아요." 나는 대답한다.

"그러면 영어과 사람들 누구에게나 익숙한 지문이 아닐까요?"

"그럴 거라고 생각해요. 그렇다고……."

"우리는 상정할 수 있는 모든 수사 방향을 따라가야 합니다." 닐이 말한다. "당신 일기를 전부 제출해주세요."

"전부요?"

"얼마나 되죠?" 닐이 말한다.

"서른 권 정도 됩니다." 나는 말한다. "열한 살 때부터 일기를 써 왔어요. 띄엄띄엄." 일기는 내가 중등학교에 들어갔을 때 쓰기 시작했다. 버스 정류장에서 본 남자에게 반해서 일기는 거의 "PB를 보았다" 아니면 "PB를 보지 못했다"로 끝났다. 대학에 들어갔을 때는 그만두었지만, 사이먼과의 관계가 나빠지기 시작할 때 다시 쓰기 시작했다. 다시 독신이 되었을 때 처음 쓴 일기가 있다. "사이먼이 떠난 지 10주일째, 다시는 그의 관점으로 내 삶을 재단하지는 않을 것이다."

"어째서 모든 일기가 필요합니까?" 나는 묻는다.

"우리는 클레어의 일기 중 적어도 한 권에 누군가 글을 남겼다는 사실을 압니다." 하빈더가 말한다. "그렇다면 나머지도 확인해봐야죠. 뭔가 쓰진 않았다 해도, 읽었거나 지문을 남겼을 수도 있습니다."

나는 그들에게 일기를 넘겨주고 싶지 않다. 하빈더가 경멸하는 미소를 띠고 내 일기를 읽는 모습을 상상해본다. 아니면 사건을 엄선하여 동료들에게 재미있게 떠드는 장면도. "이제 이 여자는 택시 운전사랑 하룻밤 자고 임신한다고 생각하는 거야!"

닐은 나의 침묵을 공포로 받아들인 듯하다. 그의 생각이 별로 틀리지도 않는다.

"경찰 보호 조치를 내리겠습니다." 그가 말한다. "순찰차에서 클레어의 집을 지켜보고, 걱정되면 언제든 연락할 수 있는 특별 번호를 드리지요."

"제가 위험에 빠졌을지도 모른다고 생각하세요?"

"저는 그렇게 생각하지 않습니다." 하빈더가 말한다. "이자는……." 하빈더는 다시 일기장을 톡톡 친다. "무엇보다도 당신을 보호하려고 안달이 나 있습니다." 잠시 침묵한 후에 하빈디는 말한다. "그래도 어두워지면 밖에 나가지 않는 편이 좋을 겁니다."

나는 충격에 빠져서 집으로 돌아온다. 살인자가 내 일기를 읽고 있었단 말인가? 그가(나는 범인을 남자라고 생각하지만 하빈더가 자기 생각을 밝히지 않았음을 알고 있다) 나의 가장 내밀한 생각, 내가 너무 부끄러워서 남에게 소리 내어 표현하지 않을 감정까지도 따라가고 있었다고? 줄곧 나는 사이먼과 플뢰르를 미워하고, 직장에서 사소하게 질투한 일들을 쓰고 내가 책을 쓸 거라는 황당한 믿음을 적고 있었는데? 엘라에 대한 끔찍한 일기도 읽었을까? 그래서 엘라가 살해당한 걸까? **이런 피조물들 중 하나는 이미 처리해버렸습니다.** 그런 생각을 하면 참을 수 없다. 그런데 누가 내 일기를 읽었을 뿐 아니라 **거기에 글을 적어놓기까지 하다니.** 불길한 느낌을 풍기는 작은 글씨가 엘라의 시체에서 발견된 쪽지의 필적과 일치한다니. 이 글을 쓴 자는 직장이나 집에서 나랑 가까운 사람일까? 경찰 생각처럼 내가 실제로 아는 사람일까?

집에 돌아오자 머리가 지끈거려 뜨거운 물주머니와 아스피린을 들고 침대로 가고 싶은 마음뿐이다. 하지만 다진 고기와 양파를 튀기는 고소한 냄새가 나를 맞았고, 부엌에 들어가니 조지와 타이가 요리를 하는 중이다.

"엄마에게 제대로 된 일요일 점심을 지어줄까 했지. 타이 생각이야." 조지가 토마토 깡통을 기울이며 말한다.

갑자기 나는 스코틀랜드에 있는 조부모님을 떠올린다. 구운 고기와 감자가 가득 쌓여 있던 식탁. 황금빛 윤기가 자르르 흐르고 재료 자체의 풍미가 그득한 음식들. 중앙에 놓인 푸른색과 하얀색의 그레이비 그릇에서 모락모락 피어나는 김. 오늘의 점심은 마늘과 오레가노를 가득 넣은 스파게티 볼로네즈인 듯하다. 나는 여전히 약간 메슥거리고 속에 음식을 넣는다는 생각만 해도 위장이 뒤집히지만 아이들은 아주 다정하게 굴고 있다. 타이는 크기를 균일하게 하려고 애쓰면서 피망을 썰고 있다. 조지는 상을 차리고 감탕나무와 담쟁이 잎을 예쁘게 장식한다. 허버트는 조지가 소스를 젓는 모습을 바라보고 있다. 나는 개가 뚱뚱해지는 사태는 피하고 싶어서 절대 남은 음식을 먹이지 않는다. 그래도 조지는 음식을 주고, 개도 기대한다. 허버트는 인간이 먹는 음식을 좋아한다.

"와인도 좀 가져왔어요." 타이는 어엿한 바텐더처럼 병을 냅킨으로 감싸고 내게 한 잔 따라준다.

"고마워, 타이." 나는 한 번에 꿀꺽 마셔버리지 않으려 애쓴다. 타이는 조지에게도 한 잔 따라주지만, 나는 뭐라고 하지 않기로 한다.

나는 진통제가 필요하지만, 와인과 함께 먹고 싶지는 않아 테이블 앞에 앉아 잡담을 나눈다. 타이가 술집에서 일하는 것 말고 다른 야심이 있는지 알아내고 싶었는데, 그 애는 내년에 대학에 지원할 생각이란다. 반가웠다.

"A-레벨 수험은 했어요." 그가 말했다. "영문학, 정보통신 기술, 미술이에요. 점수가 높진 않지만, 어느 대학이든 영문학과 입학 허가는 받지 않을까 싶어요. 학교에서 영어 과목 좋아했거든요. 정말 좋은 선생님이셨어요."

사람들은 종종 영어 선생님을 정답게 기억한다. 수학이나 정보통신 기술 분야에는 이런 일이 없다. 그래서 나는 8학년, 특히 악마처럼 구는 C반과 함께하는 시절을 버틸 수 있다. 언젠가 부커상을 탄 작가가 수상 소감에서 내 이름을 언급해주지 않을까 하는 생각.

"영문학과 들어가려면 성적 좋아야 해." 조지는 약간 요령 없이 말한다.

"그러면 언론학이라도. 아니면 문예창작?" 타이가 얼굴을 붉힌다.

"엄마는 문예창작을 가르쳐. 엄마 수업을 들으면 어때?" 조지가 말한다.

타이는 뭔가 알아들을 수 없는 말을 웅얼거린다. 나는 그 애가 가여워져서 말한다. "잘됐으면 좋겠다. 입학 지원 작문이든 뭐든 내가 도울 일이 있으면 알려줘."

"난 대학에 가지 않을지도 몰라." 조지가 말한다. "그냥 여행 같은 걸 할지도 몰라."

즉시 내 두통이 몇 단계 높아진다.

"결정하기는 아직 너무 일러." 나는 말한다. "여행을 하고 대학에 가도 되지. 1년 휴학해도 되니까."

"플뢰르는 휴학하면서 태국에 갔었대."

어련하실까. "선택지는 많아." 나는 격려하는 미소를 얼굴에 붙이고 있으려 애쓴다.

"어쨌든, 작가는 타고나는 거지 만들어지는 게 아니야." 조지는 말한다.

"누가 그런 말을 했어?"

"어디선가 읽었어." 조지가 말한다. "파스타 다 익었는지 어떻게 알아? 벽에 던져봐야 하나?"

파스타를 그럭저럭 많이 먹을 수 있었다. 타이는 세 그릇째 덜어

먹고 자신들의 요리 솜씨에 기쁜 듯하다. "피자 익스프레스에서 파는 소스랑 똑같아." 그는 계속 말하고 조지는 얼굴을 찡그린다. 타이는 이 말을 칭찬이랍시고 했지만, 그렇지 않다는 사실을 깨달았기 때문인지도 모른다. 이후에는 치즈케이크가 나오고, 조지는 심지어 내가 좋아하는 식으로 기계에서 커피도 내려준다. 둘 다 어쨌든 나를 쉽게 놓아주지 않아서, 나는 응접실로 가서 일요일 신문을 만지작거린다. 잡지에는 표지에 황금색과 빨간색 별들이 박혀 있고, 내가 〈블루 피터〉*를 위해 모았던 종류의 병뚜껑으로 만든 것 같은 드레스를 입은 모델이 있다. "다섯 가지 패션 불꽃놀이." 오, 맙소사, 오늘은 11월 5일, '가이 포크스의 밤'이다. 멍청이들이 폭죽을 쏘아올리는 동안 허버트가 몸을 떨고 낑낑댈 것이다. 여기는 꽤 고립된 곳이지만, 폭죽 쏘는 소리는 몇 킬로미터 떨어진 데서도 들린다. 나는 전쟁 중 서식스에서는 프랑스에서 일어나는 총격전 소리도 들렸을까, 종종 생각한다.

타이는 5시, 첫 번째 폭죽이 터질 때 돌아간다. 허버트가 소파로 뛰어올라 머리를 내 겨드랑이에 파묻는다.

"가엾은 아기." 조지가 허버트를 쓰다듬는다. "고문당해서 죽은 사람을 기리는 사람들일 뿐이야, 허비. 걱정할 거 없어." 조지는 해마다 이 말을 한다.

"조지. 너한테 할 이야기가 있어." 나는 말한다.

조지는 바로 경계하는 빛을 띠고, 식사로 피어난 좋은 분위기가 푸시시 사라진다.

---

* 영국 교육방송 프로그램으로 반려동물이 출연한다.

"엄마 오늘 아침에 경찰에 갔었어." 나는 말한다. "널 겁주긴 싫은데, 경찰은 혹시나…… 혹시나 엘라의 살인자가…… 음, 나한테 관심이 있을지도 모른다고 생각해."

"엄마한테 관심이 있다고?" 조지의 얼굴이 창백해지며, 검은 눈 (사람들 말로는 내 눈을 닮았다 한다)이 커다래진다.

"범인이 뭘 적어놨어." 나는 말한다. "사건 현장에 뭔가 남겨져 있었대." 나는 일기 이야기는 하고 싶지 않다. 누군가 손에 펜을 쥐고 우리 집까지 기어들어왔음을 알면 아이가 공포에 질릴 수도 있다. 아니, 정말 그렇게 된 걸까?

"집 밖에 경찰차가 있을 거야." 나는 설명한다. "우리를 보호하려고. 그리고 걱정이 되면 아무 때나 걸 수 있는 전화번호도 있어. 너한테도 줄게. 일종의 예방 조치야. 전혀 걱정할 이유 없어. 경찰은 누가 그런 짓을 했는지 알아내기 직전이니까." 나는 이 노골적인 거짓말에 확신을 실어 말하려 애쓴다.

"정말이야?"

"그래, 요새 경찰들은 너도 알다시피 아주 유능하잖니. 법의학이나 그런 것도 있고." 조지가 아직도 창백해 보여서 나는 아이의 손을 잡는다. "괜찮아. 우리는 괜찮을 거야. 하지만 똑똑하게 굴어야 해. 학교 끝나고 집에 혼자 오면 안 돼. 학교에서 나를 기다렸으면 좋겠어."

"엄마가 연극 연습을 할 때는?" 이제 조지는 반항적인 표정을 짓는다.

"도서관에서 공부하면 돼."

"좋아. 아주 고맙네."

"길지는 않을 거야. 경찰이 범인을 체포할 때까지만." 허버트는 쉽지 않으리라는 사실을 알아챘는지 낑낑대며 쿠션 뒤에 숨는다.

"태시네 집에는 갈 수 있어?"

"너희가 함께 있을 경우엔. 태시 엄마에게 말해둘게. 상황을 설명하면서."

"타이는 어떡해? 계속 만나도 돼?"

"괜찮을 것 같아. 타이가 너를 데리러 오고 데려다주면." 처음으로 나는 타이가 다 자란 성인이고 차가 있다는 사실에 기뻐한다. "그냥 조심해. 그러겠다고 약속해."

"그럴게요. 하지만 틀림없이 다 괜찮을 거야." 조지는 허버트를 쿠션 뒤에서 끌어내 무릎에 올려놓는다.

그건 내가 해야 할 말이 아닐까, 나는 생각한다.

"분명히 네 말이 맞을 거야."

밖에서 펑 하는 소리가 들리자 우리 셋 다 펄쩍 뛰어오르고, 하늘에서는 갖가지 색깔의 별들이 폭발한다.

22장

나는 학교로 가는 길에 경찰서에 들러 일기장을 건넨다. 간밤에 잠이 오지 않아 옛날 일기를 읽었다. 세월의 스냅사진 같았다.

"좋은 날. 수영했다. PB를 봤다……."

"내 인생에서 어느 때보다 불행하다. 카렌이 앨리슨에게 해준 말을 들었는데 피터가 수 프로스트와 사귄다고 한다, 앨리슨네 학교에 다니는……."

"내일은 브리스틀로 가서 대학 생활을 시작한다. 내 인생은 눈앞에 태피스트리처럼 펼쳐져……."

"그러면 사이먼에게 지는 것 같아서 그를 싫어하고 싶진 않지만, 나는 남몰래 그를 증오한다. 내가 그를 사랑했을 때 느꼈던 감정을 넘어서는 정열을 가지고 싶어……."

"오늘 릭과 이야기했다. 억지로 힘을 내서 단도직입적으로 이야기했다. 우리 사이에는 아무 일도 없을 거라고. 릭은 자기가 유부남이기 때문이냐고 물었다. 나는 아니라고, 당신이 당신이기 때문이라고 말하고 싶었지만……."

나는 일기들을 접수대에 맡긴다. 여긴 아르고스*의 음울한 버전

---

* 영국의 창고형 매장.

같은 곳으로, 뭔가 절실해 보이는 사람들이 바닥에 박힌 의자에 앉아서 기다리고 있다가 번호가 불리면 유리 칸막이 뒤의 공무원에게 가서 이야기를 한다. 나는 순서를 기다릴 필요가 없다. 카우어 경사 앞이라 적은 꾸러미를 안내 데스크에 맡기기만 하면 된다. 잘 전달되리라 믿는다.

조지는 차에서 나를 기다리고 있다. 우리의 새로운 시스템이 오늘부터 가동된다. 내가 조지를 학교로 데려가고 데려온다. 생각 같아서는 조지가 절대 내 눈 밖으로 벗어나지 못하게 하고 싶다. 나는 지난밤 사이먼에게 전화를 걸어 많이 편집한 이야기를 전했다. 내 이름이 살인자가 쓴 쪽지에서 발견되어 경찰이 추가 보호 조치를 취해주기로 했지만 그렇다고 우리가 위험한 상황에 빠졌다고 여기지는 않는다고. 짐작대로, 사이먼은 조지가 자기 집에 있어야 한다고 주장했다.

"학교를 빠질 수는 없잖아. 애한테 중요한 해인데." 나는 말했다.

"집에서 가정 학습 시키면 돼."

"당신은 종일 일하잖아."

"그럼 플뢰르가 하면 되지."

"어린애가 둘이나 있는데? 플뢰르가 퍽이나 좋아하겠다."

그래서 사이먼도 마지못해 손을 들었다. 조지는 어쨌든 이번 주말에는 제 아빠에게 간다. 꽤 안심이 된다는 걸 인정할 수밖에 없다. 서식스에 올 때는 조지를 안전한 전원 마을로 데려오는 거라고 믿었는데, 이런 생각을 하고 있자니 웃고 싶다, 아니 울고 싶다. 갑자기 런던이 훨씬 더 안전해 보인다.

여느 때처럼, 조지는 우리가 탈가스 정문을 지나자마자 사라져버린다. 적어도 이 안에서는 안전하겠지. 11학년은 외출이 금지되고, 특히 마을에서 가게 좀도둑 사건이 몇 건 일어나 치안이 더욱 강화되었다. 나는 평소 내 자리, 문 옆에 주차한다. 엘라는 내 옆에 차를 세우곤 했고, 나는 아직도 "유럽에서 더욱 강한 차"라는 스티커가 붙은 엘라의 날렵한 검정 골프가 보이지 않는다는 사실에 익숙해지지 않는다. 이제 엘라의 자리는 릭의 푸른 볼보가 차지하고 있다. 나는 이 차를 즉시 알아본다. 내 집 앞에 줄곧 서 있는 것을 봤으니까. 설상가상으로 릭이 운전석에 앉아 있다. 나를 기다리면서.

나는 그의 모습을 못 본 척하고, 천천히 시간을 끌며 트렁크에서 가방과 외투를 꺼낸다. 내가 허리를 펴자, 릭이 거기, 바로 내 뒤에 서 있다.

"이야기 좀 합시다." 그가 말한다.

"늦어서요." 나는 말한다. 아무리 짧게 있었다지만 경찰서에 들렀기 때문에 15분 정도 늦었다. 지금은 8시 45분이고, 릭이 주관하는 월요일 회의는 8시 50분에 시작한다.

교사로 걸어가는 동안 그가 내 옆에 붙는다.

"경찰이 나를 다시 보자고 합니다." 그가 말한다. "하이드에서 있었던 일을 알고 있어요."

나는 발길을 멈추지 않고, 구관의 여닫이문 옆에 있는 한 무리의 학생들 옆을 지나 계단으로 향한다. 나는 첫 번째 단 위에 올라 말한다. "경찰들은 제 일기에서 그걸 읽었어요."

"뭐라고요?"

"경찰이 내 일기를 원했다고요." 나는 말한다. "나는 당신과 엘라가 하이드에서 했던 일을 일기에 썼어요."

"어째서 그런 짓을 했죠?"

우리는 계단을 오르고 있었고, 나는 그를 쳐다보지 않으려고 애썼다. 계단 꼭대기에서 "죽음의 추락"을 했다는 앨리스 홀랜드 와 부서진 난간, 몸이 바닥에 닿을 때 들렸을 메스꺼운 소리를 떠 올린다.

"일기는 보통 자기 생각이나 일어난 일을 적는 거잖아요." 나는 말한다. "기억해봐요. '창작을 위한 일기 기록', 우리가 하이드에 서 했던 연수 주제가 그거였죠."

"어째서 그걸 경찰에 보여줬냐고요."

우리는 2층에 다다르고 나는 이제 멈춰서 릭을 본다. 그는 한번 도 깔끔한 적이 없었지만, 오늘은 평소보다 더 흐트러진 모습이다. 머리카락은 삐쳐 있고 스웨터는 뒤집어 입은 듯하다. 한순간이라 도 릭이 매력적이라고 생각했다는 것이, 심지어 그와 잘 수 있을까 를 고려했다는 것이 믿기시 않는다. 이 이야기는 하빈더에게 하지 않았지만, 내 일기를 읽으면 알게 되겠지.

"누가 내 일기에 글을 썼어요." 나는 말한다. "경찰은 살인범의 짓이라 생각해요."

교무실에 갈 때까지 침묵이 이어진다. 베라와 아누시카가 소파 에 앉아서 연극 이야기를 하고 있다.

"안녕하세요, 두 분." 아누시카가 올려다본다. "오늘 윗도리 뒤 집어 입으셨네요, 릭. 그건 운이 좋다는 뜻이래요."

나는 아침 내내 수업이 있고, 릭은 나를 다시 구석으로 몰아넣을 기회가 없다. 바쁜 하루다. 점심시간에는 연극 연습이 있고 오후에는 베라와 수업안 회의를 한다. 일과가 끝날 때까지는 음성 메시지가 와 있는지도 몰랐다. 지난 2주 동안 너무 많은 일이 일어나서 한순간이라도 헨리 해밀턴이라는 이름을 떠올릴 겨를이 없었다.

"안녕하세요, 클레어. 세인트 주드의 헨리입니다. 주말에 브라이턴에 있는 친구들을 만나러 가는데요, 혹시 식사라도 같이 할 수 있을까 해서요. 맙소사, 이런 말 하려니 너무 떨리네요. 원치 않으시면 그냥 그렇다고 말씀하시거나 이 메시지는 무시하셔도 좋습니다. 하지만 허락해주셨으면 좋겠어요. 아, 너무 횡설수설하고 있네요. 괜찮으시면 문자 주세요. 그러길 바라고 있겠습니다."

나는 도서관에 앉아서 조지를 기다리며 마치 전화기가 어떻게 해주기라도 바라는 양 화면을 들여다보기만 한다. 다음 순간, 나는 후회할 겨를도 없이 자판을 두들겨 문자를 보낸다. "좋아요. 언제, 어디서 볼까요? C."

문이 열리고 조지가 친구와 함께 들어온다. 나는 저 애를 보는 게 달갑지 않다. 패트릭 오리어리.

"안녕, 엄마. 내가 늦었나?" 조지가 말한다.

"안녕하세요, 캐시디 선생님." 패트릭이 나를 보고 히죽 웃는다.

"안녕, 패트릭." 나는 차갑게 인사한다. "안녕, 조지. 아니, 괜찮아. 그냥 메시지 좀 확인하고 있었어."

"아, 젊은 사람들처럼 젊은이 전화를 쓰네요." 패트릭이 말한다.

나는 그 애 말을 무시한다. "갈 준비 됐니, 조지?" 패트릭은 주차장까지 우리를 따라와서 내가 가방을 트렁크에 넣는 동안 옆에 서 있다.

"태워줄까?" 조지가 그에게 묻는다. 어째서 갑자기 이런 배려와

예의를 발휘하는 걸까? 나는 전혀 마음에 들지 않는다. 패트릭이 거절하길 바란다.

"아니, 괜찮아. 나 자전거 타고 왔거든."

내가 차에 시동을 걸어 빠져나가는 동안, 그 애는 여전히 주차장에 서 있다. 우리를 보면서.

23장

나는 일주일 내내 조지 옆에 붙어 있다. 수요일 아침에는 경찰서에서 조지의 지문과 필적 견본을 채취한다. 제복 입은 여경이 온갖 절차를 자세히 설명해준다. 하빈더와 닐에게는 결여된 사교술이 있는 경찰이다. 사실상, 이 순경은 꽤 동정을 보이기까지 했다. 학교와 개 이야기, 크리스마스에는 눈이 올까요, 같은 화제까지 늘어놓아서 나는 컴퓨터가 있는 작은 칸막이 방에 앉아 죄다 털어놓고 싶은 기분까지 든다. 릭과 헨리 해밀턴에 대해, 포스코 백작을 사칭해서 내 일기에 글을 쓴 자에 대해, 그리고 사이먼이 이 상황을 이용해서 내게서 조지를 영원히 데려가 버릴까 두렵다는 이야기까지. 하지만 하지 않는다. 나는 유쾌하게 올리비아 그랜트 순경과 잡담을 나누고 역한 커피를 홀짝이며, 조지가 '지옥은 비었다'라는 문장을 라이먼 사에서 나온 줄 쳐진 메모지에 쓰는 모습을 바라본다.

주말에 사이먼이 런던에서 차를 가져와 학교에서 조지를 태우고 간다. 사이먼을 보니 기분이 언짢아진다. 그가 안내 데스크 앞에서 기다리며 자동차 열쇠를 쩔렁이는 모습, 세상 피곤하다는 듯이 한숨지으며 인사하더니 자기가 요새 바빠서 "미치겠는데" 오늘 오후 일을 빼먹고 왔다느니 하는 소리를 늘어놓는 꼴이 보기 싫다.(이게 십대들이 부르는 식인 식물에 대한 노래를 무급으로 두 시간 동안 듣고 있어야 하는 사람에게 할 말인가?) 하지만, 조지가 제 아버지 등 뒤로 내게 눈을 치켜뜨면서 함께 정문을 나가는 모습을 보고 있노라니 이번 주 들어 처음으로 두통이 가시는 기분이 든다. 이제 나 자신만 잘 지키면 될 테니까.

집에 돌아가니 경찰차가 집 밖에 세워져 있다. 그들을 아는 척해도 되는지 알 수 없어서 살짝 손을 흔드는 쪽으로 타협한다. 허버트는 그런 제약이 없으니 따로 표시가 안 된 차에 뛰어가서 날카롭게 짖는다. 나는 개를 집 안으로 끌어들인다. 그 후 이중으로 문을 잠그고, 커튼을 내리고 와인 한 잔을 따른다. 세 잔을 마신 후에는 밥 생각도 하지 않았음을 깨닫고 토스트를 만든다. 잠이 오지 않을까 걱정된다. 목요일에는 정신이 무너져서 새 일기장을 샀다. '기자 수첩'이라고 쓰인 실용적인 메모장이다. 내가 새벽까지 깨어 글을 쓰고 또 쓰는 모습을 상상해본다. 하지만 술이 효과가 있어서, 나는 침대에 들자마자 곧장 잠에 빠진다. 3시에 깨어 보니 허버트가 창문을 보며 나지막이 으르렁거리고 있다. 그 후로 다시 잠들기까지 한참이 걸린다.

토요일은 하루가 길다. 나는 8시 30분에 치체스터에서 헨리를 만날 예정이지만, 벌써 정오에 이런저런 옷을 입어보며 무엇을 입을까 고민한다. 너무 열심인 티는 내고 싶지 않지만, 너무 대충 입은 것처럼 보이고 싶지도 않다. 검은 치마는 너무 학교 선생 같고, 회색 카디건은 너무 엄마 같다. 결국 검은 바지와 살짝 비치는 셔츠로 타협을 본다. 굽이 약간 있는(키가 큰 사람과 데이트할 때의 이점) 스웨이드 부츠를 시험해보려고 이걸 신고 허버트와 함께 산책을 나간다. 경찰차가 여전히 같은 자리에 있지만, 저 차량의 주인들은 햄버거를 먹으며 건성으로 시시덕대고 있지 않을까 짐작해본다.

"칩 좀 줘."

"언제 갚을 건데?"

"입 닥치고 케첩이나 건네."

하지만 그들 옆을 지나칠 때 보니 둘 다 중년의 남성으로 돌처럼 무거운 침묵 속에 앉아 있다.

나는 헨리를 버터크로스 근처의 이탈리아 식당에서 만나기로 했다. 마을 한가운데에 있는 정교한 석조 구조물로, 한때는 옥내시장이 있던 자리다. 가까이 가자 창문 너머로 헨리의 모습이 보인다. 그는 안경을 쓰고 조금 놀란 표정으로 메뉴판을 읽고 있다. 내 기억보다 더 마르고, 앞에 놓인 촛불에 휩싸여 약간 시체처럼 창백해 보인다. 아주 한순간, 몸을 돌려 도망가고 싶다. 허버트가 있는 집, 안전한 곳으로 돌아가고 싶어진다. 그러는 대신 나는 두 손으로 머리를 쓸어 넘기고 스카프를 고쳐 맨 후 문을 연다.

"클레어!" 그가 일어설 때 머리가 전등에 닿는다.

"안녕하세요."

키스를 할지 말지 판단이 안 가는 어색한 순간이 있지만 결국 우리는 악수를 나누다가 초를 넘어뜨릴 뻔한다. 웨이터가 내 코트를 받아 가고 헨리는 술 한잔 하겠느냐고 묻는다.

"차 가져왔어요." 나는 말한다.

그는 '딱 한 잔만' 하라고 권하지 않지만, 어쨌든 나는 한 잔은 받는다. 헨리는 물을 마시고 있다.

"만나줘서 정말 고마워요." 그는 말한다.

나는 사교생활이라고는 아예 모르는 한심한 외톨이처럼 들리지 않길 바라며 말한다. "밖에 나오니 좋네요."

웨이터가 오자 헨리가 세심하게 전채와 메인 요리를 주문한다. 나는 배가 별로 고프지 않고, 그저 샐러드 하나로 충분히 버틸 수 있을 것 같다. 나는 사이먼이라면 엄청 화를 냈을지도 모를 태도로 우물쭈물한다. 결국 프로슈토 멜론과 푸타네스카 파스타를 주문한다.

"전 이탈리아 음식을 좋아합니다." 헨리가 말한다. "하지만 이 식당은 미덥지가 않네요. 웨이터는 러시아 출신이고, 셰프는 알바니아에서 온 것 같아요."

"어떻게 알았어요?" 나는 웃으며 묻는다.

"물어봤죠." 그는 놀란 표정을 지으며 말한다. 나는 헨리가 사람들에게 '라구'를 어떻게 만드는지 물어보는 미식가는 아니기를 바란다. 사이먼은 플뢰르랑 결혼한 이후 정말로 지겨운 미식가가 되어버렸다. 조지 말로는 두 사람은 밸런타인데이 선물로 포르치니 버섯을 주고받는단다.

"조지아는 어떻게 지냅니까?" 웨이터가 메뉴판을 다 치우자 그가 묻는다.

"이번 주말에는 아빠와 지내러 갔어요. 우리는 이혼했거든요." 나는 헨리가 나의 결혼에 대해 한 번도 묻지 않았음을 깨닫는다. 이 사람이 아주 점잖은 의도로 나를 만났기 때문일까? 그냥 홀랜드에 대해 편안하게 대화를 나누고 싶었던 걸까?

"이혼한 지는 얼마나 되셨습니까?"

"5년요." 나는 공백을 그가 알아서 채우도록 놔두기로 한다. 고맙게도 그는 그렇게 한다.

"저는 10년 됐습니다. 하지만 더 길게 느껴지네요."

"어릴 때 결혼하셨겠네요."

"대학에서 만났습니다." 그는 말한다. "어쩌면 가정환경의 문제일 수도 있을 것 같아요. 제 형들은 둘 다 이십대 초반에 결혼했거든요. 저는 스물다섯에 했으니 꽤 늦었다고 느꼈죠. 샌드라도 마찬가지였습니다. 그 사람도 노동계급 출신이었어요. 샌드라 어머니는 벌써 자기 딸이 혼기를 놓쳤다는 암시를 하곤 했죠. 정말 믿을 수 없는 일이죠. 고작 90년대였는데 1890년대처럼 여겨지네요."

"저도 사이먼을 대학에서 만났어요. 우리는 친구들 중에서 맨 먼저 결혼했죠. 무슨 생각으로 그랬는지 모르겠네요."

"저는 알 것 같은데요. 제 아들은 이미 오래 사귄 여자 친구가 있는데, 저는 '맙소사, 아직 결혼만은 하지 마라', 이렇게 말하고 싶다니까요. 물론 실제로 그런 말을 하진 않지만요."

"아이는 몇 명이세요?"

"아들만 둘입니다. 프레디와 루크죠. 프레디는 더럼에서 수학을 공부해요. 루크는 식스폼에서 입시 준비하고. 여자 친구가 있는 애가 작은애죠."

"조지도 남자 친구가 있어요." 나는 말한다. "여섯 살이 많죠. 저는 그 애 나이에 연애하는 게 달갑지 않지만, 말씀하신 대로 애들에게 충고해봤자 소용없죠. 스스로 깨닫도록 놔둘 수밖에요."

주문한 전채 요리가 도착한다. 헨리는 자기가 뭘 먹고 있는지 정말로 알아차리지도 못한 채 포크로 살라미를 찍는다. 이탈리아 남부 칼라브리아에서는 행복한 돼지로 살라미를 만든다는 소리를 늘어놓는 것보다야 훨씬 낫다.

"그러면, 홀랜드의 수수께끼에는 진전이 있었습니까?" 그가 말한다.

"어느 쪽요?" 나는 묻는다. 순간 내 인생에 너무 많은 수수께끼가 있어서, 헨리가 찾아낸 편지의 무엇이 그리도 흥미로웠는지 전혀 기억나지 않는다. 홀랜드가 아내를 죽였다는 설일까, 아니면 딸을 죽였다는 설일까?

"마리아나요." 헨리가 말한다. "편지에 수수께끼 같은 딸이 언급돼 있잖습니까. 죽은 것으로 보이지만 무덤이 없었던 딸."

"아, 그래요." 나는 말한다. "아뇨, 더 찾아볼 수가 없었어요. 사실은……."

나는 망설인다. 엘라 살인 사건에 대해 말해야 할 시점이다. 그래서 요새 정신이 산만했다고 설명해야 한다. 하지만 그러고 싶지 않다. "무슨 일이 일어났을지 몰라"라든가, "경찰은 뭐 하고 있대" 같은 이야기를 하지 않아도 되는 사람을 만난 것이 무척이나 좋다. 하지만 그가 알고 있는데 내가 언급을 안 하면, 나는 좋게 봐도 냉정한 사람이고, 최악의 경우에는 의심스러운 인간이 될 것이다.

"사실은," 나는 입을 연다. "직장에서 힘든 일이 있어요. 우리 모두 너무 심란해서……. 동료가, 제 친구가 몇 주 전에 죽었거든요."

"안타깝습니다." 헨리가 말한다. "친구분이 어떻게 돌아가셨죠?"

"살해당했어요." 나도 모르게 눈에 눈물이 차오를까 두렵다.

헨리는 차분하고 친절한 눈으로 나를 바라보고 있다. "참 끔찍한 사건이군요. 지금 더 이야기하고 싶으세요, 아니면 하룻밤은 쉬고 싶으세요?"

나는 너무 안도해서 소리 내어 웃어버릴 뻔한다. 나는 마스카라가 흘러내리지 않길 바라며 눈을 닦는다. "하룻밤은 쉬고 싶네요."

그래서 우리는 책과 음악과, 텔레비전 각색이 원작만큼 좋은지에 대해 이야기한다. 그는 BBC에서 방영한 〈전쟁과 평화〉는 좋았다고 한다. 나는 너무 평화가 많지 않나 생각했다고 말한다.

"대부분의 사람은 전쟁 장면은 건너뛰거든요." 그는 말한다.

"그게 제일 좋은 장면인데요. 저는 나타샤와 피에르가 어떻게 되든 말든 관심 없었어요."

"냉정한 여성이군요."

"그런 것 같네요."

내가 주문한 프로슈토는 질기고, 파스타는 너무 짜지만 신경 쓰지 않는다. 잘생긴 남자와 식당에 함께 앉아 톨스토이 이야기를 하고 있자니 정말 좋다. 그리고 헨리가 잘생겼음을, 나는 파스타를 먹을 때쯤 깨닫는다. 어째서 이걸 깨닫기까지 그렇게 오래 걸렸는지 모르겠다.

커피를 마시며, 그가 학교에 대해 묻는다.

"R.M. 홀랜드의 방이 있다는 생각에 매료되는데요."

"딱히 볼거리는 없어요." 나는 말한다. "우리는 학교의 옛 구역을 수업에 쓰지만 학생 수가 많은 수업에는 좀 불편해요. 하지만 교사 도서실이 거기 있고 식당과 예배당도 있죠. 예배당은 1920년에 지어 새 건물인 편인데요, 꽤나 아르누보 스타일에 키치적이죠.

261

손을 대지 않은 유일한 방은 홀랜드의 서재예요. 나선형 계단 위에
있고 그의 책과 사진들이 고스란히 보관돼 있어요. 우리는 가끔 성
인교육반 수강생들을 거기로 데려가기도 해요. 물론 우리 학생들
은 출입금지예요."

"나도 보고 싶은데요." 그가 말한다.

"언젠가 보여드리지요." 나는 말한다. "나한테 열쇠가 있으니까
요." 물론 서재 열쇠가 있지만, 어제는 연극 연습을 마친 후에 학교
문을 잠가야 해서 학교 열쇠도 갖고 있다.

"지금은 어떻습니까?" 헨리가 묻는다. "여기서 나가면요?"

농담인지 아닌지 알 수가 없다. 헨리와 함께 빈 학교로 들어간다
생각하니 솔직히 어떤 기분인지 알 수 없는 상반된 감정이 차오른
다. 낭만적일까? 소름 끼칠까? 이상할까? 아니면 그저 모험일까?
그때 나는 기억해낸다. 정말로 잊고 있었던 것처럼. 살인자일지도
모르는 낯선 사람이 내 일기장에 글을 쓰고 있었다는 사실을. 나는
집으로 가서 문을 걸어 잠근 다음 개를 껴안고 밤을 보내야 한다.

"진심이에요?" 나는 묻는다.

"그러면 재미있을 것 같다고 생각했죠." 그가 말한다. "당신과
단둘이 있고 싶기도 하고."

우리는 서로를 바라본다. 그의 눈 색깔은 무척 짙어서 거의 검은
색이다.

"개를 데리러 가야 해요."

"물론이죠. 이해합니다."

그가 너무 빨리 항복해버려서 나는 마음을 바꾼다. 안 될 것도
없겠지? 나는 생각한다. 모험이 되기는 할 거야. 낭만적일 수도 있

어, 누가 알겠어? 나는 갑자기 우리 둘이 홀랜드의 서재에 있는 장의자에서 섹스를 나누는 환영을 본다. 이렇게 미성년자 관람불가급 환상을 즐길 만반의 준비가 된 나 자신에게 놀란다. 심지어, 아무리 짧다고 해도 릭과 자볼까 생각했을 때도 실제 행동은 내 마음속에서 베일이 씌워진 채로 가려져 있었다. 기껏해야 15세 등급이었다.

헨리는 자기가 돈을 내겠다고 우기고 나는 딱히 이의를 제기하지 않는다. 우리는 서리 내린 야외로 나가 주차장으로 걸어간다. 각자 자기 차로 이동할 거라는 사실에 안도감을 느낀다. 적어도 그럴 필요가 있다면 탈출할 수 있으니까. 그때 생각한다. 어째서 나는 탈출을 계획하는 거지?

"내가 뒤에서 따라갈게요." 그가 말한다.

"길이 구불구불해요. 내비게이션을 쓰세요." 나는 경고한다.

길은 이리저리 구부러지고 매우 어둡다. 조각달이 떠 있지만, 구름 속으로 들어가 한순간 유령 같은 미소를 짓다가 다음 순간 완전히 사라진다. 시골길을 타고 얼어붙은 들판과 혼백 같은 나무들을 지나는 동안 내 차의 헤드라이트는 어둠을 거의 뚫어내지 못한다. 차 한 대, 사람 한 명 보이지 않는다. 홀랜드 하우스로 들어가는 차로가 제일 어둡다. 늘어진 나뭇가지가 차 지붕을 긁고 양옆에 돌사자가 버티고 있는 삭막하고 검은 정문이 불쑥 나타난다. 문에는 맹꽁이자물쇠가 걸려 있지만, 내겐 열쇠가 있다. 차에서 내리자 지프 같은 헨리의 검은 차가 바로 뒤따라 들어온다.

우리는 중앙 현관 바로 앞에 차를 세운다. 학생들이 주위에 있다면 금지된 행동이다. 문은 쉽게 열리고 나는 경보를 해제한다. 관리인이 갑자기 한밤 순찰을 해야겠다는 생각을 하지 않기만을 바라지만, 그의 음주 습관에 대한 소문이 사실이라면 지금쯤 텔레비전 앞에서 곯아떨어졌을 것이다.

우리는 계단을 오르고 나무 계단을 디디는 발소리가 갑작스레 무척 크게 울린다. **내 발소리를 듣지 말라, 이 발이 어느 방향으로 걷는지.*** 나는 머리 위에 달린 전등 스위치를 켜고 싶지 않아서 휴대전화 손전등 기능을 쓴다. 빛은 행사 안내문이나 오래된 초상화를 비춘다. 금테 액자 속, 오래전에 죽은 홀랜드 가문 사람들. 나는 앨리스와 죽음의 추락을 생각한다. 이제 앨리스의 유령을 보기에 완벽한 타이밍이다. 하지만 건물 안에는 아무 기척도 없다.

우리는 2층 복도를 걸어 잠긴 문을 지나고 빈 창문들을 스쳐간다. 나선형 계단에 이르러 나는 두 번째 열쇠 꾸러미를 꺼내려고 멈춘다.

"클레어." 헨리가 말한다. 나는 뒤돌아선다. 그는 나를 자기 쪽으로 끌어당겨 키스한다.

내 인생에서 가장 좋았던 키스 중 하나다. 길고 정열이 넘치는 키스. 그의 두 손은 내 머리카락 속을 더듬고 그의 몸이 내 몸을 누른다. 그렇게 될까, 나는 생각한다. 우리는 섹스를 하게 될까? 확실히 성인 둘이 섹스를 하지 않을 작정이라면 이렇게 키스할 수 있을까?

몇 시간처럼 느껴진 순간이 지나서 나는 몸을 떼고 약간 헐떡이는 소리로 말한다. "서재예요."

---

* 「맥베스」 2막 1장에 나오는 구절.

"서재군요." 그가 말한다. 그가 미소 지을 때 치아가 어슴푸레 빛난다.

우리는 계단을 올라간다. 나는 한 손에 열쇠를 들고 있지만, 살짝 열려 있는 문이 보인다. 문을 밀어서 연다.

의자에 앉아 있는 마네킹은 각오가 됐다. 헨리에게 경고를 해두었고 나 자신도 충격을 받지 않도록 새삼 기억해두었다. 하지만 책상 앞에 맥없이 기댄 형체에는 각오가 돼 있지 않았다. 그의 얼굴이 갑작스레 들어온 달빛에 비친다.

릭이다. 심장에 칼이 꽂힌 릭.

물론 에브라히미의 죽음은 끔찍한 충격이었소. 손에 신문지 조각을 들고 서 있다가 내 방으로 가서 침대에 누워 바들바들 떨던 기억이 나는군. 누가 내게 이 운명적 내용이 담긴 신문을 보냈을까? 누가 그렇게 가늘고 기울어진 필체로 번역문을 썼을까? 그리고 누가 뒷면에 "지옥은 비었다"라는 문구를 썼을까? 바스티안일까? 아니면 콜린스? 불가능한 일 같지만, 그들 말고 누가 헬클럽과 그날 밤에 일어난 끔찍한 사건을 알고 있단 말인가?

나는 이후 며칠 동안 이런 의문들을 곰곰이 생각해보았소. 실로, 다른 생각은 거의 하지 않았지. 하지만 마침내, 공포를 밀쳐두고 내 삶을 계속 이어갔소. 결국, 내가 달리 뭘 할 수 있었겠소? 그리고 젊었을 때 나는 건강하고 힘이 있었다오. 이해하시겠지, 젊은 친구? 그래요, 이해하시는군. 젊음은 오만한 것이고, 응당 그러해야 하지. 에브라히미가 죽었다니 유감이긴 했소. 그리고 나는 친구 거전의 죽음을 진정으로 애도했지. 하지만 그들을 되살리기 위해 할 수 있는 일은 없었소. 그래서 나는 학업을 이어갔고, 심지어 젊은 숙녀, 내 지도 교수의 딸에게 구애하게 되었소. 그해 봄, 삶은 참 달콤했지. 내가 죽음의 징막에서 탈출했다 생각하면 한결 더 달콤하지 않았겠소. 당시에는 내가 탈출했다고 믿었으니까.

바람이 참 거세게도 울부짖는구려.

5부

하빈더

24장

침대에 있을 때 전화를 받았다. 자고 있지는 않았고, 휴대전화 화면을 두드리며 스크래블에서 글자를 움직이고 판다팝에서 풍선 몇 개 터트리고 페이스북에서 사람들의 어리석은 삶에 대한 글을 읽고 있었다. 그때 통제실에서 전화해서 탈가스 하이에서 시체가 발견되었다고 알렸다. 나는 즉시 일어나서 닐에게 학교에서 만나자고 문자를 보냈다.

아래층으로 반쯤 내려갔을 때, 엄마가 계단참에 나타났다. 잠옷 위에 아빠의 실내복 가운을 입고 있었다.

"어디 가는 거니, 히나?"

엄마도 내가 야광 경찰 재킷을 입은 것을 보았을 텐데. 설마 이러고 클럽 파티에 가겠어요.

"일하러 가죠." 나는 말했다. "새로운 사건이 발생해서."

"조심하렴." 엄마가 말했다.

"늘 조심하고 있는걸요." 나는 엄마가 할디 두드*를 한 병 만들어주겠다고 하기 전에 문밖으로 나왔다.

시포드를 벗어나자 도로에 얼음이 깔려 있었다. 나는 대담하게

---

* 끓인 우유에 강황을 섞은 인도 음료.

되도록 빨리 달렸다. 자정에 가까운 시각이었다. 탈가스 하이의 정문을 막 들어설 때 차의 시계가 약간 불길하게도 00.00으로 바뀌었다. 정복 순경이 돌사자 옆에 서 있었다(쿠시 오빠와 친구들이 한때 그 불알을 아주 밝은 파란색으로 칠한 적이 있었다).

"차에 타지." 나는 말했다. 그는 꽁꽁 얼었다. 사실, 사자와 같은 운명에 고통받고 있었는지도 몰랐다.

"감사합니다." 후배가 존경심을 표하면 늘 기분이 좋다.

나는 천천히 정문으로 들어갔다. 순경은 전화 신고가 11시 30분에 왔다고 말해주었다. "거의 히스테리를 일으킬 것 같은 여성이었습니다." 그녀는 학교에서 한 남자가 죽어 있다고 말했다. 당직 경찰이 전화를 받아 범죄수사국에 연락했는데, 더 아는 것은 없었다. 그의 상사는 내가 도착할 때까지 문 옆에서 대기하라는 명령을 내렸다.

문이 열렸다. 시체가 위층에 있다고 순경이 말해줄 필요도 없었다. 그럴 테니까. 나는 순경에게 홀에서 닐을 기다리라고 말하고, 한 번에 두 계단씩 올라갔다.

홀랜드의 서재로 곧장 갔고, 나선형 계단 발치에서 클레어 캐시디를 보고도 놀라지 않았다. 클레어는 다른 교실에서 가져온 것 같은 의자에 앉아 있었다. 여경 하나가 근처에서 서성이고 있었고, 내가 알 듯 말 듯한 경사 한 명이 다른 사람과 이야기하는 중이었다. 대화 상대는 아주 키가 큰 남자로 나는 모르는 사람이었다.

내가 다가가자 그들 모두 돌아섰다. 데릭 뭐라고 하는 경사가 말했다. "카우어 경사, 빨리 왔네요."

"근처에 살아요." 나는 말했다. "클레어, 여기서 보다니 정말 놀랄 일이네요."

클레어는 나를 돌아보았다. 얼굴이 무척 창백했지만, 눈은 마스카라와 스모키 아이라이너 때문에 검었고 살짝 흘러내렸다. 누구를 위해 화장을 했을까? 저 키다리 남자를 위해?

"캐시디 씨가 999에 전화를 걸었어요." 데릭 경사가 말했다. "사망한 남성은 계단 꼭대기에 있는 방에서 발견되었죠. 칼에 찔린 것 같고."

"현장 보존은 했어요? 과학수사대에 연락은 했고?"

"네. 오는 중이라는데."

"내가 한번 보죠."

나는 양탄자에 난 기이한 발자국을 밟으며 계단을 올랐다. 웃긴 일이었다. 이 방에 대해 그렇게 많은 이야기를 들었는데 한 번도 와본 적이 없다니. 문은 열려 있었고 나는 책상 앞에 앉은 남자를 보았다. 순간 이것이 클레어가 이전에 말한 마네킹이라고 생각했지만 다음 순간 릭 루이스라는 것을 알았다. 칼이 그의 가슴에서 삐죽 튀어나와 있고, 사후경직이 시작되고 있었다. 나는 현장을 오염시키고 싶지 않아서 방 안으로 더 들어가지는 않았다.

아래층으로 돌아가 보니 닐이 와 있었다. 그가 클레어에게 물 한 잔 마시겠느냐고 묻는 소리가 들렸다. 그렇지, 닐. 평소처럼 클레어에게 알랑거리라고.

"죽은 남자는 릭 루이스예요." 나는 경사와 이야기했다. "여기 교사죠. 자세한 신상은 경찰서의 파일에 있습니다. 가장 가까운 가족에게 알려야 할 텐데요."

"내가 맡죠." 그가 말했다. "내가 여기 있을 필요 없으면."

"없어요, 괜찮아요. 과학수사대를 기다리죠. 일단 먼저 목격자와 이야기를 하고 싶은데요. 여기 열려 있는 방이 또 있어요?"

"세 개의 문 아래에 교실이 하나 있어요." 여경이 말했다. "거기서 이 의자를 가져왔습니다."

"좋아요." 나는 말했다. "닐과 나는 캐시디 씨와 이야기해보죠. 그쪽은……"

"질 먼로 순경입니다."

"먼로 순경, 혹시 여기 이분과……?" 나는 키 큰 남자를 보았고, 그는 "헨리 해밀턴"이라고 말했다. 내가 기대한 것과는 달리 목소리에 북부 억양이 있었다. 컴브리아 쪽이라고 나는 생각했다. 그는 비싸 보이는 신발, 진적색의 가죽 구두를 신었다.

닐과 나는 클레어를 빈 교실로 안내했다.

"이거 오래 걸릴까요?" 클레어가 물었다. "허버트 때문에 집에 가봐야 하는데."

"따님은 어쩌고요?"

"애 아빠 집에 갔어요."

그래서 남자 친구를 만날 수 있게 주말을 비웠단 말이지, 나는 생각했다.

"되도록 빨리 하겠습니다." 나는 말했다. "하지만 경찰서에 돌아가서 질문을 몇 개 더 해야 할 겁니다."

클레어는 시선을 닐에게로 옮겼다. "물 한잔 마실 수 있을까요?"

나는 한숨을 지었다. 대체 이런 데서 어떻게 물이나 잔을 찾아낸단 말인지. 식당은 분명 잠겼을 것이다. 하지만 닐은 밖으로 나가 플라스틱 병을 들고 돌아왔다. 나는 먼로 순경의 것이리라 생각했다. 클레어는 혐오스럽다는 듯이 병을 쳐다보더니, 조금 마셨다.

"그래서," 나는 말했다. "한밤에 우연히 텅 빈 학교에 계셨군요?"

클레어는 나를 적대적인 눈길로 쏘아봤지만, 차분하고 단조로운 목소리로 대답했다. "헨리에게 홀랜드의 서재를 보여주고 싶었어요."

"물론 그러셨겠죠."

"치체스터에 식사하러 나갔었어요. 홀랜드에 대한 이야기를 했죠."

아, 그렇군, 나는 생각했다. 클레어가 편안히 지식 자랑이나 하려고 이처럼 옷을 차려입진 않았을 텐데. 클레어는 빨간 코트를 입었는데, 그 아래로 하늘하늘한 블라우스가 보였고 장신구도 주렁주렁 달았다. 하이힐도 신고 있었다. 섹스를 하고 싶어서 학교로 침입하다니 이 여자에 대한 나의 인식이 바뀌었다. 특히, 완벽하게 쓸 만한 침대가 있는 빈 집을 두고 왔음을 생각해보면. 결국 이 여자도 죽은 생선처럼 냉담하지만은 않은 것이다.

"해밀턴 씨하고는 어떻게 아는 사이시죠?" 나는 온라인으로 만났을 거라고 자신했으나 클레어는 케임브리지에서 만났다고 말했다. 그가 어쩌다 홀랜드가 쓴 편지를 입수했고, 클레어가 관심 있을지도 모른다고 생각했다 한다. 그렇다 해도 그녀가 빈 학교에서 그와 재미를 보려 했다는 사실은 바뀌지 않는다.

"학교에 도착했을 때 본 사람 있습니까?" 나는 물었다. "관리인이라도?"

"아뇨, 열쇠가 있었습니다." 클레어가 대답했다. "데이브를 깨우고 싶지 않았어요."

"뭐, 그럼 지금 깨우는 편이 났겠군요." 나는 아래층 순경에게 말해야겠다고 머릿속에 새겨두었다. 데이브가 손전등 불빛을 보지 못했다니 놀라웠다.

"여기 와서는 뭘 했습니까?" 나는 물었다.

"곧장 여기로 올라왔습니다." 클레어가 말했다. "헨리는 서재를 보고 싶다고 했습니다. 우리가 들어왔을 때 본 것이……." 클레어는 떨리는 손으로 물을 한 모금 더 마셨다.

"루이스 씨를 곧장 알아봤습니까?"

"네." 속삭이는 목소리.

"누가 이런 짓을 했을지 짐작 가는 사람이라도?"

클레어는 마스카라가 번진 눈을 크게 뜨며 나를 보았다. "그 사람이에요. 내 일기에 글을 쓴 사람."

나는 경찰서에 가서 제대로 된 신문을 하고 싶었기에 더는 질문하지 않았다. 나는 클레어가 불쌍한 개를 산책시키고 먹이를 줄 수 있게 멀로 순경을 딸려서 집으로 보냈다. 닐과 나는 헨리 해밀턴과 이야기를 나누었다. 그는 이 모든 일이 다소 부끄러운 눈치였다. 애초에 클레어를 만난 일, 한밤에 학교로 숨어든 일, 시체를 발견한 일까지. 나는 그의 주소를 받아 적고 오늘 밤 어디에 묵느냐고 물었다.

"브라이턴의 로열 알비온에 묵습니다."

또 하나의 완벽한 침대가 있었는데, 임자 없이 비었네.

276

"이제 돌아가도 좋습니다." 나는 말했다. "하지만 내일 아침 맨먼저 이야기를 나눠야 할 것 같습니다."

"이미 오늘인데요." 그가 말했다.

나는 시계를 보았다. 1시에 가까웠다.

"9시까지 서에 와주실 수 있겠습니까? 윈스턴 경사가 주소를줄 겁니다."

"물론이죠." 헨리는 일어섰다. 그는 정말 바보같이 보일 정도로키가 컸다. 무슨 말이라도 하고 싶은지 나와 닐을 번갈아 보며 진적색 구두를 신은 발을 움찔거렸다.

마침내 그가 말했다. "클레어는……."

"클레어에게 무슨 일이라도?" 나도 일어섰다. 그래봤자 키 차이가 그닥 줄어들 리도 없지만.

"경찰들을 보니까…… 설마 그럴 리는 없겠지만…… 당신들이클레어를 무슨 혐의로든 의심하고 있는 것은 아니겠지요?"

"캐시디 씨는 주요 증인입니다." 나는 말했다. "해밀턴 씨도 그렇지요."

"혹시 클레어를 의심하시는 겁니까?" 닐이 물었다. 무척 좋은질문이다.

그는 자신 없이 웃었다. "맙소사, 설마요. 저는 클레어를 잘 모릅니다. 하지만 너무도……."

딱 맞는 용의자가 아니냐는 거겠지, 나는 생각했다.

"지금은 호텔로 돌아가셔도 됩니다." 나는 말했다. "일단 휴식을취하십시오. 몇 시간 후에 뵙겠습니다."

제복 순경 리 파슨스가 관리인을 불러왔다. 데이브 배너먼은 쉰 살 정도 된 단정치 못한 남자로 깊은 잠에 빠져(어쩌면 알코올 효과로) 있었음이 분명했다. 나는 데이브에게 오늘 밤 학교에서 뭔가 보거나 들은 게 없느냐고 물었다.

"아뇨." 그는 말했다. "9시에 마지막 순찰을 돌았는데. 전혀 이상 없었는데요."

나는 관리인이 부지 안 작은 집에 산다는 것을 알았다. 내가 학교 다닐 때는 퍼비 피트가 여자애들을 사탕으로 꾀어서 거기로 데려간다는 소문이 있었다. 그때는 그런 종류의 일들을 웃기다고 여겼더랬다.

"9시 이후에는 뭘 하셨습니까?"

"텔레비전을 봤죠, 맥주 한 캔 마시고."

아니면 세 캔쯤 땄겠지, 나는 생각했다.

"뭘 봤습니까?" 닐이 물었다.

"넷플릭스에 있는 거요. 뭔지 기억 안 나는데."

이것이 요새 텔레비전의 문제다. 이전에는 누가 〈매치 오브 더 데이〉*를 끝까지 봤느냐 안 봤느냐에 따라서 행적을 파악할 수 있었다. 넷플릭스와 케이블 때문에 죄다 망해버렸다.

"클레어 캐시디가 열쇠를 가지고 있다는 사실을 아셨습니까?" 나는 물었다.

그는 고개를 끄덕였다. "네, 금요일에 연극 연습을 마친 후에 그 선생이 문을 잠갔거든요."

---

* 영국 텔레비전 스포츠 프로그램으로 하루의 프리미어 리그 경기를 요약해준다.

"열쇠를 돌려줘야 하지 않습니까?"

"엄밀히 말하면 그렇지요." 그는 어깨를 으쓱하며 말했다. "하지만 보통은 월요일까지 기다렸다가 줘서."

이곳의 학생 안전 보호 조치는 확실히 느슨했다. 토니 스위트먼에게 한마디 해야겠다.

"릭 루이스, 영어과 학과장은 언제 마지막으로 봤습니까?" 닐이 물었다.

데이브는 우리를 보고 눈을 깜박였다. "어째서 묻죠? 그 사람이……?"

"그냥 질문에 대답해주세요."

"금요일이었지 싶은데. 일과 마치고 퇴근하는 모습을 본 것 같아요. 네, 맞아요. 맨 나중에 나간 사람 중 하나였는데, 뒤에 남은 사람은 캐시디 선생하고 파머 선생뿐이었죠. 연극 연습을 맡아서. 올해에는 〈공포의 구멍가게〉를 한다더라고."

"스위트먼 교장 선생님은 어떻습니까?" 분명히 교장이 맨 나중에 퇴근해야 하는 거 아닌가. 가라앉는 배의 선장처럼?

가벼운 코웃음. "일찍 퇴근했수다. 아마도 주말에 어디 여행이라도 가는 게지."

"고맙습니다, 배너먼 씨." 나는 말했다. "내일 정식 진술을 해주셔야겠지만, 지금은 이걸로 됐습니다."

파슨스 순경이 관리인을 데리고 나갔다. 닐과 나는 빈 교실에 앉아 서로 바라보았다.

"어떻게 생각해?" 닐이 물었다. "같은 범인일까? 또 다른 쪽지 있었어?"

"쪽지는 못 봤는데." 나는 말했다. "있으면 과학수사대가 찾아내겠지. 하지만 같은 사람일 것 같아. 또 칼로 찔렀잖아. 일기에 글을 남긴 자가 해치울 사람이 더 있을 거라고도 했고."

"이 범인이 클레어의 일기에 글을 쓴 사람이라고 생각하는 거야?"

"클레어 본인이 아니라면 그렇겠지."

"필체가 다르잖아. 필적감정사가 그렇게 말했어."

"전문가라도 확실하다고 할 순 없지." 나는 말했다. "법정에서 효력이 없을 수도 있다고."

"클레어가 릭을 칼로 찌른 다음에 자기 이상형을 데리고 여기로 돌아왔다는 거야?"

"이상형? 대체 어느 시대에 사는 거야?"

"그 사람 이상적이던데. 나는 같이 온 남자 못 믿겠어."

"클레어가 죄다 조율해놓았을 수도 있지. 우리의 시선을 분산시키려고 여기 섹스하러 돌아온 척할 수도 있잖아."

"하지만 왜?" 닐이 말했다. "그냥 관리인, 이 불쌍한 인간이 월요일 아침에 시체를 발견하게 놔두지 않고?"

"관리인이 여기 올라온다면야 그렇겠지." 나는 말했다. "릭은 저 의자에 꽤 오래 앉아 있어야 했을 거라는 데 돈을 걸어도 좋아."

닐은 눈에 띌 정도로 몸을 바르르 떨었다. "하지만 어째서 클레어가 릭을 죽이는데?"

"릭이 클레어에게 마음이 있었고 심지어 스토킹도 했잖아. 어쩌면 이 자식에게 단단히 교훈을 주려고 했는지도 모르지."

"어째서 그러고 싶어 했는데?"

"뭐, 선생님이니까." 나는 말했다. "됐어, 서로 돌아가서 여자를 신문해보자고."

우리가 중앙 계단을 내려가는데 하얀 보호복을 입어 괴물처럼 몸이 퉁퉁 불어난 과학수사대가 위로 올라오고 있었다.

25장

도나가 양면 거울 뒤에서 지켜보는 가운데, 닐과 내가 클레어 캐시디를 신문했다. 클레어는 청바지와 두꺼운 남색 스웨터로 갈아입었다. 전투 화장을 지운 얼굴이지만, 눈꺼풀에 회색 새도를 살짝 발라서 창백하고 연약한 인상을 주려 하지 않았나 싶었다. 하지만 어쩌면 내가 부당하게 굴고 있는지도 모른다.

우리는 조심스레 그녀를 신문했다. 나는 변호사를 부르겠느냐고 물었지만, 클레어는 아니라고 했다. 그녀는 차분한 얼굴로 자리에 앉은 후 우리에게서 1~2센티미터 멀어지도록 의자를 움직여 공간 통제권을 확보했다. 우리는 뜨거운 음료를 권했으나 자기는 물병을 가져왔다고 했다. 재활용 가능한 병이라니, 환경에 대한 배려도 참 깊네. 클레어는 한 손에 병을 꼭 쥐었다.

나는 녹음 기록을 남기기 위해 나 자신과 닐을 소개하고, 클레어에게 간밤의 행적을 다 훑어달라고 했다. 클레어는 데이트 준비, 개 산책, 식당에서 헨리 해밀턴과 만난 일을 묘사했다. 두 사람이 먹은 음식이며 그가 계산한 것까지 기억해냈다.

"탈가스에 가자는 건 누구 생각이었습니까?" 나는 물었다.

"그 사람 생각이었어요." 클레어가 말했다. "우리는 홀랜드의 서재에 대해 이야기했는데, 그가 보고 싶다고 했어요. 처음에는 농담하는 줄 알았죠."

"하지만 결국 보러 갔잖아요." 나는 말했다. "한밤에 학교에 들어갔습니다. 아마도 보건과 안전 가이드라인을 모두 위배했겠죠. 왜 그랬습니까?"

"모르겠어요." 클레어는 어깨를 살짝 으쓱하고 말했다. "어쩌면 낭만적일지 모른다고 생각했던 것 같아요. 모험이라고."

"낭만적이라고요?" 나는 물었다. "무슨 뜻입니까?"

클레어는 커다란 눈을 내게 고정했다. "가끔 규칙을 깨면 신이 나잖아요."

"헨리와 섹스를 할 계획이었습니까?" 그렇다 한다면, 법정에서는 치명적으로 불리할 것이다. 배심원들은 성생활이 있는 여자를 싫어한다.

"저는 아무것도 계획하지 않았어요." 클레어는 말했다. "그저 재미있을지도 모른다고 생각했죠."

"재미라고요?"

"뭐, 그건 확실히 나의 착각이었네요."

나는 닐을 보았고, 그는 고분고분 방향을 바꿨다. "릭 루이스를 마지막으로 본 것은 언제입니까?"

"금요일 학교에서요. 나는 조지를 애 아빠에게 데려다주러 갔었죠. 말씀하신 대로 우리는 신변 안전에 주의를 기울이고 있으니까요. 내가 위층으로 다시 올라갈 때, 릭이 내려오고 있었어요. 그날 저녁 연극 연습이 있느냐고 해서 그렇다고 했죠. 그는 퇴근한다고 했고, 나는 좋은 주말 보내라고 말했습니다."

다만 곧장 퇴근하지 않은 거지, 나는 생각했다. 데이브 배너먼

283

말로는 맨 늦게 퇴근한 사람 중 하나라니까.

"어때 보였습니까? 평소 모습과 같던가요?"

"네. 평소와 다름없었어요. 물론 모든 이들이 엘라의 죽음 때문에 여전히 동요하고 있었지만."

클레어는 말을 멈추었다. 어쩌면 모두가 동요할 만한 또 다른 사망 소식을 금방 듣게 되리라는 사실을 떠올렸는지도 모른다. 점점 줄어가는 영어과 식구들.

"릭의 시체를 발견했을 때 뭘 하셨습니까?" 나는 물었다.

"비명을 질렀던 것 같아요. 헨리가 제 뒤에 있었죠. 그는 처음에는 무슨 일이 일어났는지 깨닫지 못했습니다. 마네킹 이야기는 이미 했거든요. 헨리는 그걸…… 그 사람을 마네킹으로 생각했던 것 같습니다."

"방 안으로 들어가셨나요? 뭔가 만지기라도? 이건 저희 감식반 업무에 중요한 사실입니다."

"들어가긴 했던 것 같아요. 네, 릭의 손을 만졌어요. 차갑더군요. 그래서 그 사람이 죽었다는 것을 알게 됐죠."

"헨리는 어땠습니까?"

"그 사람이 따라 들어왔던 것 같아요. 기억나지 않아요."

"다음에는 어떻게 하셨죠?"

"난 휴대전화를 손에 들고 있었어요. 손전등 기능을 쓰고 있었거든요. 999에 전화를 걸었어요. 경사님 명함은 없어서 바로 걸 수가 없었어요."

"그건 괜찮습니다." 나는 말했다. "경찰이 오기를 기다리는 동안에는 뭘 하셨죠?"

"헨리가 우리는 중앙 현관으로 가서 경찰을 기다려야 한다고 말했어요. 정문은 열어놓고 왔거든요. 저는 그 방에서 벗어날 수 있다는 것만으로도 기뻤어요."

"경찰이 응답하기까지 얼마나 걸렸습니까?"

"우리가 아래층에 내려가자마자 경찰이 왔어요. 그래서 현장을 보여주려고 다시 올라갔습니다. 내가 기절할 것 같아서, 여자 경찰관님이 의자를 가져다주었어요. 그때 경사님이 왔고."

경찰 신문실은 창문이 없지만, 나는 풍경을 감상하듯 시선을 돌렸다. "릭 루이스 씨를 죽였습니까?" 나는 물었다.

"아니요!" 고함에 가까웠지만, 교사의 목소리이기도 했다. 감히 그런 질문을 하다니! 충격받은 목소리.

"그 사람이 여전히 귀찮게 굴었습니까?" 닐은 동정 어린 목소리로 물었다. "집 밖에서 서성거렸어요? 괴롭혔습니까?"

"아뇨. 그건 한참 전에 끝난 일이에요. 여름 전에요."

"일기장에는 엘라와 릭이 질투난다고 썼던데요." 나는 말했다. "여전히 그런 기분이었습니까?"

"난 그런 기분을 느낀 적이 없어요." 클레어가 말했다. "그런 문장을 썼다는 것도 잊어버렸네요. 그저 순간이었어요. 일기라는 게 그렇잖아요. 순간에 느낀 감정의 스냅사진. 오래가지 않아요. 릭은 동료였습니다. 그 이상은 아니에요."

"그 사람을 좋아했습니까?"

클레어는 망설였다. "네, 좋은 상사였고, 좋은 교사였습니다. 아이들을 잘 챙겼죠." 클레어의 목소리가 처음으로 떨렸다.

"누가 릭을 죽였을지 혹시 짐작이라도 가십니까?" 닐이 물었다.

"말씀드렸잖아요. 내 일기에 글을 쓴 사람이라고. 그자가 말했잖아요. '이런 피조물들 중 하나는 이미 처리해버렸습니다. 이제 먹이를 찾아다니는 짐승처럼 다른 자들을 덮칠 겁니다.'"

"그 문장을 단어 하나하나 다 그대로 기억하고 있네요." 내가 말했다.

"난 인용구를 기억하는 데 재능이 있어요. 게다가 잊어버릴 만한 말이 아니잖아요."

"그럼 누가 그 글을 썼다고 생각하십니까?"

"전혀 모르겠습니다." 클레어는 약간 피곤하게 말했다.

나는 마이크에 대고 말했다. "신문 일시 중지하겠습니다."

"지난밤 그 사람들이 학교에 있었다는 데 뭔가 수상한 점이 있어?" 도나가 물었다. "그 여자가 릭을 죽일 수 있었을까?"

클레어가 안정을 위해 휴식을 취하는 동안 우리는 도나에게 서둘러 보고했다.

"릭이 죽어서 의자에 앉아 있는 것을 그들이 발견했다고 해밀턴이 증언했습니다." 나는 말했다. "물론 여자가 릭을 더 일찍 죽였을 수도 있지요. 사후 검시에서 사망 시각을 언제로 보느냐에 달려 있습니다."

"정말로 그 여자가 릭을 죽였을 수도 있다고 생각하는 거야? 왜?" 닐이 말했다.

"일기를 보면 릭 때문에 꽤 짜증이 난 것 같았어요." 나는 말했다.

"너도 나 때문에 자주 짜증 내지." 닐이 말했다. "그렇다고 네가 나를 죽이려 하진 않잖아."

아, '동기와 기회'라는 얘기지, 파트너라면서 이렇게 죽이 안 맞아서야. 하지만, 사실 닐의 말이 맞았다. 몇 달 전에 릭이 자기를 짝사랑했다거나, 채점지를 부당할 정도로 떠맡겼다 해서 클레어가 릭을 죽였다? 이건 상상하기 어려웠다.

"그 여자는 냉담한 사람이라며?" 도나가 말했다. "정말로 학교에서 남자 친구와 섹스를 하려고 했을까? 그런 일들이 일어난 후에도?"

클레어가 다시 신문실로 돌아왔고, 우리는 창문 너머로 그녀를 바라보았다. 클레어는 두 손으로 의자 팔걸이를 짚으며 앉았다. 대부분의 사람들이 그러하듯이 꼼지락대지도 않고, 휴대전화를 보지도 않았다. 그저 속을 가늠할 수 없는 얼굴로 앞을 똑바로 바라보았다.

"어쩌면, 위험을 감수한다고 생각하니 흥분되었나 보죠." 나는 딱 한 번 빈 교실에서 섹스를 해보려 했던 때를 떠올렸다. "클레어가 릭을 죽였을 것 같지는 않지만, 어쨌든 사건의 열쇠를 쥐고 있어요. 결국에는, 그 글이 저 여자 일기장에 쓰여 있었으니까."

"본인이 직접 쓴 게 아니라면 말이지." 도나가 말했다.

"필적감정사는 전혀 다른 사람이라고 판단했어요." 나는 말했다. "어쩌면 남자일지도 모른다고."

"확실히 이 사람에게는 뭔가 딱 떨어지지 않는 점이 있긴 하지." 도나가 말했다.

우리는 9시에 헨리 해밀턴을 신문했다. 그는 딱히 더 할 말이 없었지만, 닐의 질문에 클레어와 자고 싶었다는 점은 인정했다. 이외에는 달리 사건과 연결할 만한 점이 없었다. 릭을 만난 적도 없고, 그날 밤 이전에는 탈가스 하이에 간 적도 없었다.

우리는 토니 스위트먼에게 연락했다. 그는 주말 동안 스키를 타러 가서 동네에 없었다. 듣자 하니 그들은 "안시 호 근처에 있는 샬레 별장의 일정 지분"을 가지고 있으며, 거기에는 "올해 이른 눈"이 내렸다고 했다. 나는 그에게 곧장 서식스로 돌아와야 하며, 학교는 내일, 어쩌면 다음 주 내내 닫아야 할지도 모른다고 말했다.

"이사회에 연락을 해봐야 합니다."

"그럼 연락하시든가요."

그는 신음 소리 같은 것을 냈다. "이렇게 되면 우리 모두 끝장입니다. 제가 이렇게 개혁을 해냈는데."

이 자식은 정말 얼간이네. 나는 릭 살인 사건에서 이 남자는 철통같은 알리바이가 있다는 사실이 한편으로는 안타까웠다.

릭의 아내가 시체의 신원 확인을 해주었다. 가족 연락 담당관이 아직도 함께 있지만, 닐과 나는 오후에 데이지 루이스를 신문하고 싶었다. 정오 무렵, 우리는 살짝 힘이 빠지고 있었다. 닐이 나가서 햄버거와 칩을 사왔고 우리는 도나의 사무실에서 먹었다.

"언론에 낼 보도자료를 준비해야 해." 도나가 말했다. "벌써《헤럴드》에서 전화했더라. 지난밤에 손전등 불빛을 본 사람들이 있더라고."

"트위터에 떴어요." 닐은 휴대전화 화면을 스크롤하면서 말했다. "'@탈가스 뭔 일? 내가 다닌 학굔데 완전 쓰레기.'"

"누가 쓴 거야?" 나는 닐의 어깨를 넘겨다보며 말했다.

"폭시래디 어쩌고 하는 사람."

"그걸로 범위가 많이도 줄어들겠다."

"우리는 그저 한 남자가 시체로 발견되었다는 말만 할 거야." 도나가 말했다. "경찰이 조사 중이라고. 엘라의 사망과는 연관 짓지 말자고."

"그래도, 사람들이 알아서 연결할걸요." 내가 말했다.

"여기 좋은 게 있다." 닐은 여전히 트위터 타래를 보고 있었다. "'탈가스 유령 #흰옷 입은 여인일 수도.' 이건 빅 맥이라는 사람이 쓴 것." 그는 웃으며 햄버거를 크게 한입 베어 물었다.

나는 청바지에 손가락을 닦고 그의 전화를 받아들었다. "누가 답글 달았어. '흰옷 입은 여인이 스스로 복수를 한 거죠.'"

"그건 누가 쓴 거야?" 닐이 물었다.

"미스터 카터."

게리 카터는 가명을 쓰는 센스조차 없었다.

26장

우리는 3시에 데이지 루이스를 보러 갔다. 사람들 모두 실내에서 온갖 음식들을 차려놓고 일요일 점심을 즐기는지 동네가 조용했다.

"로스트비프." 닐이 말했다.

"닭고기 티카 마살라." 나는 그저 닐의 약을 올리려고 말했다. "그게 요즘 이 나라에서 가장 인기 있는 음식이잖아."

"우리 엄마의 요크셔 푸딩은 둘이 먹다 한 사람이 죽어도 모르지." 닐은 향수를 풀어놓는 노선을 택했다. "켈리는 그만큼은 못해."

"네가 직접 만들면 되지 않겠어? 켈리는 할 일도 많잖아. 릴리돌보거나 온갖 일들을 하는데."

"내가 요리는 해." 닐은 기분 상한 말투로 말했다. "너보다는 훨씬 많이 할 거다."

"네 말이 맞아." 나는 차 세울 데를 찾으려고 쇼어햄의 뒷골목을 비집고 들어갔다. "하지만 나는 적어도 엄마랑 같이 살 정도로는 머리가 있거든."

마침내 도서관 바깥에서 자리를 하나 찾았다. 엘라가 살았던 집 인근의, 미로 같은 좁은 길 쪽이었다. 두 피해자의 집이 무척 가깝다는 생각이 머리를 스쳤다.

문을 열어준 사람은 가족 연락 담당관으로, 매기 오하라라고 하는 쾌활한 여성이었다. 우리는 나중에 보고 사항을 두고 함께 이야기해야 할 것이다. 가족 담당관은 늘 피해자의 가족이 최악의 상황에 있을 때 보기 때문에 꽤 가치 있는 통찰을 한다. 매기는 우리를 구식 레인지 오븐과 잘 닦아놓은 나무 탁자가 있는 커다란 부엌으로 안내했다. 가족 부엌이네, 나는 생각했다. 다음 순간 루이스 부부에게 아이가 없다는 사실을 기억했다. 데이지는 일란성 쌍둥이처럼 보이는 다른 여자와 함께 탁자 앞에 앉아 있었다.

"이쪽은 내 동생 로렌이에요." 데이지가 말했다. "동생이 있어도 되겠죠?"

"물론이죠." 나는 말했다. "얼마나 상심이 크십니까, 루이스 부인."

부인은 대답 대신 침을 꿀꺽 삼키더니 이미 축축해진 휴지로 눈을 문질렀다.

"매기가 그러는데 부인께서 몇 가지 질문에 대답을 해주실 준비가 됐다고 해서요." 내가 말했다.

"매기가 참 친절하게 대해줬어요." 데이지는 돌아보는 듯 마는 듯했다.

"잘됐네요." 나는 말했다. "힘드시다는 거 압니다, 데이지. 하지만 우리는 이런 끔찍한 짓을 저지른 사람을 잡아야 하고 그러자면 빨리 움직여야 합니다. 그러니 기억하실 수 있는 거라면 모두 말해주세요. 무척 소중한 정보가 될 겁니다."

이건 기본 발언이지만 효과가 있는 듯했다. 데이지는 허리를 펴고 앉더니 휴지를 소매에 집어넣었다. 로렌이 우리에게 차나 커피를 드시겠느냐고 물었고, 닐과 나는 둘 다 커피를 요청했다. 닐은 몰라도, 나는 너무 피곤해서 눈꺼풀이 뒤집힐 것만 같았다.

"언제 마지막으로 릭을 보셨습니까?" 우리가 모두 음료를 받고 무슨 티파티 패러디처럼 탁자에 둘러앉자 내가 물었다.

"어제요." 데이지가 말했다. "우리는 그냥 〈스트릭트리 컴 댄싱〉을 봤어요." 물론 그러셨겠지. "그리고 BBC4에서 해주는 스웨덴 영화를 보려고 하는데, 릭이 휴대전화로 연락을 받더니 학교에 가봐야 한다고 하더라고요."

"토요일 저녁에요?" 나는 물었다. "보통 있는 일입니까?"

"아뇨." 데이지가 말했다. "제 말은, 그러니까 남편은 그전 주말에는 갔었습니다. 조사 준비인가 뭐 그런 일을 해야 한다면서. 하지만 이건 정말 뜬금없었어요. 그냥 전화를 받고 가야 한다고 했으니까요."

"누구에게서 전화가 왔는지는 아십니까?"

"토니였던 것 같아요. 교장."

하지만 토니는 놀러 가서 스키장에서 한창 즐기고 있었을 텐데. "남자 목소리였습니까?" 나는 물었다.

"듣지 못했어요." 데이지가 대답했다. "하지만 남자라고 짐작했었어요. 릭이 '그 남자'라고 말했던 것 같거든요."

릭의 과거 전력을 보건대, 이걸로 판단할 일은 아니었다.

"그다음에는 무슨 일이 있었습니까?"

"그저 저한테 키스하고 작별 인사를 했을 뿐이에요. 차 열쇠를 들고 나갔어요. 내가 잘 때나 들어올 거라고. 그래서 난······." 그녀의 얼굴이 구겨졌다. "자고 있는데 전화가 왔어요……."

로렌이 언니의 어깨를 두드렸다. "괜찮아, 데이스, 괜찮아."

릭 루이스의 차는 탈가스의 주차장에서 발견되었으므로 학교에 간 것은 사실이다. 전화한 사람은 누굴까? 〈스트릭트리 컴 댄싱〉은 8시에 끝나고, 클레어와 헨리는 11시에 도착했다. 그러면 누군가 릭을 살해하고 시신을 홀랜드의 서재에 세울 때까지 세 시간이 남는다. 방 안에는 핏자국이 보이지 않았으니, 나는 그가 다른 데서 살해되었을 거라고 추정했다. 릭 루이스는 키가 큰 남자였고, 꽤 말랐지만 나선형 계단으로 끌고 올라오기에는 엄청나게 힘들었을 것이다. 여자가 해낼 수 있을까? 클레어가? 이탈리아 음식을 8시 30분에 예약했으니 클레어가 탈가스에 가서 릭을 죽이고 치체스터까지 달려갈 순 있겠으나 시간이 너무 빠듯하다. 예쁜 옷에 핏자국 하나 없었다는 건 두말할 필요도 없다.

"전화가 왔을 때 릭은 언제 보였습니까?" 닐이 물었다.

"괜찮았어요. 어쩌면 약간 언짢았을지도 모르겠네요. 제 말은, 어쨌든 주말이었으니까요. 하지만 남편은 괜찮았어요. 제게 작별 키스도 해주었으니까요." 데이지는 마치 무언가를 증명해 보이기라도 하는 양 이 말을 반복했다. 뭐, 어쩌면 그럴 수도.

"데이지." 나는 탁자 위로 몸을 내밀며 말했다. "우리는 지금 릭의 사망이 엘라 엘픽의 사망 사건과 연관이 있다는 가설 아래 움직이고 있습니다. 릭이 엘라의 죽음을 두고 뭔가 이상하게 느껴지는 이야기를 하지 않았나요? 누가 그런 일로 자기랑 접촉하려 한다거나 하는 이야기요."

"접촉하려 한다고요?"

"편지라든가, 전화 통화라든가? 문자라든가요?"

"아뇨." 데이지는 고개를 저었다. "엘라가 죽은 일에 슬퍼하긴 했어요, 물론. 자기 밑에 있던 교사 중에서 가장 우수했으니까요. 하지만 릭은 엘라의 죽음에 대해선 아무것도 몰랐어요."

흥미로운 답변이었다. 내 질문은 그게 아니었으니까.

"릭은 엘라와 사이가 원만했습니까?" 나는 물었다.

"두 사람이 불륜을 저지르진 않았어요." 데이지가 말했다. "그런 뜻으로 물어보시는 거라면요. 저한테 물어보시면, 모두 그년의 잘못이라고 하겠어요."

"엘라요?"

"아뇨. 다른 쪽. 클레어 캐시디. 항상 릭에게 앙심을 품었으니까요."

내 집이 지척에서 유혹했으나, 닐을 경찰서까지 데려다줘야 했다. 경찰서에 이르자, 클레어의 일기를 가지고 가는 편이 나을지 모르겠다는 생각이 들었다. 감식실에서 이미 조사를 마쳤고, 만약 클레어가 정말로 사건의 열쇠라면, 저녁 내내 클레어의 내밀한 생각을 읽으며 시간을 보내는 것보다 더 좋은 일이 뭐가 있겠는가? 나는 데이지 루이스가 릭의 죽음을 두고 엘라가 아니라 클레어를 탓하는 것을 보고 놀랐다. 클레어를 심지어 "그년"이라고 했는데, 데이지 같은 여자가 쓰기에는 말이 좀 셌다. 클레어는 확실히 강렬한 감정을 일으키는 여자이기는 했다.

나는 천천히 집으로 돌아갔다. 너무 피곤해서 거의 술에 취한 느낌이 들었다. 집에 들어갔더니 엄마가 평소처럼 부엌에서 요리하고 있었고, 키안과 알리샤가 함께 있었다. 한편으로는 아비드와 카라가 애들을 엄마에게 다시 던져놓고 가버렸다는 게 화가 났지만, 늘 그렇듯이 조카들을 만날 수 있어서 좋았다. 특히 어리고 좋은 인상을 남기기에 만만한 아이들.

"하빈더 이모! 범인들 체포하고 왔어?"

"누구 죽였어?"

"슬프게도 안 죽였어." 나는 식탁에 앉아서 밥을 먹기 시작했다. 엄마 집에서는 메인 요리를 기다리는 동안에도 먹을 수 있는 간식 뷔페가 있다. 사모사, 바지아, 로티, 그리고 내가 제일 좋아하는 파라타.*

"너희 엄마랑 아빠는 어디 갔어?" 나는 알리샤에게 물었다. 아이는 와서 내 무릎에 앉았다. 다섯 살이니, 아직 그럴 만큼 어리다. 키안은 일곱 살이라서, 서서히 거리를 두기 시작했지만 그래도 아직 내 관심을 받고 싶어서 태극권 시범을 보이고 있었다.

"영화 보러 간대. 엄마 아빠 데이트 하는 밤이라고." 키안은 팔을 뻗으면서 말했다.

"결혼해도 연애하는 것처럼 살면 얼마나 좋으니. 애들 없이 시간도 보내고 그래야지." 엄마는 반죽을 하고, 재료를 다지고, 튀기는 작업을 동시에 하면서 말했다.

"〈오레오 특급 살인〉 보러 갔어." 알리샤가 말했다. "애들 보기엔 안 좋은 영화래."

---

* '사모사'는 작은 인도식 만두, '바지아'는 야채 튀김, '로티'는 발효하지 않은 빵, '파라타'는 껍질을 바삭하게 구운 빵이다.

"안 좋아 보이긴 한다. 이제 고모는 가서 일을 좀 해야 해." 나는 아이를 내려놓고 일어섰다.

"밤을 새우고 왔잖니." 엄마가 말했다. "좀 쉬어라. 애들이랑 컴퓨터게임도 하고."

"그래! 그랜드 태프트 오토Grand Theft Auto!" 키안이 소리쳤다.

"그것도 애들한텐 좋지 않은 것 같은데. 이리 와. 저기 가서 영화나 보자." 나는 말했다.

나는 〈해리 포터와 비밀의 방〉이 상영되는 동안 쿨쿨 잤다. 누가 거대한 이빨로 일기장을 찌르는 장면이 나올 때만 잠에서 깼다. 피인지 잉크인지 모를 것이 책장에 흘러내려 기분이 나빠졌지만, 알리샤와 키안에게는 별다른 효과가 없었던 것 같다. 아빠가 들어와서 평소처럼 간지럼 괴물이 가구들을 뒤집는 놀이를 보여주고 있었기 때문일 수도 있다. 나는 애들은 거기 맡겨두고 몰래 위층 내 방으로 왔다.

업무용 가방을 침대에 던져두었지만 나는 책상 앞 의자에 앉았다. 다시 잠에 빠지면 치명적일 것 같았다. 45세, 클레어 캐시디의 비밀 일기를 열람하기 전에 전화부터 해야 했다.

"여보세요?" 게리는 틀림없이 내 이름이 전화기에 떴을 텐데도 경계하듯이 물었다.

"안녕, 게리. 어떻게 지냈어?"

"괜찮아. 학교에서 무슨 일이 있는 거야? 그래서 너 전화했니?"

"어떤 면으로는." 나는 말했다. "네가 트위터에 쓴 거 봤어. 흰옷 입은 여인에 대해."

잠시 침묵이 흐른 후 게리가 말했다. "네가 트위터 하는 줄 몰랐다." 요점을 너무나 벗어난 말이라서 나는 웃을 뻔했다.

"나는 안 해. 내 파트너가 하지. 직장 파트너." 나는 재빨리 덧붙였다. "경찰들이 그런 걸 다 확인한다는 사실, 너도 알아둬라."

"그렇지만 나 잘못된 말은 하나도 쓰지 않았는데."

"안 썼어. 하지만 흰옷 입은 여인이 스스로 복수를 했다는 게 무슨 의미야?"

다시 한 번 침묵. 이번에는 더 길었으며 거친 숨소리가 끼어들었다. "내 말 뜻은…… 사람이 죽었다면……."

"누가 사람이 죽었대?"

"사람들이 그러던데. 누가 학교에서 죽었다고." 게리는 거의 경악하는 목소리로 말했다.

"누가 그런 말을 했냐고."

침묵.

"야, 게리. 너 나한테는 말해야 해."

"내 동료인 체육 교사 알렌." 마침내 게리가 말했다. "관리인 데이브한테 들었대. 두 사람이 일요 축구 같이 한다더라."

나는 데이브가 축구를 할 정도로 건강하다는 사실에 놀랐지만, 사람들이 부풀어 오른 체육복 차림으로 가끔 공원 주위에서 비틀대며 구르는 것을 본 기억이 났다. 하마터면 응급소생술을 실시하기 위해 구급요원들을 부를 뻔했다.

"그 사람 그런 이야기 하고 다니면 안 되는데." 내가 말했다.

"나 때문에 데이브에게 문제 생기진 않겠지?"

"그건 아니야. 어차피 곧 알려질 일이니까."

"그럼 사실이야?" 게리는 혼자 있는 것이 분명했으나 목소리 톤은 속삭임 수준으로 뚝 떨어졌다. "릭 루이스가 살해당했다는 게?"

"난 너한테 그런 정보를 줄 수 없어." 이렇게 말함으로써 그에게 정보를 주는 셈이었다.

"망할." 동전이 천천히 떨어져 상자 바닥에서 덜그럭거리는 소리가 들리는 듯했다.

"무슨 뜻이었어?" 나는 다시 물었다. "흰옷 입은 여인이 복수를 했다는 게?"

"뭐, 전설 아니야? 누군가 죽을 때 흰옷 입은 여인이 나타난다는 거 말야. 너도 기억할 거 아니야. 우리가 그 여자를 보았을 때……."

"잘 있어, 게리." 나는 말했다. "소셜 미디어에 뭘 쓸 땐 조심해."

27장

우리가 유령을 본 것은 열다섯 살 때였다. 그날 학교에 늦게까지 있었는데, 게리가 밴드 연습을 했기 때문이다. 재능이라고는 없는 11학년 애들이 자기 기타와 톨킨에 대한 열정만으로 모여든 거였다. 밴드 이름은 보로미르의 형제들이었다. 나는 남자 친구의 밴드 연습을 보면서 앉아 있는 여자애는 아니었기 때문에 도서관(그때는 구관에 있었다)에서 공부를 했다. 사서는—이름이 뭐였더라? 매켄지 선생님, 그런 이름이었나—이상한 아줌마였지만, 나를 좋아했다. 내가 옛날 책, 가죽 장정에 금박 글씨를 박아 넣은 바스라지기 직전인 고전들을 읽는 거의 유일한 사람이었기 때문일 것이다. 디킨스, 콜린스, 개스켈 부인, 트롤로프. 나는 제임스 허버트도 무척 좋아했지만, 매켄지 선생님에게는 말하지 않았다.

나는 도서관에 앉아서 역사 숙제를 했다. 집에서 하는 것보다는 편했다. 당시에 내 방은 무척 작았다. 쿠시와 아비드가 지금 내가 쓰는 큰 방을 같이 썼다. 집에는 사람이 너무 많기도 했다. 엄마 요리를 먹고, 펀자브어를 말하고, 옛날 고향을 떠났다고 우는 사람들. 거기에 더해 아빠가 나한테 가게 일을 시킬 수도 있었다.

오래된 도서관에 있으니 좋았다. 천장까지 닿은 책장, 들판이 내다보이는 커다란 창문. 창가 자리도 있어서, 나는 많은 오후 시간을 우리 크리켓 팀이 저 아래에서 상류층 학교에 지는 동안 재미있는 판타지 공포 소설에 푹 빠져 보냈다. 새로 지은 도서관은 볼썽사납다. 플라스틱 소파와 회전식 원형 탁자, 보호 커버를 씌워놓은 문고판 서적. 옛 도서관은 역사를 품고 있었다. 그 역사가 벽을 통해 스며 나오거나 배의 널판자처럼 옹이 진 넓은 마루 널에서 피어오르는 기분을 느낄 수 있었다.

도서관은 6시에 닫았다. 크리스마스 학기였고, 밖은 어두웠다. 5시 55분, 매켄지 선생님은 자기 뜨갯감을 그러모았다(뜨개질은 끝이 없었고, 실은 늘 자극적인 파랑과 분홍이었다. 대체 누구를 위해 이런 걸 뜨는 걸까?) 그런 후에 커튼 뒤에 아무도 없나 확인하기 시작했다.

"가야 할 시간이다, 하빈더." 선생님이 말했다. "게리는 여전히 지하에서 끔찍한 소음을 내고 있니?"

매켄지 선생님은 늘 누가 누구랑 사귀는지를 잘 알았다.

"그럴걸요." 나는 말했다.

순간 게리가 기타 케이스를 들고 문간에 나타났다. 나는 매켄지 선생님에게 작별 인사를 했다.

"잘 가렴, 하빈더. 잘 가라, 게리. 집으로 곧장 가."

하지만 우리는 2층 복도를 슬쩍 걸으며 서로 더듬을 수 있는 방을 찾았다. 당시에 우리는 꽤 열정적이었다. 지금은 상상도 하기 어렵다. 그때도 나는 남자들에게 의구심을 품기는 했지만, 최선을 다해보기로 결심했었다. 게리는 그저 동정을 떼고 싶어서 필사적이었다.

결국 우리는 빈 교실을 찾았다. 이 집의 전생에서는 침실로 쓰였던 이상한 방 중 하나였다. 안에는 정교한 양귀비꽃과 꽃잎 문양으로 장식한 작은 연철 벽난로가 있었다. 릭 루이스가 살해당한 방에 가깝지 않았을까? 생각이 잘 안 나지만 아마도 그랬던 것 같다.

우리는 꽤 열이 올랐다. 내 브라가 벗겨졌고, 게리는 한 손을 내 바지 속에 넣었다. 우리 세대는 학교에서 바지를 입으려고 투쟁했는데, 지금의 탈가스 여학생들은 모두 치마를 입는다. 감사함이라는 걸 영 모르는 세상. 그때 무슨 일이 일어났다. 방 안이 갑자기 무척 추워졌다. 단순히 추워졌다기보다 마치 한밤에 저편 강어귀에서 불어오는 바람처럼 황량했다. 나는 다시 행복해질 수는 없을 것 같은 기분이 들었다. 우리는 떨어졌다. 나는 브라를, 게리는 바지 지퍼를 올렸다. 우리는 아무 말도 하지 않았다. 그저 소지품을 챙겨서 방을 나왔다.

우리는 다시 복도를 따라갔다. 게리의 기타 케이스가 내 다리에 부딪혔고, 퍼비 피트가 마지막 순찰을 돌면서 불이 하나씩 차례로 꺼졌다. 다음 순간 뭔가 우리 옆을 날아갔다. 묘사하기가 어렵다. 그 후에 나는 길고 하얀 드레스를 입은 여자로 기억했지만, 게리는 그저 검고 형체 없는 돌풍에 지나지 않는다고 말했다. 나는 온갖 추위와 공포가 이 존재, 이 물체에서 나온 듯 보였다는 것만 알았다. 빠지직 부서지는 소리와 함께 그 형체는 계단 난간에 부딪혔고 이내 끔찍한, 끔찍한 비명이 들렸다. 이전에는 그런 소리를 들어본 적이 없었고, 앞으로도 다시는 듣고 싶지 않다.

게리와 나는 뛰었다. 공포에 넋이 나가서 둘 중 하나가 유령에게 살해되든 말든 버리고 갈 수도 있었을 것 같다. 머릿속엔 여기서 빠져나가야 한다는 생각뿐이었다. 우리는 계단을 날듯이 뛰어 내려가 현관으로 빠져나갔다. 우리가 정문까지 한달음에 뛰어갔을 때, 피트는 문을 잠그는 중이었다. "너네는 집에도 안 가냐?"

그의 익숙하고, 거슬리는 목소리에 우리는 다시 현실로 돌아왔다. 우리는 웅얼웅얼 인사를 하고 버스 정류장까지 걸어갔다. 아무도 없었지만, 우리는 여전히 소곤거리는 소리로 말했다.

"그 여자였지." 나는 말했다. "홀랜드의 부인. 흰옷 입은 여인. 계단에서 뛰어내린 여자."

"여자 아니었어." 게리가 말했다. "대체 뭔지 모르겠어."

"비명 소리 들렸잖아." 나는 말했다. "다른 사람도 들었을까?"

"모르겠어." 아노락을 입고 움츠린 게리는 불쌍해 보였다.

"흰옷 입은 여인을 보면, 누가 죽는다는 뜻이랬어."

"그런 소리 하지 마라."

우리는 거기 말없이 서 있었다. 우리 집 쪽으로 가는 버스가 와서 올라탔다. 우리는 작별 키스도 하지 않았다. 우리의 짧은 로맨스가 끝났다는 것을 둘 다 알았다. 이틀 후, 우리는 수 블랙, 한동안 아팠던 3학년 여자애가 백혈병으로 죽었다는 소식을 들었다. 학교에 슬픔과 호기심이 열병처럼 번졌고, 몇몇 애들은 흰옷 입은 여인의 전설을 떠벌렸지만 게리와 나는 우리가 본 것을 절대 말하지 않았다.

둘이 있어도 흰옷 입은 유령 이야기는 절대 하지 않았다. 오늘까지는.

28장

나는 클레어의 일기를 아무 데나 펴보았다.

사이먼을 사랑하지 않는 것은 아니다. 사랑하긴 한다. 그보다는 내가 좀 더 원하는 게 많다는 거다. 나는 내 일을 좋아하고, 잘한다고 생각한다. 내가 조지를 얼마나 사랑하는지는 아무도 모르겠지 (지금 너무 귀엽고 사랑스럽다). 사이먼을 사랑하지만, 이제는 그를 자동적으로 2순위에 두게 된다. 부부애는 언제나 모성애에 희생되는 걸까? 하지만 이건 나와 사이먼의 문제는 아니다. 그저 나는 내가 인생에서 중요한 일을 해낼 거라고 생각했었다. 중요한 사람이 될 거라고······.

맙소사. 더는 이런 글을 참고 읽을 수 없을 것 같았다. 일기장 상단에 쓰인 날짜를 보았다. 2010년 3월 3일. 내 계산에 따르면, 클레어와 사이먼은 2년 후에 이혼했고 너무나 귀엽고 사랑스러운 조지아는 당시 여덟 살이었을 것이다. 나는 좀 더 최근 일기를 읽어보기로 했다.

2017년 9월 11일 월요일

릭은 정말로 내 신경을 건드린다. 학기 둘째 주인데, 그는 여전히 시간표를 제대로 정리하지 않았다. GCSE 시험에 대비하는 엘라의 계획안은 엉망진창인데, 그는 엘라에게 아무 말도 하지 않을 것이다. 아직도 엘라를 짝사랑하는 걸까? 어쩌면. 그는 계속 한숨짓고, 이전보다 더욱 헝클어진 차림새에, 마음 붙일 데 없는 사람처럼 보인다. 나에 대한 짝사랑은 꽤 빨리 사라졌는데. 그때 나는 단도직입으로 말했지만 엘라는 그러지 않을 테니까. 나는 유부남하고 잘 준비는 되어 있지 않았다. 하지만 **그녀는** 그것도 개의치 않았다.

직장에서 내가 엘라를 덮어줘야 하는 일도 이제 신물이 난다. 내가 엘라의 자리를 맡았어야 하고, 릭도 그런 사실을 안다.

수첩을 꺼내서 시간에 따라 일어난 사건을 적어보았다. 7월에 엘라와 릭은 같이 잤고, 9월에도 릭은 여전히 엘라에게 빠져서 정신을 못 차렸으며, 클레어는 분개했다. 두어 장 더 넘겼다.

9월 15일 금요일

이번 주가 지나서 너무 기쁘다. 엘라는 아직도 GCSE 예상 문제를 완결하지 못했다. 엘라에게 언제 끝낼 거냐고 물었더니 그저 웃으면서, "너 걱정이 너무 많다"고 말했다. 그러고는 토요일에 브라이어니 휴스와 외출할 거라고 했다. "마녀 집회라도 하니?" 내 말은 꽤 비꼬는 것처럼 들렸을 것이다. "그래. 우린 치체스터의 일 파파 갈로에서 죽은 자들을 소환할 거야." 엘라가 말했다. "잘되길 바랄게." 나는 말했다.

일 파파갈로는 클레어가 토요일 밤에 헨리 해밀턴과 만난 곳이다. 나는 그것도 적어두었다. 또, 명단도 만들기 시작했다. 브라이어니 휴스?

어째서 사람들은 이런 짓을 하는 걸까? 어째서 자신의 희망과 공포를 매일 밤, 있지도 않은 청중에게 털어놓는 걸까? 클레어는 인용구가 분명한 글들을 일기에 여기저기 뿌려놓는 습관도 있었다. 왜 그럴까? 자기 일기가 어느 날 라디오4에서 낭독되는 상상이라도 하나? 가끔은 시간을 들여 인용구의 출처까지 적어놓는다. 마치 시험 준비 작문이라도 하는 것처럼. "이 세상에 영원히 숨길 수 있는 것은 없다.—윌키 콜린스, 『이름 없는 사람』." 또 어째서 자기 자신에 대한 글을 쓰고 있을 때도 문장을 다듬으려고 그렇게 애쓰는 걸까? 부부애는 언제나 모성애에 희생되는 걸까? 대체 누구에게 물어보는 거야? 그리고 꼼꼼하게 따옴표를 붙여놓은 대화하며. "잘되길 바랄게." 마치 대중 로맨스 소설같이 읽힌다. 공항에서 샀다가, 승무원이 안전벨트 착용 방법을 다 설명하기도 전에 후회하게 되는 책.

엘라 엘픽이 살해되기 전날로 가보았다.

10월 20일 금요일

중간방학 전에 마무리해야 하는 일들로 바쁜 날이었다. 오늘 밤 엘라와 데브라와 함께 외출하겠다고 하지 말걸, 싶었으나 결국에는 잘한 일이었다. 우리는 〈블레이드 러너〉 신판을 보았다. 전편은 좋았는데, 이건 믿을 수 없이 지루했다. 하기는, 요새 영화에 대한 내 참을성은 한계가 있다. 나는 상영 시간의 3분의 2는 잤고 깨어나 보니 라이언 고슬링이 눈 속에서 비행선 격납고 같은 데를 아주 천천히 걸어가고 있었다. 영화를 본 후에는 로열 오크 식당에 갔다. 처음에는 엘라가 다시 릭 이야기를 꺼내서 나를 짜증스럽게 했다. 데브라는 엘라의 기분을 살려주려고만 할 따름이었다. "너 한테 집착해서 그래" 등등. 나는 점점 성질이 나기 시작했지만, 다행스럽게도 엘라는 이를 감지했는지 화제를 좀 더 안전한 것—〈스트릭트리 컴 댄싱〉, 학교, 데브라에게 긴 머리가 예쁠지, 짧은 머리가 예쁠지—으로 바꾸었다. 좋은 저녁이었다, 대체로.

집에 도착했을 때, 조지는 아직 외출 중이었다. 그 애는 이후 11시경 들어왔다. 타이가 조지를 문까지 바래다주었다. 타이는 무척 예의 바르며, 거의 기사도 정신이 있다 할 만하다. 그건 인정해줘야 한다. 다만, 타이는 어른 남자이지만 조지는 아직 아이라는 게 문제다. 요새 아무리 매력적인 아이가 되었다 해도. 내가 조지를 질투하는 건가? 엘라를 질투하는 건가? 맙소사, 이제 그만 둘 때.

21일 토요일과 22일 일요일, 엘라가 죽은 날에는 일기를 쓰지 않았다. 하지만 23일 월요일에는 몇 페이지에 걸쳐 일기를 썼다. 손글씨가 기어가고 일정하지 않았다.

2017년 10월 23일 월요일
엘라가 죽었다. 릭이 그 말을 해주었을 때……

클레어는 진심으로 충격을 받은 것 같았지만, 더 내려가 보니,

릭이 미안하다고 말했다면서 이렇게 써놓았다. "미안하대, 세상에." 무슨 의미일까? 릭이 엘라의 죽음에 책임이 있다는 걸까? 하지만 그를 확실히 의심했다면, 여기, 일기에는 적어놓지 않았을까? 클레어는 또한 데이지가 자기 남편이 체포될 거라 생각했다는 이야기도 써놓았다. 릭이 그렇게 말해주었다는 것이다. 흥미롭다. 데이지는 우리의 의심을 감지했을 것이다.

나는 계속 읽었다. 클레어가 나에 대해 쓴 부분을 보고 싶었다.

퇴근하고 돌아와 보니 경찰들이 집 밖에서 기다리고 있었다. 그들의 차를 알아보았다. 어제 탈가스 주차장에서 본 차였다. 마음이 떨렸다. 형사는 둘, 영화에서처럼 남자 한 명, 여자 한 명이었다. 여성인 카우어 경사는 인도 출신에 키가 작고 매력이 없지는 않으나 일부러 매력 없는 태도를 취하고 있었다. 마치 딴죽을 걸어 나를 넘어뜨리려는 것처럼.

하하, 일부러 매력 없는 태도를 취했다니. 도나에게 말해줘야겠네. 그리고 나를 묘사하는 첫 수식어구(보세요, 카스카트 선생님)가 "인도 출신"이다, 이거 경계성 인종차별주의자 아닐까? "매력이 없지는 않다", 나 자신이 이 말에 불쾌하지 않다는 게 화가 난다. 특히 클레어처럼 근사한 여자가 하는 말인데. 하지만 대체 누굴 보고 키가 작다는 거야? 나는 작지 않다. 자기가 너무 큰 거지. 어쨌거나 클레어는 그날, 탈가스에서 우리 차를 알아보았다. 그리고 어째서 마음이 떨린 걸까?

그 뒤에는 이렇게 썼다.

여기 왔던 두 형사, 카우어와 윈스턴에 대해 계속 생각하고 있다. 그들은 딱히 적대적이진 않았으나 그렇다고 친근하지도 않았다. "대부분의 피해자는 아는 사람들에게 살해당합니다." 카우어가 말했다. "이번에도 그런 경우라고 생각할 만한 근거가 있습니다." 경찰은 누구를 의심하는 걸까?

정말 누구일까?

나는 일기를 모두 훑어보고 여기저기서 발췌문을 읽어보았지만 수상한 필체는 오로지 두 번만 나왔다. 하나는 하이드 사건이 일어난 직후에. 딱 한 줄이었다. "안녕, 클레어. 당신은 나를 모르죠." 그리고 10월 30일 자 일기 뒤에 쓴 좀 더 긴 글.

진정한 친구가 인사를 보내며. 이 흥미로운 일기를 정독한 감상을 말하고자 합니다(지금 막 끝냈습니다만).

나는 필체를 보았다. 가늘고 기울어진 필체로 이탤릭체에 가까웠다. 앞으로 기울어졌다, 무슨 의미를 담으려 한 걸까? 필적감정 사인 벨라는 '아마도' 남자일 거라고 했으나, 벨라가 어떻게 판정 했는지는 알 수 없었다. 글자는 기이할 정도로 예스러워 보였지만, 그저 단어의 효과 때문인지 모른다.

몇 백 페이지나 되더군요. 내 심장에 손을 얹고 말하건대, 모든 내용이 참으로 매혹적이고 상쾌했으며, 나를 기쁘게 해주었습니다. 존경스러운 여성이여!

클레어는, 여기서 윌키 콜린스 글의 인용문이 끝나고 낯선 사람이 쓴 글이 이어진다고 했다.

하지만 클레어, 모든 사람이 나처럼 당신을 높이 사지는 않습니다. 이런 말을 하는 내 마음도 아픕니다만, 당신을 해하려고 일을 꾸미는 이들이 있어요. 이런 피조물들 중 하나는 이미 처리해버렸습니다. 이제 먹이를 찾아다니는 짐승처럼 다른 자들을 덮칠 겁니다.

클레어를 해하려 드는 사람들이 누굴까? 나는 10월 30일 자 일기를 다시 읽어보았다. 머리는 이제 쿵쿵 뛰었고, 침입자보다 훨씬 둥글고 느슨한 클레어의 필체가 불쾌한 방식으로 빙빙 돌기 시작했다.

2017년 10월 30일

정말로 끔찍한 날. 아침에 회의가 있었고 릭이 내게 교육 4단계의 부장을 맡으라고 말한다. 더욱이 내가 연극 연출도 해야 한다고 한다. 나는 뮤지컬을 몹시 싫어할 뿐 아니라 뭔가 잘못된 느낌도 든다. 마치 엘라의 영역을 침범한 것처럼. 엘라의 무덤 위로 걸어갔달까. 그런 말이 있지 않나? 릭은 이런 생각을 못 한다. 그저 자신의 소중한 학과 생각뿐이다. 솔직히 그 순간 릭이 싫어졌다. 엘라가 막 죽었는데, 가장 친한 친구인 내게 그 일이 어떤 영향을 끼칠지 생각도 하지 않고 엘라의 업무를 모두 떠맡으라고 강요하다니. 그가 한때 나와 사랑에 빠졌다고 고백까지 했음을 생각해보면 말이다. 그런 생각을 하니 속이 메슥거린다.

그런 후에, 상처에 모욕까지 덧붙여, R은 나더러 뒤에 남으라고 하더니 자기와 엘라에 대해 경찰에 말하지 말라고 애원했다. 데이지가 "무척 약해진 상태"라고 했다. 뻔뻔하기도 하지. 아내 탓으로 돌리다니. 나는 아무 말도 하지 않을 거라고 했다. 릭이나 데이지가 아니라, 엘라를 위해서. 경찰이 무슨 생각을 하는지 안다. 카우어가 엘라에게 남자 친구가 있었느냐는 질문을 한 순간부터 알았다. 경찰이 릭에 대해 알아내면 그는 용의자 1번이 되고 엘라는 주홍 글씨의 여자가 된다는 것을. 붉은 드레스를 입은 컬리의 아내. 엘라는 죽었다. 하이드에서 있었던 일도 그녀와 함께 죽은 것으로 하자.

토니는 조회에서 잘해냈다. 실제로 무척 감동적이었다. 아이들은 정말로 엘라를 좋아했고 엘라는 좋은 교사였다. 그렇게 기억되어야 한다. 하지만 첫 수업을 하던 중에 교장실을 차지한 경찰들을 만나라는 호출을 받았다. 끔찍했다. 이전보다 더 심각했다. 경찰은 하이드에 관해서, 엘라와 릭에 관해서 질문을 했다. 나는 아무것도 누설하지 않았지만, 경찰들은 내게 너무나 소름 끼치는 이야기를 했다. 엘라의 몸에서 쪽지가 발견되었다는 것이다. "지옥은 비었다"라고 쓰인 쪽지.

최악의 일은 집에 돌아왔을 때 일어났다. 나는 하이드에 관해 쓴 옛날 일기를 찾아 살펴보았다. 솔직히 당시에 내가 했던 말을 기억할 수도 없었고, 읽기가 괴로웠다. 너무나 비판적이고 비열했다. 그때, 일기장 하단에 누군가 써놓은 글을 보았다. "안녕, 클레어. 당신은 나를 모르죠."

이제 나는 정말로 겁에 질렸다. 대체 누가 내 일기에 메모를 남겼을까? 쪽지에 쓰인 말이 맞았다. 지옥은 비었고 모든 악마는 여기에 있다.

할러윈이 내일이다. 신이 우리를 도우시길.

나는 이 일기를 여러 번 읽었다. 릭과 그의 '약해진 상태의' 아내에 관한 묘사가 흥미로웠다. 데이지 루이스는 엘라를 싫어할 이유가 있고 릭에게 불만을 품었다. 우리는 정말로 그 여자를 용의자로 고려해야 한다. 클레어는 엘라에 관한 한 도덕적으로 우월한 위치를 차지하고 싶어 한다. 그러나 잔혹한 성차별주의 경찰들로부터 엘라의 평판을 구해주고 싶다는 여성주의적인 핑계를 다 믿어줄 수는 없다. 우리는 애인들에 대해서 물어봐야 했는데—클레어 같은 지적인 여자는 알고 있겠지만—이들이야말로 가장 살인을 저지르기 쉬운 사람들이기 때문이다. 나는 클레어가 하이드에서 일어난 사건에 대해 이야기하고 싶지 않았던 이유는 자기도 짧게나마 릭에게 혹했기 때문이 아닐까 의심한다. 이전 일기에서 이미 이 사실은 알아냈다. 릭이 접근했을 때, 클레어는 누군가의 품 안에 안기고 싶다는 '원초적 욕구'를 느낀다고 썼지만, 이제는 그를 생각하는 일만으로도 속이 메슥거린다고 한다.

나는 여전히 이 일기 쓰는 행동 전체를 제대로 이해할 수가 없다. 하루가 다 지날 무렵 최악의 일이 일어났는데, 어째서 클레어는 사건을 시간 순으로 설명하고 있는 걸까? 아침 회의, 조회, 면담, 그리고 기이한 메모. 하지만 이 메모를 제일 먼저 언급해야 하지 않았을까? 한 가지 생각이 내 머리를 치고 갔다. 만약 이 메모를 남긴 사람이 정말로 클레어를 온전히 평가하지 않는 무리들의 세계를 정화할 작정이었라면, 틀림없이 릭이 다음 목표물이었으리라.

릭 외에 클레어가 일기에서 혹평한 사람은 누가 있을까?

29장

나는 아침에 탈가스 하이로 돌아갔다. 토니 스위트먼이 이사들하고 의논했는지 학교는 정문에 안내문을 붙이고 잠가놓았다. 데이브 배너먼, 관리인이자 일요 축구 회원인 그가 나를 들여보내주었다.

"그 사람들 2층에 있어요. 아주 엉망을 만들어놨던데." 그는 과학수사대를 가리켜 말했다.

"2층에 있는 교실은 모두 토요일 밤에는 잠겨 있었어요?" 나는 말했다.

"아뇨." 그가 말했다. "대부분의 교실은 열쇠가 없어요. 나는 그냥 닫아놓기 때문에 안전해 보이는 거죠."

2층으로 올라가 보니, 과학수사대가 이미 그 방을 찾아냈다. 우리가 클레어를 면담했던 방 바로 옆이었다.

"피는 별로 없네요." 나는 방을 둘러보며 말했다. 2층에 있는 다른 방과 마찬가지로 교실이라기보다 옛날 침실에 가까웠다. 굽도리널과 천장 돌림띠, 천장에 설치된 정교한 장미 장식이 보였고 작은 연철 벽난로도 있었다. 여기 게리와 내가 껴안고 더듬었던 방 아니었나? 아니라고 해도 무척 유사했다.

"피해자가 칼에 찔려서 죽은 게 아니기 때문이죠." 콜린 해리스

조사반장이 말했다. 그는 범죄수사과의 착각을 바로잡아줄 기회가 생기면 좋아하지만, 그렇다고 나쁜 사람은 아니다.

"정말입니까?" 나는 말했다. "피해자 가슴에 피 묻은 거대한 칼이 꽂혀 있는 걸 봤는데요."

"그건 그냥 쇼윈도 장식품이었어요." 콜린이 말했다. "사망자는 올가미에 걸려 죽은 거예요. 뒤에서 목을 졸랐더군요. 가는 철사 같은 것으로. 여기서 살인이 발생했다는 것은 핏방울이 점점이 떨어져 있어서 알았는데, 아마도 사망 직후 칼을 밀어 넣었을 때 떨어졌을 가능성이 크죠. 하지만 피가 많지는 않아요. 살인자가 비닐이나 타르 천을 깔지 않았을까 싶은데."

"그럼 범인은 살인을 미리 준비했다는 거군요. 다른 사항은요?"

"우리는 피해자가 살해당했을 때 앉아 있었을 거라고 생각해요. 그런데 의자가 있었던 흔적은 없어요. 거기에 핏자국이 있겠죠. 나무 파편은 있는데. 그 남자가 의자를 부수고 조각을 죄다 가져간 것 같습니다."

나는 콜린이 '그 남자'라고 말했음을 눈치챘다. 그리고 의자를 쪼개고 시체를 나르는 행위와 증거는 남자를 가리킨다는 것을 인정해야 했다.

"그자가 왜 그랬을까요?" 내가 물었다.

"난들 아나요." 콜린이 말했다. "살인자의 심리는 더러운 물과 같이 캄캄한걸요."

이전에도 여러 번 읊어본 말투였다.

"그다음에는 어떻게 된 거죠? 시체를 다락방까지 옮겨 갔다?"

"그래요. 모발 몇 가닥이 문지방에서 발견되었는데 옮겨 간 시체의 것과 일치해요. 조금 이따 보고서를 보내죠." 콜린은 일을 절차에 맞게 처리하기 좋아하는 남자였다.

"지금 당장 해줄 수 있는 말은요?" 반면 나는 되도록 재깍재깍 처리하길 좋아하는 사람이다.

콜린은 한숨짓더니 장갑 낀 손으로 안경을 도로 올렸다. "사망자는 방 안으로 옮겨져서 책상 의자에 놓인 것 같아요. 범인은 장갑을 꼈지만, 피 묻은 발자국 중에 괜찮은 것을 몇 개 건졌습니다. 그리고," 콜린은 내가 원하는 말이 이것임을 알고 있었다. "쪽지도."

"뭐라고 써 있었죠?"

"**지옥은 비었다.** 이전과 똑같아요. 쪽지는 냉동용 비닐 백에 넣어 책상에 놓아두었더군요. 지문도, 혈흔도 없어요."

나는 아드레날린이라 할 만한 것이 치솟는 느낌을 받았지만, 정확히 말하면 이 느낌은 흥분이었다. 여기 두 건의 살인을 동일인이 저질렀음을 보여주는 증거가 있다.

"달리 중요한 것은 없습니까?" 나는 물었다.

"책상에는 초가 세 개 있었고, 식물 같은 게 있었습니다."

"식물요?"

"검사실로 보내서 분석했는데, 허브 같다고 해요. 이파리랑 말린 꽃잎, 포푸리에 넣는 것 말이죠. 또 반짝이는 조약돌 같은 검은 돌도 있었죠. 초 옆에 있었습니다."

희미한 종소리가 머릿속 어딘가에서 울렸지만, 소리의 진원지를 찾느라 시간을 허비할 수는 없었다. 나는 서로 돌아가 도나와 닐에게 최신 정보를 전해야 했다.

중앙 현관으로 뛰어가는데, 여닫이문 옆에서 한 남자가 음울한 눈으로 먼 곳을 응시하고 있었다. 청바지에 스웨터를 입고 운동화를 신은 토니 스위트먼이었다. 운동화는 비싸 보였으며, 아주 깨끗하고 하얬다.

"안녕하세요." 나는 인사했다.

그는 흠칫 놀랐다. 새로이 피부를 선탠으로 보강한 토니는 두려움에 가득 찬 표정이었다. 눈은 퀭하고 눈물이 그렁그렁했다. 나도 모르게 살며시 안타까움을 느꼈다.

"카우어 경사님. 전문가들이 여전히 작업 중이신가 보군요."

"네." 나는 말했다. "과학수사대의 범죄 현장 감식이 오래 걸리네요. 아주 철저한 분들이라."

그는 몸을 바르르 떨었다. "내 학교가 범죄 현장이라고 생각하니 참을 수가 없네요."

내 학교라니. 사실 이 사람이 동요할 만도 하다. 이제 누가 탈가스 하이라고 구글에 쳐보면, '최고의 GCSE 성적' 대신에 '살해된 남자 발견'이라는 문구를 보게 되리라.

"막 데이지 루이스와 이야기를 나눴습니다." 그가 말했다. "깊이 상심했더군요. 두 사람 사이에는 아이도 없는데요, 아시죠. 두 사람에게는 둘밖에 없었습니다."

흔히 애 있는 사람들이 애 없는 부부에 대해 이런 식으로 말한다. 약간 못마땅한 기색과 그에 어울리는 연민을 드러내며.

"누가 이런 짓을 했는지 혹시 짐작 가시는 데가 있습니까?" 나는 물었다.

"아니요, 누구나 릭을 좋아했습니다." 그는 클레어를 연상시키는 방식으로 눈을 크게 뜨며 말했다.

"정말요?"

그는 내가 되묻자 조금 더 신중해졌다. "네. 훌륭한 교사였고 학과장이었습니다."

"저는 엘라 엘픽 및 클레어 캐시디와 관계가 있었다는 소문을 들었는데요." 나는 말했다.

"그런 소문은 전혀 들어본 적 없습니다." 토니의 얼굴에서는 이내 표정이 사라졌다. 화이트보드에 쓰인 전날의 수업 내용을 지우개 하나로 싹 지워버린 것 같았다.

하지만 그도 아예 부인하지는 않았다. 더 물어보려고 할 때 내 전화기 벨이 울렸다. 닐이었다.

"서로 돌아와. 시시티브이에서 뭔가 찾았어."

닐은 잔뜩 흥분하고 있었다. 그는 항상 돌파구를 찾는 사람이 되고 싶어 했다. 공정하게 말하면, 자주 있는 일은 아니었다.

"엘라의 집 근처에 있는 교회에서 받은 시시티브이를 훑어보고 있었지." 그가 말했다. "처음에 놓친 게 있나 해서."

뭘 원하는 거야? 망할 훈장이라도? 우수 경찰 배지라도?

닐은 나를 끌다시피 컴퓨터 앞으로 데려갔다. "전화하던 십대 두 명 기억나?"

"그래."

"자, 다시 봐. 이미지를 확대할 테니."

나는 들여다보았다. 해상도는 좋지 않았지만 화면에 모자를 뒤집어쓰고 한 손에 전화기를 든 청소년이 보였다. 그가 고개를 쳐드는 순간, 보안등의 푸른 불빛에 비친 얼굴을 카메라가 잡았다.

패트릭 오리어리였다.

30장

우리는 바로 패트릭의 집으로 갔다. 그 애는 쇼어햄의 페리 승
강장 배다리 너머, 물에 잠겨 조용히 출렁이는 하우스보트*들 근
처의 예선로曳船路 옆에 살았다. 나는 어렸을 때부터 하우스보트를
좋아했다. 창문 화단이 있고 '유앤미' 같은 이름이 붙은 깔끔한 배,
물속에 깊이 잠겨서 목재가 썩어가고 창문에는 더러운 망사 커튼
이 달린 무너져가는 배, 그리고 별 장식과 풍경을 달아놓고 경찰이
되기 전의 나라도 대마초 냄새를 맡을 수 있었던 히피스러운 배.
오리어리의 집은 바다와 강어귀 사이의 도로에 있는 작은 현대식
주택이었다. 노란 플라스틱 벽면과 한 사람이 서 있기에도 작은 베
란다가 보여주듯 오래 버티라고 지은 것 같지 않은 허술한 집이었
다. 앞마당에는 누가 모닥불을 피우려다가 흥미를 잃어버렸나 싶
은 종류의 쓰레기가 쌓여 있었다. 전체적으로 슬프고 사랑받지 못
한 인상이 감돌았다.

패트릭이 문을 열었다. 막 침대에서 나온 몰골이었다.

"안녕, 패트릭. 엄마, 아빠 집에 계시니?" 나는 말했다.

그는 문을 반만 연 채로 우리를 응시했다. "아니, 회사 가셨는데

---

* 지붕이 있고 숙박 설비가 있는 배.

요."

"부모님께 전화 좀 걸래? 우리는 너랑 이야기를 나눠야 하는데, 성인이 옆에 있어야 해서."

"제가 성인인데요." 패트릭 뒤에서 어떤 목소리가 들렸다. 또 다른 청년이 구부정한 꼴로 나와서 패트릭 옆에 섰다. 형제가 분명했다. 둘 다 체격이 좋았으며 검은 머리에 뚱한 표정도 같았다. 하지만 지금 패트릭은 뚱하다기보다 겁을 집어먹은 듯했다.

"경찰이야, 디클란 형. 나랑 이야기를 하고 싶대."

"영장은 갖고 왔어요?" 디클란은 동생 앞으로 나서면서 말했다.

나는 한숨지었다. 텔레비전 너무 많이 본 사람 여기 또 있네. "우리는 지금 영장이 필요 없어요. 패트릭을 체포하거나 집을 수색하려는 게 아니니까. 그저 패트릭하고 이야기 좀 해야 하는데 제대로 된 성인이 옆에 있어야 한다는 얘기예요."

"내가 제대로 된 성인인데요." 디클란이 말했다.

"아니야. 엄마에게 전화할게." 패트릭은 그나마 내가 안심할 만한 대응을 했다.

우리가 차에서 기다리고 있노라니 모린 오리어리가 도착했다. 간호사복을 입은 채였다. 패트릭이 엄마를 문 앞에서 맞았고, 닐과 내가 다가가자 둘 다 고개를 돌렸다.

"와주셔서 감사합니다, 오리어리 부인." 나는 말했다. "저는 카우어 경사이고, 이쪽은 윈스턴 경사입니다. 우리는 엘라 엘픽 살인 사건과 관련하여 패트릭과 이야기를 나눠봐야 하거든요."

"살인이라고요?" 오리어리 부인이 말했다. "무슨 말씀 하시는 거예요?" 부인은 체구가 작았다. 아들들은 아버지에게서 큰 키를 물려받은 것이 분명했다. 그럼에도 부인은 꽤 위협적인 사람이었다. 소매를 걷기도 전에 주삿바늘을 꽂아버리는 그런 간호사랄까.

"엘라 엘픽 살인 사건 말입니다." 나는 반복했다.

"엘라요? 아 그 선생. 그래서 오늘 학교를 닫은 거예요? 참 망신이네. 패트릭은 올해 GCSE도 쳐야 하는데."

"안으로 들어갈 수 있을까요?" 나는 물었다. "그러면 설명드리겠습니다."

우리는 거대한 텔레비전과 형광 수조가 지배하는 작은 방에 앉았다. 디클란은 동생 옆에 남았고, 굳이 그에게 나가라고 말할 가치가 있다는 생각이 들지 않았다. 어차피 우리가 하는 말은 이 얄팍한 집 어디서나 들릴 터였다. 그렇다고는 해도, 꽤 비좁기는 했다. 디클란, 모린, 패트릭 모두 소파에 끼어 앉았다. 닐과 나는 맞은편 의자에 앉았다.

나는 패트릭에게 확대한 사진을 보여주었다.

"이거 너니?"

"모르겠는데요. 왜요?" 패트릭이 말했다.

"엘픽 선생님이 살해당하던 밤에 그 집 바깥에서 찍힌 사진이야."

침묵. 이윽고 모린이 입을 열었지만 확신하는 것 같지는 않았다. "그건 패트릭이 아니에요."

"너니, 패트릭?"

침묵이 흐르더니 패트릭이 다시 속삭이는 목소리로 말했다. "네."

"그날 밤 거기서 뭘 하고 있었는지 말해줄 수 있겠니?"

"만나고 싶었어요." 패트릭이 말했다. "엘픽 선생님을. 카드에

321

대해서 설명하려고요."

"무슨 카드? 네가 보낸 밸런타인데이 카드?" 나는 모린 오리어리에게는 이 카드 이야기가 생소할지 몰라도, 디클란에게는 아닐 수도 있음을 깨달았다.

"네." 패트릭은 두 손을 내려다보았다. 한 손목에는 뭔가 복잡해 보이는 시계를, 다른 손목에는 실로 꼰 우정 팔찌를 차고 있었다. 신발은 운동화였다. 나이키 에어. 스위트먼 씨 신발과 같은 브랜드인데 패트릭에게 더 잘 어울렸다.

"어쩌다 카드 생각이 났어?" 닐이 물었다. "밸런타인데이는 아홉 달 전이었잖아."

"저는 일을 바로잡고 싶었어요." 패트릭이 말했다. "휴스 선생님이 그렇게 말했어요. 그래서 엘픽 선생님 집에 간 거예요. 제가 어째서 카드를 보냈는지 설명하려고요. 루이스 선생님은 내가 무슨 선생님을 **스토킹한** 사람처럼 대하면서 나를 그 반에서 쫓아냈어요. 하지만 그게 아니에요. 그냥 선생님을 좋아한 것뿐이죠. 그 사실을 말하고 싶었어요. 내가 거기 갔다는 것은 아무도 몰라요. 엄마랑 아빠, 디클란 형은 모두 집에 없었어요. 나는 선생님 집까지 걸어갔고, 문을 두드렸지만 아무 대답이 없었어요."

"그런 다음에는 어떻게 했니?" 나는 물었다.

"기다렸어요. 나는 선생님이 집 안에 있다는 걸 알았어요. 거리에서 차를 봤거든요. 교회 옆길에서 기다렸어요."

"얼마나 오래 기다렸지?"

"모르겠어요. 어쩌면 10분, 15분?"

패트릭의 모습은 시시티브이에 딱 한 번 잡혔는데 장소는 교회

앞이었다. 이 점을 생각하면서 나는 희박한 희망을 품고 물었다.

"네가 밖에 있을 때 혹시 엘픽 선생님 집에 들어가거나 나간 사람 봤니?"

대답을 기대하지 않았지만, 패트릭은 처음으로 나를 똑바로 보았다. "네, 집에서 나오는 루이스 선생님을 봤어요." 그는 말했다.

"루이스 선생님? 확실해?"

"네." 짧은 웃음. "그 변태는 어디서든 알아볼 수 있죠."

모린이 아들을 찰싹 쳤다. "패트릭 오리어리!"

"토요일 밤에는 뭘 했지, 패트릭?" 나는 물었다.

"어째서 얘한테 그런 걸 물어봐요?" 이 말을 한 쪽은 디클란이었다. 동생의 대변인이 되기로 작정한 모양이었다. 그는 변호사가 되어야 할 종류의 청년이었다. 아니면 범죄자가 되거나.

"단순한 질문이죠." 내가 말했다.

"집에 있었어요." 패트릭은 운동화를 내려다보았다.

"혼자?"

"팻과 나는 친구들과 술집에 갔어요." 모린은 다소 방어적으로 말했다. "디클란은 여자 친구 만나러 가고."

"그래서 넌 혼자였다는 거지, 패트릭?"

"네, 혼자 있었어요." 그는 머리를 들었다.

"집에는 언제 들어오셨죠, 오리어리 부인?"

"자정쯤 되어서요. 어째서 이런 질문을 하시는 거죠?"

하지만 패트릭은 답을 알았다. "그럼 루이스 선생님이 살해당했다는 게 사실인가요?"

"그러면 릭이 그날 밤 엘라의 집에 갔었다는 거네." 닐이 말했다. 우리는 해안도로를 따라 달리고 있었다. 회색 바다는 잔잔했고, 회색 돌 해변과 회색 하늘이 뒤섞인 듯했다.

"그래." 나는 말했다. "그 사람에게 직접 물어볼 수 없어서 아쉽네."

"엘라와 릭을 죽인 방식이 똑같은 듯한데." 닐이 말했다.

"릭은 목이 졸렸어, 올가미에 걸려 죽었다고. 칼에 찔려 죽은 게 아니야."

"그래. 하지만 쪽지나 다른 것은 모두 비슷하잖아. 확실히 동일인이야. 범인이 패트릭일 수도 있을까?"

"그럴 수도 있지." 나는 말했다. "덩치가 크고 힘도 충분하니까. 엘라를 짝사랑했고, 확실히 릭에게 분개했겠지. 자기가 엘라를 스토킹했다고 릭이 우격다짐했다고 말하는 거 들었지? 진짜 분노가 서려 있었어. 그리고 토요일에 알리바이도 없고."

"내 생각에 걔가 집에 혼자 있었다는 소리는 거짓말 같던데." 닐이 말했다.

"동감이야." 나는 말했다. "엄마에게 알리고 싶지 않은 뭔가가 있었겠지. 걔를 다시 신문해봐야 할 것 같아. 어쩌면 이번에는 아버지랑 오게 해서."

"그럼 너는 걔가 그런 짓을 했을지도 모른다는 거야?"

"모르겠어. 이건 잘 생각해서 꾸민 살인 사건이야, 미리 치밀하게 계획했지. 냉동 비닐 백에 든 쪽지, 바닥에 깐 타르 천. 한데 패트릭은 그런 계략을 짤 인물은 안 되는 것 같아."

"선생님들은 걔에 대해서 뭐라고 했어?" 닐은 내륙 도로로 돌아가는 길을 택했다. 거울을 보고, 깜빡이를 켜고, 솜씨 있게 운전했다. 마치 운전면허 시험을 치는 사람 같았다.

나는 적어놓은 기록을 도로 훑어보았다. "충분히 영리하고, 스포츠에 능하고, 가끔은 싸움을 걸어 문제를 일으킨다. 말한 대로 약간 다혈질 같은데. 한 가지가 더 있었어. 너 걔가 이야기한 선생님 이름 들었어? 일을 바로잡아야 한다고 했다는 선생?"

"아니, 누구였는데?"

"휴스 선생님이라고 했지. 탈가스에서 가르치는 것 같진 않아. 우스운 것은, 클레어도 일기에서 브라이어니 휴스를 언급하고 있어. 그 여자가 마녀라나."

"맙소사. 점입가경이네." 닐이 말했다.

내 휴대전화 벨이 울렸다. 클레어 캐시디. 나는 스피커폰을 눌렀다.

"카우어 경사님. 제발 빨리 와주세요. 누가 허버트를 데려간 것 같아요." 클레어의 흐느끼는 소리가 울려 퍼졌다.

31장

"대체 허버트는 또 누구야?" 닐이 물었다.

"클레어네 개야. 곧장 그 집으로 가자." 나는 말했다.

"잃어버린 개를 찾으러? 아니 왜 왕립동물학대방지협회에 전화하지 않고? 집 밖에 순찰차도 있잖아. 그 친구들이 도우면 안 돼?"

"클레어 목소리 들었잖아." 나는 말했다. "클레어가 처음으로 경계심을 거뒀어. 지금 가서 한껏 동정심을 보여주면 뭔가 털어놓을지도 몰라."

"가령 어떤?"

"가령 엘라와 릭에 대한 진짜 감정."

"너 그 여자 일기를 읽은 줄 알았는데."

"일기는 사람들이 어떻게 생각하는지 알려주지 않아. 자기가 이렇게 생각한다고 생각하는 것을 보여줄 뿐이지. 넌 같이 있을 필요 없어. 그냥 나만 내려줘."

"너 괜히 시간 낭비 하는 거야." 닐은 이렇게 말했지만, 스테이닝으로 향하는 고가도로 아래에서 차를 돌렸다. 나는 저 아래 들판에서 말들이 풀 뜯는 광경을 볼 때마다 경이로웠다. 머리 위로 쌩쌩 지나가는 차들은 전혀 개의치 않는 듯했다.

"어쩌면 그럴지도." 나는 말했다. "하지만 네가 한 가지 잊어버린 게 있어. 누가 일부러 허버트를 데려갔을지도 모른다고. 일기에 글을 쓴 사람이 클레어를 스토킹하고 있을 수도 있어. 그자가 오늘은 개를 데려갔지만, 내일은 딸을 데려갈 수도 있다고."

"맙소사, 카우어. 네가 원래 이렇게 명랑한 사람이었나?"

"내 말이 맞는다는 것 알잖아." 나는 말했다.

닐은 허허벌판에 줄 지어 선 타운하우스 단지에 나를 내려주었다. 클레어는 내가 노크하기도 전에 문을 열었다.

"조지가 개를 들판으로 데려갔대요." 클레어가 말했다. "아이 말로는 잠깐 전화를 확인하려고 멈췄는데, 고개를 들어보니 개가 없어졌대요."

"제 잘못이 아니에요. 저 진짜 잠깐 전화기를 봤어요. 1분이나 되려나." 조지가 눈물로 얼룩진 얼굴로 나타났다.

"물론 네 잘못이 아니지." 클레어는 딸에게 한 팔을 둘렀고, 나는 정말 처음으로 클레어를 좋아하기 직전까지 갔다. 그렇다 해도 이 두 사람은 대체 무슨 생각을 하고 사는 걸까? 아직도 경찰 보호를 받고 있는 상황이고 조지아는 혼자 밖에 나가서는 안 되었다. 클레어 본인이 바로 그저께 살인 현장을 목격했다는 것을 잊었나?

"어쩌면 아직도 들판에 있을지도 모릅니다." 나는 집으로 들어가며 입에 발린 말을 했다. "토끼를 잡거나 하면서요."

"우리가 들판을 다 뒤졌어요." 클레어가 말했다. "오솔길도 다 찾아보고요. 이제 배리와 스티브가 차를 타고 거리를 돌면서 찾고 있어요."

"누구요?"

"우리 집 밖에 있는 경찰들요. 이름도 몰랐어요?" 클레어는 놀란 표정이었다.

"당장 생각이 안 났죠." 나는 말했다. "지금 가장 중요한 일은 침착하게 대응하는 거예요. 미스퍼에서는 처음 몇 시간이 중요합니다."

"뭐라고요?"

"미싱 퍼슨, 유괴 실종 사건의 약자야." 조지아가 답을 알려주었다. 그럼 조지아도 경찰 드라마의 팬인가?

"첫째로 해야 할 일은," 나는 그들을 부엌으로 몰고 갔다. 이전에는 들어간 적이 없지만, 나는 꽤 깊은 인상을 받았다. 부엌은 정원으로 확장했고, 천창과 간이 아일랜드 식탁, 별개의 식탁 공간이 있었다. 요리 도구와 말린 허브가 천장에 걸려 있긴 했으나 표면은 마치 과학수사대 감식실처럼 깨끗하고 빛났다.

"첫째로 해야 할 일은," 나는 말했다. "차를 마시는 거죠. 조지아, 주전자 좀 켜줄래? 둘째로는 공격 계획을 짜는 겁니다." 나는 공책을 꺼냈다. "마지막으로 허버트를 본 게 언제지?"

"11시 24분요." 조지아는 바로 대답했다. "제가 전화기를 들여다보고 있었을 때요."

나는 식탁 위에 걸린 너무 크다 싶은 벽시계를 보았다. 숫자가 없지만, 바늘이 직각을 이루고 있었다.

"아직 골든타임이 지나진 않았어요." 나는 말했다. "들판과 일대를 찾아봤다고 했죠? 집 근처는요? 실종된 사람은 종종 집으로 이끌러 오기도 하거든요. 한번은 십대가 실종되었다는 신고를 받고 갔는데, 침대에서 자고 있더군요."

클레어는 이 말에 실제로 웃을 뻔했다. 약간 진정된 것처럼 보였다. 조지아가 차를 담은 머그잔을 엄마 앞에 놓았다.

"저는 정원을 찾아봤어요." 조지아가 말했다. "개 비스킷도 흔들어보고요."

"다시 봅시다," 나는 말했다. "집에 바깥 창고가 있나요?"

"있어요." 클레어가 말했다. 클레어와 조지아는 정원으로 나갔고 나는 그들이 넓지 않은 장소를 구석구석 헤집는 것을 바라보았다. 나는 생각에 잠겨 차를 마셨다. 내가 허버트를 찾을 수 있다면, 클레어와 조지아는 분명히 나의 평생 친구가 되어줄 터였다.

나는 머그잔을 내려놓고 정원에 나가 모녀에게 합류했다. 그들은 창고 안을 들여다보고 있었다. 어디에나 있는 창고답게 테레빈유 냄새가 났고 오래된 화분들과 잔디 깎는 기계들이 보관돼 있었다. 하지만 하얗고 복슬복슬한 강아지는 없었다.

클레어가 내 팔을 잡았다.

"개가 끌려간 거면요? 누가 끌고 간 거면요?"

"개 돌아올 거야, 엄마." 조지아가 말했다. 닐이 나더러 그렇게 위압적이진 않다고 말한 이래로 이렇게 자신 없는 말투는 처음 들어보았다.

"하지만 **그자**가 한 짓이면 어떡해요?" 클레어는 여전히 내게 매달려 있었다. "아시잖아요, 나한테 그걸 쓴……."

"쉿." 나는 말했다. 클레어의 입을 막아 조지가 겁먹지 않게 해야 했다. 뿐만 아니라 나는 무슨 소리를 들었다.

"뭐죠?" 클레어가 말했다.

"무슨 소리가 난 것 같은데……." 나는 말을 끊었다. 다시 들렸다. 아주 희미하게 개 짖는 소리.

이번에는 클레어와 조지아도 들었다.

"허버트예요!" 클레어가 말했다. 둘 다 개의 이름을 외치기 시작했다. "허버트! 허버트!"

나는 다시 말했다. "쉿! 어디서 들리는지 알아내야 해요."

이제 개 짖는 소리가 멈췄다. 하지만 나는 꽤 먼 거리, 북동쪽에서 들렸다고 생각했다. 나는 클레어의 마당 저편 이 근사한 주택 단지에 사는 사람들은 누구나 달가워하지 않는 괴물 쪽을 보았다. 공장.

"자, 가서 살펴보죠." 나는 말했다. "특별히 신호음을 낼 만한 도구 있어요?"

나는 경찰 호루라기 따위를 말한 것인데, 클레어는 입술을 오므렸고 두 음으로 된 소리가 흘러나왔다.

"이게 특별 신호예요." 조지아가 자랑스럽게 말했다. "우리 둘 다 할 수 있어요."

"대단하네." 나는 말했다. "휘파람 불 준비를 해요." 나는 엄마와 아빠가 좋아하는 흑백영화의 등장인물이 된 기분이었다. 휘파람 불 줄 알지? 그저 입술을 모으고 불면 된단다.

우리는 앞문으로 나갔다. 아직 낮이지만, 춥고 흐렸다. 정오를 지나자 이제는 태양이 떠 있는 것 같지도 않았고, 그림자는 벌써 길어지고 있었다. 나는 재킷을 입었지만, 클레어도 조지아도 코트를 입고 있지 않았다. 우리는 주택 단지 끝으로 걸어갔다. 클레어가 휘파람을 불었다. 우리는 기다렸다.

그랬더니 다시 들렸다. 높고 날카롭게 짖는 소리. 이번에는 방향을 확실히 알 수 있었다.

"폐공장 안에 있어요." 클레어가 말했다.

공장은 철조망으로 막아놓았으나, 동네 청소년들이 철조망을 뜯고 들어간 흔적이 보였다. 나는 구멍을 찾아서 비집고 들어갔다. 클레어는 분홍색 캐시미어 스웨터가 뜯기는 것도 아랑곳하지 않고 따라 들어왔다.

놀랍게도, 조지아는 머뭇거렸다. "들어가도 돼요?" 조지아가 물었다. "시시티브이 있잖아요."

"괜찮아." 나는 말했다. "지원 인력이 올 거니까." 그런데 카메라가 아직도 작동할까 의심스러웠다.

"법에 어긋나잖아요."

"내가 법이잖아." 나는 분위기를 가볍게 하려고 말했다. 하지만 조지아는 그저 나를 바라보기만 했다.

"너는 여기서 기다려도 괜찮아." 클레어가 말했다.

"안 돼요." 내가 말했다. "우리 셋은 함께 움직여야 해요. 가자, 조지아." 나는 조지아를 위해 철조망을 잡아주었고, 소녀는 그 사이로 조심스레 들어왔다.

우리는 앞마당을 가로질렀다. 이상했다. 공장이 가동을 멈춘 상태 그대로 남아 있는 것만 같았다. 아직도 바깥에는 대형 트럭들이 주차되어 있었다. 타이어는 썩었고, 운전대엔 녹이 슬었다. 괴물 같은 활송 장치가 금방이라도 액체 시멘트를 몇 톤이고 내보낼 것처럼 머리 위에 버티고 있었다. 중앙 문은 잠겨 있고 빗장이 걸려 있었지만, 나는 들어갈 길이 있다는 것을 알았다. 우리는 거대한 정사각 건물을 돌아갔다. 대략 7층 높이로, 뒤쪽에는 탑이 있었다. 창문들이 줄줄이 깨져 있었는데, 1층에는 창문이 달려 있지 않았다. 클레어가 다시 휘파람을 불었고, 다시 한 번 대답하듯 개 짖는 소리가 돌아왔다.

우리는 건물 주위를 돌았다. 뒤편에, 백악 절벽이 탑보다 더 높이 솟아 있었다. 아주 오래전에는 바다가 이 안쪽 내륙까지 들어왔다는 얘긴가? 지구과학을 알 만한 사람에게 물어봐야겠다. 게리라든가. 건물 뒤쪽에는 작은 마당이 있고, 페인트 깡통처럼 보이는 물건을 괴어 열어놓은 문 하나가 보였다. 나는 전화기의 손전등 기능을 켜고는 맥라이트 전등을 가져올걸 하고 후회했다.

"갑시다."

우리는 주차장처럼 보이는 장소로 들어갔다. 빈 자루로 만든 야전침대 같은 것이 몇 개 있었다. 마치 여우가 안에 살았던 듯한 모습(그리고 냄새)이었다. 또, 모닥불을 피우려고 잘라놓은 장작도 있었다. 나는 릭 루이스가 살해당하기 전에 앉았던 의자를 떠올렸다. 과학수사대는 살인자가 의자를 부수고 조각을 들고 가버린 것으로 추측했다. 그게 여기 있을 수도 있을까?

문은 세 개였다. 어떤 문을 고르느냐에 따라서 외계인이나 좀비의 공격을 받을 위험을 무릅써야 하는 컴퓨터게임 같았다. 나는 가운데 문을 골랐고, 눈앞에 너른 공간이 펼쳐졌다. 3층 높이인데 텅비어 있었다. 꼭대기에 있는 창문으로 비스듬히 빛이 들어왔고 머리 위에서 새, 혹은 박쥐 소리를 들을 수 있었다. 2층 높이의 3면에는 발코니 같은 것이 있었다. 감옥 같네, 나는 생각했다. 클레어가 휘파람을 불자, 개 짖는 소리가 돌아왔다. 더 크고 선명하게, 바로 우리 머리 위였다.

나는 뒤편에 있는 화재 비상로 같은 철제 계단을 가리켰다.

"두 사람은 여기 있어요." 나는 말했다. "내가 올라갈 테니."

"안 돼요." 클레어가 말했다. "허버트는 형사님을 몰라요. 저를 보고 싶어 할 거예요."

그래서 우리는 함께 계단을 올랐다. 우리의 발소리가 동굴 같은 공간에 무시무시하게 메아리쳤다. 나는 학교에 있는 홀랜드의 서재를 생각했다. 살인자는 릭의 시체를 들고 나선형 계단을 올랐다. 이런 짓을 벌인 사람이 누구든 틀림없이 무척 힘이 셀 것이다. 나는 계단을 오르는 것만으로도 숨이 찼지만, 꽤 체력이 좋은 편이다.

짖는 소리는 이제 더 크고 꾸준하게 들려왔다. 우리 모두 그 소리를 향해 움직였다. 소리는 계단참에서 멀리 있는 방에서 흘러나왔다. 금속 문은 꽉 닫혀 있는 것 같았지만, 내가 손잡이를 돌리니 쉽게 열렸다. 거기에 개가 있었다.

"허버트! 우리 아가." 클레어가 흐느꼈다.

클레어는 무릎을 꿇고 개를 껴안았고, 조지아는 옆에 섰다. 허버트는 꼬리를 흔들며 기뻐서 쿵쿵거렸지만, 다리에는 붕대가 감겨 있고, 땅을 제대로 딛지 못하는 게 분명했다.

나는 작은 방을 돌아보며 안에 있는 물건들을 기억에 새겼다.

물품 1: 침낭

물품 2: 캠핑용 화로

물품 3: 배터리로 작동되는 손전등

물품 4: 바닥의 타르 천

물품 5: 낡은 『템페스트』 한 권

32장

클레어와 조지아는 허버트를 데리고 수의사에게 갔다. 개는 다리를 베였지만 누군가 상처를 씻고 붕대를 감아준 상태였다. 나는 서에 전화를 걸어 지원 인력과 과학수사대를 기다렸다. 이 방 안에서 발견된 모든 물품에서 디엔에이와 지문을 채취하고 싶었다. 누군가 이 낡은 공장에 잠시 살았던 것은 분명해 보였다. 방에는 줄지어 늘어선 집들이 바로 내려다보이는 작은 창문이 있었다. 그 맨 끝이 클레어의 집이다. 나는 밤에 이 건물에서 보았던 불빛을 떠올렸다. 창턱에는, 손전등이 있는데도 양초가 하나 켜져 있었다. 여기가 바로 살인자가 앉아서 클레어를 바라보며 초를 켰던 자리일까?

서로 돌아가 보니 도나는 지원 인력도 없이 공장에 들어간 나를 혼내고 싶은 마음과 단서를 찾아냈다는 흥분 사이에서 갈등하고 있었다.

"디엔에이가 사건 현장에서 나온 것과 일치하면, 우린 용의자를 포착한 거야. 심지어 데이터베이스에 있을지도 몰라. 잘했어, 하빈더. 하지만 다시는 이런 짓 하지 마."

"하지만 어째서 그자는 개를 데려간 거지?" 닐은 허비트에 대한 내 판단이 맞았다는 사실을 탐탁잖아했다.

"어쩌면 일종의 인질이었을지도 모르지." 도나가 말했다. "불쌍한 꼬마 친구 같으니." 도나는 개를 좋아했고 커다란 스패니얼을 키웠다. 도나의 아이들처럼 지지리도 말을 안 들었다.

"그자가 일기에 뭐라고 쓴 사람이라면, 확실히 클레어를 도우려고 그랬을 겁니다." 나는 말했다. "그래서 허버트를 찾아줬는지도 모르죠. 개의 앞발에 깔끔히 붕대를 감아줬잖아요."

"그럼 어째서 바로 돌려주지 않고?" 닐이 말했다.

"어두워질 때까지 기다리려 했을지도 모르지."

고작 3시인데 바깥이 어두워지고 있었다. 플래카드를 들고 세상의 종말이 머지않았다고 외치는 노인들의 말이 맞는 것 같다고 느껴지는 겨울날이었다.

"우리는 영어과의 다른 교직원들도 불러들이기로 했어." 닐이 말했다. "너도 나와 같이 신문할 거야?"

"우리는 그들에게 「낯선 사람」에 대해 물어봐야 할 것 같아." 나는 말했다.

"뭐? 아, 클레어가 집착하는 책."

"내 생각엔 다른 사람도 그 책에 집착하는 것 같아."

"무슨 뜻이지?" 도나가 물었다.

"책 내용이, 옛 저택에서 두 남자가 살해당해요. 한 사람은 칼에 찔렸고, 손에 성흔 같은 자국이 있어요."

"엘라처럼 말이지." 닐이 말했다.

"바로 그거예요. 그리고 두 번째 피살자는 목이 졸렸어요. 릭 루이스처럼."

도나는 책상 서랍에서 간식거리를 찾으며 물었다. "정말로 이 살인자가 유명하지도 않은 빅토리아시대 유령 이야기를 재현했다고 암시하는 거야?"

"딱히 뭘 암시하는 것은 아니에요." 나는 말한다. "하지만 두 사건 현장에 그 책에 나오는 문장이 있었으니까요. 꽤 중요한 연결고리 같습니다."

"그 문장이 셰익스피어 책에서 나왔다고 말하지 않았나." 닐은 불만스러운 어조로 말했다.

"셰익스피어 책에도 나오고, 「낯선 사람」에도 나와. 클레어가 한 말 기억 못 해?"

"그 여자는 온갖 책 이야기를 하잖아. 일기에 글 쓴 놈이 인용했다는 건 뭐였지?"

"『흰옷을 입은 여인』." 나는 말했다. "영어 교사 카테고리의 10점짜리 기본 문제."

〈유니버시티 챌린지〉를 언급해봤자 닐한테는 말짱 헛것이다.

우리는 베라 프렌티스, 앨런 스미스, 아누시카 파머를 신문했다. 릭의 사건에선 모두 알리바이가 있었다. 베라는 집에서 어머니와 함께 텔레비전을 봤다. 이건 실로 경이로웠는데, 베라는 100살은 되어 보였으나 알고 보니 '고작' 예순 살이었고, 어머니는 팔십대였다. 앨런은 집에서 아내와 성인이 된 딸과 함께 넷플릭스로 프랑스 영화를 보았다. 그들에게 〈스트릭트리 컴 댄싱〉은 그다지 어울리지 않았다. 앨런은 자기 자신을 지성인이자 구시대 사회주의자로 보는 것이 분명했다. 그는 토니가 "탈가스를 아카데미로 바꾸려 한다"고 말했다. 닐이 나중에 내게 물었다. "그게 뭐가 나쁜대?

아카데미가 학교보다는 더 상류층 교육기관처럼 보이잖아." 나는 대답했다. "바로 그게 나쁜 거야."

베라와 앨런 둘 다 「낯선 사람」을 몇 년 전에 읽었지만, 가르친 적은 없었다. 앨런이 말했다. "전형적인 백인 중산층 남성 중심 작품이죠. 거기 나오는 여자는 하인들뿐이에요." 나는 하인들이 나오는 대목은 기억나지 않았다. 앨런은 아닌 척하지만 이 작품을 더 잘 기억하는 게 분명했다.

아누시카 파머가 마지막으로 신문을 받았다. 나는 이 여자에게 특히 흥미가 있었는데, 하이드의 연수 프로그램에 참여했기 때문이었다. 그녀는 어리고 예쁘고, 혼혈이었으며, 긴 머리를 복잡하게 땋아 내린 모습이었다.

"릭은 제게 참 친절했는데요." 아누시카는 계속 이 말만 했다. 내가 봐도 정말 그랬을 것 같았다.

아누시카는 토요일 밤에는 남자 친구와 외출했고, "그의 집에 머물렀다"고 했다. 남자 친구의 주소도 알려주었다. 이름은 샘 아이삭이었고, 식스폼 칼리지의 교사였다.

"「템페스트」를 가르친 적 있습니까?" 나는 물었다.

"네. GCSE 수업을 두 개 맡고 있어요." 아누시카는 놀란 표정이었다.

"R.M. 홀랜드의 「낯선 사람」은 어떻습니까?"

"아뇨. 그건 읽어본 적도 없어요. 우리 학교와 관련이 있으니까 읽어야겠지만, 전 사실 빅토리아시대 소설의 팬은 아니에요."

나도 애서가는 아니지만, 영어 교사가 이런 말을 한다는 사실은 꽤 충격적이었다.

아누시카가 나가기 전에 나는 브라이어니 휴스라는 이름을 들으면 떠오르는 것이 있느냐고 물었다.

"네. 식스폼 칼리지에서 영어를 가르쳐요." 아누시카는 대답했다. "샘과 무척 잘 아는 사이예요."

"엘라의 친구이기도 하지 않았나요?"

"확신할 순 없는데, 이 근처 학교 영어 교사들은 대부분 안면이 있어요. 교사 연수 같은 데서 자주 만나는 편이니까요."

이 말에 번쩍 감이 왔다. "브라이어니 휴스도 하이드 연수에 참여했습니까?

"네, 그랬어요." 아누시카가 말했다. "아, 생각해보니 엘라가 그 선생님이랑 같이 있는 모습을 몇 번 봤어요."

"하지만 탈가스에 다니는 학생들을 가르치진 않았잖아요? 가령, 패트릭 오리어리라든가."

"네, 개인 교습을 하지 않는다면요. 많은 선생님들이 개인 교습을 해요. 자기 학교에서는 할 수 없지만요. 하지만 패트릭이 개인 교습을 받을 유형은 아닌 것 같은데요."

나도 이 점은 동감이었다.

"휴스 선생님은 문예창작 강좌를 운영하고 있어요." 아누시카가 말했다. "정말 좋다고 들었지만, 이 역시 패트릭 취향은 아닐 텐데."

그럼 클레어와 브라이어니 휴스 둘 다 문예창작반에서 학생들을 가르쳤다는 거군. 나는 늘, 문예창작은 가르치기에는 좀 이상한 과목이 아닌가 생각했다. 글을 잘 쓰거나 못 쓰거나 둘 중 하나 아닌가. 하지만 거기에 연결 고리가 있었다. 나는 아누시카에게 고맙다고 인사했고, 아누시카는 스카프와 가방을 서둘러 챙겨서 나갔다. 닐은 집사처럼 문을 잡아주었다.

기록을 거의 다 마쳤을 때는 6시였고 오늘 일과는 이것으로 마무리하기로 했다. 운이 좋다면 내일 현장 감식 보고서를 받아볼 테고, 수사는 진전이 있을 것이다. 탈가스 하이는 다시 문을 열겠지만, 구관은 계속 닫아놓기로 했다. 나는 토니가 광활한 교장실을 포기해야 한다는 사실을 어떻게 느낄지 궁금했다. 홀랜드 하우스를 다시 보지 못하게 되면 기뻐하지 않을까? 어쩌면 9월에 학기를 시작할 다른 학교에 넣을 지원서를 작성하고 있을지도 몰랐다.

충동적으로, 집에 가는 길에 클레어에게 들렀다. 이번에는 따뜻한 환대를 받았다. 허버트는 왕처럼 소파에 자리를 잡고 앉았는데, 발은 누군가 전문가다운 솜씨로 붕대를 감아놓았고, 손닿는 곳에는 맛있는 간식이 놓였다. 조지아는 자기 방에 있었다.

"차 한잔 드시겠어요? 아니면 와인이라도? 6시가 지났으니까요." 클레어가 권했다.

"와인이 좋겠습니다. 근무는 끝났으니까요." 나는 말했다.

클레어는 두 사람 몫으로 레드 와인을 큰 잔에 가득 따랐고, 나는 소파에 앉아 허버트를 쓰다듬었다.

"허버트는 상태가 그리 나빠 보이진 않네요." 나는 말했다.

"괜찮아요." 클레어가 말했다. "수의사 말로는 유리를 밟아서 발을 베였는데, 상처가 깊지 않고 소독도 잘했다고. 내 말은…… 그 자가…… 누군가가 소독해준 것 같아요. 붕대도 감아주고."

우리는 붕대에 지문이 있기를 희망했다. "누구인지 짐작 가는 사람 없으시죠?" 나는 말했다.

클레어는 고개를 저었다. 아직도 약간 찢어진 분홍색 스웨터를 입고 있었고 털 슬리퍼를 신었다. 어쨌든, 여전히 매력적이었다.

"가끔 공장에서 불빛을 봤어요." 클레어가 말했다. "하지만 내가 그냥 상상한 거라고 생각했죠. 「낯선 사람」을 너무 많이 읽어서 그런 거라고. 폐가의 창문에서 촛불이 빛나던 장면 기억나요?"

"기억나요." 나는 말했다. 그날 「낯선 사람」을 다시 읽었다는 말은 덧붙이지 않았다.

"그 단편을 내가 가르치는 문예창작 수업에서 다뤘어요." 클레어가 말하고 있었다. "내가 늘 가르치는 내용인데, 유령 이야기 전통에서는 모든 일이 세 번에 걸쳐 일어나요. 형사님이 「낯선 사람」에서 '우리는 기다리고 기다리고 또 기다렸소'라는 문장을 언급했던 거 기억나죠? 음, 저는 홀랜드의 서재에 가서 의자에 앉은 마네킹을 봤어요. 그게 처음이었죠. 그다음에 헨리와 거기에 갔을 때 나는…… 우리는 릭을 보았죠. 그게 두 번째예요. 나는 계속 생각하게 돼요. 세 번째에는 무슨 일이 일어날까?"

"현실에서는 그렇게 되지 않아요." 나는 말했다. "일이 그렇게 딱 맞아떨어지진 않죠. 패턴을 찾다 보면 정신만 혼란해질 수 있어요."

"다른 일도 있어요." 클레어가 말했다. "토템 동물에 대해서 이야기하려고 하는데요. 책에서 동물은 긴장감을 끌어올리기 위해 사용될 수 있어요. 가끔은 동물들이 살해돼요. 죽음이 필요하지만 인간을 죽일 수는 없기 때문이죠. 그들은 플롯에서 중요한 역할을 해요. 뭐, 그게 오늘의 허버트였죠."

"하지만 허버트는 죽지 않았잖아요. 다행스럽게도." 나는 허버트의 귀를 어루만졌다. 그런 후에 말했다. "「낯선 사람」에 나오는 개 이름이……."

"허버트였죠." 클레어가 말했다.

"그 이름을 따서 본인 개 이름을 지은 거예요?"

"어떤 면에서는요. 한편으로는 그냥 어울려서 그렇게 지었어요." 클레어는 와인을 꿀꺽 마셨다.

나는 개를 보았다, 이제는 꼬리 아래에 코를 감추고 있어 하얀 실뭉치처럼 보였다. 나에게 허버트는 페르디나 두갈이라는 이름이 더 어울릴 것 같았다. 허버트는 이 개에게는 너무 위엄 있는 이름이었다.

"허버트는 그냥 개가 아니다." 나는 말했다. "나의 동물 심부름꾼, 개의 몸으로 나타난 내 영혼이다."

클레어는 입을 살짝 벌리고 나를 응시했다. "아, 맙소사. 내 일기를 인용하는 거군요. **끔찍하네요.**"

"미안합니다." 나는 정말로 약간 죄책감을 느꼈다.

"그런 글을 쓸 순 있죠." 클레어가 말했다. "하지만 절대로 누군가 읽기를 기대하진 않아요."

"그러면 왜 일기를 쓰죠?" 나는 물었다. "무슨 의미가 있을까요?"

클레어는 와인 잔을 들어 빛에 비추더니 눈을 가늘게 뜨고 보았다. 탁자에는 굵고 흰 초를 켜두었는데 좋은 향이 났다. 클레어가 사용하는 향수와 마찬가지로 조 말론이었다.

"사물을 이해하기 위한 거죠." 클레어는 마침내 말했다. "무엇이든 글로 옮겨놓으면 그렇게 나쁘지 않아요. 내가 통제할 수 있고 사물을 정리하는 데 도움을 줘요. 형사님이 말한 대로, 패턴을 찾죠. 내가 가장 행복했을 때, 혹은 제일 즐겁게 살았을 때, 대학 다닐 때는 전혀 일기를 쓰지 않았어요. 내 결혼이 잘못되기 시작했을 때부터 다시 쓰기 시작했죠. 일종의 치유법이었다고 생각해요. 최악의 시기를 돌아보고 모두 거쳐 왔음을 깨달으면 이상하게 위안이 돼요."

"그렇지만 다른 사람에게 보여줄 의도는 전혀 없다는 거죠?"

클레어는 즉시 대답하지 않았다. 그녀는 잔을 비운 후 다시 따라서 내게도 권했다. 나는 운전을 해야 하므로 거절해야만 했다.

"제가 런던에서 일할 때, 학과장은 루카라는 남자였어요." 클레어가 말했다. "관습적으로 보면 매력적이라고 할 수 없었지만, 아주 영리하고 유쾌해서 많은 여자들이 그를 좋아했어요. 그 사람은 직장에서 일기를 쓰곤 했는데, 아내에게 들킬까 봐 그랬던 것 같아요. 어쨌든, 여자가 한 명 있었는데요, 신임 교사가 루카에게 반해서 어느 날 학교에 침입해서 그의 일기를 읽어본 거예요. 자기에 대해서 뭐라고 썼는지 알고 싶어서 필사적이었던 거죠."

"그 여자에 대해 뭐라고 썼는데요?"

"그게 참 역설적이에요." 클레어는 웃었다. "아무것도 없었어요. 루카는 그 여자를 전혀 언급하지 않았던 거죠. 루카 본인이 제게 직접 얘기해줬어요. 침입한 교사는 관리인에게 붙들려서 학교를 떠날 수밖에 없었어요. 제 말은, 그 여자는 분명 균형을 잃었다는 거죠. 하지만 그게 역설은 아니에요. 진짜 역설은 뭔지 아세요?"

"아뇨." 나는 어떤 반응을 요구받는 기분이 들어 이렇게 대답했다.

"진짜 역설은 그 후에는 그가 그 여자에 대해 일기에 써야 했다는 거죠."

나는 어째서 클레어가 내게 이 이야기를 하는지 궁금했다. 명백하게 클레어 자신의 행동과 유사성이 있었다. 클레어도 직장에서 일기를 썼고, 학교에 침입했다. 뭐, 열쇠를 가지고 있었지만, 그래도 꽤 불균형한 행동이라고 할 수 있었다. 클레어는, 자기 일기에 메모를 남긴 사람은 자기 이름이 미래의 일기에 언급되는 것을 보고 싶어서 그랬다는 말을 하는 건가? 이제 내 머리가 헤엄치기 시작했다. 어쩌면 와인 때문일 수도 있었다. 나는 클레어에게 물어보고 싶은 것이 따로 있었음을 기억해냈다.

"브라이어니 휴스 이야기 좀 해주세요." 나는 말했다.

"브라이어니 휴스?" 클레어는 의자에서 다리를 접어 깔고 몸을 말고 있다가 허리를 똑바로 펴면서 다리를 바닥에 내려놓았다.

"일기에서 휴스를 언급했잖아요. 엘라가 그 교사와 함께 외출했고, 당신은 그걸 두고 마녀 집회냐고 했죠."

"기억력이 무척 좋네요."

"어떤 일에 대해서는 그래요." 나는 사람들이 한 말을 기억하는 데 능했다. 이런 능력은 내 업무에 도움이 되었다. 하지만 다른 일에는 쓸모가 없었다. 생일, 약속, 컴퓨터 비번.

"어째서 마녀 집회라고 말한 거죠?"

클레어는 웃었지만, 자연스럽진 않았다. "브라이어니에 대해서는 늘 소문이 있어요. 하얀 마녀라는 둥, 그런 역할에 딱 어울리는 사람 같죠. 긴 회색 머리와 주렁주렁 단 은 장신구. 게다가 금언적인 말을 계속해요. '너한텐 황금 오라가 있어.' 그런 거 아시잖아

요."

나는 '금언적인'이라는 표현이 무슨 의미인지 몰랐으나 물어보지 않기로 했다.

"엘라가 그 교사와 친구였습니까?"

"네." 목소리에는 망설임이 묻어났다. 클레어는 손가락으로 와인 잔의 테를 따라 원을 그렸다.

"가까웠나요?"

"네." 다시 한 번 멈칫거림. "하지만 엘라가 죽기 직전에 크게 싸운 것 같았어요."

"이유를 아십니까?"

"아뇨. 엘라는 친구들과 그런 식이었거든요. 한순간 죽고 못 사는 사이였다가, 다음 순간에는 무슨 일이 일어나서 친구들을 버려요."

확실히 여기에는 신랄한 기색이 있었다. 나는 일기를 기억해보았다. 클레어가 릭과 잔 엘라를 질투했는지, 엘라를 자기에게서 빼앗아 간 릭을 질투했는지 여전히 확신할 수가 없었다.

"어째서 브라이어니에게 관심을 기울이는 거죠?" 클레어가 물었다.

"그 이름이 수사 과정에서 두어 번 나왔습니다. 그게 다예요. 중요하진 않습니다." 나는 손목시계를 보았다. "가봐야겠네요."

"조지랑 먹을 파스타를 만들려고 해요." 클레어가 말했다. "알코올을 날려버리려고요. 좀 더 계시다가 드시고 가시겠어요?" 허버트는 일어나 앉으며 꼬리를 흔들었다. '파스타'라는 단어를 이해하는 것이 분명했다.

"말씀은 감사합니다만, 집에 가야 해요." 나는 말했다. "엄마가 언제나 저녁에는 한상 차리시거든요."

"부모님 집에 살아요?" 클레어가 말했다.

"네." 웃긴 말이지만, 나는 클레어에게 마음의 빚이 있어 이 정도는 말해줘야 할 것 같았다. 어쨌든 그녀의 일기를 읽었으니까. "저는 부모님이랑 함께 사는 서른다섯 살 여성이죠. 이제 저를 마음대로 판단하셔도 돼요."

"저는 판단하지 않아요." 클레어가 말했다. "굳이 말하면 부러운 거죠. 저는 크리스마스에 부모님을 만나도 이틀을 못 견뎌요. 매일 밤은 말할 것도 없고."

"괜찮은 편이에요." 나는 말했다. "우리 부모님은 대체로 같이 살기 편한 분들이죠. 엄마는 제가 좋은 남자를 찾기를 여전히 바라시지만."

"뭐, 행동보다 말은 늘 쉬운 법이죠."

"맞는 말이에요. 하지만 저는 동성애자라서, 그게 핵심은 아니에요."

나는 어째서 이런 말을 클레어에게 하는지 정말로 알지 못했다. 내가 클레어의 일기를 읽었기 때문인지도 모르지만, 그렇다고 보답으로 가장 깊은 비밀을 털어놓을 이유는 없었다. 그렇다고 내가 숨기고 사는 것은 아니었다. 나는 부끄럽지도 않고 그냥 아무렇지도 않다. 직장 동료들과 친구들에게는 커밍아웃을 했다. 물론 부모님께는 하지 않았다. 그저, 어떤 일들은 사적인 영역에 남겨두고 싶고, 결국 클레어는 우리 수사에서 요주의 인물이었으니까. 친구가 아니다.

"아, 그래요?" 클레어가 말했다. 충격받지도, 당황하지도 않았고, 그렇게 흥미 있다는 말투도 아니었다. 정말로 딱 적당한 말투였다.

"네." 나는 대답했다. "그럼, 저는 어머니가 저를 잡으러 수색대를 보내기 전에 가봐야겠네요." 나는 손으로 옷을 쓸며 일어섰다.

"허버트는 순종은 아니지만 푸들이어서 털이 날리지 않아요."

나는 의심스러웠지만, 공정하게 말하자면 개털이 사방에 날리고 있지는 않았다.

"괜찮으세요?" 나는 물었다. "필요하시면 스콧과 베일리*는 아직도 바깥에 있을 겁니다."

"저는 그 사람들이 캐그니와 레이시**라고 생각했는데, 이렇게 연식이 드러나네요." 클레어는 웃었다. "아뇨, 괜찮아요. 공장에 살던 사람이 누구인지 몰라도 그가 돌아올 거라고 생각해요?"

"그럴 것 같지는 않습니다." 나는 말했다. "하지만 만약의 사태를 대비해서 우리는 아직도 감시하고 있습니다. 정말로 더 안전한 곳으로 이사할 것을 고려해보셔야 해요. 어디 친구네 집에 가서 잠시 묵을 수는 없을까요? 아니면 부모님 집이라도?"

"안 될 것 같아요." 클레어가 말했다. "토니가 오늘 전화했어요. 학교 일이 악몽이 될 것 같네요. 제가 학과장 대행이 되었다는군요. 저는 학기말까지는 여기 머물러야 해요. 어쨌든 부모님 집에는 갈 수 없어요. 위급 상황 때는 할머니 집에 갈 거예요. 할머니는 스

---

* 2011년 첫 방송된 영국 드라마 시리즈 〈스콧과 베일리〉의 주인공인 두 여성 순경.
** 1982년 방영된 미국의 동명 드라마 시리즈의 주인공.

코틀랜드에 사시죠. 인버네스 근처."

"멋있기도 하고 멀기도 하네요." 나는 말했다. "잘 있어요, 클레어. 와인 고마웠어요. 문은 꼭 잠그세요."

33장

아침에 나는 브라이어니 휴스를 만나러 갔다. 마지막 시험을 친 후에는 식스폼 칼리지에 다시 가본 적이 없었다. 나는 심지어 졸업식 무도회에도 참석하지 않았다. 웃긴 일이다. 나는 탈가스 시절은 불편할 만큼 선명하게 기억하지만, A 레벨 시험 대비반 시절의 추억은 거의 없다. 나는 여기서 인생의 2년을 보냈지만, 아무런 흔적도 남지 않은 것 같다. 내게도 선생님, 친구, 혹은 적수가 있었나? 솔직히 생각나지 않았다. 꼭 다른 사람에게 일어난 일 같았다.

건물은 똑같았다. 아무런 특성이라고는 없는 콘크리트 직사각형의 연속. 사실은 탈가스의 대척점에 있다고 할까. 위세 좋은 학교의 분위기도 없고, 운동 팀의 사진이나 연극 전단지도 없고, 오로지 글자와 숫자로만 구분되는 복도와 교실뿐이었다. 나는 안내 데스크에서 서명을 하면서 구부정한 자세로 지나가는 학생들을 보았다. 너무도 성인 같아서, 탈가스에서 파란 스웨트셔츠를 입고 다니는 학생들과는 몇 달 정도가 아니라 훨씬 더 많은 차이가 나는 듯했다. 소년들 둘은 턱수염을 길렀고, 소녀들은 내가 열여덟 살 때는 언감생심이던 세련되고 매혹적인 느낌을 풍겼다. 아니, 그런 거라면 내가 몇 살이 되어도 이룰 수 없다. 그들이 제복 아닌 제복인 검은 바지와 재킷을 입고 '카우어 경사, 서식스 경찰'이라고 쓰인 배지를 단 나를 어떻게 생각할까 궁금하긴 했으나 걱정할 필요는 전혀 없었다. 누구도 나의 존재를 알아채지 못했다.

나는 영어과 사무실로 가는 길을 찾았다. 당번 학생은 없고, 인쇄 상태가 좋지 않은 배치도뿐이었다. 결국 나는 3층으로 올라가 방을 찾아서 노크를 했고 들어오란 말을 들었다. 휴스 선생은 홀로, 책상에 앉아 있었다. 이 방의 벽은 온통 연극 전단과 셰익스피어 인용구로 도배되어 있었다. 열심히 공부하는 학생이 형광펜으로 밑줄을 그어놓은 것처럼 나는 「템페스트」에 나오는 문장을 금방 알아보았다. **지옥은 비었다. 그리고 모든 악마는 여기에 있다.**

브라이어니 휴스는 오십대 후반쯤 되어 보였고, 어쨌든 은퇴할 나이에 가까웠지만, 대부분의 나이 많은 교사들처럼 괴로운 표정을 짓고 있지는 않았다. 휴스 선생은 평온하게 의자에 앉아 내가 찾아온 이유를 설명하기를 기다렸다. 나는 클레어의 묘사를 기억했다. "긴 회색 머리, 주렁주렁 단 은 장신구." 하지만 이는 브라이어니를 제대로 묘사하는 표현이 아니었다. 머리카락은 은색이었지만, 깔끔하게 틀어 올려서 쪽을 지었고, 내가 보기엔 아무런 장신구도 달고 있지 않았다. 크림색 터틀넥 스웨터를 입었고, 책상 아래를 힐끗 보니 검은 바지에 간호사나 수녀가 선호할 법한 납작한 검은 신발을 신었다. 눈은 연청색이었고 별로 깜박이지도 않았다.

브라이어니는 내게 앉으라고 권하지 않았지만, 나는 어쨌든 앉았다. 빼먹은 학과 과제를 상담하러 불려온 학생같이 보이지 않으려고 의자를 뒤로 뺐다. "하빈더 카우어 경사입니다. 엘라 엘픽과 릭 루이스의 사망 사건을 조사 중입니다." 나는 말했다.

브라이어니는 알아들었다는 듯이 고개를 끄덕였다.

"엘라와 릭을 아십니까?"

"엘라는 친한 친구였어요." 웨일스 억양이 실린 낮은 목소리였다.

"릭 루이스도요?"

"리처드는 약간만 알아요."

"그럼 친한 친구는 아니었단 말씀이시죠?"

"리처드는 헌신적인 교사였어요" 브라이어니는 위엄 있게 말했다. "귀중한 동료였죠."

"마지막으로 엘라를 보신 게 언제입니까?"

"엘라가 죽기 몇 주 전이었어요. 우리는 산책을 하고 영적인 영양을 나누러 나갔죠." 이 여자는 외식하러 나갔다는 사실을 절대로 인정하지 않을 사람이었다.

"영적인 영양요?"

"우리는 바닷가로 산책 갔어요. 물 가까이에 있으면 치유되는 것이 있죠."

"어째서 엘라는 치유가 필요했습니까?"

그냥 나의 느낌이었을까, 아니면 그녀의 부드러운 목소리가 조금은 긴장되긴 한 걸까? "교직은 피로한 일이죠. 모든 시간을 다 바쳐도 가끔은 보답을 거의 받지 못한답니다."

"엘라와 다투고 헤어졌다고 들었는데요."

"누가 그런 말을 하던가요?" 평정심이 이제 확실히 흐트러졌다.

"사실입니까?"

"좋은 친구들끼리도 마음이 일치하지 않을 때가 있지요."

브라이어니는 망설이면서 책상에 놓인 서류를 정리했다. 작문에세이 같았다. 나는 어떻게 책에 대해 그렇게 많은 글을 쓸 수 있는지 거의 이해하지 못했다.

"우리는 교수법을 두고 견해가 일치하지 않았어요." 마침내 브라이어니가 말했다.

"심각한 논쟁이었습니까?"

"아뇨, 그저 교육학에 관한 토론이랄까. 우리 둘 다 학생들을 무척 생각했지만, 가끔은 감정이 고조되고는 했죠."

"패트릭 오리어리라는 학생을 가르치십니까?"

"제가 가르치는 문예창작 수업에 와요."

"방과후 수업요? 그런 유형으로는 보이지 않던데요."

"글쓰기에 무척 재능이 있는 아이입니다." 브라이어니가 말했다. "나는 늘 외모로 판단하지 말란 말을 들었죠."

확실히 나를 비꼬는 말이었다. 나는 맹맹하게 미소 지었다. "또누가 수업에 옵니까?"

"학생은 적어요. 소수정예 집단이죠."

나는 그녀가 말하는 방식이 마음에 들지 않았다. "누가 이 정예집단에 있습니까?"

"패트릭과 여자애 셋이에요. 나타샤 화이트, 베니샤 셔번, 그리고 조지아 뉴턴."

"조지아? 클레어의 딸요?"

"클레어 캐시디요? 네, 그런 것 같더군요."

"클레어를 아십니까?"

"이런저런 교사 연수 때 만난 적이 있어요."

"7월에 하이드에서 열린 연수도 가셨나요?"

"네." 브라이어니는 다시 푸른 눈빛을 내게 고정했다.

"그때 만난 엘라에 대해 뭐 기억나는 점이 있으십니까? 엘라와 릭 사이에?"

"저는 절대로 소문에는 귀 기울이지 않아요." 이는 질문에 대한 답인 셈이었다.

"마지막으로 릭 루이스를 본 게 언제죠?"

"정확히는 기억이 나지 않아요." 브라이어니는 손목시계를 보았다. "실례지만 몇 분 후면 수업이 시작돼서요."

나는 일어났지만, 브라이어니는 자리에 앉아 있었다. "당신에겐 분노의 오라가 있군요." 그녀가 내게 말했다.

"무척 감사합니다."

"또 그러니까," 그녀의 목소리는 이제 무척 부드러웠다. "여기 다시 돌아오기가 어려웠겠죠."

"무슨 뜻이죠?"

"나는 학생이었던 당신을 기억해요." 브라이어니가 말했다.

"저는 입시 때 영문학 과목은 선택하지 않았는데요."

"안 했겠지요, 하지만 나는 당신을 늘 기억하고 있어요."

"죄송한데, 저는 선생님을 기억하지 못합니다만."

"아, 기억할 거라 생각해요." 브라이어니 휴스가 말했다. "날 기억할 거라 생각해요."

나는 서로 돌아오는 내내 이 금언적인(나는 이 단어를 찾아보았다) 발언에 대해 생각해보았다. 또한 휴스 선생 등 뒤의 책꽂이에 있던 물체에 대해서도 생각했다. 펜이 가득 담긴 킷캣 머그컵, 콜린스 뜻풀이 동의어 사전, 그리고 검은 돌. 홀랜드의 책상, 릭 루이스의 시신 옆에서 발견된 것과 무척 비슷한 돌이었다.

"다음에는 무슨 일이 있었는가?" 아, 참 지속적으로 생겨나지만 늘 대답 없는 질문이지. 그것이 바로 이 서사의 본질이 아니겠소? "다음 장을 읽어주세요." 잠자리에 들기 전 아이가 간청하지. 어둠의 공포를 피할 수 있는 거라면 무엇이든 달라고. 당신은 어린 시절을 떠나온 지 얼마 되지 않았겠지요, 나의 젊은 친구여. 당신이 다음 장에서 무슨 일이 일어날지 알고 싶어 하는 거야 자연스러운 일이라오.

또 한 해가 흘러갔소. 난 지도 교수의 딸인 에이다와 약혼했소. 알비파 교도의 이단설에 관한 논문을 쓰기 시작했지. 또한 학부생들도 가르쳤소만, 사실상 나는 참으로 성실하되 따분한 강사였소. 가끔은 학생들이 나에 대해 속삭이는 소리를 들었고, '헬 클럽'이라든가 '살인 사건'이라는 말이 귀에 들어왔지. 하지만 나는 그해에는 빛 속에 머물기를 선택했소. 동반자도 얻었지. 그래요, 바로 지금 이 객실에, 당신 앞에 있는 이 동물이라오. 내 시련의 시기에 허버트가 얼마나 살뜰한 친구가 되어주었는지! 어떤 인간 시종보다 훨씬 더 진실하고 견실한 친구였다오.

가을이 지났고 헬러윈이 왔다오. 나는 두려웠으나 하루하루가 사고 없이 흘러가서 안도의 한숨을 내쉬었다는 고백을 할 수밖에 없군. 하지만 그때, 몇 주 후에, 복도를 지나가는 침실 담당원이 하는 말에서 '콜린스'라는 이름과 '죽었다'라는 단어를 듣게 되었소.

나는 연구실에서 뛰어나가 물었지. 내가 갑작스레 열을 내서 그들이 놀랄 정도였소. "무슨 이야기들을 하고 있습니까?"

"콜린스 씨 말이에요. 전에 여기 킹스 칼리지에 다녔던 분요, 선생님." 대답이 돌아왔지. "그분이 죽은 방식에 대해 이야기하던 중이었습니다. 참으로 부자연스럽다고."

"무슨 일이 있었습니까?" 냉기가 나를 덮쳐오는 것을 느꼈지. "콜린스라니, 바스티안 경의 친구로 킹스에 다녔던 학생이 아니오."

"죽었답니다, 선생님. 자기 마차를 몰고 소택지를 가로지르고 있었대요. 엘라이에서 떠나 케임브리지로 향할 때는 무척 건강했다지요. 무슨 일이 있었는지는 아무도 모르나, 그 양반의 말이 하루 후에 발견되었답니다. 그때까지 마차를 매달고 미친 듯이 달려가고 있었다는 겁니다. 수색대가 나갔고 콜린스 씨는 도랑에서 발견되었다는군요. 목이 베여 있었답니다, 선생님."

"그게 언제 일이죠?"

"핼러윈 밤이었습니다." 두 사람 중에 나이가 많은 쪽이 대답했다오. "제가 기억하는 이유는 수색대원이던 버트가 이렇게 말했기 때문이지요. 그 말이 마치 지옥의 개들에게 쫓기는 것처럼 혼자 달려가는 광경을 보고 피가 얼어붙는 듯했다고요."

또 일주일이 지난 후에 신문 쪼가리가 내게 도착했소. "케임브리지 학생, 소택지에서 살해당한 채 발견." 그리고 머리기사 위에 손 글씨가 쓰여 있었지. "지옥은 비었다."

6부

조지아

34장

우리는 장례식이 치러진 날 밤에 엘픽 선생님의 혼령을 소환했다. 왠지 그래야 할 것 같은 기분이 들었다. 엄마는 데브라 선생님과 외출한다고 해서 태시와 비이가 집에 와서 "안녕하세요, 클레어" 이러면서 착한 척하며 법석을 떨고 명랑한 소녀들의 밤을 준비하는 시늉을 했다. 엄마는 그 애들이 내게 **어울리는** 친구라고 생각한다. 비이는 너무 잘난 척하고, 태시는 너무 괴짜이긴 해도. 패트릭은 자전거를 타고 와서 엄마가 보이지 않을 때까지 모퉁이에서 기다렸다.

나는 약간 어색해질까 봐 패트릭을 다시 보기가 좀 걱정되었다. 걔가 루이스 선생님에 대한 이야기를 털어놓고, 내가 우리 원에 대고 맹세한 일 이후에 말이다. 하지만 괜찮았다. 우리가 모두 함께 있을 때는 내가 주도권을 잡았다. 웃긴 일이었다. 내 인생의 다른 영역에서는 이런 적이 없었으니까. 어떤 선생님도 지도력이 뛰어나다는 이유로 나를 뽑아준 적이 없으며, 나는 팀을 지휘하기는커녕 팀에 들어간 적도 없었다. 하지만 이 원 안에서는 내가 어떻게 해야 하는지 잘 아는 것 같다. 태시는 늘 나를 지지해준다. 하지만 패트릭은 의심을 품고, 비이는 불안해한다. 그날 밤도 예외는 아니었다.

나는 방을 정리해놓았다. 부정적인 의미를 띨 수 있는 것은 모두 치워놓았다. 신문(세계의 근심), 스웨이드 쿠션(죽은 동물), 돌아가신 증조부의 사진(오라가 흐트러질 수 있으니까). 커피 탁자에는, 다른 물건은 다 치우고 초 세 개를 세운 검은 받침과 허브 그릇만 놓았다. 휴스 선생님 말로는 타임이어야 한다고 했지만, 나는 기껏해야 혼합 허브와 엄마의 포푸리 주머니를 찾아냈을 뿐이다(엄마는 이런 걸 매번 학기말 선물로 받는다). 초 옆에는 엘픽 선생님 사진을 놓았다. 나는 이 사진을 페이스북 페이지에서 다운받아 출력해놓았다. 어느 크리스마스 파티에서 종이 모자 같은 걸 쓴 사진이었다. 내가 이 사진을 고른 이유는, 선생님이 행복해 보였을 뿐 아니라 이 사진을 프로필 사진으로 선택한 것으로 보아 선생님이 좋아했다고 생각했기 때문이다.

　베니샤는 금방 까다롭게 굴기 시작했다.

　"선생님 유령이 나타나면 어떡해? 너무 무서울 거 같아."

　"유령 따윈 없어. 그저 이전에 떠나간 사람의 혼령일 뿐이지." 나는 그 애에게 깨우쳐주었다.

　"우리는 엘픽 선생님을 빛으로 보내주는 거야." 태시는 내가 꺼내놓은 칩을 먹으면서 말했다. 우리의 육체적 필요를 충족시키는 것도 중요한 일이다.

　"선생님의 혼령은 나타나지 않을 거야." 패트릭은 몸을 앞으로 내밀어 칩을 한 줌 집으며 말했다. "우리에게는 그런 힘이 없어."

　"우리가 원으로 함께한다면 할 수 있어." 나는 말했다. "넌 그저 믿어야 해."

　"허버트는 어떡해?" 태시가 말했다. "불쌍한 귀염둥이." 태시는 허버트를 좋아한다. 비이도 개에 알레르기가 있긴 해도 마찬가지다. 패트릭까지도 허버트가 귀엽다고 생각한다. 허버트는 사람을 살살 녹이는 눈으로 올려다본다. 태시는 개도 자기를 좋아해서 그런다고 생각하지만 사실은 칩을 먹고 싶어서 그러는 것뿐이다.

"허버트도 우리랑 같이 있어도 돼?" 태시가 말했다.

"개가 있으면 난 재채기하는데." 베니샤가 말했다. 말도 안 된다. 정말로 알레르기가 있는 사람도 푸들에게는 알레르기를 일으키지 않으니까.

"허버트는 내보내는 편이 낫겠어." 나는 말했다. "개가 있으면 정신이 혼란해질 거야. 내가 먹을거리를 주면 부엌에 있어도 좋아할 거고."

나는 프링글스 칩으로 허버트를 꾀어 부엌으로 데려가고, 사료를 그릇에 담아 주었다. 엄마는 자기 몸무게보다 허버트의 몸무게를 훨씬 더 세심하게 관리하지만, 내가 사료를 좀 더 준들 알아챌 것 같진 않았다. 허버트는 언제나 싹싹 긁어 먹으니까.

응접실로 돌아와서 나는 허브를 탁자에 뿌려놓은 후 촛불을 켰다. 우리는 손을 잡았다. 태시의 손에서는 땀이 났지만, 패트릭의 손은 건조했고 손아귀 힘이 아주 셌다.

나는 휴스 선생님이 가르쳐준 소환 주문을 외우기 시작했다.

"어제 살았던 당신, 나는 나의 마음으로부터 당신의 마음을 부른다. 그림자로부터 빛으로 돌아와 여기 모습을 드러내라."

우리는 기다렸다. 촛불이 깜빡였다.

"나 무서워." 비이가 속삭였다.

"쉿!"

처음에는 패트릭의 말대로 아무 효과 없을 줄 알았다. 하지만 우리는 원을 깨지 않았다. 손을 잡은 채로 그 자리에 서 있었고 나는 소환 주문을 반복했다. "그림자로부터 빛으로 돌아와 여기 모습을 드러내라." 그때, 갑자기, 차갑게 소름이 끼쳤다. 내 옆에 서 있던 태시가 바들바들 떠는 것을 느낄 수 있었다. 방 안은 점점 차가워졌다. 문이 열렸다 닫혔다. 바람이 불며 촛불이 꺼지고 우리는 어둠에 잠겼다.

"나 이런 거 싫어." 비이가 말했다. "그만하자."

"원을 깨면 안 돼." 내가 말했다.

나는 1분 정도 충분히 기다린 후에 엘픽 선생님의 혼을 자유롭게 풀어주는 주문을 외웠다.

"엘라, 어제 살았던 당신. 감사하오. 이제 이 땅으로부터 멀리 날아가 혼령들의 세계에 합류하시오."

금방, 방이 더 따뜻해졌다. 어둠 속에서 우리 모두의 숨소리가 들렸고, 허버트는 부엌에서 나지막이 낑낑댔다. 나는 두 박자 정도 기다렸다가 손을 놓고 다시 초를 켰다.

우리는 서로 바라보았다. 모두들 충격과 눈물, 웃음이 뒤섞인 감정에 휩싸여 있었다.

"와우. 이거…… 정말 강렬했어." 태시가 말했다.

패트릭이 소리 내어 웃었다.

"이제 갔겠지. 엘라 선생님 말이야."

"그런 것 같아." 나는 말했다. 나는 천장 조명을 켜고 허버트를 내보내주었다. 허버트는 바로 턱자로 뛰어올라 허브를 먹으려고 했다. 나는 개를 안아들고 쓰다듬었다. 개는 따뜻하고 무척 생생한 느낌이 났다.

"그거였어? 선생님 유령이었어?" 베니샤는 아직도 몸을 떨고 있었다.

"당연한 걸 뭘 묻냐." 패트릭이 말했다. "너 촛불 꺼진 거 못 봤어?"

"다 괜찮아, 얘." 태시는 한 팔을 비이의 몸에 둘렀다. 나는 두 사람이 너무 가까워질 때면 늘 그렇듯이 질투심을 느꼈다. "우리가 선생님의 혼령을 자유롭게 풀어준 거야. 선생님은 이제 평화로워. 우리가 다시 어려움에 빠지는 일은 없을 거야."

패트릭은 탁자 너머로 나를 보았다.

"이제 우리 어떡해, 조지?"

나는 선생님의 사진을 들어 반을 접은 후 주머니에 넣었다. "텔레비전을 켜. 〈프렌즈〉처럼 마음 편해지는 방송을 보자. 내가 피자를 주문할게."

패트릭은 피자를 먹은 후 떠났다. 집까지 자전거를 타고 가야 했고, 날씨는 점점 차가워지고 있었다. 태시의 엄마는 10시 30분에 애들을 데리러 왔다.

"너 혼자 있어도 괜찮아?" 태시가 소곤거렸지만, 솔직히 말하면 나는 혼자 있는 시간을 고대하고 있었다. 애들이 가자마자 응접실 불을 끄고 위층으로 올라갔다. 허버트는 엄마를 기다리는지 현관에 그대로 있었다. 나는 씻고, 양치질하고, 잠옷으로 갈아입은 후 침대로 들어갔다. 그런 후에 노트북 컴퓨터를 꺼내서 마이시크릿 다이어리에 글을 쓰기 시작했다.

오늘 밤 우리는 혼령을 소환했다. 이렇게 표현하니 너무 세속적인 느낌이 난다. 마치 '오늘의 할 일' 목록 같달까. 숙제를 하라, 재활용 쓰레기를 내놓아라, 혼령을 소환하라. 하지만 진실을 말하면, 내게 일어난 일 중 가장 특별했다. 장엄했다. 인생이 바뀌는 경험이었다.

나는 꼼꼼하게 준비했다. 방을 정화하고, 초를 켜고, 허브를 뿌렸다. 그런 후에 우리는 원을 이루고, 손을 잡은 후에 소환 주문을 외웠다. 처음에는 효과가 없는 줄 알았는데, 다음 순간 초자연적인 한기가 방 안을 채우는 느낌이 들었다. 문이 열리고 닫혔다. 천국과 지옥이 불의 광휘 속에서 포효했다. 사자들의 왕국이 펼쳐지며 입을 벌렸다. 모든 천사들과 악마들이 여기, 방 안에 우리와 함께 있었다. 나는 나 자신을 놓아버리면 불에 완전히 소진되리라는 사실을 알았다. 나는 해방의 말을 읊었고, 혼령은 올 때처럼 빠르게 우리를 떠났다. 원자들이 저절로 재배열되었고 우리는 그저 손을 잡은 네 명의 십대였다. 하지만 나는 나 하나만이라도 다시는 이전과 똑같아질 수 없음을 깨달았다.

나는 이 글을 쭉 읽어보았다. 잘 썼다고 생각했다. 나는 '오늘의 할 일' 목록과 사자들의 왕국을 병치한 것이 마음에 들었다. 약간 멜로드라마 같은 느낌도 들지만, 사실 일어난 사건 자체가 그랬다. 결국 우리는 다른 세계로 향하는 관문을 열었다. 나는 '발행'을 눌렀다.

바로 그때 엄마가 들어와서 허버트를 데리고 산책 나가는 소리가 들렸다. 나는 노트북을 끄고, 언제나 침대 옆에 놓아두는 『해리 포터』를 집어 들었다. 한 챕터를 읽었을 때 엄마가 방문을 두드렸다. 나는 엄마에게 재미있게 보냈냐고 물었다. 엄마는 둘이서 엘라 이야기를 했다고 말했다. 나는 엄마에게 엘라는 이제 평화롭다고 말해주고 싶었지만, 그러면 너무 많은 설명을 해야 할 것 같았다. 나는 뭔가 위로의 말을 했고, 엄마는 내게 잘 자라고 키스해주었다.

나는 현관 불이 꺼질 때까지 기다렸다가 노트북 컴퓨터를 다시 꺼냈다.

35장

    우리는 솔직히 이제 모두 괜찮아지리라 생각했다. 엘라 선생님을 빛으로 보내주었고 더 이상 누가 죽는 일은 없을 거라고. 엄마는 그래도 계속 스트레스를 받는 듯했다. 소환을 받은 다음 날에 엄마는 아침 내내 사라졌다가 다시 돌아와서는 아주 이상하게 행동했다. 타이와 나는 엄마에게 일요일 점심을 해주었지만, 엄마는 딱히 고마워하는 것 같지도 않았다. 이후에도 엄마는 정말 이상하게 굴면서 엘라의 살인자가 엄마에게도 "관심이 있을지" 모르니 우리는 매우 주의해야 한다고 말했다. 나는 엄마에게 우리가 두려워할 것은 두려움 그 자체일 뿐이란 말을 하고 싶었지만 그냥 다 괜찮아질 거라고 믿는다고 말했다. 엄마는 동의했지만, 확신이 없어 보였다. 정신이 딴 데 가 있었는데, 불꽃놀이의 밤인 데다 허버트가 발작을 쉰 번은 일으켰기 때문이다.

    나는 엄마에게 혼자서는 집에 오지 않겠다고 약속했다. 문예창작반 수업을 한 주 빠져야 했으나, 내가 쓴 단편 하나를 휴스 선생님에게 보여주라고 패트릭에게 주었다. 나는 도서관에서 엄마를 만나기로 했는데 패트릭이 함께 가주었다. 우리가 함께 있는 것을 엄마가 달가워하지 않는다는 사실을 나는 눈치챘다. 폐소공포증을 자극하는 한 주가 지나 주말에 아빠가 데리러 와줘서 기뻤다.

그 역시 아빠가 금요일 오후 일을 쉬고 학교까지 나를 데리러 와야 했다. 엄마는 평소처럼 내가 기차 타고 가도록 놔두지 않았다. 대체 내가 기차를 타고 가는데 무슨 위험한 일이 벌어진다는 걸까?

나는 아빠와 꽤 즐거운 주말을 보냈다. 아빠는 엘픽 선생님의 죽음에 흠칫 불안해했다. 엄마가 아빠에게 어디까지 말했는지는 모르겠다. 아빠는 나에게 자기들이랑 같이 살자며 압박을 약간 가했지만, 플뢰르도 이런 계획에 열렬히 찬성할지는 잘 모르겠다. 그래도 플뢰르는 아주 잘해주었다. 우리는 토요일에 아이들을 데리고 수영장에 갔다. 오션은 이름과는 달리(하!) 물을 무서워했지만, 타이거는 작은 물고기 같았다. 나는 그 애가 좋다. 타이거는 너무 귀엽고 나를 좋아해서 어디든 따라다닌다. 플뢰르는 토요일 밤에 아이들 봐줄 사람을 구했고 우리(나, 아빠, 플뢰르)는 차이나타운에 가서 외식했다.

정말 좋았다. 식당에는 커다란 탁자가 달랑 두 개밖에 없었고, 모두 함께 앉았다. 나이프와 포크는 없고, 오직 젓가락뿐이었다. 또 제대로 된 메뉴표도 없었다. 김이 모락모락 나는 향기로운 음식들이 마술처럼 계속 나왔다. 아빠는 여기 손님 중에 중국 사람들이 많다며 좋아했다. 아빠는 이른바 '정통'에 집착한다. 나는 플뢰르는 그냥 애들에게서 벗어날 수 있어서 기쁜 것 같다고 생각했다. 우리는 고작 재스민 차를 마셨지만, 플뢰르는 더블 보드카를 컵에 따라 들이켠 사람처럼 취한 듯했다.

"너 연애는 어때, 조지?" 플뢰르는 새우 토스트 한 조각을 씹으며 물었다.

"좋아요. 아직도 타이랑 사귀어요." 나는 조심스레 대답했다.

"사진 갖고 있니?"

나는 전화기에 있는 사진을 보여주었다. 타이는 해변에서 행운석—가운데에 구멍이 있는 종류로, 휴스 선생님은 마녀의 돌이라고 부른다고 우리에게 알려주었다—을 빛에 비춰보고 있었다.

"와, 잘생겼네." 플뢰르가 말했다.

"너한텐 너무 나이가 많아." 아빠는 뭔가 예언하듯이 말했다.

"엄마는 그렇게 생각 안 해. 점점 타이를 정말로 좋아하는 것 같더라고." 약간 과장하긴 했어도, 엄마가 패트릭보다는 타이가 낫다고 한 거야 사실이니까.

"엄마는 어때?" 아빠는 정말로 무거운 목소리로 말했다. 나는 아빠가 엄마를 그렇게 부르는 게 싫다. '네 엄마'라고 하지 않고. 어딘가 무시하는 느낌이다.

"좋아." 나는 밥과 새우를 내 그릇에 조심스레 담으면서 말했고, 아빠가 이 신호를 알아채길 바랐다.

아빠가 알아챌 리 없지. "요새 많이 힘들겠지."

"엄만 괜찮아."

"친구가 죽고 그런 일들이 있었으니까. 게다가 누가 자기를 감시한다고 생각하는 거 같더라고."

아빠는 마치 엄마의 정신이 무너지고 있다는 식으로 말했다.

"누구 만난대?"

"정신과 의사, 뭐 그런 사람 말이야?"

"아니." 아빠는 꽤 충격을 받은 듯했다. "상담사라든가, 치료사라든가 그런 사람."

"아니, 그렇지 않아." 나는 말했다.

나는 순간 아빠가 실제로는 엄마가 누구를 **만나는**지, 누구와 연애를 하는지 물어본 걸까 하는 생각이 들었다. 이제 상황이 심각할 정도로 이상해졌다.

하지만 남은 주말 동안은 괜찮았다. 일요일 아침에 플뢰르와 나는 아이들을 데리고 공원에 갔고, 플뢰르는 맛있는 점심을 만들어줬다. 오후에는 숙제를 좀 했고, 아빠는 4시쯤 나를 집으로 데려다줬다.

집에 도착하자, 엄마가 우리를 맞아주었다. 엄마는 아빠가 예감한 최악의 공포를 모두 확인시켜주는 모습이었다.

"끔찍한 일이 일어났어." 엄마는 문간에서 말했다.

"안녕, 엄마." 나는 말했다. "나는 정말 즐거운 주말을 보냈어. 물어봐줘서 고마워."

"무슨 일이야?" 아빠가 물었다. '지금'이란 말은 하지 않고 삼켰다.

"릭. 릭이 살해당했어."

나는 허버트랑 인사하다 말고 멈췄다. "루이스 선생님?"

"그래, 그가 살해당했어. 엘라처럼."

"맙소사." 아빠가 말했다. "그 학교에선 대체 무슨 일이 일어나고 있는 거야?"

나는 엘라 선생님은 집에서 살해당했으니 이 말은 약간 부당하다고 생각했지만, 나중에 알고 보니 정말로 루이스 선생님의 시체는 학교, 홀랜드의 서재에서 발견되었다. 엄마는 내가 이 이야기를 못 듣게 하려고 했으나, 나는 대화에서 차단당하고 싶지 않았다. 엄마가 루이스 선생님의 시체를 발견한 사람의 정체를 감춘다는 느낌이 들었다. 엄마일 수도 있을까? 그러면, 그렇다면, 주말에 학교 주변에서 어슬렁거리면서 뭘 했단 말인가?

아빠는 마침내 떠나면서, 나를 안아주고 귀에 대고 속삭였다. "필요하면, 아빠가 와서 너 데리고 갈게. 낮이든 밤이든 언제든." 엄마는 와인을 큰 잔에 따르더니 히스테리를 일으킬 것 같은지 소파에 앉았다. 나는 위층으로 뛰어올라가서 우리 그룹에 메시지를 보냈다. 엄마 말로는 기밀이라고 했지만, 어차피 곧 새어나갈 터였다. 아니나 다를까, 우리가 왓츠앱을 하고 있는데, 내일 "예상치 못한 상황 때문에" 학교 문을 닫는다는 문자를 받았다.

"헐 루이스 쌤 죽었다니 못 믿겠어." 태시였다.

"연쇄 살인자일 거야." 베니샤였다. 걔는 맞춤법도 제대로 모른다.

패트릭은 너무 조용해서 나는 걔가 끊은 줄 알았는데, 메시지 열 개가량을 주고받은 후에 그 애가 말했다. "이거 정말 개심각해."

"다음은 누굴까?" 베니샤가 말했다. "헐 너네 엄마한테 조심하라고 해 G."

"멍청한 소리 하지 마." 패트릭이 받아쳤다.

"난 그냥 누가 영어 선생님들 다 죽이고 다니는 거 아니냐, 이 뜻이었어." 베니샤가 기분 상한 것이 뻔히 보였다.

"휴스 선생님에게 말해야 해. 선생님은 어떻게 해야 할지 아실 거야." 나는 자판을 쳤다.

채팅을 멈춘 후에 나는 패트릭에게 개인 문자를 받았다.

"우리 이야기 좀 하자."

화요일까지는 패트릭과 이야기할 기회가 없었다. 월요일에는 허버트가 사라져서 우리 모두 큰 충격에 휩싸였다. 오전에 나는 허버트를 데리고 산책 나갔다. 들판으로 나갔기에 나는 목줄을 풀어주었고, 허버트는 풀려나서 냄새를 킁킁 맡고 빙빙 돌며 뛰어다녔다. 그때 패트릭에게서 문자가 와서 대답하려고 잠깐 멈췄다가 고개를 들어보니 허버트가 사라지고 없었다. 끔찍했다. 나는 허버트의 이름을 부르고 또 불렀다. 집으로 가버렸을지도 모른다고 생각했다. 하지만 돌아와 보니 허버트는 없었다. 엄마와 나는 들판으로 돌아갔지만, 허버트는 특별 휘파람 소리를 듣고도 나타나지 않았다. 이제 우리는 겁에 질렸다. 엄마는 우리를 지켜주는 두 명의 경찰 "경호원님"들에게 말했고, 그들은 차를 타고 개를 찾으러 떠났다. 나는 내 잘못이라는 생각을 지울 수 없었다. 내가 전화기를 들여다보지만 않았더라면. 하지만 패트릭이 경찰이 자기 뒤를 쫓는다고, 자기 집 문 밖에서 기다리고 있다며 정신이 나간 것처럼 얘기했다. 나는 패트릭이 지어낸 말이 아닐까 했지만, 나중에 알고 보니 사실이었다. 경찰이 정말로 개네 집에 갔다고 한다.

허버트가 여전히 돌아오지 않자, 엄마는 무시무시한 카우어 경사에게 전화를 걸었는데 그 사람이 정말로 와줬다. 난 믿을 수가 없었다. 게다가 그 사람은 똑똑했다. 우리를 진정시키더니 논리적으로 생각해보라고 했다. 우리는 정원에 나가서 창고를 확인했고, 카우어 경사는(이제 우리는 하빈더라고 부른다) 개가 짖는 소리를 들었다. 개 짖는 소리는 옛날 공장에서 흘러나오는 것 같았다. 나는 안으로 들어가기 무서웠지만, 하빈더는 겁이 없었다. 하빈더는 열린 문을 찾았고, 우리는 안으로 들어갔다.

나는 오랫동안 저 공장에 평안을 찾지 못한 혼령이 있지 않을까 의심했다. 거기 시멘트 속에 여자아이가 빠져 죽어서 밤이면 우는 소리가 들린다는 소문도 있었다. 이 말이 사실인지는 모르지만, 확실히 폴터가이스트*는 일어난다. 밤에 불빛을 본 적 있고, 이상한 소리를 들은 적도 있다. 우리 학교 구관처럼 거기서는 비통함이 감돌고 있다. 우리가 안으로 들어가니까 초자연적인 움직임이 독기처럼 퍼져나갔다. 엄마와 하빈더는 알아차리지 못하는 것 같았다. 두 사람은 무슨 일이 일어나든 간에 허버트의 흔적을 따라갔다. 웃긴 일이었다. 두 사람이 돌연 똑같아지다니. 둘 다 집념을 불태우며 용감하게 움직였다. 나는 그들 뒤를 졸졸 따르는 아이가 된 기분이었지만, 가끔은 휴스 선생님 말대로 우리 내면의 아이가 하는 말에 귀 기울여야 한다.

마침내 우리는 허버트를 찾아냈다. 틀림없이 누가 잤던 작은 방에 갇혀 있었다. 하빈더는 노숙자가 있다는 사실에 무척 흥분한 기색이 역력했다. 경찰은 아마도 이 사람에게 살인 혐의를 씌울지도 모른다. 엄마는 그저 허버트를 찾아서 감격했을 뿐이었다. 나도 마찬가지였다. 허버트는 앞발을 다쳐서 우리는 녀석을 수의사에게 데려갔고, 집에 와서는 응접실 쿠션에 눕히고 개가 좋아하는 온갖 선물을 다 바쳤다. 보니오 개 비스킷, 삑삑이 장난감, 설탕 넣은 차.

나는 글도 쓰고 패트릭에게 문자도 보내려고 위층으로 올라갔다. 6시 30분쯤 하빈더가 찾아온 소리가 나더니 엄마가 두 사람 몫으로 와인을 콸콸 따르는 익숙한 소리가 들렸다. 카우어 경사는 이제 우리 가족의 친구일까? 나는 하빈더를 좋아하고 존경하지만 너

---

* 악취와 소음이 나며, 물건들이 날아다니는 등의 괴현상을 말한다.

무 가까워지는 것은 원치 않는다. 하빈더의 오라는 옛날 경찰차 불빛처럼 푸른색이다. 나는 하빈더가 진실에 이르기 위해서라면 어떤 장애물이 가로막든 멈추지 않을 거라고 생각한다.

우리는 다음 날 학교로 돌아갔다. 구관은 폐쇄됐고 중앙 현관에는 접근 금지를 알리는 경찰 테이프가 쳐져 있었다. 모든 사람이 과하게 흥분했고, 우리 모두는 거지 같은 신관에 다 끼어 들어갔다. 극심한 열병에 걸린 분위기였다. 패트릭과 나는 출석 확인을 하기 전에 간신히 몇 마디 나눌 수 있을 뿐이었다.

"모두 내가 살인자라고 생각해." 패트릭은 어느 때보다 훨씬 정신없어 보였다. 눈에는 그늘이 졌고 머리도 감지 않았다. 나는 걔 얼굴에 수염이 돋았다는 것도 눈치챘다.

"그렇지 않아." 나는 말했다.

"모두가 나를 보고 있어."

"어째서 우리가 함께 소곤거리는지 궁금해하고 있겠지. 우리가 사귄다고 생각할지도 몰라."

패트릭이 웃으며 말했다. "로지랑 헤어져야겠어. 걔한테 공정하지 않아."

"멜로드라마 주인공 같은 소리 하지 마."

"나 진심이야, 조지. 어쩌면 너랑 나랑 사귀어야 할지도 몰라. 타이는 너한테는 너무 나이가 많아."

"우리 아빠처럼 말하네."

"진심이라니까. 걔는 널 이해 못 하잖아. 나는 한다고. 우리는 똑같은 사람이야. 너랑 나는."

나는 말했다. "나중에 봐. 나는 이제 교실에 들어가 봐야 해."

어떤 일들은 말하지 않고 놔두는 편이 훨씬 낫다.

스위트먼 교장 선생님은 또 한 번 특별 조회를 열어 우리는 루이스 선생님이 어떻게 죽었는지를 따지지 말고 선생님이 어떻게 살았는지를 기억해야 한다고 했다. 애들이 그럴 리가 있나요. 모두가 살인 사건에 집착하고 있다. 한 애는 실제로 나에게 우리 엄마가 그랬다고 생각하느냐고 물었다.

"응, 맞아. 엄마는 정말로 영어과 학과장이 되고 싶었거든." 나는 대답했다.

하지만 대부분의 사람들은 미친 연쇄 살인범 시나리오 쪽을 믿고 있다.

"졸업한 학생이면 어떡해?" 페이지가 말했다. "로니 벨로우스는 정말로 루이스 선생님을 싫어했고, 걔 완전 소름 끼쳤어. 맨날 검정 옷만 입고 헤비메탈만 들었다니까."

"대단하네." 내가 말했다. "사건은 해결됐어. 이제 경찰에 전화해야지, 아니면 내가 할까?"

내가 실제로 경찰에 전화할 수도 있다는 생각이 머리를 스쳤다. 나는 하빈더의 특별 '긴급 전화번호'를 내 전화기에 저장해놓고 있었다.

패트릭과 나는 점심시간에 만났다. 우리는 묘지에 가고 싶었지만, 선생님들은 우리가 금지 구역으로 가지 못하게 엄격히 감독했다. 마치 『해리 포터와 비밀의 방』에서 바실리스크가 호그와트에서 풀려났을 때랑 비슷했다. 선생님들은 둘씩 짝지어 복도를 순찰했고, 관리인들은 정문을 지켰으며, 모두가 용의자의 정체를 두고 떠들었다. 우리는 결국 미술실로 갔다. 패트릭은 GCSE 대비 미술 작업을 해야 한다고 말했고, 나는 역사 숙제를 해야 한다고 주장했다.

우리는 7학년들이 그린 끔찍한 자화상에 둘러싸여 앉았다. 교실에서는 유화 물감과 연필 냄새가 났고, 이상하게 마음이 안정되었다. 패트릭의 과제물은 정말로 훌륭했다. 거대한 인물이 물속에서 솟아오르는 바다 풍경화로 모두 회색과 청색으로 칠했고 하늘에는 악의가 어려 있었다. 어렸을 때 본 책『아이언맨』이 생각났다.

"날씨 좋은 날의 쇼어햄 해변이야." 패트릭이 말했다. 나는 '퓨마'라는 서명을 보았다. 패트릭이 자신의 과학소설 대리 자아로 설정한 이름이다.

"나도 바다에 좀 더 가까이 살았으면 좋겠어." 내가 말했다.

"내가 사는 곳은 좋아하지 않을걸." 패트릭이 말했다. "집들이 다 샬레나 휴가 별장 스타일이야. 정말로 거기 사는 사람은 아무도 없어. 또 낮에는 너무 조용한데, 밤에는 안개 경고등 소리가 울려."

"어제는 무슨 일이 있었던 거야?" 나는 말했다. "경찰이 너희 집에 들렀다며."

"그래. 경찰이 엘픽 선생님 집 바깥에 있었던 시시티브이에 걸린 나를 찾았어."

"맙소사. 경찰이 정말로 네가 선생님을 죽였다고 생각해?"

"나도 잘 모르겠어. 루이스 선생님을 거기서 봤다고 했더니 관심을 보이더라. 경찰은 어쩌면 내가 둘 다 죽였다고 생각할 수도 있어."

"너 토요일 밤에 알리바이는 있어?"

나도 내가 이걸 물어봤다는 사실을 믿을 수가 없었다. 친구한테 살인 사건 알리바이가 있느냐고 묻다니. 패트릭은 내가 자기 얼굴을 볼 수 없도록 몸을 돌렸다.

"응. 그것 때문에, 일요일에 이야기하자고 한 거야. 비이가 들렀어."

"뭐?"

"우리 사이는 아무것도 아니야." 패트릭은 이렇게 말했지만 말투가 무척 방어적이었다. "나는 혼자였고, 외로웠어. 로지의 부모님이 걔 외출 허락을 안 해줬거든. 너는 아빠랑 런던에 가버리고. 내가 문자를 했더니 비이가 왔어."

"얼마나 있다 갔는데?"

"자고 갔어."

나는 아무 말도 하지 않았다. 한편으로는 충격을 받았고 무척 못마땅했다. 나는 단 한순간도 패트릭과 베니샤 사이에 무슨 일이 일어날 거란 생각은 하지 못했다. 두 사람은 '데이트'를 하는 사이는 아니지만, 확실히 같이 자는 사이이긴 했다. 나는 베니샤가 나보다 먼저 첫 경험을 했으며, **심지어** 그걸 비밀로 했다는 데 분노했다. 둘 중 누구도 마이시크릿다이어리에는 단 한마디도 내비치지 않았다. 다른 한편으로는 패트릭한테 확실한 알리바이가 있어서 기뻤다.

"가야겠다." 나는 말했다.

패트릭은 내 손을 잡았다. "화내지 마, 조지. 내가 사랑하는 사람은 너야."

"그런 말 하지 마. 너는 나를 사랑하지 않아. 우리는 형제자매 같은 사이야."

"비이는 자기가 전생에서 내 쌍둥이 누이라고 했어. 우리는 같은 영혼을 가졌다고 하더라."

"쌍둥이라도 각자 영혼을 가진다는 사실을 너도 알게 되겠네."

패트릭은 여전히 내 손을 잡은 채였다. "나는 너무 엉망진창이야, 조지. 무슨 생각을 해야 할지 모르겠어."

"너의 쌍둥이 누이 베니샤에게 물어보면 어때?"

"화내지 마." 그 애는 다시 말했다. "비이는 내가 너한테 말하면 네가 화낼 거랬어."

"나는 화나지 않았어."

나는 **격분**한 것이었다.

엄마는 여전히 매일 나를 태워서 집에 갔다. 정신이 늘 산란해 보였는데, 사실 그럴 만도 했다. 우리는 허버트를 도기 데이 케어에서 데려왔고 집에 들어가자마자 나는 2층으로 탈출했다. 막 컴퓨터에 일기를 쓰고 있을 때, 아래층에서 허버트가 짖는 소리와 함께 누구 목소리가 들렸다. 카우어 경사. 하빈더 이모. 우리가 새로 사귄 절친한 친구.

나는 살며시 나가 계단에 앉아서 귀를 기울였다. 하빈더는 '현장에서 발견된 물품 감식 결과'에 대해 이야기하고 있었다. 하빈더는 루이스 선생님이 살해당하던 밤, 홀랜드의 서재에서 발견된 '중요 물품'의 목록을 가지고 있었다. 하빈더는 엄마에게 그중에 무엇을 봤는지를 말해달라고 했다. 바로 엄마가 시체를 발견한 사람이었던 것이다. 그럴 줄 알았다.

"책상에 초가 세 개 있었고, 포푸리에서 나온 이파리와 꽃잎이 있었습니다."

"나는 그런 걸 본 기억이……." 엄마의 목소리는 불분명했다.

"그리고 과학수사대가 이걸 찾았습니다. 여기 현장 사진이 있어요."

맙소사. 나도 사진을 볼 수 있었으면. 다행스럽게도 엄마가 이게 뭐냐고 물었다.

"제가 찾아봤습니다. 보니까 흑요석이라는 돌이더군요."

36장

  나는 어떻게 해야 할지 알았다. 휴스 선생님을 만나야 했다. 운 나쁘게도 말은 쉽지만 행동이 어려웠다. 엄마가 매의 눈으로 나를 감시하는 중이었다. 마침내 나는 태시에게 얼마간 비밀을 털어놓을 수밖에 없었다. 나는 그냥 휴스 선생님을 개인적으로, 그리고 급히 만날 필요가 있다고 말했다. 태시는 아마도 문예창작반과 관련된 일이라고 생각할 것이었다. 태시는 자기 엄마에게 목요일 방과 후에 나를 집으로 데려와도 되느냐고 물었다. 엄마들은 미리 의논한 후에 괜찮다고 했다. 이틀을 기다리려니 안달이 나 죽을 것 같았다. 나는 수요일 밤에는 타이와 스테이닝에서 음료나 한잔 마시기로 했다. 우리는 즐거운 시간을 보냈지만, 나는 계속 패트릭이 한 말을 생각하고 있었다. 내가 타이가 아니라 자기랑 만나야 한다는 말. 그래야 할까? 나는 패트릭과 함께 있으면 느끼는, 연결된 감정을 타이에게서는 느낀 적이 없다. 하지만 타이랑 같이 있으면 안전하다고 느끼는 반면, 패트릭하고 있으면 늘 그렇지는 않았다. 타이는 10시 정각에 나를 집에 데려다주었고, 엄마도 정말로 친절하게 타이를 대했다. 들어와서 핫초콜릿 한잔 마시고 가라고 했으며 타이의 일과 조부모님에 대해서 묻기도 했다. 약간 오글거리기는 했지만, 그래도 엄마가 좋은 의도를 품고 있음을 알 수 있었다.

목요일에 태시와 나는 학교가 끝난 후 치체스터 버스 정류장에서 기다렸다. 태시는 자기가 내리는 정류장에서 내렸지만, 나는 계속 타고 가서 식스폼 칼리지에서 내렸다. 웨스트 서식스 식스폼은 탈가스의 신관처럼 사방에 유리와 플라스틱이 넘쳐서 현대적이지만 특징은 없었다. 엄마는 좋은 성적을 받는다며 식스폼 칼리지 진학에 찬성하지만, 나는 거기 가기가 약간 두렵다. 탈가스에서는 '캐시디 선생님의 딸'이긴 해도 적어도 존재감이 있는 사람이다. 식스폼 칼리지에 가면, 나는 그냥 허공으로 사라질 것만 같았다. 학교 소개서에는 학생들을 "성인처럼 대한다"고 쓰여 있지만, 내가 보기에는 과대평가된 것 같았다. 유일하게 밝은 점이 있다면, 휴스 선생님에게 배울 수 있다는 거겠지.

나는 선생님에게 뵈러 간다고 말씀드려놓았고, 선생님은 교실에서 기다리고 있었다. 교실은 모두 똑같았다. 사람들은 이 교실에 B211-2 같은 이름을 붙였다. 대체 왜 그렇게 지었는지 알 수가 없다.

휴스 선생님은 숙제를 채점하고 있었는데, 내가 들어가자 일어섰다. 나는 선생님을 보자 무척 반가웠다. 다른 사람들과 달리, 선생님은 전혀 변하지 않았다. 회색 머리카락은 단정히 쪽을 지어 올렸고, 프릴 칼라가 달린 분홍빛 도는 스웨터를 입었다. 엄마라면, '너절하다'고 할지 모르지만, 내가 보기에는 딱 좋았다. 안심할 수 있고, 나이를 알 수가 없다.

"조지아. 어떻게 지냈니?" 선생님은 결코 내 이름을 줄여 부르는 법이 없었다.

"전 괜찮아요." 나는 선생님 맞은편에 앉았다. "음…… 사실은 아니에요."

"긴장을 풀렴, 조지아. 숨을 쉬어."

나는 눈을 감았다. 여기는 어디나 있는 평범한 교실이지만, 휴스 선생님이 있어 더 안전한 곳이 되었다. 나는 좀 더 천천히 숨을 쉬려 했다. 선생님의 목소리는 무척 부드럽고 상냥했다.

"무슨 일이니, 조지아?"

나는 눈을 떴다. "패트릭에 관한 일이에요."

"아, 너에 대한 그 애의 진심을 알아냈구나."

"아뇨. 네." 나는 솔직히 약간 충격받았다. 나는 휴스 선생님이 누가 누구를 좋아한다는 따위의 일에 신경을 쓴다는 생각을 단 한 번도 해보지 않았다. 미술실에서 패트릭이 사귀자더니 이상한 폭탄선언을 했지만, 그전에는 단 한 번도 그 애가 나를 좋아한다고 생각해본 적이 없었다.

"루이스 선생님 살인 사건에 대한 거예요. 알고 계신가요?"

"그래. 어떤 여자 경찰이 여기로 나를 찾아왔더구나."

"카우어 경사?"

"영리한 젊은 여성이었지만, 화가 나 있었지."

말을 들으니 하빈더 같았다.

나는 입을 열었다. "음, 패트릭이 무슨 말을 했는데……." 나는 선생님에게 패트릭과 엘픽 선생님에 대한 이야기를 해주었다. 패트릭이 그날 밤 엘픽 선생님 집 밖에서 루이스 선생님을 본 이야기. 패트릭이 비이와 밤을 보냈으며, 서재에서 흑요석이 발견되었다는 이야기.

"선생님이 저희에게 수호의 의미로 준 돌이었어요." 나는 말했다. "틀림없어요."

선생님은 나를 한참 쳐다보았다. 정말로 쳐다보았다. 푸른 눈은 온화한 동시에 무섭기도 했다. 이윽고 선생님은 말했다. "이 이야기를 다른 사람에게 했니?"

"아니요."

"그럼, 형사가 현장에서 돌이 발견되었다고 하는 말을 들은 거구나?"

"네."

"패트릭을 의심하니?"

나는 이 질문을 두려워하고 있었지만, 휴스 선생님이 아주 침착하게 물어서 대답할 수 있었다.

"약간은요. 걔는 엘픽 선생님을 좋아했고, 루이스 선생님은 자기를 엘픽 선생님 반에서 쫓아냈다고 싫어했어요. 그리고 패트릭은…… 음, 성격이 불같은 데가 있으니까요."

"그래." 휴스 선생님이 말했다. "패트릭은 가끔 어두운 오라가 있지. 불을 붙이고, 몹시 무섭거나 두려운 것을 추구하는 사람이야. 위험할 수 있어. 그 애의 글에서도 볼 수 있지."

"하지만 무척 다정할 때도 있어요." 나는 패트릭이 내 생일에 내가 가장 좋아하는 채소라고 아스파라거스를 사주었을 때와 허버트가 생각나는 개가 나온다며 어떤 프로그램을 녹화해주었을 때를 떠올리며 말했다. 그 애가 보낸, 동물 구조하는 사람들에 대한 도도 영상들*, 문예창작반에서 함께 웃었던 모든 시간들.

"그래, 너는 그 애의 선한 천사지." 휴스 선생님이 말했다. "너는

* 유튜브에 올리는 동물 안전과 복지에 관한 비디오 클립.

빛으로 패트릭의 눈을 뜨게 해줄 거야. 베니샤……, 그 애는 그렇게 건전한 영향을 미칠 수 없을 텐데."

나는 물었다. "저는 어떻게 해야 할까요? 하빈더, 카우어 형사나 엄마에게 다 말해야 한다는 것은 알아요. 하지만 전 패트릭을 곤경에 빠뜨리고 싶지 않아요."

휴스 선생님은 아무 말이 없었다. 꽤 오랜 시간이 흐른 듯했다. 내가 아는 사람 중에서 완전히 고요한 채로 가만히 앉아 있을 수 있는 사람은 선생님뿐이다.

"난 네가 엘라의 혼령을 불러냈다는 것 알아." 선생님은 입을 열었다.

"어떻게 아셨어요?" 나는 선생님을 빤히 응시했다.

"마이시크릿다이어리에서 읽었단다." 나는 선생님이 신비스러운 비법으로 감지했다고 말할 줄 알았는데, 선생님은 이렇게 대답했다.

나는 선생님이 그 사이트를 볼 줄은 꿈에도 몰랐다. 우리가 교실에서 이야기하기는 했지만, 늘 휴스 선생님은 소셜 미디어 따위는 넘어선 사람이라고 여겼다. 선생님은 심지어 이메일도 잘 쓰지 않았다. 선생님에게서 손으로 쓴 쪽지를 수백 통 받기도 했다. 선생님이 회원이라면, 가명을 쓸 거라는 생각이 들었다.

"아주 잘 썼더구나. 다양한 문장 구조를 훌륭히 활용했어." 선생님은 친절하게 미소 지었다.

"감사합니다. 엘라 선생님이라는 것은 어떻게 아셨어요? 저는 이름은 언급하지 않았는데요." 나는 흐뭇한 기분이 드는 건 어쩔 수 없었다.

"달리 누구겠니?" 선생님이 말했다. "나는 해방되는 느낌을 받았단다. 엘라가 마침내 원소로 자유로워지는 것처럼."

"루이스 선생님에게도 똑같이 해야 한다고 생각하세요?"

"리처드는 아직도 땅에 묶여 있는 것 같아." 선생님이 말했다. "엘라보다는 훨씬 뒤떨어진 영혼이었어."

"그러면 돌에 대해서 누구에게 말해야 할까요?" 나는 물었다.

"가끔은 침묵이 최선일 때도 있지. 우주는 스스로 문제를 해결하는 방법이 있단다."

나는 안도의 한숨을 내쉬었다. 모든 일이 잘 풀릴 것이다.

나는 버스를 타고 가서 교차로에 내렸다. 집까지는 잠깐 걸어가면 되었다. 공장 벽과 함께, 어둠 속에서 은은히 빛나는 뒤편 백악 절벽이 보였다. 엄마가 물어보면, 태시의 엄마가 데려다준다고 했지만 태시의 성가신 동생 퍼거스를 축구 연습에서 데려올 때까지 기다릴 수 없었다고 말할 것이다. 나는 들판 가장자리를 따라 걸었다. 거기에 풀이 자란 갓길이 있었고, 차들이 길을 따라 쌩쌩 달리고 있었기 때문이다. 6시, 아직 차가 많은 시간으로, 스트레스를 받은 통근자들이 비엠더블유나 아우디를 타고 휙 지나쳐 갔다. 내가 어렸을 때는 7시가 취침 시간이었어서, 그 후는 어른들의 시간이라는 생각이 든다. 이전에 엄마와 아빠가 아래층에서 이야기하며 와인을 마시고 복잡한 사건을 다루는 프로그램을 보는 소리를 들었다. 곧 두 사람은 제대로 이야기를 나누지 않고 서로 씩씩대다가 나중에는 소리쳤고, 내가 열 살이 되었을 때는 엄마와 나만 남게 되었다. 하지만 〈유니버시티 챌린지〉 주제곡을 들으면 언제나 옛날이 그리워진다.

나는 전혀 두렵지 않았다. 아직은 겁먹을 시간이 아니었다.

그때 어떤 숨소리가 들리기 시작했다.

나는 이어폰을 끼고 있어서, 처음에는 듣고 있던 팟캐스트에서 나오는 소리인 줄 알았다. 하지만 다음 순간, 발길을 멈추고 이어폰을 뺐다. 숨소리는 이어졌다, 바로 내 뒤, 산울타리와 어두운 들판에서 넘어왔다. 부드럽고 동물적인 소리였지만, 결코 동물이 아니라는 것을 나는 알았다. 나는 『원숭이 발』이야기와 죽은 자들의 세계에서 온 존재가 몸을 질질 끌며 노부부의 현관으로 향하는 장면을 떠올렸다. 패트릭의 그림과 바다에서 올라오는 생물체를 떠올렸다. 휴스 선생님이 루이스 선생님의 혼령은 아직도 "땅에 묶여 있다"고 한 말을 떠올렸다. 나는 걸음을 더욱 재촉했으나 숨소리는 계속 따라왔다. 바로 몇 걸음 뒤였다. 우리 집이 보였다. 창문에 불이 켜져 있으니 엄마가 집에 있다는 뜻이었다. 차도 바깥에 주차되어 있었다. 나는 뛰기 시작했지만, 숨소리도 더 빨라졌다. 나의 추적자도 뛰고 있는 것처럼.

나는 길을 지그재그로 달리며, 간신히 아우디를 피해 우리 집 옆 골목을 뛰어 내려갔다. 숨소리가 멈추었고, 우리 집 현관에 무사히 들어와서 들판을 돌아보았다. 내가 본 형체가 맞나? 나무 사이로 움직이는 것이? 하지만 밤은 어두웠고 아무것도 보이지 않았다.

나는 에이다와 파혼했소. 나는 품위 있는 사람에게는 동반자로 어울리지 않았지. 나는 방 안에 틀어박혀서 겉으로는 오직 논문 작업을 하는 척했지만, 사실상 지금 당신에게 해주는 이 이야기를 쓰고 있었다오, 젊은 친구. 헬 클럽과 폐가에서 보낸 핼러윈. 시체와, 동지의 피로 맺은 맹세. 에브라히미와 콜린스. 나를 따라다니는 듯한 복수의 여신. 다시 또다시 나는 이 단어들을 썼소. "지옥은 비었다."

다시 10월 31일이 돌아왔을 때, 나는 그저 껍데기였소. 사람들이 나를 걱정한다는 것은 알았다오. 지도 교수는 나와 이야기해보려고 했고(이제는 내가 에이다를 대한 방식 때문에 나를 싫어하기는 했어도), 부학장은 심지어 면담을 요청하여, 내가 잘 먹고 규칙적으로 운동을 해야 한다고 역설했지요. **멘스 사나 인 코르포레 사노**Mens sana in corpore sano(건강한 몸에 건강한 정신이 깃든다). 내 마음이 진정 어떤 상태인지를 그가 알았다면.

종일 나는 기다렸소. 복수의 여신은 문이 잠겼든 열렸든 올 터라 내 방을 떠나지 않았소. 다음 날인 성인대축일까지도 아무런 소식이 없더군. 나는 밤늦게 시내까지 느긋하게 걸어 나갔소. 종종 이렇게 하길 좋아했다오. 나 혼자 생각에 잠겨서 고요한 거리를 거닐기. 하지만 세인트 존스 바깥, 관리인 주택의 그늘 속에서 파이프 담배를 피우던 에그레몬트라는 자와 마주쳤소. 나는 헬 클럽 회원인 그를 알아보았지만, 대화를 하고 싶지 않아서 서둘러 지나쳤소.

"어이. 당신 바스티안의 친구였지 않나?" 그는 나를 불렀소.

"알던 사이긴 했지." 나는 조심스럽게 대답했지만 심장이 쿵쿵 뛰었지.

"그 친구에게 무슨 일이 있었는지 들었소? 정말 끔찍한 소식이 었는데."

"아니. 그 사람에게 무슨 일이 있었나?" 나는 말했소.

"지금 막 침실 담당원에게 들었소. 바스티안은 기차를 타고 있었다는군. 객차가 연결된 새로운 종류 있잖소. 그렇게 한 객차에서 다른 객차로 넘어가려는데 갑자기 기차가 갈라졌다는 거요. 그래서 결국 바퀴에 깔려 죽었다는군. 불쌍한 녀석. 얼마나 끔찍한 죽음인지."

나는 에그레몬트를 보았소. 창백한 얼굴과 옷깃에 단 해골 배지가 보였다오.

"그게 언제 일이오?" 나는 물었지.

"바로 어제. 내일 자《타임스》에 나겠지." 그가 대답했소.

일주일이 지나 신문 기사를 오린 쪼가리가 도착했소. 이제는 너무 익숙한 부록과 함께.

지옥은 비었다.

7부

클레어

클레어의 일기

2017년 11월 16일 목요일

이제는 정말로 사이먼에게 학을 뗐다. 대체 무슨 권리로 그렇게 생색을 내고, 그토록 거만하게 구는지? "나는 이제 가만히 물러서서 내 딸이 위험에 빠진 걸 두고 볼 수만은 없어." 방금 그가 전화로 한 말이다. **자기** 딸이라니. 내가 개한테 무슨 일이 생기도록 가만히 놔둔다는 건가. 조지가 오늘 밤 태시랑 같이 있다는 말을 했다는 이유로. "매일 학교가 파하면 애는 당신이랑 같이 집에 가는 걸로 합의 본 줄 알았는데." 그가 말했다. "조지는 태시랑 같이 있어. 태시 엄마가 개를 집까지 태워다 줄 거야." 나는 응수했다. "어쨌든 그 여자에 대해 우리가 아는 게 뭐지? 그러려면 나랑 먼저 해결을 봤어야지." 그가 따졌다.

자기랑 해결을 보라니! 도망가서 나를 버리고, 자기 나이의 반밖에 안 되는 여자와 새살림을 차린 인간이! 좋다, 그가 플뢰르를 만나기 전에 우리는 헤어졌고, 플뢰르는 사실 열 살밖에 어리지 않다. 하지만 사이먼은 그 여자랑 결혼한 이래로 잘난 척하는 얼간이가 되었다. 이게 바로 변호사의 문제다. 누구도 상상할 수 없을 만큼 많은 시간당 보수를 받는다는 이유로 자기 말이 뭐 대단한 가치라도 있는 줄 안다.

위험에 **빠진** 사람은 난데, 사이먼은 그런 사실을 짐작도 못 한

389

다. 일기와 공장의 노숙자 이야기는 물론이고 칼이 꽂힌 릭을 발견한 사람이 나라는 사실도. 사이먼은 조지가 자기랑 살길 바라지만, 그럴 일은 없다. 그래, 개야 일주일 정도는 충분히 좋아하겠지, 하지만 나는 플뢰르가 조지를 애 보는 여학생처럼 다루며 아이들을 수영장에 데려갈 때 도움을 받는 식으로 이용한다고 생각한다. 조지는 이복동생들을 좋아하고, 런던에서 지내면서 차이나타운에 식사하러 가는 등 재미있는 시간을 보낸 것 같기는 하다. 그렇다고 종일 런던에서 살고 싶어 하지는 않는다. 나와 함께 여기 있고 싶어 한다.

나는 조지에게 사이먼과 말다툼했다는 말은 하지 않았다. 조지는 약간 불그레해진 얼굴로 심란하게 태시의 집에서 돌아왔다. 숙제 때문에 걱정이 되었다고는 했지만, 내가 도와준다고 했더니 즉시 거절했다. 하기는, 교사가 숙제에 대해서 뭘 알겠니? 이 순간 학교 일도 악몽이다. 그나마 릭의 자리를 대신한 교사 수전이 무척 유능해 보이는 게 다행이랄까. 새로 온 돈은 쓸모없다는 말조차 아깝고, 자기 수업을 전혀 통제하지 못한다. 나는 원래 해야 하는 숱한 업무는 말할 것도 없고 시간표 작성과 시험 예상 문제 출제까지 맡았다. 어떻게 저런 학교가 굴러갈 수 있는지 모르지만, 물론 굴러가야 하고, 어떤 면에서는 바로 이런 것들이 **나를** 굴러가게 한다. 상황을 헤쳐 나가는 길은 헤쳐 나가는 것뿐이다. 최근에 누가 이 말을 했더라?

나의 유일한 위안은—허버트를 제외하고—헨리이다. 그가 오늘 밤에 페이스타임을 걸었다. 나는 헨리가 케임브리지 연구실에 앉아 있는 모습을 보는 게 좋다. 납틀 창문으로 들어오는 빛, 수도승 같은 수수한 태도. 그는 첫 데이트에서 시체를 발견한 것 같은 사소한 일로 정이 떨어지거나 하지 않았다. 나를 다시 만나고 싶다고 한다. 내가 거기서 얼마간의 위로를 받았다는 사실은 인정해야겠다.

하지만 사이먼은. 절대로, 절대로 사이먼이 내 딸을 빼앗아 가게 둘 수 없다. 내가 한때나마 그 사람을 사랑했다니, 믿을 수 없다. 가끔은 그를 만난 이후로 내 인생이 잘못되기 시작했다는 느낌까지 든다.

37장

삶이 약간 흔들린다. 허버트는 곧 부상에서 회복되었지만, 조지가 어떤 말투로 "불쌍한 꼬마 녀석"이라거나 "영웅 강아지"라고 말하면 다친 발을 공중에 쳐든다. 조지는 주말에 사이먼의 집에 가고 싶지 않다고 했고(하!) 우리는 집에서 조용한 시간을 보냈다. 토요일 밤에 조지는 타이와 영화관에 갔다가, 11시쯤에 집에 들어왔다. 우리는 일요일 점심때는 데브라의 집에 갔고, 조지는 남자아이들과 축구를 하고, 데브라와 레오와 함께 책 이야기를 하면서 즐거워했다. 가끔 그 애는 무척 발랄하고 지적인 아이처럼 말한다. 그럴 때면, 내가 딸에게 잘하고 교육도 제대로 해내고 있다는 느낌이 든다. 사이먼이 뭐라 말하든.

학교 일은 여전히 시련의 연속이다. 할 일이 너무 많고 모든 학생이 히스테리를 일으킨 양 릭 살인 사건에 대한 이론을 쏟아내며, 눈물을 흘리거나 사소한 폭력 사건을 일으킨다. 릭의 장례식은 목요일에 그와 데이지가 다니던 브라이턴의 교회에서 열린다. 최소한 우리 학교 예배당은 아닐 것이다. 나는 또다시 관이 학교로 들어오는 광경을 보면 참을 수 없을 것 같다. 토니는 장례식에 갈 거라는데, 나도 가야 한다고 생각하는 것 같다. "결국, 선생님도…… 관련이 있으니까요." 그의 말은 내가 시체를 발견한 사람이라는 뜻이다.

공정하게 말하자면, 내가 그날 밤 학교에서 맞닥뜨린 상황이 어떻게 보이든 간에 토니는 그에 대해 일언반구도 하지 않았다. 아마도 릭의 장례식에 **가야 할** 테지만, 내가 견딜 수 있을지는 모르겠다. 어쩌면 수업을 **뺄** 수 없다고 말해야 할지도 모른다. 우리는 대리 교사를 둘 넣었어도, 너무 빠듯하다. 하지만 모든 사람이 자기 몫을 하고 있고, 웃기는 방식이긴 해도 엘라와 릭이 여기 있을 때보다 더 끈끈한 느낌이 든다. 그들이 **살아 있을** 때 말이다. 아누시카와 나는 여전히 연극을 질질 끌고 나가지만, 무대에 올릴 준비를 마칠 수 있을 것 같지가 않다. 피파는 오드리 역에 적격이지만, 빌은 자기 대사를 모르고, 흡혈 식물 역을 맡은 아이는 연습의 반을 빼먹는다.

하빈더는 '현장'에서 발견한 물체 이야기를 해주러 들른 날 이래로 아무런 소식이 없다. 그 전날 밤 우리는 함께 와인을 마셨고, 거의 친구 같은 기분이 들었다. 그런데 수요일, 지옥 같은 하루를 보내고 집에 와보니, 하빈더의 차가 집 밖에 있다.

"무슨 볼일로 온 거래?" 조지가 말한다. 조지는 차를 타고 오는 길에 말을 별로 하지 않고, 전화기 이어폰을 귀에 꽂고 딴청을 피우고 있었다. 우리가 도기 데이 케어로 허버트를 데리러 갔을 때만 기운이 살아났다.

"운이 좋다면, 살인범이 잡혔고 이제 다 괜찮다는 말을 하러 온 거겠지." 나는 말한다.

"꿈 깨요, 엄마."

비가 쏟아지고 있다. 하빈더는 후드를 뒤집어쓰고 차에서 내린다. 혼자 왔으니 경찰의 공식 방문이 아니라는 뜻인가, 생각한다.

"들어와요." 나는 우산이 뒤집히지 않도록 애쓰면서 말한다. 조지와 허버트는 벌써 안으로 튀어 들어갔다. 하빈더는 재킷을 벗는다. 이 사람도 나만큼이나 피곤해 보인다. 눈 밑이 거무스름하고, 머리는 다 쓸어 넘겨 포니테일로 묶었다.

"부엌으로 들어가요." 나는 말한다. "차를 좀 마시자고요."

우리는 천창을 두들기는 비가 보이는 아일랜드 식탁에 앉는다.

"탈가스 하이 생활은 어떤가요?" 하빈더는 비스킷을 먹으며 묻는다.

"웃음이 넘쳐요." 나는 말한다. "영어과 학과장 살인 사건이 애들 사기를 높이는 데 기막힌 효과가 있더라고요."

"이제 클레어가 학과장인 줄 알았는데요."

"학과장 대행이에요." 나는 말한다. "둘은 엄청난 차이가 있죠."

조지가 위층에 있기에 이제는 물어봐도 될 것 같다. "무슨 소식이라도?"

"디엔에이 보고서를 받았습니다." 하빈더는 말한다. "그래서 왔지요."

나는 하빈더가 그냥 차나 한잔 하러 들른 게 아니라는 사실에 살짝 실망한다.

하빈더는 가방에서 파일을 꺼내지만 열지는 않고 원래의 "전문적인" 어투로 돌아가 말한다. "우리는 폐공장에서 발견한 침구에서 꽤 많은 디엔에이를 검출했습니다. 침낭에 체액도 많이 있었고요."

"상세한 내용은 생략해주세요." 나는 말한다.

"알겠습니다. 음, 이 디엔에이는 범죄 현장에서 발견한 디엔에이와 일치했습니다."

"어떤 범죄 현장요?"

"홀랜드의 서재요. 우리는 피해자의 신체와 책상에서 콧물을 발견했습니다."

"그게 무슨 뜻이죠?"

"살인자가 아마도 재채기를 했을 거란 뜻이죠." 하빈더는 지극히 무표정한 얼굴로 말한다. "요지는 말입니다, 클레어, 폐공장에서 자는 사람이 릭 루이스를 죽인 사람이란 말입니다."

"세상에나."

"이 말은 꼭 해야겠는데요." 하빈더가 말한다. 한 손은 여전히 닫힌 파일 위에 놓여 있다. "당신에게 드리는 우리의 충고는 안전한 장소로 가라는 겁니다. 가급적이면 서식스에서 멀리 떨어지면 좋습니다. 스코틀랜드에 계신 할머니는 어떤가요?"

나는 웃는다. 너무 어이없는 말이다. 나는 서식스를 떠날 수 없다. 영어과를 지탱하는 유일한 사람이 나인데……. 그렇지만 동시에 울라풀에 있는 조부모님 집의 환영이 보이기도 한다. 바다에 비치는 빛, 저 멀리에 보이는 산.

"전 직장을 떠날 수 없어요." 나는 말한다. "우리는 터무니없이 일손이 부족해요. 게다가 조지도 학교를 빠질 수 없고요. 조지에게는 중요한 해예요."

"2주일 정도면 됩니다." 하빈더가 말한다. "그리고 세상에 대체할 수 없는 사람이란 없어요."

"지금 이 순간에는 나는 어쩌면 대체할 수 없을 거라는 생각이 강하게 드는데요."

"선생님들은 늘 학생은 학교 수업을 빼먹으면 안 된다고 하지만, 전혀 사실이 아니죠. 조지아는 어쩌면 확률에 대한 지루한 수업을 몇 시간 듣는 것보다 엄마랑 단둘이 있으면서 더 많은 것을 배울 수도 있어요."

"둘이 무슨 말을 하는 거예요?" 나는 개수대 앞에서 주전자에 물을 받고 있었기에 조지가 들어오는 소리를 듣지 못한다. 거기 서 있는 조지는 흉측한 탈가스 교복을 입었어도 갑자기 놀랄 만큼 아름다워 보인다. 얼굴은 무척 창백하고, 머리칼은 등 뒤로 흘러내린다.

"우리는 너랑 엄마가 잠깐 떠나 있어야 한다는 이야기를 하고 있었어. 네 생각은 어떠니?" 하빈더는 조금도 주저하지 않고 말한다.

"어떻게 학교를 빠져요?"

"세상에, 너 세뇌당했구나." 하빈더가 말한다. "누구나 학교를 빼먹고 싶어 하는 줄 알았는데."

놀랍게도 조지는 웃는다. "뭐, 나는 수학은 정말 싫어요. 특히 확률은."

"나도 그래." 하빈더가 말한다. "불행히도 경찰 일에는 확률이 많이 개입되지."

"어째서 우리보고 떠나라고 하는 거예요?" 조지가 말한다. 아이는 하빈더 건너편에 앉는다. 나는 서부 영화의 바텐더처럼 주변부로 밀려난 기분이다. **뭘 드시려오, 젊은이?**

"살인 현장에서 발견된 디엔에이가 공장 침구에서 채취한 견본과 일치해." 하빈더가 말한다. 이건 내가 조지에게 말해줄 내용을 훨씬 넘어선다. 나는 옆에서 어떤 신호로 불만을 전달하려 한다.

"디엔에이와 일치하는 용의자를 찾았어요?" 조지가 묻는다.

"이게 요새 젊은 애들의 문제라니까." 하빈더는 웃으며 말한다.

"나보다 경찰 수사 절차에 대해 더 잘 알지. 디엔에이가 파일에 있
는 인물들하고는 일치하지 않아서, 우리는 이 지역에서 알려진 전
과자들을 교차 확인해 봐야 해."

"그럼 낯선 사람이에요?"

"확률로 봐선 그렇지."

나는 모르는 살인범이 풀려나 돌아다니고 있다는데 어째서 지
극히 안심이 되는 걸까. 이유는 모르지만, 어쨌든 그러하다. 두 손
에서 힘이 풀려나가는 것이 보이는 듯하다.

"사건 현장에서 뭐 다른 것도 찾았나요?" 조지가 묻고 있다.

"이미 너한테는 충분히 말해준 것 같은데." 하빈더가 말한다.
"나는 마법의 원 바깥으로 내던져질 거야."

조지는 웃으며 가버린다. 하빈더는 남아서 비스킷을 좀 더 먹고
우리는 허버트에 대해 이야기한다. 나중에야, 나는 하빈더가 찾아
온 진짜 이유가 궁금해진다.

38장

　나는 결국 릭의 장례식에 간다. 빠질 수 있을 것 같지가 않다. 나는 토니와 교감인 리즈 프랜시스 사이에 앉아서, 사람들이 릭을 "주님의 빛으로 가득 찼던 사람"이라고 묘사하는 추도사를 듣는다. 그는 손뼉치고 노래하는 쪽의 종파 신도였던 모양이다. 나는 미처 몰랐던 사실이다. 장례식은 지역 문화센터에서 열렸는데 사람들이 찬송을 부를 때는 두 손을 든다. 음악은 상당히 좋다. 찬양단을 이끄는 소녀는 아직도 서까래에 남아 있는 핼러윈 풍선까지 닿을 정도로 훌륭한 목소리를 갖고 있다. 목사도 괜찮은 설교를 한다. "신앙 없이 우리는 부활의 희망을 품을 수 없고, 안식일의 새벽이 떠오르지 않은 채로 부활절이 지난 후의 토요일을 영원히 다시 살게 될 것입니다." 나는 데이지 루이스가 맨 앞줄에서 열심히 머리를 끄덕이는 모습을 본다.

　나는 신앙이 없다. 부모님은 무신론자이다. 아버지는 가족이 원래 아일랜드에서 왔기 때문에 가톨릭으로 자랐지만, "뭐 성인들은 좋은 사람들이니까 사순절에는 단걸 먹지 말자" 정도로 전례를 지켰다. 집에서 우리는 인류학자들이 소위 사라진 부족을 묘사할 때처럼 잘난 체하며 종교적인 사람들에 대해 이야기했다. 부모님은 둘 다 대학 강사였고, 그런 종류의 대화는 두 분에게 고기이고 술이었다. 가끔 나는 책 좀 읽게 당신들이 가만히 좀 있었으면 하고 간절히 바라기도 했다. 어쩌면 가톨릭교도가 되는 것도 그렇게 나쁘지 않을지 모른다고 생각했더랬다. 적어도 사람들이 예배 중엔 말을 안 할 테니, 일요일 하루라도 평화롭게 두어 시간 보낼 수 있지 않을까. 또한, 어떤 종교 교육은 밀턴과 초서는 물론이고 T.S. 엘리엇을 이해하는 데 무척 유용하다. 오빠 마틴은 크리스마스에도 늘 "당직 근무 중인" 의사인데, 그런 생각을 참아주지 못했다. 오빠는 엄격하게 이성적인 입장을 견지하며 아이들을 키웠다. 치아 요정도 없고, 산타클로스도 없고, 아기 예수 그리스도도 없다. 그들은 나중에 반드시 사이언톨로지* 교인이 되리라.

사이먼과 나는 더 애매하게, 더 진보적이었다. 우리는 조지에게 어떤 사람들은 산타클로스와 아기 예수 그리스도를 믿는데, 이는 친절과 관용을 포함한 아름다운 개념이라고 말해주었다. 내가 아는 한, 조지는 한번도 가톨릭은 물론이고 다른 초자연적 철학을 갈망한 적이 없었다. 하지만 오늘 데이지를 보고 있노라니, 결국에는 종교가 있다면 좋은 일이 아닐까, 하는 생각이 든다. 적어도 데이지에게는 **뭔가** 있으니까. 자신과 암흑 사이의 무엇이.

나는 추도식을 시작하기 전에 일어선다. 오후에는 수업이 있을 뿐 아니라, 내가 릭의 친구와 가족에게 무슨 말을 하겠는가? 나가는 길에 데이지에게 인사를 하고 위로의 말을 전하려고 멈춘다. 지나치게 격식 차린 인사에 데이지는 경멸과 증오를 담은 눈길을 보

---

* 론 허버드가 1954년에 창시한 사이비 종교. 인간은 영적 존재라고 믿으며, 과학 기술을 통한 정신 치료와 윤회도 믿고 있는 종교로 알려져 있다.

내고 나는 뒷걸음질 치다시피 나온다.

리즈를 학교까지 태워다 주는데(토니야 물론 남아서 데이지의 손을 잡아주며 자기가 얼마나 애석해하는지를 말하겠지), 브라이턴 해안도로의 무수히 많은 빨간 불 중 하나에 걸렸을 때 나는 말한다. "데이지 루이스가 제게 보낸 눈길 보셨어요?"

리즈는 잠시 아무 말 없더니 말한다. "데이지에게는 참 힘들 거예요. 릭은 데이지의 전부였으니까."

나는 리즈를 좋아하지만 이 말로 빠져나가게 두진 않을 작정이다. "그렇다고 나를 싫어하는 이유가 설명되진 않아요."

"데이지는 클레어를 싫어하지 않아요." 리즈는 창밖 웨스트 피어의 스켈레톤* 쪽을 바라본다. "질투하는 거지."

"나를 질투해요? 왜요?"

"릭이 클레어와 사랑에 빠졌다는 걸 틀림없이 알았을 테니까요."

"릭은 나랑 사랑에 빠진 게 아니에요." 신호등이 초록색으로 바뀌고, 나는 시동을 꺼뜨린다. 뒤에 선 버스가 경적을 울린다. 브라이턴 사람들은 모두 느긋하고 환경친화적이라더니, 참!

리즈가 아무 말도 하지 않자 나는 말한다. "그와 불륜을 저지른 사람은 엘라라는 것을 아시잖아요."

"나도 알아요." 리즈가 말한다. "하지만 릭이 먼저 좋아했던 사람은 클레어예요. 사실은 내가 경고를 했었어요. 불쌍한 릭. 나는

* 브라이턴 해변의 명물로 19세기 건축가 유제니우스 버치가 디자인한 철제 골조물.

400

그 사람을 좋아했지만, 너무 약했어요."

"그게 남자들이 빠져나가는 방식 아닌가요?" 나는 말했다. "모든 사람이 그런 남자들을 위해 변명을 하네요. 릭은 바람을 피웠는데도 모두 '불쌍한 릭, 그냥 엘라의 사악한 유혹에 견딜 수가 없었겠지'라고만 하죠."

"그런 말이 아니에요."

"난 릭을 부추기지 않았어요, 아시잖아요. 우리 사이에는 아무 일도 일어나지 않을 거라고 릭에게 말했어요."

"나는 클레어가 그 사람을 부추겼다고 말하지 않았어요." 리즈가 말한다. "그냥 데이지는 클레어를 질투하는 게 분명하다고 했을 뿐이에요. 릭은 당신에게 집착했지만, 당신은 그의 헌신조차 바라지 않았으니까요."

하지만 이것도 비난처럼 들린다. 우리는 더 이상 이렇다 할 대화를 나누지 않는다.

또 한 번 긴 하루가 지난다. 방과 후에는 연극 연습이 있다. 공연이 채 2주도 남지 않았고, 나는 빌어먹을 흡혈 식물 대신 60센티미터짜리 대역을 세운다. 조지가 연극 연습을 보러 온다. 태시가 코러스에 있기 때문이기도 할 것이다. 나는 패트릭 오리어리가 슬쩍 조지 옆자리에 앉더니 〈어딘가 초록색〉을 부르는 내내 조지와 소곤대는 게 마음에 들지 않는다. 오드리를 연기하는 피파는 두 번 소리를 지르더니 계속 그들을 힐끔거린다. 나는 피파가 오리어리를 짝사랑하는, 길을 잘못 든 또 한 명의 멍청이가 아니기를 바란다.

연습이 마침내 끝나자, 조지, 태시, 패트릭이 가까이 붙어서 속

닥거린다. 피파의 눈에는 눈물이 그렁그렁하다.

"너 괜찮니?" 나는 말한다. "너는 정말 멋질 거야." 이 말은 사실이다. 문제는 다른 아이들이다.

"전 괜찮아요, 캐시디 선생님. 그저 그날이라서요, 아시잖아요."

굳이 알 필요 없는 정보까지. 하지만 나는 다정한 교사의 미소를 띠며 말한다. "저런, 집에 가서 좀 쉬려무나. 월요일에는 전체 연습을 할 거야. 우리 오드리가 전력을 다해줬으면 좋겠네." 나는 목소리를 높여 말한다. "자, 조지. 갈 시간이야."

"엄마, 진정 좀 해." 이 말에 웃음이 인다.

우리는 또다시 바다 안개 속을 헤치고 집으로 돌아간다. 난데없이 나타나는 지형지물, 나무 사이로 흐르는 괴상한 구름들. 조지는 즐거운 왓츠앱 대화에 푹 빠져 계신 모양이다. 나는 라디오4로 채널을 바꾼다. 드라마 〈아처스〉가 방송되고 있는데 지친 목소리를 내는 남자가 인공수정에 관해 말한다.

"맙소사." 조지가 이어폰을 뺀다. "우리 이거 꼭 들어야 해?"

나는 라디오를 끈다. 안개는 한층 짙어져서 마치 구름 속을 운전하는 것 같다. 공장은 완전히 모습을 감춘다. 오로지 좁은 길에 선 가로등 세 개에서 흘러나오는 주황색 불빛만 분간할 수 있을 따름이다. 차에서 내리자, 내 발도 제대로 보이지 않는다.

그래서 정말 깜짝 놀란다. 하빈더의 목소리가 안개 속을 뚫고 들려와서.

"클레어, 일이 생겼어요."

39장

"뭐죠?" 나는 묻는다. "무슨 일이 생겼어요?"

"안으로 들어가요." 하빈더 뒤에 우뚝 선 닐 윈스턴이 보인다. 그렇다면 공식 방문이다.

"무슨 일이야, 엄마?" 조지는 내 팔을 잡는다. 조지는 도기 데이케어에서 긴 하루를 보낸 허버트를 안고 있다.

"집 열쇠 갖고 있습니까?" 하빈더의 목소리는 거의 육체를 떠난 것 같다. 물론 나는 열쇠를 찾을 수가 없다. 손가락에 감각이 없다. 결국 하빈더가 내 가방을 가져가야만 한다.

일단 집 안에 들어가자, 하빈더는 전등을 켜고 우리를 응접실로 이끈다. 닐은 차를 가져오겠다고 한다. 이제 나는 정말로 걱정이 된다.

"클레어가 너무 겁을 먹지 않으면 좋겠어요." 하빈더가 처음으로 한 말이다.

"맙소사. 이제 정말 겁이 나려고 하는데요." 나는 말한다.

하빈더는 조지를 힐끔 본다. 조지는 허버트를 무릎에 두고 소파에 앉아 있다.

"당신 전남편 일이에요, 사이먼."

내가 무엇을 예상했든, 이건 아니었다.

"사이먼이 어떻게 됐는데요?"

"공격을 받았어요."

조지는 작게 비명을 내지른다. "지금은 병원에 있어요." 하빈더가 재빨리 말한다. "괜찮을 거예요."

나는 조지 옆에 앉아 한 팔을 딸아이의 몸에 두른다. "무슨 말이에요, '공격'을 받다니?"

"누군가 사이먼의 사무실 바깥에서 기다리고 있다가 그를 찔렀어요. 사이먼이 간신히 소리를 쳐서 지나가던 사람이 구하러 왔고 공격한 사람은 도망갔죠."

"찔리다니." 나는 릭과 그의 가슴에 꽂힌 칼을 떠올린다. 엘라살인 사건에 대해 하빈더가 해주었던 말도. **"칼에 찔렸습니다. 여러번."**

"그냥 묻지 마 습격일 수도 있어요." 하빈더는 말한다. "칼을 휘두르는 범행은 런던에서는 진짜 문젯거리니까요. 하지만 우리는 클레어와 무관하다고 생각할 수 없습니다."

"엘픽 선생님과 루이스 선생님을 죽인 사람이 한 짓이라고 생각하세요?" 조지가 묻는다.

닐이 차가 든 머그잔 두 개를 들고 들어와서 조심스레 우리 앞에 놓아준다. "개인적으로 이야기 좀 할 수 있을까요, 클레어?" 하빈더가 말한다.

"안 돼요." 조지가 놀랄 만큼 강한 목소리로 말한다. "저도 무슨 일이 일어나는지 알 권리가 있어요."

하빈디와 닐이 눈길을 교환한다. "클레어, 일기 좀 볼 수 있을까요?" 하빈더가 말한다.

"모두 줬잖아요." 나는 말한다.

"새 일기장에 적기 시작하셨을 텐데요."

나는 위층 침대 옆 탁자에 놓아둔 기자 수첩을 생각한다. 물론 하빈더의 말이 맞는다.

"지금 무슨 말이야, 엄마?" 조지가 말한다. "무슨 일기?"

"중요한 건 아니야."

"제가 볼 수 있을까요?" 하빈더가 묻는다.

마치 공간 이동을 한 것처럼 하빈더가 나를 따라 위층으로 올라온다. 메모장은 침대의 빈자리에 덩그러니 놓여 있다. 내가 자지 않는 쪽이다. 사이먼이 자던 쪽. 나는 왜 그쪽에 메모장을 놓아두었는지도 기억하지 못한다.

나는 마지막 일기를 펼친다.

하지만 사이먼은. 절대로, 절대로 사이먼이 내 딸을 빼앗아 가게 둘 수 없다. 내가 한때나마 그 사람을 사랑했다니, 믿을 수 없다. 가끔은 그를 만난 이후로 내 인생이 잘못되기 시작했다는 느낌까지 든다.

그 밑에 이탤릭체로 이렇게 쓰여 있다. **"나에게 맡겨둬요."**

클레어의 일기

2017년 11월 24일 금요일

우리는 인버네스로 가는 기차를 탄다. 칼레도니안 슬리퍼*. 모든 것이 너무나 비현실적이다. 어제만 해도 나는 〈공포의 구멍가게〉 연습을 하고 앞으로 다가올 주말을 고대하고 있었다. 이제 토니는 또 다른 대리 교사를 찾아야 할 테고, 조지와 나는 울라풀로 가는 중이다. 하빈더가 모든 일을 처리했다. 간이침대가 있고 '세면도구 세트'가 딸린 이 '클럽 룸' 객실을 예약하는 일까지. 작은 공간이지만, 놀랄 만큼 편안하다. 빳빳하고 하얀 침구와 접어서 개수대에 붙이는 탁자까지. 조지는 2층 침대로 올라가 팟캐스트를 듣고, 나는 아래층 침대에서 이 일기를 휴대전화에 쓰고 있다. 허버트도 물론 우리와 함께 와서, 마룻바닥을 완전히 차지하긴 했어도 아주 얌전히 행동하고 있다. 마치 특급 열차를 이용한 야반도주가 일상인 것처럼. 잉글랜드가 어둠 속으로 스쳐 지나간다. 눈을 뜨면 스코틀랜드에 있을 것이다.

아까 사이먼과 통화했다. 그는 아직도 병원에 있지만 중태는 아니라 한다. 몸 상태보다 심기가 더 불편한 듯했다(**약 올랐다**고 해야 할 듯). "경찰들 생각으로는 이게 당신 살인 사건과 연관이 있다던

---

* 런던에서 스코틀랜드까지 가는 특급 열차.

데." 내 살인 사건이라니! 경찰들은 살인범이 방해를 받았고, 그래서 사이먼이 가슴과 팔에 상대적으로 가벼운 부상만 입은 거라고 생각한다. 물론 사이먼이야 자기가 가볍게 빠져나왔다고는 전혀 생각하지 않겠지. 모든 일을 내 탓으로 돌릴 게 분명하다.

　한시라도 빨리 할머니를 만나고 싶다. 부모님보다 할머니에게 가 있으면 훨씬 더 안전한 느낌이 든다. 그리고 스코틀랜드에 가면, 학교와 홀랜드, 내 일기에 글을 쓴 낯선 자에게서 멀리 떨어진 곳에 가면 우리는 분명 안전할 것이다.

음, 바로 오늘이 그 기념일이고, 나는 유일하게 남은 사람이라오. 참 이상한 생각 아니오, 젊은 양반. 머리가 잘 돌아가는 젊은 이는 여기 펼쳐지는 이 패턴과 날짜가 불길하다는 것을 벌써 알아챘겠지. 어째서 이 사람은 나한테 이런 이야기를 하지? 이렇게 의아해하고 있지 않겠소. 내가 이 서술자의 종말을 지켜보는 목격자로 선택된 건가?

하지만 두려워 마시오. 나는 열기구를 타고 올라가지도 않고 마차를 몰거나 소택지를 건너갈 마음도 없소. 허공으로 곤두박질치거나 내 마차에 타고 있다가 노상강도에게 끌려 내릴 일도 없지.

나는 기차에 타고 있긴 해요, 그건 사실이지. 그러나 이 객실을 떠날 마음은 없소.

8부

하빈더

40장

클레어와 조지아가 기차에 올라탈 때까지는 마음을 놓을 수 없었다. 클레어는 디자이너 브랜드의 빨간 코트를 입고서 마치 난민이나 추방된 사람처럼 거기 서 있었다. 조지아는 파카를 입고 모직 모자를 쓰고 어깨에 배낭을 멨다. 클레어는 작은 빨간 코트까지 챙겨 입은 허버트를 목줄에 매어 데려갔다. 나는 개들도 침대칸에 탈 수 있는지 미리 확인해보았다. 정말로 아주 문명화된 여행이었다. 9시에 유스턴을 떠나서 저녁은 기차에서 먹고 자기 객실에서 잠을 자고 스코틀랜드에서 깨어난다. 솔직히 부럽기까지 했다.

나는 아침 일찍 런던 경찰청과 회의하기 위해 런던에 다녀왔다. 수사 주임인 스티브 홀링스 경위에 따르면 사이먼 뉴턴은 홀번에 있는 사무실을 나갈 때 공격을 받았다. 골목길이었고, 물론 시시티브이는 없었다. 사이먼이 소리를 쳐서 도움을 청하자 괴한은 그를 두 번 찌른 후에 도망쳤다. 지하철을 타러 가던 회사원 두 명이 이 소란을 듣고 도와주러 왔다. 그들이 왔을 때 사이먼은 사무실 안으로 다시 들어가려고 문을 더듬고 있었다. 피를 많이 흘리긴 했지만 아직 의식은 있었다. 괴한의 흔적은 보이지 않았다. 나는 그자가 우리가 찾는 범인이라고 생각한다. 무기도 같은 종류다. 예리한 식칼로, 현장에 떨어뜨리고 갔으나 지문은 없었다. 공격 방식도 유사해 보였다. 기회를 노림, 잔혹함, 탈출의 신속함.

"그쪽에서 찾는 범인이라고 생각하나?" 홀링스가 물었다.

"범죄 방식이 동일하고 피해자 전원이 같은 여성과 관련이 있습니다."

"그 여자에게 좋은 알리바이가 있길 바라네." 홀링스는 일어서서 기지개를 켜며 말했다. 오래 가만있지 못하는 유형이었다. 핏빛 같은 스마트워치를 차고 있을 거라는 데 내기를 걸어도 좋다.

"알리바이 있습니다." 나는 말했다. 사실이었다. 사이먼이 공격당했을 때, 클레어는 탈가스에서 연극 연습을 감독하고 있었다. 내가 학교 다니던 시절에 연극을 올리곤 했던, 발 냄새 나는 체육관 겸 극장에서. 그렇다고 내가 연극에 출연했다는 얘기는 아니다. 하지만 게리는 그랬던 것 같다.

나는 홀번 경찰서를 나와 사이먼을 면담하러 유니버시티 칼리지 병원으로 걸어갔다. 지금 사이먼의 상태가 최상은 아니겠으나—놀랄 일도 아니다—대체 클레어는 이 사람의 어디가 그렇게 좋았을까. 그는 생기가 없는 사람으로, 체구도 왜소하고, 머리는 벗어지고 있었으며, 약간 성마른 표정을 짓고 있었다. 하지만 말한 대로, 어쩌면 지금 맞닥뜨린 고난 때문인지도 몰랐다.

"저는 하빈더 카우어 경사입니다." 나는 말했다. "엘라 엘픽과 릭 루이스 살인 사건을 수사하고 있습니다."

"클레어가 당신 이야기를 했어요." 사이먼이 말했다. 말에서 북부 억양이 묻어났고, 나로서는 미처 예상하지 못한 점이었다.

"저한테도 뉴턴 씨 이야기를 했습니다." 나는 말했다.

"하고도 남았겠죠." 그는 침대에서 자세를 어색하게 틀었다. 가슴과 한 팔이 붕대로 감겨 있었고, 얼굴에도 베이거나 멍든 자국이 있었다. 그는 멀쩡한 손으로 코를 긁었다.

"그럼 이 사건이 서로 연관돼 있다고 생각하는 겁니까?" 그가 물었다. "나를 찌른 남자가 클레어의 학교에서 선생을 죽인 사람이라고?"

"우리는 그 가능성을 조사하고 있습니다." 나는 조심스럽게 말했다. "범인에 대해 이야기해주실 게 있나요?"

"딱히 없어요." 사이먼이 말했다. "어두운 데다 너무 갑자기 사건이 일어나서. 막 건물에서 나왔고 전화기를 확인하는데 그 남자가 덤벼들었어요."

"남자라고 확신하십니까?"

그는 잠깐 생각하더니 말했다. "네, 덩치가 크고 체격이 건장하던데. 나를 한방에 때려눕혔고."

"키가 얼마나 될 것 같습니까?"

"커요, 나보다 컸어요. 그게 딱히 어려운 일은 아니지만."

우리가 확실히 심기를 건드린 모양이군. 사이먼은 작은 사람은 아니었다. 누워 있어서 짐작하긴 어려웠지만, 175센티미터 정도로 보였다. 굽 있는 신발을 신으면 클레어가 더 클 것 같았다.

"얼굴은 보셨습니까?"

"아뇨."

"복면을 했습니까?"

"모르겠어요. 이 말이 참 멍청하게 들리겠죠? 하지만 그 사람 얼굴은 보질 못 했어요. 후드를 썼거나 복면을 했겠죠."

"습격한 사람 얼굴을 기억하지 못하는 것은 꽤 정상적인 일입니다." 나는 말했다. 또 한편 성가신 일이기도 했다. "어쩌면 며칠 후에 생각나실 수도 있어요. 신발은 보셨습니까?"

"신발요?"

"네, 전 언제나 신발을 보거든요."

"저는 아니라서." 사이먼이 말했다. "그 자식 검은 코트를 입었던 것 같아요. 방수되고 외피가 있는 것 말이에요."

그렇다면 엘라의 집에서 발견된 소재와 맞아떨어진다.

"범인이 말도 했습니까?"

"아뇨. 그런 점이 참 끔찍하죠. 아무 말도 없이 갑자기 덤벼들었어요. 한 마리 동물처럼." 사이먼은 몸을 떨었다.

한 마리 동물처럼이라. 먹이를 찾아다니는 짐승처럼. 나는 몇 가지 더 물었지만, 간호사가 주위를 맴돌고 사이먼도 지친 기색이 역력했다. 내가 가려고 일어서자 그가 말했다. "클레어와 조지는 어떻습니까? 제 말은, 두 사람 지금 위험에 처했을 것 아니에요. 형사님이 돌봐주고 있습니까?"

"두 사람은 스코틀랜드에 있는 할머니 집으로 갈 겁니다." 나는 말했다. "제가 오늘 밤 침대칸을 예약해두었어요."

"아, 스코틀랜드 할머니. 클레어가 거기 좋아하죠. 형사님이 클레어가 휴가를 낼 수 있게 하다니 놀랍네요." 사이먼은 베개에 도로 머리를 기댔다.

"쉽진 않았습니다." 나는 말했다. "하지만 위험을 무릅쓸 필요는 없죠."

"두 사람 잘 돌봐주세요." 사이먼은 눈을 감으며 말했다.

"그러겠습니다."

나가는 길에, 두 아이를 데리고 엘리베이터에서 내리는 여자를 보았다. 여러 인종의 혈통이 섞인 얼굴은 무척이나 아름다웠고, 숱 많은 머리는 아프로 스타일이었다. 나는 저 사람이 사이먼의 현재 아내임을 직감했다. 대체 시시해 보이는 저 남자에게 뭐가 있기에 매력적인 여자 둘이 끌렸단 말인가? 이성애자들은 가끔은 영 알 수 없는 수수께끼 같다.

나는 사건 현장을 보러 홀번으로 돌아갔다. 골목길에는 여전히 접근 금지선이 쳐져 있었으나, 딱히 볼 것은 없었다. 괴한이 숨어 있을 만한 곳은 많았다. 쓰레기통 뒤, 옆 건물의 그늘. 남을 대가 없이 도와준 선량한 사마리아인들도 범인의 얼굴을 보지 못했다. 지극히 당연하게도 사이먼이 피를 흘리고 계단에 누워 있어 그를 돕는 데 정신이 팔렸던 것이다. 계단 맨 아랫단에는 아직도 핏자국이 있었다.

이제 딱히 할 일이 없었다. 닐이 클레어를 기차역까지 태워다 주기로 했고 나는 그들을 8시에 유스턴에서 만나기로 했다. 어딘가에 차분히 앉아서 생각을 정리해야 했다. 우리 손에 쥔 증거는 많았다. 디엔에이, 필적, 흉기. 그런데도 어째서 이자에게 더 가까이 다가가지 못한 걸까? 나는 하이 홀번과 챈서리 레인을 지나 스트랜드 거리로 접어들었다. 가게에는 벌써 크리스마스 장식이 가득했다. 산타와 순록, 반짝이는 방울. 이제 한 달 남았다. 부모님은 어떤 기독교인들보다 크리스마스를 열심히 축하했으며, 집 안은 먹고 마시고 텔레비전에서 한심한 프로그램을 보는 가족들로 가득할 것이었다. 나는 그저 그때까지는 살인범을 찾기를 바랄 뿐이었다. 그러지 못하면, 기분이 더러울 테니까.

마침내, 코스타 커피 전문점을 여럿 거치며 아주 많은 커피를 마신 후에 채링크로스 도서관에 다다랐다. 도서관은 멋진 곳이다. 책 한 권 들고 몇 시간을 앉아 있어도 누구도 뭐라 하지 않는다. 채링크로스에는 중국인 학생들과 신문을 읽는 노인들로 가득했다. 한두 명은 노숙자 같기도 했다. 나는 구석에 자리를 잡고 내가 적어놓은 사항을 훑어보았다. 나는 닐이 심히 비웃던 내 목록부터 검토하기 시작했다.

가능한 용의자:

1. 클레어 캐시디

긍정: 엘라를 미워했을 수도(이유: 직장과 릭). 릭이 스토킹을 해서 싫어했음. 릭의 시체를 발견. 사이먼 뉴턴과 유일하게 연결.

부정: 양쪽 사건 다 알리바이 있음(약하긴 해도). 사이먼 사건 알리바이 있음. 일기에 쓰인 손글씨(본인의 것이 아니라면).

2. 패트릭 오리어리

긍정: 엘라에게 강렬한 연정을 품었고 릭을 싫어했음. 살인 당일 밤 엘라의 집 밖에서 목격. 릭의 사건에는 약한 알리바이.

부정: 사이먼과 연결 없고 알리바이 있음[연극 연습에 왔다고 클레어 확인]. 정말로 살인을 계획하고 클레어의 일기에 글을 쓸 수 있을까?

3. 토니 스위트먼

긍정: 싫은 놈[불행히도 이걸로는 법원에서 유력한 증거가 안

될 듯].

부정: 엘라 사건 알리바이 있음. 릭의 사건 때는 해외 출국 중. 사이먼과 연결 없음.

4. 영어과 다른 교사—베라, 앨런, 혹은 아누시카

긍정: 엘라와 릭을 미워했을 수 있음. 「템페스트」에 관한 지식.

부정: 모두 알리바이 있음. 필적 견본을 받아 보았고 현장에서 나온 쪽지와 일치하는 사람 없음. 사이먼과 연결고리 없음.

5. 브라이어니 휴스

긍정: 엘라와 릭과 아는 사이. 엘라와 다툰 것으로 알려짐. 이상함.

부정: 릭과 잘 아는 사이 같진 않음. 사이먼은 전혀 모름. 진짜 동기가 없음. 그렇게 힘이 세지도 않을 듯?

6. 낯선 사람

긍정: 공장에서 발견된 미지의 디엔에이(하지만 모든 용의자에게서 디엔에이 견본을 받진 않음).

부정: 동기? 또한 일기에 어떻게 메모를 남길 수 있었지? 그리고 대체 누구란 말인가?

이 정도로 상황이 요약된 듯했다. 내가 끙 소리를 내니까 노숙자 중 한 명이 괜찮으냐고 물었다.

우리는 기차를 타는 클레어와 조지아를 배웅했다. 상당히 어색했다. 서로 포옹하는 사이는 아니지만, 그렇다고 악수를 하자니 너무 형식적이었다. 나는 결국 클레어의 어깨를 토닥이고 조지아에게는 손을 흔드는 정도로 끝냈다. 허버트에게는 좀 더 야단스럽게 털을 쓰다듬고 말썽 일으키지 말라고 말했다. 물론 닐은 셋 모두와 포옹했다. 그런 후에 닐과 나는 운전해서 서식스로 돌아왔다.

"적어도 스코틀랜드에서는 안전할 거야." 닐이 말했다. "울라풀을 찾아봤는데, 세상하고 아주 멀리 떨어져 있더라."

"나도 찾아봤어." 나는 말했다. "발라모리*처럼 생겼던데."

"뭐라고?" 닐이 말했다. 나야 조카들이 있으니까 아는 것이었다. 릴리는 CBBC 고전을 보기에는 아직 나이가 어렸다.

금요일 밤이었고 M23 도로는 붐볐다. 이 사람들은 다 어디로 가는 걸까? 나는 궁금했다. 난잡하게 주말을 보내려고 브라이턴으로 향할 일은 없을 텐데……. 옛 브라이턴 관문을 지날 때 나는 말했다. "내가 클레어의 집에 묵어야겠어."

"뭐?" 닐은 정확히 제한속도에 맞춰 달리고 있었지만, 이 말에 살짝 속도를 냈다.

"오늘 밤은 내가 클레어의 집에 있어야겠다고. 누군가 클레어의 일기에 글을 쓰러 침입한다면, 내가 거기 있다가 맞아줘야지." 나는 런던에 갈 때 파자마와 칫솔, 치약, 그리고 갈아입을 속옷을 가져갔었다. 지금 내 업무 가방에 다 들어 있다.

"그런 짓을 하면 안 돼." 닐이 말했다.

"클레어가 열쇠를 줬어." 나는 닐의 말은 아예 못 들은 척했다.

---

* 영국 교육방송 프로그램 제목이자, 여기 나오는 스코틀랜드의 작은 섬 마을.

"나를 거기 내려줘. 내 차를 집 밖에 세워두긴 싫으니까."

"하빈더, 그런 짓 하면 안 돼." 닐이 말했다. "위험하잖아. 도나가 절대 허락하지 않을 거야."

"그래서 도나에게는 말을 안 하는 거지." 나는 말했다.

41장

결국 내 뜻대로 했다. 그럴 거라는 사실을 이미 알았더랬다. 닐은 나를 클레어의 집 앞에 내려주었다. 11시가 다 된 시각이었고, 가로등은 꺼져 있었다. 달은 뜨지 않았다. 공장과 백악 절벽은 어둠 속에서 흐릿한 형태만 보였다.

"아침 8시 정각에 데리러 올게." 닐이 말했다.

"신경 쓰지 마. 버스 타고 출근하면 돼." 나는 말했다.

"데리러 올게." 그가 힘주어 말했다. "오늘 밤 무슨 일 생기면 전화해. 침대 옆에 전화기 두고 잘 테니."

나는 집으로 들어갔다. 클레어 없이 나 혼자 있으려니 기분이 이상했다. 어둠 속 청회색 응접실에 앉아서 클레어가 되는 건 어떤 기분일까 상상해보려 했다. 나의 향초를 켜고, 나의 19세기 고전 소설을 들고, 나의 긴 다리를 깔고 소파에 앉아, 나의 매니큐어를 다시 손질하고, 나의 케임브리지 교수 연인과 잘까 말까 생각하며 앉아 있는 기분. 전화기를 들여다보았다. 엄마가 보낸 문자 메시지가 두 건 있었다. 부모님께는 런던에서 묵는다고 미리 말해두었다. 엄마가 물었다. "호텔에서? 나도 호텔 좋아하는데." 엄마는 평생 호텔에 딱 두 번 묵어봤을 뿐이다. 그중 한 번은 신혼여행 때였다. 첫 번째 문자는 이랬다. "샴푸랑 거기 있는 작은 병들은 들고 와라." 두 번째 문자는 그러지 말라고, 아빠가 그건 좀도둑질이라고 했다는 내용이었다. 아빠는 평생 가게를 하셨기 때문에 절도에 무척 예민했다. 그래서 내가 경찰이 되었는지도 모른다. 나는 도로 문자를 보내서 호텔 세면도구가 별로 좋지 않더라고 말했다.

판다팝을 몇 판 한 후에 부엌으로 들어갔다. 냉장고가 조용히 윙윙거렸고, 천창은 남색이었다. 나는 고상한 조명등을 켜고 싶진 않았다. 누가 집을 지켜보고 있다면, 비어 있다고 생각하길 바랐다. 하지만 내가 차를 우릴 수 있을 만큼은 빛이 있었다. 오렌지와 베르가모트 차. 향수 같은 냄새가 났다.

어둠 속에서 위층으로 올라갔다. 클레어의 침실에 들어가 침대 옆 등을 켰다. 밖에서는 빛이 보이지 않을 만큼 침침했다. 방은 예상한 대로였다. 프랑스 식민지 양식 침대, 하얀 칠을 한 목가구, 파란색과 흰색 천 무늬가 아로새겨진 의자, 푸른색과 갈색의 현대적 그림, 조제트 헤이어나 질리 쿠퍼처럼 아래층에서 보이고 싶지 않은 책들까지 포함한 문고판 서적이 꽂혀 있는 책장, 그리고 허버트랑 비슷해 보이는 복슬복슬한 흰 깔개. 나는 여기저기 기웃거렸다. 침대 옆 수납장에는 이부프로펜과 개비스콘이 있었다. 피임약은 없었다. 어쩌면 폐경을 겪고 있는지도 몰랐다. 수면제나 항우울제도 없었다. 책장에 놓인 둘로 접는 은제 액자는 조지아와 허버트가 한쪽씩을 차지하고 있었다. 옷은 옷장에 가지런히 정리되어 있었다. 수가 그렇게 많진 않았다. 나는 클레어가 양보다는 질을 앞세우는 사람이라는 것쯤은 벌써 알고 있었다. 검은색과 회색, 흰색 옷들이 눈에 띄고 간간이 빨강이나 분홍 재킷이 있었다. 스웨터와 윗옷은 접어 라벤더 향이 나는 서랍에 넣었다. 놀랄 정도로 섹시한 속옷도 있었다. 소라고둥과 말린꽃이 들어 있고 '사랑하는 할머니가'라고 적힌 편지 몇 통. 부모님이 보낸 편지는 없었다. 방 전체에서 클레어의 냄새가 났다. 조 말론 잉글리시 페어 앤드 프리지아 향수.

위층에는 방 두 개와 욕실 하나뿐이었다. 나는 옆에 있는 조지아의 방으로 들어갔다. 이 방이 제일 크고 길을 내다보는 창문이 나 있었다. 나는 전등을 켜는 대신 휴대전화의 손전등 기능을 이용했다. 흑백 해리 포터 이불, 분홍색으로 강조한 벽, G와 친구들이 찍힌 수많은 사진, 책장(당연히 방마다 책장이 있으리라 짐작하고도 남았다. 욕실에도 있겠지), 수집한 작은 동물 인형, 매니큐어, 화장 도구, 초와 포푸리. 마지막에 나는 멈칫했다. 대체 어떤 여학생이 방에 포푸리를 둔단 말인가? 냄새를 좀 맡아보았다. 향은 거의 날아가고 없었다. 홀랜드의 서재에서 발견된 것과 같은 종류일까? 나는 조지아의 책상에 앉아보았다. 이렇게 꾸며놓으면 숙제를 하지 않을 핑계를 댈 수 없을 것이다. 특별한 금속 통에 넣은 펜 여러 개, 앵글포즈 램프*, 갖가지 색깔의 형광펜과 포스트잇. 또, 학교 시간표와 여러 엽서, 사진, 기운을 북돋우는 푸들 사진들이 꽂혀 있는 보드도 있었다. 책상에는 책이 두 권 놓였다. 하나는 「템페스트」를 요약한 요크 노트**이고, 다른 하나는 유령 이야기 선집이었다. 이 마지막 물건의 한 페이지에는 이파리 한 장을 끼워두었다. 나는 그것을 들추어보았다. 홀랜드의 「낯선 사람」이었다.

---

* 영국 디자이너 조지 키워딘이 1982년에 디자인한 금속 램프로 자유자재로 구부릴 수 있다.
** 문학 작품을 요약 정리한 참고서.

"괜찮으시면," 낯선 사람이 말했다. "이야기를 하나 해드리고 싶소⋯⋯."

조지아가 노트북 컴퓨터는 가져갔지만(배낭에 넣는 것을 보았다), 나는 미결서류함처럼 쓰는 색칠한 상자에 든 낱장의 종이들을 살펴보았다. 학교에서 나눠준 복사물('의약품의 역사', '호흡 등식'), 형광펜으로 밑줄 그은 필기 공책, 그리고⋯⋯ 이건 뭐지?

첫 살인이 가장 쉬웠다. 그저 우연한 만남, 버터를 가르는 칼, 어둠 속에서 움직이는 두 사람의 몸. 그들은 얼마나 빨리 넘어지던지, 얼마나 쉽던지. 두 번째는 계획이 필요했다. 더는 우연한 희생에 의존할 수 없다. 이번에는 가까운 이들을 죽일 것이다. 먹이를 찾아다니는 짐승처럼, 경계심 없는 자들을 덮칠 것이다. 나는 기다릴 것이다, 적절한 순간까지 대기할 것이다. 무해해 보이는 나의 외모만 보는 이들은 속에 무엇이 있는지 짐작도 하지 못하리라. 그때, 희생자가 제발로 나타났다. 그저 여자애, 학교에서 알던 애일 뿐이다. 친구라고 할 수도 있겠다. 그 애의 이름은 에바 스미스였다. 에바가 어떤 면에서 눈에 띄었을까? 자기 이마에 알게 모르게 '피해자'라고 써놓고 다녔을까? 아니, 에바는 모든 면에서 평범한 애였다. 나는 수학 시간에 걔 옆에 앉아서, 모눈종이에 작은 하트를 그리는 모습을 바라보았다. 하트나 꽃을 그리고, 가끔은 둘을 합치기도 했다. 하트, 클로버, 다이아몬드, 스페이드. 확률이 얼마나 될 것 같니? 나는 그 애에게 물어보고 싶었다. 수업 시간에 네 옆에 앉아 있던 여자애가, 너에게 각도기를 빌려주고 가끔은 어려운 방정식을 두고 명랑한 말을 건네던 애가 어느 날 갑자기 칼로 너의 목 동맥을 갈라 단번에 죽여버릴 확률.

맙소사, 이런 글을 적어놓은 종이가 두어 장 더 있었다. 글쓴이 이름이나 주석은 없지만, 확실히 어떤 웹사이트에서 출력한 것이었다. 주소가 종이 맨 아래에 있었다. 마이시크릿다이어리닷컴. 나는 휴대전화에서 이 사이트를 찾았다. 로그인을 해야 했지만 몇 초 만에 끝났다. 나는 언제나 쓰는 가명, 제나 바클레이라고 적었다. 비밀번호: Jennbar17. 왜인지 모르겠지만 내게 이 이름은 언제나 완벽한 앵글로색슨계 이름으로 다가온다. 제나는 학교에서 가장 인기 있는 여자애가 쓸 법한 이름이다. 나를 무시하지만 쿠시 오빠랑 데이트하는 부류의 애들. 금발에, 푹신해 보이는 필통을 가졌으며, 늘 손등까지 길게 내려오는 남자 친구의 축구복 티셔츠를 입고 있는 애들. 이마에 '희생자'라는 표시를 달고 다닐 여자애는 아니었다. 이제 제나가 비밀 일기 웹사이트에 접속했다. 살펴보니 그렇게 비밀을 엄수하는 사이트도 아니었다.

한 번에 수백 명의 십대 일기를 읽는 것 같았다. 온갖 심경을 토로하는 글들이 사이드 화면에 쭉쭉 올라왔다. 나를 이해 못 해…… 거울에 비친 나 자신이 싫어…… 그의 손가락이 닿으면 나는 젤리가 되어…… 나는 어째서 이렇게나…… 어째서 나는 할 수 없을까…… 어째서 모두가……. 나는 제나를 위해 일기 하나를 작성했다.

나는 너무 귀엽고 금발이다. 모두가 나를 좋아한다. 나는 바비 월드의 바비 걸이다. 나는 너무 완벽하다. 살아오면서 하루도 나 자신을 의심해본 적이 없다. 어째서 그래야 해? 잡지에 나오는 여자들이 모두 나처럼 생겼는데. 헤이, 헤이, 헤이.

내가 순식간에 쓴 글이 부커상을 탈 거라는 생각은 하지 않았다. 이 글을 비공개로 할지 아니면 모든 이와 공유할지를 결정할 수 있는 것 같았다. 나는 '버터'라는 단어가 있는 공유 일기를 찾았고, 죽 훑어보다 거식증에 걸린 몇몇 아이들의 내면 탐구 글을 찾아냈다. **그저 우연한 만남, 버터를 가르는 칼**……. 긴 단편이었다, 경장편이라고 하나? 작성자는 마리아나. 마리아나가 조지아일까? 그렇다면 공포 소설 하나는 끝내주게 쓴다고 할 수 있겠다. 수학 시간에 옆에 앉은 애를 죽이는 병적인 판타지라니. 하지만 내가 기억하는 조지아는 수학을 좋아하지 않았다. 확률을 좋아하지 않았다. 정상적이고, 정신이 균형 잡힌 소녀가 이런 글을 쓸 확률은 얼마나 될까? 가령, 목 동맥에 관한 상세한 묘사 따위. 엘라 엘픽은 목을 찔려 살해당했다. 수학 수업을 같이 들은 여자애 이름은 에바였다. 엘라라는 이름과 수백만 킬로미터 떨어져 있는 정도는 아니다. 그리고 『먹이를 찾아다니는 짐승』은 홀랜드의 소위 미발표작, 미출간작이었다. 조지아가 어쨌든 이 작품의 제목을 알았던 걸까?

나는 조지아의 책상 서랍을 들여다보고 연습지와 클레어에게 깜빡 잊고 주지 않은 듯한 현장 체험학습 안내문 아래쪽을 들춰 보았다. 소설인지 일기인지 알 수 없는 내용이 적힌 종이를 좀 더 찾아내 조지아의 다채로운 플라스틱 파일에 넣었다. 바로 이 파일 바닥에서 다른 것도 찾아냈다. 엘라 엘픽의 사진. 페이스북 페이지에서 출력한 사진임을 알아볼 수 있었다. 하지만 가장 중요한 점은 따로 있었다.

가장 중요한 점은, 사진에 핏자국이 있다는 것이었다.

닐에게 전화를 해도 소용이 없었다. 아침에 이 사진을 감식실로 가져가서 분석해볼 것이다. 내가 공장에서 발견한 침구의 디엔에이 이야기를 할 때 조지아가 한 말이 기억났다. "디엔에이와 일치하는 용의자를 찾았어요?" 나는 조지아의 디엔에이를 가지고 있진 않았지만 지문이 있었다. 이 지문을 릭 루이스 살인 사건 현장에서 발견한 지문과 교차 대조할 수 있을 것이다. 초와 검은 돌에 있을 지문. 나는 아래층으로 가서 냉동실용 비닐 백을 몇 개 찾아냈다. 핏자국이 있는 사진을 비닐 백에 넣고, 포푸리는 다른 비닐 백에 넣었다.

나는 정말로 조지아가 엘라나 릭을 살해할 수 있을 거라고 생각하는 걸까? 아직은 모르겠지만, 어떤 가능성이든 배제하고 싶진 않았다. 조지아는 두 사건 다 알리바이가 있다. 엘라가 살해됐을 때는 엄마와 집에 있었고, 릭이 살해되었을 때는 사이먼과 함께 런던에 갔다. 설사 그 애가 어둠 속에서 자기 아빠를 공격할 능력이 있다고 한들, 사이먼이 칼에 찔릴 때 조지아는 학교에서 연극 연습을 보고 있었다.

하지만 조지아가 클레어의 일기에 메모를 남겼을 수는 있다. 『흰옷을 입은 여인』, 집이나 주변에서 자주 봤을 이 책에서 인용구를 뽑아 덧붙였을지도 모른다. 나는 조지아를 생각해보았다. 키가 크고 벌써 아름다운 소녀, 엘라의 장례식 때 예배당에서 보였던 모습은 냉정하고 침착했으며 다른 학생들처럼 히스테리를 일으키지

426

않았다. 우리가 여기서 허버트를 찾던 날 조지아가 공장에 들어가려 하지 않았던 것도 떠올랐다. 왜 그랬을까? 어째서 사람 죽이는 이야기를, 사람을 찌르는 이야기를 글로 썼을까? **버터를 가르는 칼**이라니?

나는 클레어의 방으로 돌아가 비닐 백을 내 서류 가방에 넣었다. 옷을 벗을 기분이 아니어서, 양치질을 하고 옷을 다 입은 채로 침대에 들었다. 전화기에 충전기 코드를 꽂아 베개 밑에 넣어두었다. 엄마는 이렇게 하면 내가 뇌종양에 걸릴 거라고 잔소리를 한다. 커튼은 치지 않아서, 밖이 어둡긴 해도 공장 모습이 보인다. 밤하늘 아래 버티고 선 불길한 형체. 나는 게리와 내가 흰옷 입은 여인을 보았던 밤과 홀랜드 하우스에서 메아리치던 비명을 떠올렸다. 나는 어렴풋이 그런 공포에 휩싸여 깨어날 거라 생각했으나 집은 고요했고, 잠시 후 꿈도 없는 깊은 잠에 빠져들었다.

42장

닐이 데리러 왔을 때 나는 문 옆에서 기다리고 있었다. 벌써 감식실에 전화를 걸어 이미 채취한 조지아의 지문과 서재에서 발견한 지문을 교차 대조해달라고 부탁해놓았다.

차 안에서 나는 발견한 내용을 닐에게 설명했다. 닐은 배려심 깊게 커피와 크루아상을 권했고, 나는 조심스럽게 먹었다. 그가 강박적으로 차 안을 청소한다는 것을 알기 때문이다.

"말도 안 돼. 조지아는 그냥 어린애라고." 닐은 말했다.

"열다섯 살이야." 나는 말했다. "무척 지적이고." 클레어의 딸이잖아, 나는 머릿속으로 덧붙였다.

"정말로 조지아가 살인자와 얽혀 있다고 생각해?" 닐의 목소리가 높아지기 시작했다. 하마터면 치체스터 도로의 제한속도를 넘을 뻔했다.

"살인을 아주 생생히 묘사했어." 나는 말했다. "칼로 찌르는 장면도 그렇고. 핏자국이 있는 엘라의 사진을 가지고 있더라고. 그리고 패트릭 오리어리와는 친구잖아. 나는 엘라의 장례식에 같이 있는 두 사람을 봤어. 십대의 흑마술 같은 게 분명해."

"흑마술?" 속도계가 85킬로미터를 넘어섰다.

"초와 허브가 있었어." 나는 말했다. "엘라의 응접실에도 초가 있었지. 나는 그냥 엘라의 취향이 그렇다고 생각했어. 그런데 클레어의 집에도 초가 넘쳐. 무슨 가톨릭 성당처럼."

"네 말대로 그런 여자들은 항상 초를 집에 두잖아. 켈리도 마찬가지야. 작은 접시 촛불이나 향기 나는 작은 그릇 따위를 사방에 둔다고."

"참 유쾌하게 들린다."

"여자들은 그렇잖아."

"나는 초 같은 거 사방에 두지 않는데."

"그래, 넌 다르지." 그는 더 설명할 필요가 없었다. 나는 부모님 집에서 살고, 인도인이고, 동성애자였다. 삼중고란 말이냐.

"브라이어니 휴스를 다시 만나봐야 할 것 같아." 나는 말했다. "조지아와 패트릭을 알잖아. 둘 다 문예창작반 수업을 들었으니까. 또, 조지아의 이야기에도 브라이어니 같은 인물이 나와. '현명한 여자'라고 하지. 거기 더해, 클레어는 그 여자를 하얀 마녀라고 했어."

"하얀 마녀라고? 그런 헛소리를 정말로 믿는 건 아니지?"

"나는 안 믿지." 나는 참을성 있게 말했다. "문제는 다른 사람들이 믿느냐, 안 믿느냐야."

도나는 이 이야기를 미심쩍어했지만, 브라이어니를 신문하는 데는 동의했다. 나는 사진과 포푸리를 감식실에 남겨두고 식스폼 칼리지로 갔다. 토요일이어서 학교는 쉬는 날이지만, 나는 미리 확인을 해두었고 휴스 선생이 안에 있다는 말을 들었다. 실제로 돌아다니는 사람은 몇 되지 않았다. 축구 경기가 진행 중이었고, 1층에서 나오는 불협화음으로 보아 뮤지컬 연습을 하는 것 같았다. 휴스 선생은 우리를 영어과 사무실에서 맞았다. 밀린 채점을 하는 중이라고 했는데, 책상에는 작문 더미가 쌓여 있었다. 헌신적인 교사이며, 확실히 학생들에게 지대한 영향을 미칠 사람이었다. 이 여자가 아이들을 자극해서 살인을 교사할 수 있을까?

세상 누구도 그녀보다 더 정중하게 우리를 맞을 수는 없을 것이었다.

"카우어 경사님, 다시 만나 뵙게 되어 더할 나위 없이 기쁘네요. 그리고……."

"닐 윈스턴 경사입니다." 닐은 거의 차려 자세로 서 있었다. 브라이어니 휴스 같은 여성만 만나면 자신감을 잃었다.

"조지아 뉴턴에 대해 몇 가지 여쭈어볼 게 있어서 왔습니다." 나는 말했다. "선생님의 문예창작반 수업을 듣죠? 소수정예반. 같이 있는 아이가……." 나는 적어둔 것을 보았다. "패트릭 오리어리, 나타샤 화이트, 베니샤 셔번이죠. 다들 탈가스 하이를 다니는 학생입니까?"

"베니샤는 세인트 페이스를 다니는 걸로 알고 있습니다."

"마이시크릿다이어리라는 웹사이트 들어보셨습니까?"

"네, 문예창작 게시판이죠."

"이전에 이 글을 보신 적 있습니까?" 출력물을 탁자 맞은편으로 밀어주었다. 브라이어니가 살짝 미소를 띠며 읽었다. 셰익스피어 인용구가 벽에서 우리에게 소리쳤다. **피를 부를 것이다, 사람들이 말하지. 피는 피를 부른다고. 아무것도 안 주면 아무것도 안 나온다. 지옥은 비었다.**

브라이어니는 종이를 깔끔히 맞춰서 내려놓고 우리에게 대답했다. "네, 조지아의 작품입니다. 꽤 훌륭한 글이에요. 어떤 부분은요."

"훌륭한 글이라고요?" 나는 반문했다. "사람을 죽이는 내용 아닙니까."

브라이어니는 말했다. "「맥베스」도 그렇죠. 살인하는 이야기지만, 훌륭한 글이라는 사실은 부인할 수 없지 않나요, 경찰관님."

"형사 사건 담당 경사입니다." 나는 말했다. "그리고 저는 이중 살인을 수사하고 있습니다. 그러니, 피해자 두 사람을 모두 아는 여학생이 폭력적인 살인에 대한 글을 썼다면 흥미를 보이겠지요. 이런 연결고리를 모르셨다니 놀랍습니다. 에바 스미스라는 이름을 아십니까?"

"네." 브라이어니 휴스가 말했다.

"아신다고요?"

"J.B. 프리스틀리의 희곡 「수사관의 방문」에 나오는 인물입니다. 그렇지만, 엄밀히 말해서 에바 스미스는 희곡에 등장하지는 않죠. 조지아의 GCSE 예상 문제 지문일 겁니다."

"그럼 조지아가 이 글을 썼다는 걸 확신하시는 거죠?"

"네, 조지아의 문체 특성이 많이 보여요. 의학적 묘사도요. 제 기억이 맞는다면, 조지아는 〈그레이 아나토미〉의 열성 팬이죠. 미국 드라마 시리즈 말입니다." 휴스 선생은 우리의 얼굴을 보며 친절하게 덧붙였다.

문체 특성이라니. 맙소사.

"마지막으로 문예창작반 학생들을 만난 날이 언제입니까?" 닐이 물었다.

"월요일요. 조지아는 오지 못했어요. 그 애 엄마가 아이를 단단히 묶어놓지 않았나 싶어요."

충분히 단단하지는 않았지. 브라이어니가 "그 애 엄마"라고 말할 때는 확실히 반감이 느껴졌다. 나는 클레어가 브라이어니와 친한 사이는 아니라는 사실을 기억했다.

"그러면 조지아는 언제 마지막으로 보았습니까?" 나는 물었다.

브라이어니는 망설이며 머리카락을 살짝 두드린 후에 대답했다. 카드 게임에서 속임수를 쓸 때 하는 행동이지. 나는 보기라도 한 것처럼 생각했다.

"지난 목요일에요." 브라이어니가 말했다. "방과후에 나를 만나러 왔지요."

"왜 왔던 거죠?"

"무슨 단편소설을 보여주고 싶다고 했어요. 글쓰기에 아주 진지한 아이예요."

"우리가 볼 수 있을까요?"

"집에 있어요." 나는 브라이어니가 거짓말을 하는 게 아닐까 생각했다.

"패트릭을 마지막으로 본 때는 언제입니까?" 닐이 물었다.

"월요일, 문예창작 수업에서요."

"패트릭도 글을 잘 씁니까?" 내가 물었다.

"꽤 유망해요." 브라이어니가 대답했다. "아주 내감각적이죠."

나는 이게 무슨 뜻인지 잘 몰랐지만, 괜히 물어봐서 그녀에게 만족감을 안겨주고 싶진 않았다.

"패트릭이 마이시크릿다이어리에 글을 올립니까?" 나는 물었다.

"네, 내가 알기로 그 애의 필명이 퓨마일 거예요."

내 휴대전화가 웅웅거렸으나 무시해버렸다. 몇 분 후, 닐의 전화가 울렸고, 닐은 전화를 받으려고 교실을 나갔다.

브라이어니 휴스는 나를 보고 미소 지었다. "여기 다닐 때 나를 만난 일이 기억났나요, 하빈더?"

"네. 제가 썼던 단편을 읽어주셨죠." 나는 대답했다. "선생님은 아주 좋다고 쪽지에 써주셨어요."

어째서 내가 교지에 실을 단편을 썼을까, 정말 모를 일이었다. 나는 그와 비슷한 짓은 단 한 번도 한 적이 없다. 그런 망할 것을 실제로 누가 읽으리란 생각은 하지 않았지만, 휴스 선생님은 읽은 게 분명했다. 선생님은 내게 카드도 한 장 보내주었다. 책상에 앉은 뮤리엘 스파크의 사진이 있는 카드였다. 어련하시겠어, 진 브로디 선생님에게 감정이입했겠지.

"홀랜드 하우스의 유령에 대한 이야기였죠." 브라이어니가 말했다. "나는 유령에 무척 관심이 많답니다."

내가 대답하기도 전에, 닐이 사무실로 돌아왔다. "하빈더, 우리 가봐야 할 것 같아."

나는 브라이어니에게 명함을 주고 다시 연락하겠다고 말했다. 브라이어니는 고대하고 있겠다고 대답했다. 계단을 쿵쿵 내려가며, 닐은 통화 내용을 말해주었다.

"올리비아가 전화했어. 셔번 부인이라는 사람이 서로 왔었대. 베니샤와 패트릭이 실종된 것 같다고."

"베니샤는 착한 애예요." 알리샤 셔번이 말했다. "이런 식으로 집을 나갈 리가 없어요."

잿빛 금발, 캐시미어 스웨터에 딱 맞는 청바지와 굽 없는 구두를 착용한 알리샤는 전형적인 헤일스미어 동네 엄마였다. 나는 베니샤가 사립학교 세인트 페이스에 다니고, 패트릭 오리어리보다는 사회계급이 몇 단계 높다는 사실을 기억했다.

"베니샤를 마지막으로 본 게 언제입니까?" 닐이 물었다.

"금요일 아침 학교에 갈 때요." 알리샤는 작은 레이스 손수건을 꺼냈다. "그날 밤은 나타샤란 친구네 집에서 잔다고 했어요. 그리고 오늘 아침 9시 클라리넷 수업에 바로 가겠다고 했지만, 선생님이 전화해서 애가 오지 않았다는 거예요. 그래서 나타샤 집에 전화를 했더니 걔 어머니가 베니샤는 온 적이 없다고 하는 거예요."

"그래서 어떻게 하셨습니까?" 나는 물었다. 11시가 다 된 시간이므로, 우리한테 바로 찾아온 것이 아님은 분명했다.

"친구들에게 전화를 돌렸죠. 그랬는데 베니샤를 본 애가 아무도 없대요. 조지는 스코틀랜드에 가는 중인 것 같고. 그런 후에 오리어리네 집에 전화를 해봤어요."

"패트릭이 베니샤의 남자 친구입니까?" 내가 물었다.

"아니에요!" 이내 격렬한 답변이 터져 나왔다. "베니샤에게는 남자 친구가 없어요. 걔는 그런 애가 아니라고요."

나는 닐을 쳐다보지 않았다. "그럼 어째서 오리어리네 집에 전화를 하셨죠?"

알리샤는 말없이 손수건을 이리저리 비틀더니 말했다. "베니샤는 나타샤랑 탈가스 여자애들을 통해서 패트릭을 알았어요."

이 말에는 깊은 경멸이 담겨 있어서 나는 도리어 내가 탈가스 출신 여자애라는 것이 자랑스러워졌다.

"그랬더니 패트릭도 실종이랍니까?" 닐이 물었다.

"네. 어젯밤 집에 돌아오지 않았다고 해요. 한데 걔 어머니는 별로 걱정하지 않는 것 같았어요. '친구랑 있겠죠'라고 하더라고요." 그녀는 섬세하게 아일랜드 억양을 흉내 냈다.

"그래서 베니샤에게 전화는 계속 해보셨습니까?"

"네. 하지만 전화기가 꺼져 있어요. 한 번도 그런 적이 없는 애인데." 알리샤는 아예 슬피 울기 시작했다. 나는 우는 사람을 다루는 데는 젬병이라 올리비아를 찾으러 갔다. 도나가 신문실 바깥에서 기다리고 있었다.

"감식실에서 결과를 보냈어." 도나가 말했다.

"빠르네요."

"일치했어." 도나는 말했다. "조지아의 지문이 돌에도 있었어. 홀랜드의 서재에서 발견된 것 말야. 흑요석."

9부

조지아

43장

이 기차에 있으려니 너무 이상하다. 마치 고속으로 우주를 비행하는 캡슐 속에 있는 듯하다. 이 작은 객실에 우리 식구가 있다. 엄마는 아래층 침대에 있고 허버트는 바닥에 누워 있다. 오로지 우리 셋만 이 세계에 있는 느낌이다. 우리는 '식당칸'에서 저녁을 먹었는데, 심지어 해기스*까지 나왔다. 엄마는 조금 먹어보고 아주 맛있다고 했지만, 나는 채식주의 훈련을 하기로 했으므로 됐다고 했다. 남자 승무원 말투에는 아주 강한 스코틀랜드 억양이 있어서, 나는 거의 이해하지 못했다. 그는 나더러 "곱다"고 했는데 나도 이 말은 알아들었다. 약간 뚱뚱해 보인다는 느낌을 주지만, 칭찬으로 받아들이기로 했다.

이제 우리는 1인용 침대에 누워 있고, 기차는 덜커덩덜커덩 밤을 꿰뚫고 나아간다. 전화 신호가 잡히지 않고, 와이파이가 계속 끊어졌지만 미리 다운받은 팟캐스트를 들을 수 있어서 괜찮다.

휴대전화 기지국을 지나쳤는지 갑자기 문자 메시지가 들어온다. 타이에게서 한 통, 비이에게서 두 통. 타이는 이렇게 썼다. "잘 지내지 xx." 비이 문자는 이랬다. "어디야? 할 이야기 있음."

---

* 양의 내장에 오트밀, 야채, 향신료 등을 넣어 만든 스코틀랜드 요리.

나는 답장을 쓴다. "기차야. 스코틀랜드 가는 중." 단어 옆에 파
란색과 흰색이 어우러진 국기가 나타난다. 참, 유용하기도 하지.

비이의 답장이 곧장 돌아온다. "전화해. 할 이야기 있음."

하지만 답장을 쓰기 전에 신호가 끊긴다.

"조지? 전파 잡히니?" 아래층 침대에서 엄마 목소리가 들린다.

"아니. 막 끊겼어." 나는 말한다.

"내 것도 그래. 플뢰르에게 전화해서 사이먼이 어떤지 물어보려
했더니만."

엄마가 진실을 말하고 있는 걸까, 왠지 의심스럽다. 아까 엄마
전화를 슬쩍 보니까 헨리 해밀턴에게서 온 문자가 두 통 있었다.

"아빠는 위험하지 않대." 나는 말한다. "플뢰르가 말해줬어."

"그럼 그렇지." 엄마는 재빨리 말한다. "사이먼이 위험에 빠졌을
리 없어."

"아빠를 공격한 사람이 누굴까?" 왠지 엄마 얼굴을 보지 않고
물어보는 편이 더 쉽다.

"모르겠어." 엄마는 말한다. "어쩌면 그냥 강도 사건일 수도 있
고."

"엘픽 선생님, 엘라와 루이스 선생님을 죽인 범인이랑 같은 사
람이라고 생각해?"

"모르겠어." 엄마는 다시 말한다. "그냥 경찰이 빨리 잡기를 바
랄 뿐이야."

"하빈더 말로는 그럴 거라고 했어." 나는 말한다. "경찰이 바짝
뒤쫓고 있다고 했잖아."

"그래." 엄마는 이렇게 말했지만 믿지 않는다는 것을 뻔히 알 수

있었다. 허버트가 나지막이 낑낑거린다.

"허버트 심심한가 보다." 엄마가 말한다. "복도로 데려가 산책이라도 시켜야겠어."

"내가 데려갈게." 나는 말한다.

돌연, 몸을 죽 뻗으면 동시에 양쪽 벽에 닿을 것 같은 이 침대에서 탈출하고 싶어진다. 나는 훌쩍 뛰어내려 허버트의 목줄을 채운다. "가자, 이 짐승아."

"조심해." 엄마가 말한다.

복도에는 아무도 없다. 어둠 속을 달리는 기차는 몹시 흔들린다. 얼마나 빨리 가는 걸까? 시속 160킬로미터는 되려나? 아니면 300도 넘으려나? 허버트는 이런 속도를 싫어한다. 다음 객차로 건너가려 했더니 낑낑댄다. 사실은 나도 그러고 싶지 않다. 뭔가 제대로 될 것 같지 않다. 마치 무인지대를 걷다가 발을 헛디뎌 영원히 사라질 것처럼 느껴진다.

나는 식당칸으로 걸어간다. 앉아서 책을 읽는 남자가 하나 있을 뿐이다. 휴대전화를 들여다보지 않는 사람을 보자니 너무 이상해서 나는 발길을 멈춘다. 남자가 올려다본다.

"안녕."

"안녕하세요." 남자는 나이가 좀 들어서 쉰 살 정도로 보인다. 약간 긴 회색 머리에 턱수염을 길렀다.

"개가 마음에 드네요." 남자의 목소리가 예스럽다. 상류층 말투에 종잇장처럼 얇은 느낌이랄까.

"이름은 허버트예요."

"좋은 이름이군요."

"고맙습니다." 나는 침대로 돌아가고 싶었지만 그래도 객차의 길이만큼 걸은 다음 돌아선다.

나는 식당칸 남자가 나를 줄곧 지켜보고 있다는 사실을 안다.

10부

하빈더

44장

"조지아와 얘길 해봐야 해." 나는 말했다. "지금쯤 도착했을 거야. 기차는 인버네스에 8시 30분이면 들어가."

"거기거 울라 뭐시기까지 다른 기차를 또 타잖아." 닐이 말했다.

"울라풀이야." 나는 클레어에게 전화를 걸어보았지만, 받지 않았다. 11시 30분이 지난 시각이다. 지금쯤이면 할머니 집에 도착했을 것이다.

"실종된 아이들이 사건과 무슨 관련이 있다고 생각해?" 도나가 물었다. "베니샤와 패트릭이?"

"그럴 수도 있죠." 나는 말했다. "우리는 패트릭이 엘라를 짝사랑했다는 것을 알고, 엘라가 죽은 날 밤에 거기 갔었다는 사실을 본인이 인정했어요. 또 패트릭이 릭을 별로 좋아하지 않았다는 사실도 알죠."

우리는 실종된 베니샤와 패트릭을 수배했다. 닐은 계속 애들이 함께 가출한 거라고 말했지만, 설사 애들 둘이 사귄다고 해도 요즘 어느 십대가 아바 노래에 나오듯이 같이 도망간단 말인가? 부모의 속물근성이 약간 방해가 되긴 하겠지만, 무엇이 됐든 베니샤와 패트릭이 함께 있는 걸 막을 수 없다. 둘 다 열여섯 살이고, 조지아와 몇 달 차이가 난다.

"조지아와 살인을 연결할 만한 실마리는 없어." 도나가 말했다. 걱정하는 말투였다. 도나가 아직 오전 도넛을 먹지 않았음을 알 수 있었다. 도넛은 잼을 땀처럼 부드럽게 흘리면서 책상 위에 놓여 있었다.

"개의 지문이 사건 현장에서 발견된 것 말고는요." 나는 말했다.

"릭이 죽었을 때 그 애는 런던에 있었잖아." 닐이 말했다.

"런던은 그리 멀지 않아요." 나는 다른 의미 없이 형식적으로 말했다.

"우리는 사진의 핏자국에 대해 뭔가를 알아내야 해." 도나가 말했다. "희망적으로 보면 감식실에서 곧 결과를 내겠지. 엘라의 핏자국이면, 조지아가 설명할 일이 있을 거야. 자신이 범죄를 저지르지 않았더라도 살인 현장에 있었을지 모르니까."

"조지아가 분명 뭘 알기는 알아요." 나는 말했다. "그 애가 쓴 단편은 읽어봤어요?"

"그래." 도나가 말했다. "피에 굶주렸던데. 하지만 십대들은 공포물을 좋아하잖아."

"나도 제임스 허버트 팬이었어요." 나는 말했다. "하지만 내가 직접 그런 이야기를 쓰진 않았죠. 브라이어니 휴스와 문예창작반도 좀 이상한 데가 있고요."

"가서 다른 여자애를 만나봐." 도나가 말했다. "이름이 뭐였지? 나타샤 화이트? 그저 패트릭과 베니샤가 나타나길 바라야지. 걔들 사건 우선순위를 높여야 할 거야."

"베니샤의 엄마가 가만있을 사람 같지 않던데요." 닐이 말했다.

"우리도 가만있진 않을 거야." 나는 말했다. "우리는 가까이 갔어. 이건 확신해."

나타샤 화이트는 스테이닝 시내에서 조금 벗어나 있는 예쁜 빅토리아풍 주택에 살았다. 내가 늘 원했던 찰랑찰랑한 고수머리를 하고 얼굴에 주근깨가 박힌 나타샤도 예쁜 아이였다. 문을 열어준 어머니 애나는 딸과 무척 닮았지만, 곱슬은 풀리고 주근깨는 약간 희미해졌다. 누가 뒤에서 피아노 음계를 쿵쿵 치고 있었다.

"죄송해요." 애나가 말했다. "주말에는 개인 교습 학생들을 받아서요."

아니, 이 동네에서는 다 음악 수업을 받는 거야?

"괜찮습니다." 나는 말했다. "나타샤랑 잠깐 이야기하고 싶은데요?"

"베니샤에 대한 이야긴가요?" 애나가 물었다. "알리샤가 전화했을 때 엄청 충격받았잖아요."

"베니샤가 어디 있을까요, 짚이는 데가 있나요?" 나는 물었다. 애나는 우리를 조금 어질러진 편안한 부엌으로 안내했고 나타샤가 우리 앞에 나타났다. 피아노 교습을 하느라 응접실에는 자리가 없는 듯했다.

"아뇨," 애나가 대답했다. "하지만 패트릭이랑 같이 있지 않겠어요? 애들이 모두 패트릭에게 반했는데."

"엄마!" 나타샤가 화를 벌컥 냈다.

"맞잖아, 걔 아주 잘생긴 남자애잖아."

"엄마……."

우리는 탁자에 앉았고 애나는 아침 식사에 사용한 그릇을 옆으로 치웠다. "죄송해요. 좀 뒤죽박죽이죠. 제가 옆에 있어야 하나요? 남편은 열 살짜리 퍼거스를 데리고 축구장에 갔고, 저는 레슨을 하는 중이거든요. 대니가 내림나장조를 계속 저렇게 죽이도록 놔둘 수는 없으니까요."

"정식 신문은 아닙니다." 나는 말했다. "여기 계실 필요는 없어요." 나타샤가 안도한 것처럼 보인 건 내 상상일까? 아니면 진짜일까?

애나가 가고 나서 나는 물었다. "베니샤와 패트릭이 어디 있을지 혹시 아니, 나타샤?"

"아뇨." 하지만 나타샤는 시선을 피했다. 편한 운동복 바지와 후드 티 차림이지만, 눈에는 마스카라와 아이라이너를 칠했다.

"베니샤가 패트릭 오리어리에게 반했다는 게 사실이야?" 닐이 물었다.

"네." 나타샤가 대답했다. "하지만 우리 모두가 반했다는 것은 사실이 아니에요. 걔는 나랑 조지한테는 형제나 다름없어요. 어쨌든 조지한텐 타이가 있으니까."

나타샤에게도 누가 있을지, 나는 궁금했다. 나도 열다섯 살에는 남자 친구가 있었는데.

"베니샤를 마지막으로 본 게 언제지?"

"월요일 문예창작반 수업에서요."

"어젯밤에 베니샤가 너희 집에서 묵겠다고 말했다는 거 알았니?"

침묵.

"우리에겐 이야기해도 돼." 닐이 멍하니 탁자에서 빵 부스러기를 닦아내며 말했다. "널 곤란하게 하지 않을 거야."

"네. 알았어요." 나타샤는 말했다. "하지만 패트릭과 밤을 보내려고 그러는 줄로만 알았어요. 2주일 전에 그랬던 것처럼요. 루이스 선생님 죽던 날 밤에."

우리는 서로 바라보았다. 나타샤는 우리에게 이 정보를 주면서 자기가 정말 뭘 하고 있는지 모르는 걸까? 베니샤와 패트릭은 서로 알리바이를 만들어줄 수 있거나, 둘 다 연루되었을지 모른다.

"둘 중 어느 쪽이든 마지막으로 연락을 받은 때는 언제지?"

"어젯밤 패트릭에게 문자 받았어요."

"뭐라고 했어?"

나타샤는 검게 번진 눈으로 우리를 보았다. "이렇게 쓰여 있었어요. '지옥은 비었다.'"

"난 클레어의 집에 도로 가봐야겠어."

"어째서?" 닐이 운전하는 차를 타고 서까지 가던 길이었다. 닐은 주말에 몰려나온 차량들과 타협하며 집중하느라 인상을 썼다. 상황이 심각해지고 있었다. 우리는 도나에게서 연락을 받았다. 이 제야 걱정이 된 패트릭의 부모가 아들 컴퓨터에서 스코틀랜드행 비행기를 검색한 기록을 발견했다고.

"조지의 방에서 보았던 것이 막 기억났어."

닐은 더는 항의하지 않았다. 그는 들판 한가운데서 폐공장과 주택 단지로 향하는 시골길로 접어들었다. 나는 클레어의 집 열쇠를 가지고 있었으므로 닐이 차 안에서 기다리는 동안 나 혼자 들어갔다. 조지아의 침실로 가서 곧장 핀을 꽂는 보드로 향했다. 토끼가 분홍색 하트 모양 풍선을 든 만화가 그려진 엽서가 있었다. 나는 뒤집어 보았다.

그저 사랑한다는 말을 하려고 썼어.

'지옥은 비었다'라고 쓰인 쪽지의 글씨와 똑같은 필체였다. 클레어의 일기에 쓰인 그 필체.

11부

조지아

45장

깨어나 보니 스코틀랜드다. 침대에서 몸을 내밀고 블라인드를 뒤로 당겨 보니 마치 동화에서 빠져나온 것 같은 아름다운 풍경이 펼쳐지는데 믿기지가 않는다. 산, 숲, 간간이 반짝이는 바다, 절벽 위에 높이 솟은 성, 저지대의 마을. 한두 번 사슴 떼가 자주색 히스 사이에서 풀을 뜯는 광경이 보이고, 작은 만을 지날 때는 반짝이는 검은 바위에 올라가 볕을 쬐는 물개들이 보인다. 언덕 위에는 아직 눈이 남아 있으나, 하늘은 파랗디 파랗다.

밤에 휴대전화 신호가 좀 잡힌 모양이다. 문자가 비이에게서 열 개, 타이에게서 하나, 패트릭에게서 하나가 와 있다. 비이의 문자는 온통 "어디야, 할 이야기 있음"의 변주이고, 타이는 "잘 자 xxx"라고 보냈다. 패트릭은 "지옥은 비었다"라고 썼다. 나는 패트릭에게 전화를 하려 했지만 신호 막대가 다시 사라진다.

"조지." 아래에서 엄마가 부른다. "깼니?" 엄마 침대에 앉은 허버트가 짖기 시작한다.

"쉿." 엄마가 허버트에게 말한다. "우리 지금 스코틀랜드야?"

"응." 나는 다시 블라인드를 당기며 말한다. "멋져. 어째서 저런 풍경을 기억하지 못했을까?"

"전에는 늘 평원으로 왔거든." 엄마가 말한다. "이 정도는 다 본 것도 아니야. 전화 신호 잡히니?"

"아니?"

"내 것도 그렇다."

"엄마는 누구한테 문자하려고?"

헨리가 분명하다고 생각했지만, 엄마는 그냥 웃고는 말한다. "가서 아침 먹자."

우리는 식당칸에서 아침을 먹는다. 스크램블드 에그, 베이컨과 구운 콩이다. 엄마는 커피를 마시고, 나는 오렌지 주스를 두 팩 마신다. 나는 간밤에 본 남자를 찾아 두리번거리지만 보이지 않는다. 내가 상상한 걸까? 그냥 기차에서 마주친 낯선 사람이었을까? 홀랜드의 유령이었을까? 나는 황당한 생각 말라고 나 자신에게 말한다. 휴스 선생님은 이러셨다. 상상력을 발전시키는 일과 이 때문에 소모되는 것은 별개라고. 빈 들판에서 다가오는 숨소리를 들었던 밤, 누군가에게 추적당하는 무서운 감각이 살아난다. 내가 미쳐가고 있나? 하지만 내가 미친 게 아니라면, 저기 누가 있는 건지도 모른다. 보이지 않는 곳에서 한 걸음 한 걸음 우리를 따라오는 누군가. 「늙은 수부의 노래」*에 나오는 구절이 뭐였더라? "외로운 길 위에서 공포와 두려움 속에 걷는 사람처럼…… 그는 무시무시한 악마가 등 뒤에 바짝 붙어 걷고 있음을 알았으니."

친절한 승무원이 엄마를 아비모어에 내릴 수 있게 해줘서 허버드는 쉬를 할 수 있다. 나는 어느 때보다 더 겁이 난다. 만약 기차

---

* 새뮤얼 테일러 콜리지의 장편 시.

가 둘을 두고 떠나면? 어젯밤에 본 남자가 이상한 식인종 같은 미소를 지으며 다시 나타나면? "개가 마음에 드네요"라고 말했지, 마치 허비를 통째로 먹고 싶은 것처럼. 하지만 모두 잘 풀린다. 엄마는 흥분해서 버둥거리는 허버트를 안고 돌아온다. 승무원은 문을 쾅 닫고 우리는 다시 출발한다. 9시 직전에 인버네스에 도착해서 가브로 가는 환승 열차로 재빨리 갈아타야 한다. 울라풀에 가장 가까운 역이다. 나는 살짝 긴장을 푼다. 스코틀랜드의 풍경이 스쳐지나간다. 한쪽에는 황무지, 다른 한쪽에는 바다. 심지어 허버트도 홀려서 구경한다. 하지만 가브에 도착해 보니 영 우리가 내릴 곳 같지가 않다. 여기는 빅토리아 역은 둘째치고, 하다못해 치체스터 역하고 비교해도 역이라고 할 수가 없다. 그저 허허벌판에 노란 집 한 채와 인도교가 있을 뿐이다. 하지만 엄마는 나한테 내리자고 하고 허버트를 건네주고는 자기 가방을 내린다. 엄마는 훨씬 기운 넘치고 빠릿빠릿해져서 영국에 있을 때랑은 완전 딴판이다. 어쩌면 공기 때문인지도 모른다. 죽도록 춥다.

주차장에는 고물 레인지로버가 한 대 서 있고, 여자가 한 명 있다. 난 심지어 증조할머니인지 알아보지도 못한다. 내가 마지막으로 뵈었을 때는, 런던에 있는 할머니 집에서였는데, 그때만 해도 정말 늙어 보였다. 아흔 살은 되셨을 테니까 말이다. 하지만 여기 있는 할머니는 청바지에 바버 야외용 재킷을 입었고, 나를 꼬옥 안아준다.

"조지! 아, 너 정말 곱게 컸구나. 네 엄마랑 똑같아."

"안녕하세요." 나는 왠지 모르게 부끄럽다. 하지만 평소엔 절대 수다를 떨지 않는 엄마가 미친 듯이 수다를 떨었기에 내가 조용한들 문제 될 게 없다. 나는 허버트와 함께 뒷좌석에 올라탄다. 엄마는 증조할머니에게 상황을 설명하는 중이다.

"우리는 그냥 도망쳐야 했어요."

"여기서는 안전할 거야." 증조할머니는 하이랜드 소를 피하느라 차를 틀며 말한다.

나는 내 귀에 들려오는 소리를 막으려고 애쓴다. "엘라······ 일기장······ 사이먼······ 학교······ 릭······ 스토킹······ 무서워서······." 나는 처음 접하는 울라풀의 풍경을 바라본다. 하얀 집들이 늘어선 항구, 그 뒤에 있는 산. 어렸을 때 보던 텔레비전 프로그램을 보는 것 같다. 나는 주제곡을 흥얼거려본다.

"〈발라모리〉네." 엄마가 말한다. "여기 와서 기분 좋구나, 조지?"

"응." 나는 말한다. 기차에서 보낸 어젯밤은 너무 낯설고 초현실적이었다. 비이의 문자, 미소 띤 남자, "지옥은 비었다"라고 쓴 패트릭. 이제 우리는 평온한 삶으로 돌아온 것 같다. 태양은 물 위에 반짝이고, 늘어뜨린 앞머리를 헤나로 염색한 듯한 소들도 자애롭게 미소 짓는 것 같다. 증조할머니는 눈 이야기를 하고 있다. 저기 높은 언덕은 온통 새하얗다.

"오늘은 참 따뜻하네. 바하마처럼." 할머니는 말한다.

차 안의 온도계는 영하 1도를 가리키고 있다.

증조할머니의 집은 꽤 똑똑히 기억한다. 다른 집들과 약간 떨어져, 바다로 툭 튀어나온 작은 땅 위에 있다. 증조할아버지는 생각이 잘 안 나지만, 배가 한 척 있어서 매일 아침 신문을 가지러 항구 반대편까지 노 저어 갔던 것 같다. 허버트도 아주 들떠서 갈매기를 향해 짖어댄다. 저 멀리에서는 페리가 탁 트인 바다를 향해 느릿느릿 나아간다.

증조할머니는 다락에 있는 내 방을 보여준다. 침대에는 조각이불이 깔렸고 하얀 벽에는 물빛이 비친다. 책상과 책장, 작은 흔들의자까지 있다. 나는 여기 처박혀 있고 싶지만, 아래층에 점심이 차려진다. 빵과 수프, 천에 싸여 나오는 이상한 치즈. 만약 눈이 오면, 모든 것에서 완전히 차단되겠지. 아마도 우리는 여기서 크리스마스를 지내겠지.

엄마와 증조할머니는 또 긴 대화를 나눈다. 나는 할머니랑 있으니 마구 수다를 떨어대는 엄마를 보고 또다시 놀란다. 엄마는 늘 엄마의 엄마, 외할머니랑은 무척 말도 짧게 하고 내성적인데 지금은 케임브리지에서 만난 남자 헨리 교수 이야기도 한다. 무척 흥미롭다. 나는 루이스 선생님이 살해당한 주말에 헨리 교수가 엄마랑 같이 있었는지는 전혀 몰랐다. 하지만 내 눈이 슬슬 감긴다.

할머니가 말한다. "아, 얘가 피곤한가 보다. 위층에 올라가서 잠깐 눈 좀 붙일래, 조지?"

서까래가 있는 내 작은 방으로 돌아오니 너무 좋다. 나를 따라온 허버트와 함께 조각이불을 끌어다 덮는다. 꿈에서는 기차, 「낯선 사람」에서처럼 옛날 기차가 나온다. 나는 탈출하려고 흔들리는 객차들을 통과해 달리며 벽을 이리저리 스치고 객차와 객차 사이의 악몽 같은 틈을 훌쩍 뛰어넘는다. 하지만 그는 거기에 있다. 눈에는 보이지 않지만, 등 뒤에서 같은 거리를 유지하면서 아주 매끄럽고도 가차 없이 움직인다. 알 수 없지만, 왠지 끔찍하게 익숙하다.

잠에서 깨어 보니 바깥은 어둡다. 허버트는 일어나 앉아 귀를 쫑

굿 세운다.

아래층에서 목소리가 들린다. 누군가 문을 두드렸던 것 같다.

"오, 너구나." 엄마의 목소리가 들린다. "대체 여기서 뭐 해?"

허버트가 으르렁거리기 시작한다. 이전에는 그런 소리를 낸 적이 없는데. 덩치 큰 개처럼 목 뒤에서 긁는 듯한 소리. 허버트가 이빨을 드러내자 순간 나는 개가 무서워진다. 내가 문으로 가려는데 엄마한테서 끔찍한 비명 소리가 들린다. 엄마가 외친다. "조지!" 아래층 문이 쿵 닫히고, 계단을 올라오는 소리가 들린다. 일정하게 울리는 결연한 발걸음. 나는 다락방의 맨 구석으로 물러선다. 허버트를 내 쪽으로 부르고 싶지만, 걔는 여전히 문 옆에 서 있다. 이제 더는 으르렁대지 않는다. 무언가를 기다리는 것 같다.

문이 활짝 열린다. 나는 어두운 형체를 본다. 그리고 높이 쳐든 칼. 그때 허버트가 작고 하얀 총알처럼 훌쩍 날아오른다.

다음 순간 허버트는 피가 얼룩진 덩어리가 되어 바닥에 쓰러져 있다. 칼이 나를 향해 다가온다.

12부

하빈더

46장

우리는 정오에 클레어의 집에서 나왔고 나는 1시 40분 인버네스 행 비행기를 탔다. 그 전에 지역 경찰에 전화를 걸어 울라풀에 있는 클레어와 조지아의 상황을 확인해달라고 했다. 그럼에도 내가 직접 가고 싶었고, 도나도 동의했다. 나는 이전에는 국내선을 타본 적이 없었다. 사실, 비행기는 딱 두 번 타봤을 뿐이다. 한 번은 열 살 때 인도에 갈 때, 한 번은 바르셀로나로 소위 낭만 휴가를 떠났을 때. 국내선이 무척 편안해서 감탄했다. 짐이 없어서 직원들에게 내 신분증을 흔들어 보여주면서 보안검색대를 쓱 통과했다.

그런데 비행기 안에 앉아 있자니 고문이 따로 없었다. 빨리 도착 했으면 싶었다. 전화를 쓸 수 없다는 건 악몽이었다. 나는 비행기 에서는 전화를 쓰면 안 된다는 말은 다 지어낸 거라는 글을 어디선 가 읽었지만, 위험을 무릅쓰고 싶진 않았다. 레이더나 전자장비 이 상을 일으키면 어쩌려고? 그래서 전화를 '비행 모드'로 바꿔서 무릎에 놓고 〈세계 최고의 비경 해변 10〉 같은 기사를 읽으려 해보았다. 역설이랄까, 울라풀이 그중 하나였다. 내 옆에 앉은 사업가는 자기가 1초라도 일을 쉬면 세계가 멸망하기라도 할 것처럼 심각하게 노트북 자판을 두드리고 있었다.

우리는 3시 20분에 착륙했고, 나는 다른 승객들을 팔꿈치로 밀어내며 달려 나가 30분 후 택시 정류장에 이르렀다. 경찰차 한 대가 나를 기다리고 있었다.

"카우어 경사?" 그는 마지막 '어' 음절을 지나치게 '얼'처럼 발음했다.

"전데요."

"짐 해리스 경사입니다." 그는 키가 크고, 어두운 빨강 머리에 약간 늑대 같은 표정을 짓는 서른 살 전후의 남자였다. 나는 기뻤다. 짐은 운전은 빨리 하되 질문은 많이 하지 않을 사람처럼 보였다.

"올라풀까지 얼마나 걸립니까?" 차가 공항을 나설 때 내가 물었다.

"한 시간 사십 분 정도요." 짐 해리스가 말했다. "세계에서 가장 멋진 길을 드라이브할 겁니다."

그의 말이 맞고도 남을 것이다. 우리는 푸른 녹원과 산, 호수(로크라고 불러야 하나)를 지났다. 하지만 나는 클레어와 조지아에게 늦지 않게 가닿고 싶은 마음뿐이었다. 짐 말로는 지역 '경찰'이 캐시디 부인의 집을 확인했고 이상한 점은 없었다고 말했지만, 내 배속 깊숙한 곳에는 차가운 느낌이 아직도 남아 있었다. 나는 두 사람 모두에게 전화를 해보았지만, 아무도 받지 않았다. 짐이 말했다. "어이쿠, 여기는 신호가 잘 안 잡혀요." 그는 실제로 '어이쿠'라고 말했다.

우리가 올라풀에 도착했을 때는 어두워졌고, 항구의 불빛이 반짝거렸다. 짐은 가는 길 내내 별말이 없었고, 이제는 좁은 골목길을 솜씨 있게 지나 양쪽에 물이 있는 작은 땅으로 들어섰다. 캐시디 가의 집은 끝에 있었다. 지붕 쪽 방에서 전등이 빛났다. 나는

「낯선 사람」과 폐가의 불빛, 폐공장에서 보았던 불빛, 도깨비불과 바다에서 부르는 죽은 아이들의 유령을 떠올렸다.

나는 차가 미처 서기도 전에 서둘러 내렸다. 집 밖에는 차가 두 대 서 있었다. 우그러진 레인지로버 한 대와 빨간색 토요타 아이고. 앞문이 활짝 열려 있었다. 겨울밤 스코틀랜드에서는 좋은 징조가 아니었다. "클레어! 조지!" 나는 보도를 뛰어가며 외쳤다.

외침은 아래층에서 들려왔지만, 무거운 의자로 문이 막혀 있었다. 나는 위로 올라가야 한다는 것을 알았다. 두 걸음 만에 계단을 올라 다락방 문 앞에 도착했고, 겁먹은 조지 앞에 칼을 들고 서 있는 키 큰 젊은 남자를 보았다. 허버트는 피에 젖어 조지아의 발치에 쓰러져 있었다.

나는 남자에게 덤벼들었지만, 상대는 너무 덩치가 커서 단지 비틀거릴 뿐이었다. 나는 칼을 든 팔을 잡았지만, 그가 나를 뒤로 밀쳤고 나는 바닥에 머리를 세게 부딪혔다. 나는 비틀비틀 일어나 다시 달려들었다. 아래층에서는 계속 비명이 들려왔으며 다행스럽게도 계단을 올라오는 경찰의 무거운 발걸음 소리가 들렸다. 짐 해리스가 깔끔한 럭비 태클로 남자를 넘어뜨렸고, 나는 남자의 가슴을 무릎으로 누르고 그의 권리를 읽어주었다.

"타이 그리널, 너를 엘라 엘픽과 릭 루이스 살인 혐의, 그리고 사이먼 뉴턴과 조지아 뉴턴의 살인미수 혐의로 체포한다."

13부

하빈더와 클레어

47장

하빈더

나타샤가 타이의 이름을 꺼냈기 때문에 나는 엽서를 생각해낼 수 있었다. 조지에게는 분홍색 하트 모양 풍선을 든 토끼가 그려진 엽서를 보낸 남자 친구가 있었다. 나는 필적을 보고 알아차렸다. 우리는 바로 타이가 일하는 술집으로 갔고, 그가 며칠 휴가를 냈다는 것을 알았다. "주소가 있습니까?" 나는 물었다. "아뇨." 지배인이 걱정스러운 표정으로 말했다. "하지만 아주 믿을 만한 친구예요. 근무 시간에 늦은 적 한 번 없고." 그럴 수 있었던 이유는, 타이가 바로 길 아래 살았기 때문이다. 시멘트 폐공장에 불법 거주하고 있었으므로. 내가 가브의 경찰서에서 신문했을 때 타이는 그런 점을 인정했다.

"폐공장에 살았어." 타이가 털어놓았다. "클레어를 지켜보고 있었지. 밤에는 초를 켜서 클레어를 지켜봤어. 그 사람을 사랑하니까."

"언제부터 시작한 거지?" 나는 물었다. 타이를 서식스로 데려가기 전에는 정식 취조를 하고 싶지 않았다. 나는 닐과 도나도 이 사건에 관여할 자격이 있다고 판단했다. 그럼에도 몇 가지를 먼저 알고 싶었다.

 "하이드에서 바텐더로 일했어." 그가 말했다. "클레어가 연수를 받으려고 거기 호텔에 왔었지. 난 첫눈에 사랑에 빠졌어. 마스터키를 얻어서 그 사람 방으로 들어가서 일기를 읽었거든. 그때 결심했어. 이 사람은 보호가 필요하구나. 나는 그녀를 따라서 서식스로 와서 술집에 취직을 했어. 시내에서 조지아를 만났는데 술에 잔뜩 취했더라고. 걔는 내 취향에는 너무 거칠었지만, 클레어에게는 엄청난 걱정거리일 거 아냐. 그래서 나는 그 애 남자 친구가 되어서 돌봐주려고 했지. 물론 클레어에게 더 가까이 갈 수도 있을 테고." 타이는 이 모든 것이 완벽히 논리적이며, 칭찬할 만한 일이라는 듯이 씩 웃었다. 짐 해리스가 거칠게 다뤄서 얼굴이 온통 멍투성이였지만 그래도 체격이 크고 잘생긴 남자였다. 하지만 나는 그의 눈을 들여다보자마자 변호인 측이 정신이상으로 변론하리라는 사실을 알았다.

 "엘라는 왜 죽였어?"

 타이가 바로 대답했다. "클레어를 화나게 했잖아. 유부남이랑 자고 다니고, 클레어한테 학교 일을 다 떠맡기고. 엘라는 창녀나 다를 바 없어. 릭도 나을 거 하나 없지. 클레어는 일기에다가 그 사람을 싫어한다고 적었어. 그래서 내가 그 자식도 죽였어. 릭에게 전화해서 엘라에 대해 아는 사실이 있다고 말했어. 그 자식 바지에 똥을 지리도록 겁을 먹어가지곤. 자기가 바람피우고 다닌 걸 아내한테 꼰지를 줄 알았나 봐. 나는 그놈한테 의자에 앉아 있으라고 하고 뒤로 돌아가서 철사로 목을 졸랐지. 살인자가 「낯선 사람」에 나오는 사람처럼 보이게 하고 싶었거든. 클레어가 제일 좋아하는 책인 줄 알았으니까. 이 책은 조지아의 방에서 봤어. 물론 『흰옷을 입은 여인』도 같이."

그 웃음이 다시 떠올랐다.

"사이먼 뉴턴은 어떻게 된 거야? 조지아는? 클레어가 그들이 죽기를 바랐을 리가 없잖아. 클레어는 조지를 사랑한다고."

"클레어는 사이먼을 만나기 전, 조지아가 태어나기 전에 더 행복했다고 하더라고." 타이는 말했다. "사이먼은 항상 그녀를 화나게 했어. 나쁜 엄마라고 하고, 새 부인이랑 애들 이야기나 늘어놓고. 어쨌든 둘 다 없앨 필요는 있었어. 그래야 클레어와 내가 새로 시작할 수 있지."

나는 이제 슬슬 걱정이 되었다. 이야기를 들을수록 이 자식은 자기가 가야 할 일급 교도소보다 정신병원에 수감될 가능성이 더 높다는 생각이 들었다. 하지만 타이가 조부모와 살았다는 켄트 주의 경찰과 이야기를 해보니, 그는 이미 여자를 스토킹한 전력으로 경찰에서 경고를 받은 적이 있었다. 피해자는 공교롭게도 옛날 영어 선생님이었다. 이 사건 기록을 법원에서 쓸 수 없다고 해도, 이 일은 타이 그리널이 여자들을 지켜보고 기다리다가 덤벼드는 유의 살인자라는 근거를 더 강화해주었다.

나는 타이를 하이랜드 경찰들의 자상한 보살핌 속에 맡겨두고 예약해둔 호텔로 돌아갔다. 클레어는 자기 할머니 집에 같이 묵어도 된다고 했으나, 캐시디 가의 여자들은 나까지 감당하지 않아도 처리할 일이 충분히 많을 터였다. 게다가, 나는 끔찍하도록 피곤했다. 호텔은 현대적이고 이렇다 할 특성이 없었으나, 내가 바란 대로였다. 나는 들어가는 길에 칩을 사서 아이언 브루 한 캔과 함께

다 먹어치웠다. 이 탄산음료는 짐이 말한 대로 정말로 줄밥* 맛이 났다. 칼레도니안 티슬 호텔에서 나는 샤워를 하고 벽장에 걸린 깔끄러운 목욕 가운을 걸쳤다. 그런 후에 침대에 누웠을 때, 닐이 전화했다.

"난 살인자는 가까이에 있는 사람이라고 늘 생각했다니까." 그는 말했다.

"그래, 맞는 말이야. 끝까지 패트릭 오리어리라고 생각했지."

"패트릭과 베니샤 소식은 들었어?" 그가 말했다.

"아니."

"결혼하려고 도망쳤대. 그레트나그린까지 가려고 했던 모양이야. 스코틀랜드 경찰이 에든버러에 있는 트래블로지 호텔에서 잡았다더라고."

"그레트나그린이면 덤프리스에 있는 거 아니야?"**

"그래. 어떻게 가는지도 제대로 알아두지 않았나 보더라고. 자기들 위치를 페이스북에 올려놓아서 찾기는 엄청 쉬웠지."

"멍청한 녀석들."

"허허, 풋내기들 사랑이 그렇지 뭐." 닐이 말했다.

나는 이쯤 되자 조는 거나 마찬가지였지만, 그래도 남은 힘을 끌어모아 엄마에게 전화를 걸고 지금 있는 곳을 알렸다. 엄마는 네스 호의 괴물을 보았느냐고 물었다. 나는 괴물은 휴가 중이라고 말했다.

---

* 쇠붙이를 줄로 갈 때 생기는 조각.
** 스코틀랜드 덤프리스에 있는 그레트나그린은 주요 업종이 결혼식인 것으로 유명하다.

클레어

하빈더와 나는 만의 하얀 모래밭을 걷는다. 아름다운 아침으로, 바다는 그림엽서처럼 반짝거리고, 뒤편의 산은 어둡다.

"아주 심한 죄책감이 드네요." 나는 말한다. "타이를 하이드에서 봤다는 것조차 알아차리지 못했어요. 그런데 지금 생각해보니 엘라가 뭐라고 말했던 기억이 나요. 우리가 다퉜을 때, 바텐더가 내게 추파를 던지더라면서."

"자책하지 마요." 하빈더가 말한다. "그런 걸 어떻게 알 수 있겠어요."

"조지가 타이와 데이트하는 게 마음에 들지 않았어요." 나는 말한다. "이유는 단지 남자애 나이가 훨씬 많기 때문이었죠. 실제로 조지가 타이랑 같이 있으면 안전하다고 여겼으니. 맙소사."

"더 중요한 화제를 이야기해요." 하빈더가 말한다. "허버트는 어때요?"

"수의사 말로는 괜찮을 거래요. 다행히도, 칼이 주요 장기를 뚫지는 않았대요. 고양이처럼 목숨이 아홉 개인가 봐요."

"타이를 향해 그렇게 덤벼들다니 너무나 용감해요."

"그래요. 허버트는 조지를 사랑하거든요. 목숨 바쳐서 지켜준 거예요. 우리 둘 다." 나는 일단 멈추고 눈물을 닦는다.

"체포할 때 보니 타이는 팔을 꽤 깊게 물렸더라고요." 하빈더가 말한다.

"잘됐네요." 나는 말한다.

"조지 기분은 어때요?" 하빈더가 말한다. "타이에 대해⋯⋯."

"너무나 큰 충격을 받았죠." 나는 말한다. "하지만 오늘 아침 타이를 용서할 필요가 있으니 어쩌니 하더라고요. 나는 그럴 준비가 됐다는 말은 할 수 없어요."

조지는 어젯밤 병원으로 실려 갔지만 외상이 없어서 몇 시간 만에 퇴원했다. 오늘 아침에는 용서와 구원에 대해 이야기했다. "그렇게 안 하면 타이가 이기는 거잖아요, 모르겠어요?"라면서. 나와 함께 응접실에 오랫동안 갇혀 있으면서, 위층에 있는 내 딸이 살해당할까 봐 내가 질러대던 비명을 들어야 했던 할머니도 비슷하게 평온한 태도로 우리 모두에게 거창한 아침을 차려주었다. "밥 먹고 기운 내야지." 우습게도 할머니와 조지는 참 비슷하다. 이전에는 알아차리지 못했던 점이다.

"허버트가 앞발을 다쳤을 때 돌봐준 사람도 물론 타이였죠?" 나는 말한다.

"그래요." 하빈더가 말한다. "이걸 기억하세요. 내심, 타이는 당신이 원하는 일을 하고 있다며 자기 행위를 합리화한 거예요. 또한 당신이 허버트를 얼마나 사랑하는지 알았죠. 일기에서도 **허버트를** 비난한 적은 단 한 번도 없었잖아요."

"없었죠." 나는 말한다. "내가 개를 얼마나 사랑하는지, 오직 나한테 얼마나 소중한지를 적었으니까요. 맙소사, 기분이 정말 끔찍해요. 내가 마치 살해 대상자 명단을 적어놓기라도 한 것 같아요."

"그렇게 생각하면 안 돼요." 하빈더가 말한다. "타이에게 당신을 위해서 사람 죽이고 다니라고 부탁한 적 없잖아요. 다른 사람이 일기를 읽으라고 쓴 것도 아니고요."

"「낯선 사람」은 어떻게 된 거예요?" 나는 묻는다. "타이는 읽었을 텐데요. 그 인용구를 가져온 게…… 엘라와 릭을 죽인 방식도 그렇고요." 하빈더는 어젯밤에 릭이 어떻게 죽었는지 얘기해주었다.

"조지한테 얻은 거예요. 조지가 이 이야기에 빠져 있었고, 타이는 아마도 그 애 방에서 책을 본 것 같아요. 공장에 책이 많았는데, 『흰옷을 입은 여인』, 조지가 갖고 있던 『템페스트』, 그리고 「낯선 사람」의 여러 판본이 있었어요. 책을 너무 많이 읽는 것도 위험할 수 있겠네요."

하빈더의 말이 농담인지 아닌지는 알 수 없다.

"초와 포푸리를 가져가겠다는 아이디어는 조지와 친구들에게서 얻지 않았을까요? 타이는 또, 조지의 흑요석도 가져갔죠. 이유는 몰라요. 보니까 브라이어니 휴스가 문예창작반 학생 전원에게 돌을 주었나 봐요. 수호의 의미로. 신문할 때 브라이어니의 사무실에서 봤어요."

지난밤 조지는 마침내 브라이어니 휴스에 대해서 털어놓았다. 브라이어니가 하얀 마녀라느니, 어떻게 혼령을 퇴치하는지를 알려줬다느니 하며 횡설수설을 늘어놓았다. 나는 좀 더 알아내 식스폼 칼리지에서 열리는 모임에는 참석하지 못하게 해야겠다고 머릿속에 새겨두었다. 한편으로는 조지가 내내 책을 읽고 소설을 써왔는데 전혀 몰랐다는 사실을 생각하니 슬프기도 했다.

"조지의 지문이 돌에서 나왔어요." 하빈더는 대수롭지 않게 말한다. "그래서 우리는 한동안 조지에게 관심을 두었죠."

"세상에. 조지를 의심한 거예요?"

"딱히 그렇진 않았고요. 하지만 조지의 방에서 핏자국이 있는 엘라 사진을 발견했어요. 알고 보니 동물 피더라고요. 오늘 아침 감식 보고서를 받았어요. 그게 조지의 주머니에 있었던 듯해요. 우리가 앞발을 베인 허버트를 찾은 그날요."

우리가 동물병원에 가서 앉아 있을 때 조지아가 허버트를 품에 안고 있었던 것이 기억난다. 우리의 꼬마 영웅 강아지.

"나는 한동안 클레어는 의심했었어요." 하빈더는 말한다. "좀 더 그런 타입으로 보여서."

"아주 고맙네요."

"그런 다음 우리는 패트릭 오리어리에게 집중했죠. 엘라를 짝사랑했고 릭을 미워할 이유가 있었으니까요. 그 애는 엘라 집에 갔었고 그런 다음 사라져버렸어요. 이건 보통 확실한 유죄의 신호라고 할 수 있죠. 나타샤에게 '지옥은 비었다'라는 문자도 보냈고요. 아마 제 딴에는 농담이랍시고 한 거겠죠."

"같은 메시지를 조지에게도 보냈더라고요." 나는 말한다. "패트릭과 베니샤는 찾았어요?"

하빈더는 눈을 굴렸다. "예, 찾았어요. 에든버러의 트래블로지에서 어떻게 덤프리스와 갤러웨이로 갈지 궁리하고 있더라고요. 부모님이 오늘 애들을 데리러 갈 거예요. 그레트나그린에 가서 결혼할 수 있다는 공상을 하다니. 대체 요새 애들은 어떻게 된 거예요?"

"조지 말로는 베니샤가 조제트 헤이어의 열렬한 팬이래요." 나는 말한다. "헤이어 소설에 나오는 인물들은 늘 도망가서 결혼하거든요."

"사실, 조제트 헤이어는 결혼 문제에는 무척 현실적이죠." 하빈더의 말에 나는 놀란다. 처음도 아니다. "그러려면 돈이 필요하다는 사실을 절대 잊지 않아요. 나는 헤이어가 인도 어머니와 유사하다는 생각을 늘 해요."

"나는 당신이 로맨스 소설 팬인지는 짐작도 못 했네요."

"좀 더 공포 소설 취향에 가깝죠." 하빈더는 돌을 차 웅덩이에 넣으며 말한다. "하지만 나도 재밌었던 시절이 있거든요."

"타이가 다 자백을 했나요?" 나는 묻는다. 그가 자백한다면 조지와 나는 법정에 출두할 필요가 없지 않을까 하는 마음으로.

"동네방네 떠들더라고요." 하빈더가 말한다. "사실 나로서는 그가 스코틀랜드 경찰에 죄다 털어놓지 못하게 막아야 해요. 나를 위해서 아껴두길 바라죠. 오늘 밤 비행기에 태워 데리고 갈 거예요. 참 즐거운 비행이 되겠네요. 살인자와 수갑을 차고. 됐어요, 이만한 게 다행이지. 하마터면 여자들만의 모임이 될 수도 있었는데."

"서식스에 돌아가면, 만날 수 있을까요?" 나는 묻는다. 나는 울라풀을 떠나고 싶지 않지만, 학기말까지는 3주나 남았다. 월요일에는 돌아가야 했다.

"나를 떨치려고 해도 못 할걸요." 하빈더가 말한다. "이런 사건은 뒤처리할 거리가 많거든요."

"인생이 이전처럼 정상으로 돌아가기란 영영 불가능해 보여요." 나는 말한다. "하지만 그렇게 되겠죠."

"내가 보기에 정상은 과대평가되고 있어요." 하빈더가 말한다. "하지만 그래요, 삶은 계속되니까요. 언제나."

우리는 해변 끝에 다다랐고 만을 멀리까지 돌아본다. 파도가 밀려들고 있다. 우리의 발자국이 단단한 모래에 살짝 자국을 남겼지만, 몇 분 후면 쓸려가 버릴 것이다.

이 세상에 영원히 숨길 수 있는 것은 없다.

에필로그

세 번째 방문

우리는 말없이 나선형 계단을 오른다. 크리스마스 연휴라 학교는 닫았지만, 저 아래에서 시계가 똑딱거리고, 마룻바닥 판자가 늘어나며 한숨짓는 소리가 들린다.

"시체가 없으니 달리 보이네요." 하빈더가 말한다. 어쨌거나 분위기 깨는 데는 선수다.

토니는 북동부의 학원 체인을 맡아 떠났다. 리즈 프랜시스가 새 교장에 취임했으며, 나한테는 교감 자리에 지원해보라고 했다. 리즈는 홀랜드의 방을 없애버리고 여기를 컴퓨터실로 바꾸고 싶어 한다. 리즈의 판단이 맞을지 모르지만, 학교는 홀랜드의 유령이 없다면 전과 똑같지 않을 것이다.

조지는 서재로 들어가서 책상 쪽을 향한다. 사진 액자를 보느라 멈칫하다가 나는 엄두도 내보지 못한 일을 한다. 홀랜드의 의자에 앉은 것이다.

"조지, 거기 앉지 마." 나는 말한다. 나는 지난 두 번의 방문에서 이 방에서 겪은 일들을 잊지 못한다. 저 의자에 마지막으로 앉은 것은 마네킹(고맙다, 패트릭 오리어리)과 릭의 시체였다.

"안 될 게 뭐야?" 조지가 말한다. "좋은 곳이야. 좋은 기운이 있어. 여기 앉으니까 뭔가 강력한 걸 쓸 수 있을 듯한 느낌이 들어."

지난 몇 주간 가장 커다란 충격을 준 일이었다. 내 딸이 글을 쓴다는 사실. 조지는 단편 몇 편을 보여주었고, 나는 소재가 약간 심란하기는 해도, 틀림없이 조지에게 재능이 있다고 여겼다. 이 재능을 키워준 브라이어니 휴스에게 감사해야 할 테지만, 조지가 방과 후 수업으로 돌아가는 일은 원치 않는다.

"나야말로 거기 앉아봐야겠다." 나는 말한다. "가끔은 홀랜드에 대한 책을 절대 끝내지 못할 것 같은 기분이 들거든."

"헨리 해밀턴 교수님은 엄마가 할 수 있다고 생각하잖아." 조지는 엉큼한 미소를 짓는다.

나는 지난주에 헨리를 만났고, 헨리는 여전히 책에 열정적이다. 놀랍게도, 여전히 나한테도 열정적이다.

"헨리는 세인트 주드에 서류가 더 있을 거라고 생각하더라." 나는 얼굴을 붉히지 않기를 바라며 말한다. "내 생각엔, 내가 홀랜드의 아내와 딸에 대한 수수께끼를 풀면, 거기에 이야기가 있을 것 같아."

"수수께끼를 풀기는 그렇게 쉽지 않아요." 하빈더가 경고한다. "아무 경찰이나 붙잡고 물어봐요."

"하빈더가 이 수수께끼는 풀었잖아요." 조지아가 말한다. 그 애는 아직도 책상 앞에 앉아 두 손을 펼쳐 블로터에 올려놓고 있다. 낮게 뜬 겨울 태양이 발산하는 햇빛에 비친 진갈색 머리칼에 마치 후광이 드리운 듯하다. 조지아는 라파엘전파의 그림에 나오는 여인처럼 아름답고 갑자기 무척 성숙해 보인다. 몇 년 후에는 집을 떠나겠지.

"뭐, 타이가 너를 죽이려고 해서 도움이 좀 되었지." 하빈더는 이렇게 말하며, 붉은 벽에 걸린 사진들을 살펴보러 다가간다.

타이의 사건은 봄에 재판에 부쳐질 예정이다. 그가 유죄를 인정하고 모두 자백했기 때문이다. 하빈더는 조지와 내가 나서서 증언을 할 필요는 없을 것 같다고 한다. 조지는 타이를 용서한다지만, 나는 거기까지는 아니다. 엘라와 그녀의 부모, 데이지 루이스, 아직도 공격당하는 환각에서 빠져나오지 못하는 사이먼에 대한 생각을 떨칠 수가 없다. 오로지 허버트만, 다행스럽게도, 트라우마 없이 빠져나온 듯하다. 허버트는 옛날 모습으로 돌아왔다. 조지아가 허버트에게 크리스마스 선물로 순록 의상을 사주었다.

"그럼 홀랜드 양반의 아내와 아이에 대한 수수께끼는 뭐죠?" 하빈더가 묻는다. "어쩌면 내가 클레어를 위해 풀어줄 수 있을지도 모르는데." 하빈더는 막 경위 진급 시험에 지원한 사람답게 자신감이 넘친다.

"홀랜드의 아내, 앨리스는 아마도 자살했을 거예요." 나는 말한다. "그리고 딸에 대해서는 아무것도 몰라요. 편지에 마리아나라는 이름이 언급돼 있고 「M을 위하여, 평안히 잠들기를」이라는 시가 있지만, 이 소녀의 생사에 대한 기록은 없고 무덤을 찾아낸 사람도 없어요. 헨리가 찾아낸 편지 중 하나에서, 홀랜드는 마리아나가 '제 어미의 오점'을 물려받았다고 말해요. 어쩌면 이건 우울증이나 정신질환을 의미할 수도 있어요. 알 수 없죠."

"난 앨리스의 유령을 한 번 봤어요." 하빈더가 말한다. "내가 말했던가요?"

조지와 나는 하빈더를 빤히 본다. "아뇨, 우리한테 말하지 않았어요." 나는 대답한다.

"내가 열다섯 살 때, 크리스마스 학기였어요." 하빈더가 말한다. "옛날 교실에서 남자 친구인 게리 카터와 키스하고 있었거든요. 카터 선생 알죠, 지리 선생." 하빈더는 조지아를 위해 덧붙인다.

조지아가 두 눈을 가린다. "헐, 끔찍해."

"어쨌든 우리가 한참 더듬는 와중에 갑자기 방이 추워졌어요. 그래서 복도 바깥으로 나갔는데, 이 하얀 물체가 우리 옆을 홱 지나쳤어요. 그러고는 난간 너머로 몸을 던졌고 끔찍한 비명이 들렸죠. 그게 다예요."

"유령을 본 후에 누가 죽기라도 했어요?" 나는 학교 전설을 기억하고 약간 냉소적으로 묻는다.

"아, 그래요. 바로 누가 죽었죠." 하빈더가 말한다.

"그 여자예요." 조지아가 얼굴을 밝히며 말한다. "앨리스 홀랜드였다고요. 우리는 이 여자와 접촉해야 해요. 여기서는 행복하지 않았고 여길 뜨고 싶었던 거예요."

"안 돼!" 나는 의도한 것보다 큰 소리로 말한다. 나는 엘라의 혼령 퇴마식 이야기는 이미 다 들었다. 네 명의 십대가 피자나 먹고 〈프렌즈〉나 봐야 할 시간에 언데드를 부른답시고 까불다니. 다시 한 번 나는 브라이어니 휴스를 탓한다.

"알았어." 조지아가 말한다. "진정제 좀 먹어요, 엄마. 어쨌든 엄마는 앨리스에 대해 글을 쓰려고 하는 사람이잖아. 그건 앨리스가 평화롭게 잠들지 못하게 하는 거 아니야?"

"그건 다른 얘기야." 나는 말한다. "하지만 내가 마리아나의 수수께끼를 풀 수 있다면, 일종의 살풀이가 될 수는 있겠네."

"아, 그거. 내가 이미 풀었는데." 조지아가 말한다.

조지아는 일어서더니 사진이 걸린 벽으로 걸어간다. 조지아는 눈높이에 걸린 작은 흑백사진을 가리킨다. 하빈더가 나를 쳐다보고 우리 둘 다 더 가까이 다가간다.

"마리아나와 함께." 조지아는 아래 설명을 읽는다.

"하지만 이 사진에 다른 사람은 없잖아." 하빈더가 말한다.

"더 자세히 보세요, 에이스 형사님."

우리는 몸을 숙이고, 하빈더가 먼저 알아본다.

"개네." 하빈더가 말한다.

거기, 사진 한가운데 바닥에, 하얀 덩이가 회색빛 풀숲에 가려져 있다. 확실히 개다. 품종은 알 수 없지만, 귀 한쪽은 쭈뼛하고 다른 한쪽은 처졌으며, 꼬리는 등 뒤로 돌돌 말려 있다.

"제 어미의 오점." 조지아가 말한다. "그건 저 꼬불꼬불 말린 꼬리를 가리킬 거예요."

"개 사육사들은 가끔 그걸 게이 꼬리라고 부르지." 나는 말한다.

"마음에 드는데." 하빈더가 말한다. "액세서리로 달고 다녀도 되겠어."

"마리아나." 나는 말한다. "홀랜드는 '그 애가 큰 위안이 된다'고 했어. '천사처럼 성정이 다정하고 착하다'고."

"허버트 이야기처럼 들리네." 조지아는 허버트에게 말할 때 쓰는 목소리로 말한다.

"홀랜드는 마리아나가 자기 소설 『먹이를 찾아다니는 짐승』을 좋아한다고도 했는데."

"그 말도 이해가 돼." 조지아가 말한다. "나도 가끔 내 작품을 허비에게 읽어주거든. 걘 내가 천재라고 생각해."

"이 사진을 찍은 사람은 누구지?" 하빈더가 묻는다.

하지만 그건 우리로서는 절대 알 수 없다. 우리는 모두 사진을 다시 돌아본다. 한 남자와 그의 개가 잔디밭에 앉아 있는 광경. 미지의 유령 손이 포착한 한순간의 스냅사진.

낯선 사람

R.M. 홀랜드 지음

"괜찮으시면," 낯선 사람이 말했다. "이야기를 하나 해드리고 싶소. 긴 여행인 데다 하늘 상태를 보아하니 한동안은 이 칸에서 나갈 길은 없을 테니 이야기를 나누면서 몇 시간 보낸들 어떻겠소? 늦은 10월 저녁에는 딱 제격이지.

거기서 편안하신가? 허버트 걱정은 마시오. 해치지 않으니까. 다만 날씨도 이렇다 보니 신경이 날카로워진 게지. 자, 어디까지 했더라? 긴장 좀 풀리게 브랜디 좀 드릴까? 휴대용 술병에 드려도 괜찮으실까?

자, 이건 실제로 일어난 일이라오. 실화가 최고지, 그렇지 않소? 더 좋은 것은 내가 젊을 때 일어난 일이라는 거요, 당신 또래였을 때.

나는 케임브리지에 다녔소. 물론 신학을 전공했지. 내 의견이지만 다른 학문이랄 게 없잖소, 아마도 영문학 정도를 빼면. **우리는 꿈이 지어지는 재료이다.** 나는 한 학기가량 거기 다녔다오. 수줍음 많은 시골뜨기였고 외로웠던 것 같소. 멋쟁이들 틈에 끼지 못했지. 하얀 나비넥타이를 매고 교정을 으스대며 걸어다니는 젊은이들 있잖소, 주님에게서 특허증이라도 받은 듯한 친구들. 나는 혼자 강의실에 갔고 에세이 숙제를 쓰다가 같은 학년에 역시 장학금을 받

485

고 들어온 친구와 우정을 나누기 시작했소, 하필이면 거전gudgeon
이라고 불리는 소심한 녀석이었지. 나는 매주 집에 계신 어머니께
편지를 썼소. 예배당에도 갔고. 맞아, 그 시절에는 나도 신앙이 있
었다오. 약간 독실하다 할 수 있었는데, 우린 파이pi라고 불렀지.
그래서 헬 클럽에 초대받았을 때 나는 놀랐다오. 놀라고 기뻤지.
물론, 클럽에 대한 소문은 들었소. 한밤에 난잡한 파티를 벌인다거
나 침실 담당원이 방을 청소하러 들어갔다가 방 꼴을 보고 기절초
풍했다든가, 『사자의 서』에 나오는 고대 주문을 읊는다거나, 땅에
묻힌 뼈니 입을 벌린 무덤이니 하는 이야기들……. 하지만 다른 이
야기도 있었소. 성공한 사람들 다수가 헬 클럽에서 경력을 시작했
다는 거지. 내각에 들어간 사람 한둘을 포함해서 정치인, 작가, 변
호사, 과학자, 기업 총수들. 배지를 달고 다녀서 회원은 금방 알 수
있지. 왼쪽 옷깃에 점잖은 해골을 달고 다녔으니까. 그렇다오, 여
기 있는 이것처럼.

그래서 입회식에 초대받았을 때는 기뻤소이다. 입회식은 10월
31일에 열렸지. 물론, 핼러윈 날이었다오. 모든 성인들의 대축일
전야. 그렇다오, 물론 그렇지. 오늘의 핼러윈이라오. 우연의 일치
를 믿는 사람이라면 이게 살짝 불길하다 생각했겠지.

내 이야기로 돌아가 봅시다. 입회식은 간소한데 한밤에 열렸다
오. 당연하지 않겠소. 신입 회원 셋은 학교 부지 바로 바깥에 있는
폐가로 가야만 했다오. 차례차례, 우리는 안대를 하고 촛불을 받았
지. 집 안으로 들어가서 계단을 올라 2층 계단참의 창턱에 촛불을
밝혀야 했소. 그런 다음 되도록 크게 소리를 질러야 했지. "지옥은
비었다!" 우리 셋 다 이 임무를 완수한 후에야 안대를 벗고 동료들

과 합류할 수 있었지. 진수성찬 술잔치가 이어지는 거지. 거전……
불쌍한 거전이 이 셋 중 하나라고 말했던가? 거전은 걱정하고 있
었다오, 안경 없이는 눈뜬장님이었거든. 하지만 내가 그에게 말한
대로 우린 모두 안대를 하고 있었으니 피장파장이었지. **사람은 눈
이 없이도 세상이 어떻게 돌아가는지 볼 수 있지.**

추우신가? 바람이 점점 거세지지 않았나? 창문을 연거푸 내려
치는 눈이 보이오? 아, 기차가 다시 멈췄군. 오늘 밤은 더 나아갈
수 있을지 참 의심스럽소.

브랜디 좀 드릴까? 내 여행 담요를 같이 덮으시오. 나는 이런 여
행에서는 늘 최악을 대비해놓는다오. 인생을 위한 좋은 격언이오,
젊은 양반. 늘, 최악에 대비하라.

자, 어디까지 했더라? 아, 그래요. 그래서 거전과 나 그리고 또
다른 친구는, 그를 윌버포스라고 부릅시다, 그 집 가까이 갔다오.
헬 클럽의 정회원 세 명이 우리에게 안대를 주었지. 그들은 물론
복면을 하고 있었지만, 목소리로 누군지는 알 수 있었다오. 바스티
안 경과 그의 심복인 콜린스. 세 번째 사람은 외국인 억양이 있었
는데, 아랍인 같았소.

윌버포스가 첫째로 안대를 썼소. 그는 양초와 성냥갑을 들고, 폐
가를 향해 떠나는 장님처럼 비틀거리며 떠났소. 우리는 기다리고
또 기다렸다오. 주위에서는 겨울바람이 울부짖었소. 그래요, 지금
처럼. 우리는 기다렸고, 사람의 일평생 같은 긴 시간이 흐른 후에,
창문 틈에서 깜박거리는 촛불을 보았소. 아주 희미하긴 해도, 밤공
기를 가르며 소리가 들려왔소. "지옥은 비었다!"

우리는 환호성을 질렀고, 우리 목소리는 돌과 고요에 부딪쳐 메

아리쳤다오. 바스티안은 거전에게 초와 함께 성냥갑을 건넸소. 천천히 거전은 안경을 벗고 자기 눈 위에 안대를 끌어다 썼소.

"행운을 빌어." 나는 말했소.

그는 미소를 띠더군. 우습게도 그의 미소가 아직도 기억이 나요. 거전은 미소를 띠고 두 손을 마치 상품을 광고하는 상점 점원처럼 벌리는 이상한 동작을 했소. 그가 지금도 내 앞에 서 있는 것처럼 눈에 선하군. 바스티안 경이 그를 한 번 밀었고, 거전도 서리 낀 잔디 위로 휘청휘청 걸어갔소.

우리는 기다리고 기다리고 또 기다렸소. 밤새 한 마리가 울었지. 누군가 재채기를 했고, 다른 사람은 웃음을 참더군. 나는 이유는 알 수 없었지만 숨을 헐떡였소.

우리는 기다렸고, 마침내 창문에서 촛불이 비쳤소. "지옥은 비었다!" 응답하는 우리의 환호성이 울려 퍼졌소.

이제는 내 차례였지. 나는 양초와 성냥을 받고 안대를 썼지. 그러자 밤이 더 어두워질 뿐만 아니라, 더 춥고 더 적대적으로 느껴졌소. 바스티안에게 등 떠밀려 떠날 필요도 없었지. 나는 일을 빨리 끝내고 싶어서 초조했으니까. 그래도, 앞이 안 보이는데 걸어가려니 앞길이 얼마나 길던지. 나는 점점 다른 방향으로 가고 있다, 폐가를 놓쳐버렸다고 확신했지만, 바로 뒤에서 바스티안의 목소리가 들리더군. "곧장 가 멍청아!" 두 손을 앞으로 뻗고, 나는 비틀비틀 앞으로 나아갔소.

내 손이 돌에 닿더군. 집에 도착한 거지. 집의 정면부를 더듬더듬 따라가면서, 나는 마침내 빈 곳에 닿았소. 문이었소. 나는 문지방에 걸려 넘어지며 포석에 크게 엉덩방아를 찧었지. 하지만 적어도 건물 안에는 들어왔으니까. 안에 들어오니 바람은 덜했지만, 추위는 한층 더했소. 또 그 고요 하며! 주위에서는 메아리가 치고 울려 퍼져서 나를 짓누르고 땅으로 밀어붙이는 것 같았소. 나는 자루를 진 거지처럼 몸을 숙이고 있다는 걸 알았소. 헐떡거리는 거친 숨소리가 들렸지. 그것이 내가 계단을 슬금슬금 올라가는 동안 유일한 동반자였소.

계단을 몇 단이나 올랐더라? 스무 단이라고 들었지만, 열다섯 단까지 세다가 놓쳐버렸소. 허공에 발을 얹었을 때에야, 계단참까지 올라왔다는 것을 깨달았지. 거전이나 윌버포스가 숨죽여 인사라도 건넬 줄 알았는데, 아무 말이 없었소. 기다렸지. 그러다가 앞으로 슬금슬금 나아갔소. 창문을 찾아서 이 팬터마임을 끝내야 했지. 내 손이 앞에 있는 벽의 회반죽을 쓸다가 마침내⋯⋯ 찾았지! 나무 창틀에 손이 닿았소. 나는 안대를 벗었고 차가워진 손가락으로 더듬더듬 성냥을 그어 초에 불을 붙였소. 그런 후에 촛농을 창틀에 몇 방울 떨어뜨려 초를 세웠지.

"지옥은 비었다!" 내 목소리는 내 귀에도 가냘프게 들렸소. 그제야 나는 주위를 돌아보고 발치에 있는 시체들을 보았소.

나는 황량한 집의 복도에 울려 퍼지는 비명을 들었고, 그게 내가 지른 소리였음을 깨달았소. 나의 친구 거전이 죽은 채로 내 발밑에 쓰러져 있었지. 윌버포스는 몇 미터 떨어진 곳에 있었고. 나는 그들의 목을 짚어 맥을 확인한 결과, 더는 할 수 있는 일이 없다는 것을 알았소. 누군가, 무언가가 지옥에서 온 짐승처럼 이들을 덮쳐서 도살한 것이오. 거전의 가슴은 두 번 세 번 찔려서 피로 붉게 물들어 있었소. 팔은 대자로 벌리고 있어서 손바닥의 베인 자국이 보였소. 오, 얼마나 끔찍한 신성모독인지. 마치 우리의 축복받은 주님의 성흔을 닮은 상처였소. 나는 처음에는 윌버포스도 칼에 찔려 죽었다고 생각했지만, 깜빡거리는 촛불 속에 자세히 보니 목 졸려 죽었다는 것을 알 수 있었소. 하얀 천이 목에 단단히 감겨서 얼굴이 파랗게 질려 보였지. 그러나 암살자의 칼이 그를 놓아주진 않았더군. 단검이 그의 가슴에 박혀 손잡이가 드러나 있었소.

내 몸이 바들바들 떨려서 촛불 그림자가 벽에 기이한 형상을 그렸고 몇 분 동안 나는 공포로 얼어붙어 있었소. 내 벗들을 죽인 이 악마가 분명히 가까이에 있을 테니까. 놈이 이제 진홍색 손에 칼을 들고 나를 덮치려나?

하지만 폐가는 잠잠했소. 위층에서 쥐들이 후다닥 뛰어갈 뿐 아무 소리도 들리지 않았지. 그때 바깥에서 어떤 외침이 들렸소. "안에 무슨 일이야?" 그런 후에 콜린스와 바스티안, 그리고 세 번째 남자가 계단을 뛰어 올라왔소. 나는 여전히 촛불을 들고 있었기에, 그들은 맨 먼저 이 유령 같은 빛에 비친 내 잿빛 얼굴을 보았겠지. 그 뒤에 진정 공포스러운 장면이 펼쳐졌을 테고.

다음에 일어난 일에는 베일을 드리우리다, 아니, 베일이 아니라 무거운 커튼이겠지. 나는 대학 당국에 보고하자고 했지만, 바스티안 경은 우리가 문제에 휘말릴 거라고, 어쩌면 퇴학당할지도 모른다고 지적했소. 또한 헬 클럽에서는 이 사실이 새어나가면 좋아하지 않을 거라고 말했소. 다른 두 사람은 이 의견을 무겁게 받아들였고, 그들 모두 선배였다는 점을 기억하시겠지. 짧게 줄이자면, 가장 좋은 방법은 이 무서운 집을 떠나 아무 일도 없었던 것처럼 대학으로 돌아가는 거라는 주장에 나도 설득되고 말았다는 것이오. 시체는 물론 발견되겠지. 조사도 할 테고. 하지만 우리는 이 사건에 대해서 아무것도 모르는 거요. 우리는 절대 그날 밤 일어난 일을 이야기하지 않을 거요.

"우리 맹세해야 해." 이렇게 말한 바스티안은 공포스럽게도 무릎을 꿇더니 우리 주님을 의심하는 토마를 흉내 내어 거전의 손에 난 상처에 자기의 손가락을 담갔소.

"맹세해, 그의 피에 대고 맹세해." 그는 말했지.

그런 장면을 상상할 수 있겠소? 촛불, 점점 거세게 부는 바람, 거전의 피를 자기 손에 묻히고 서 있는 바스티안. 우리 모두 반쯤 미쳐 있었소. 이 말 외에 달리 설명할 수는 없소. 바스티안은 마치 재의 수요일 의식을 행하는 사제처럼 피 묻은 엄지손가락을 우리 이마에 찍어 자국을 남겼소. **기억하라, 인간이여, 너는 흙이니 흙으로 돌아갈 것이니라.**

"맹세합니다." "맹세합니다." 우리는 차례로 말했소.

다음에는 무슨 일이 있었느냐고? 아, 친애하는 젊은 양반, 그렇게 놀란 표정 지을 거 없소. 언제나 그러하듯이 시간이 흘렀지. 시체가 발견되었소. 경찰이 수사를 했지만, 살인자는 찾지 못했소. 그날 밤 나의 행동에 대해서는 누구도 묻지 않았지. 부학장은 친구의 죽음을 목격한 나를 위로하였고, 나는 진실한 마음으로 무척 상심했다고 말했소. 그는 나를 동정하였지만, 호메로스의 작품에 등장하는 서늘한 경구를 인용했지. 극기심을 고취하려는 의도였음은 의심할 바 없소. **강해져라, 내 심장이 말했도다, 나는 군인이니. 나는 이보다 더 심한 광경도 보았느니라.** 그렇게 끝났소. **콘수마툼 에스트**Consummatum est(일이 완결되었도다).

아니, 나는 그렇게 생각했었소.

바람이 울부짖는 소리를 들어보시오. 바람이 기차를 흔드는 것 같지? 하지만 우린 여기서는 안전하오. 어쨌든 객차 사이에 연결되는 문이 없으니까. 누구도 여길 들어올 수도 나갈 수도 없지. 브랜디 더 드시려오?

다음에는 무슨 일이 있었을까? 뭐, 산문적으로 따분하게 말해서 사실은 이렇다오. 딱히 할 말이 없어요. 거전의 부모님이 그의 시체를 가져갔고 거전은 고향 글로스터에 묻혔소. 나는 거기 참석하지 않았지. 윌버포스는 어떻게 되었는지 모르오. 이전에 말했듯이 경찰들은 그들의 살인자를 찾아내지 못했소. 1년 후, 폐가는 철거되었지. 나는 학업을 계속했소. 나는 꽤 고독하고 이상해졌던 것 같아. 내가 코트를 가로지르거나 식당에 앉아 있을 때면 다른 학생들이 나를 이상하게 바라봤지. "쟤야." 누가 속삭이는 소리를 들은 적도 있소. "다른 애." 나는 피터하우스의 사람들에게 '다른 애'가 되어버린 게 아닐까 싶소. 아마도 나 자신에게도.

바스티안과 콜린스는 별로 보지 못했소. 나는 공식적으로는 헬클럽 회원이었지만, 회합이나 매년 열리는 악명 높은 피의 무도회에는 참석하지 않았소. 대부분 내 방이나 도서관에서 시간을 보냈지. 내가 만나는 동료 학생들은 사격 클럽의 회원들뿐이었소. 적어도 그들과 있으면 복잡하지 않고 동료애 넘치는 시간을 보낼 수 있었지.

나는 1등으로 졸업했고, 그건 흐뭇한 일이었소. 바스티안 경은 유급을 했고, 콜린스는 학위를 마치지 못했다는 소문을 들었소. 하지만 그들은 다른 칼리지 학생이고 우리의 길은 이미 갈라진 지 한

참 지났소. 나는 박사과정을 밟기 위해 공부를 하고, 학부생 때 성립된 고독한 독신 남성의 존재 양식을 이어갔지.

그때, 대학원 첫 학기에, 나는 약간 기이한 서신을 받았소. 11월, 쓰라리게 추운 날이었고, 내 우편물을 가지러 문지기 오두막으로 걸어가는 길에 발밑에 서리가 오도독 밟히던 기억이 나는군. 내가 우편물을 많이 받은 것은 아니었소. 어머니는 간간이 편지를 쓰셨고, 나는 신학 학술지를 두 권 구독했지. 그게 전부였소. 하지만 이 날은 다른 게 있었소. 외국 소인이 찍힌 편지, 낯설고 기울어진 서체로 쓰여 있었지. 나는 호기심을 품고 편지를 뜯어보았소. 안에는 페르시아 신문에서 잘라낸 조각이 들어 있더군. 물론 나는 페르시아-아랍 글씨를 이해하지 못하지만, 역시 똑같은 이탤릭체로 쓰인 번역문이 있었소. 아미르 에브라히미라는 남자가 열기구와 관련된 끔찍한 사고로 죽었다는 기사였소. 이륙은 완벽했으나 비행 중 어느 지점에서 에브라히미는 풍선에 매달린 바구니에서 추락해 사망했다는 거지. 대체 누군진 모르나, 이런 소름 끼치는 사건에 내가 관심이 있으리라 생각한 이유가 뭘까 궁금해하며 두 손으로 편지를 뒤집어보았소. 바로 그때 종이 뒷면에 쓰인 글을 보았지. **지옥은 비었다.** 그리고 나는 에브라히미가 세 번째 남자, 바스티안과 콜린스의 동반자였다는 사실이 기억났소.

그 다른 사람.

물론 에브라히미의 죽음은 끔찍한 충격이었소. 손에 신문지 조각을 들고 서 있다가 내 방으로 가서 침대에 누워 바들바들 떨던 기억이 나는군. 누가 내게 이 운명적 내용이 담긴 신문을 보냈을까? 누가 그렇게 가늘고 기울어진 필체로 번역문을 썼을까? 그리고 누가 뒷면에 "지옥은 비었다"라는 문구를 썼을까? 바스티안일까? 아니면 콜린스? 불가능한 일 같지만, 그들 말고 누가 헬 클럽과 그날 밤에 일어난 끔찍한 사건을 알고 있단 말인가?

나는 이후 며칠 동안 이런 의문들을 곰곰이 생각해보았소. 실로, 다른 생각은 거의 하지 않았지. 하지만 마침내, 공포를 밀쳐두고 내 삶을 계속 이어갔소. 결국, 내가 달리 뭘 할 수 있었겠소? 그리고 젊었을 때 나는 건강하고 힘이 있었다오. 이해하시겠지, 젊은 친구? 그래요, 이해하시는군. 젊음은 오만한 것이고, 응당 그러해야 하지. 에브라히미가 죽었다니 유감이긴 했소. 그리고 나는 친구 거전의 죽음을 진정으로 애도했지. 하지만 그들을 되살리기 위해 할 수 있는 일은 없었소. 그래서 나는 학업을 이어갔고, 심지어 젊은 숙녀, 내 지도 교수의 딸에게 구애하게 되었소. 그해 봄, 삶은 참 달콤했지. 내가 죽음의 장막에서 탈출했다 생각하면 한결 더 달콤하지 않았겠소. 당시에는 내가 탈출했다고 믿었으니까.

바람이 참 거세게도 울부짖는구려.

"다음에는 무슨 일이 있었는가?" 아, 참 지속적으로 생겨나지만 늘 대답 없는 질문이지. 그것이 바로 이 서사의 본질이 아니겠소? "다음 장을 읽어주세요." 잠자리에 들기 전 아이가 간청하지. 어둠의 공포를 피할 수 있는 거라면 무엇이든 달라고. 당신은 어린 시절을 떠나온 지 얼마 되지 않았겠지요, 나의 젊은 친구여. 당신이 다음 장에서 무슨 일이 일어날지 알고 싶어 하는 거야 자연스러운 일이라오.

또 한 해가 흘러갔소. 난 지도 교수의 딸인 에이다와 약혼했소. 알비파 교도의 이단설에 관한 논문을 쓰기 시작했지. 또한 학부생들도 가르쳤소만, 사실상 나는 참으로 성실하되 따분한 강사였소. 가끔은 학생들이 나에 대해 속삭이는 소리를 들었고, '헬 클럽'이라든가 '살인 사건'이라는 말이 귀에 들어왔지. 하지만 나는 그해에는 빛 속에 머물기를 선택했소. 동반자도 얻었지. 그래요, 바로 지금 이 객실에, 당신 앞에 있는 이 동물이라오. 내 시련의 시기에 허버트가 얼마나 살뜰한 친구가 되어주었는지! 어떤 인간 시종보다 훨씬 더 진실하고 견실한 친구였다오.

가을이 지났고 핼러윈이 왔다오. 나는 두려웠으나 하루하루가 사고 없이 흘러가서 안도의 한숨을 내쉬었다는 고백을 할 수밖에 없군. 하지만 그때, 몇 주 후에, 복도를 지나가는 침실 담당원이 하는 말에서 '콜린스'라는 이름과 '죽었다'라는 단어를 듣게 되었소.

나는 연구실에서 뛰어나가 물었지. 내가 갑작스레 열을 내서 그들이 놀랄 정도였소. "무슨 이야기들을 하고 있습니까?"

"콜린스 씨 말이에요. 전에 여기 킹스 칼리지에 다녔던 분요, 선생님." 대답이 돌아왔지. "그분이 죽은 방식에 대해 이야기하던 중이었습니다. 참으로 부자연스럽다고."

"무슨 일이 있었습니까?" 냉기가 나를 덮쳐오는 것을 느꼈지. "콜린스라니, 바스티안 경의 친구로 킹스에 다녔던 학생이 아니오."

"죽었답니다, 선생님. 자기 마차를 몰고 소택지를 가로지르고 있었대요. 엘라이에서 떠나 케임브리지로 향할 때는 무척 건강했다지요. 무슨 일이 있었는지는 아무도 모르나, 그 양반의 말이 하루 후에 발견되었답니다. 그때까지 마차를 매달고 미친 듯이 달려가고 있었다는 겁니다. 수색대가 나갔고 콜린스 씨는 도랑에서 발견되었다는군요. 목이 베여 있었답니다, 선생님."

"그게 언제 일이죠?"

"핼러윈 밤이었습니다." 두 사람 중에 나이가 많은 쪽이 대답했다오. "제가 기억하는 이유는 수색대원이던 버트가 이렇게 말했기 때문이지요. 그 말이 마치 지옥의 개들에게 쫓기는 것처럼 혼자 달려가는 광경을 보고 피가 얼어붙는 듯했다고요."

또 일주일이 지난 후에 신문 쪼가리가 내게 도착했소. "케임브리지 학생, 소택지에서 살해당한 채 발견." 그리고 머리기사 위에 손 글씨가 쓰여 있었지. "지옥은 비었다."

나는 에이다와 파혼했소. 나는 품위 있는 사람에게는 동반자로 어울리지 않았지. 나는 방 안에 틀어박혀서 겉으로는 오직 논문 작업을 하는 척했지만, 사실상 지금 당신에게 해주는 이 이야기를 쓰고 있었다오, 젊은 친구. 헬 클럽과 폐가에서 보낸 핼러윈. 시체와, 동지의 피로 맺은 맹세. 에브라히미와 콜린스. 나를 따라다니는 듯한 복수의 여신. 다시 또다시 나는 이 단어들을 썼소. "지옥은 비었다."

다시 10월 31일이 돌아왔을 때, 나는 그저 껍데기였소. 사람들이 나를 걱정한다는 것은 알았다오. 지도 교수는 나와 이야기해보려고 했고(이제는 내가 에이다를 대한 방식 때문에 나를 싫어하기는 했어도), 부학장은 심지어 면담을 요청하여, 내가 잘 먹고 규칙적으로 운동을 해야 한다고 역설했지요. **멘스 사나 인 코르포레 사노**Mens sana in corpore sano(건강한 몸에 건강한 정신이 깃든다). 내 마음이 진정 어떤 상태인지를 그가 알았다면.

종일 나는 기다렸소. 복수의 여신은 문이 잠겼든 열렸든 올 터라 내 방을 떠나지 않았소. 다음 날인 성인대축일까지도 아무런 소식이 없더군. 나는 밤늦게 시내까지 느긋하게 걸어 나갔소. 종종 이렇게 하길 좋아했다오. 나 혼자 생각에 잠겨서 고요한 거리를 거닐기. 하지만 세인트 존스 바깥, 관리인 주택의 그늘 속에서 파이프 담배를 피우던 에그레몬트라는 자와 마주쳤소. 나는 헬 클럽 회원인 그를 알아보았지만, 대화를 하고 싶지 않아서 서둘러 지나쳤소.

"어이. 당신 바스티안의 친구였지 않나?" 그는 나를 불렀소.

"알던 사이긴 했지." 나는 조심스럽게 대답했지만 심장이 쿵쿵 뛰었지.

"그 친구에게 무슨 일이 있었는지 들었소? 정말 끔찍한 소식이었는데."

"아니. 그 사람에게 무슨 일이 있었나?" 나는 말했소.

"지금 막 침실 담당원에게 들었소. 바스티안은 기차를 타고 있었다는군. 객차가 연결된 새로운 종류 있잖소. 그렇게 한 객차에서 다른 객차로 넘어가려는데 갑자기 기차가 갈라졌다는 거요. 그래서 결국 바퀴에 깔려 죽었다는군. 불쌍한 녀석. 얼마나 끔찍한 죽음인지."

나는 에그레몬트를 보았소. 창백한 얼굴과 옷깃에 단 해골 배지가 보였다오.

"그게 언제 일이오?" 나는 물었지.

"바로 어제. 내일 자《타임스》에 나겠지." 그가 대답했소.

일주일이 지나 신문 기사를 오린 쪼가리가 도착했소. 이제는 너무 익숙한 부록과 함께.

지옥은 비었다.

음, 바로 오늘이 그 기념일이고, 나는 유일하게 남은 사람이라오. 참 이상한 생각 아니오, 젊은 양반. 머리가 잘 돌아가는 젊은이는 여기 펼쳐지는 이 패턴과 날짜가 불길하다는 것을 벌써 알아챘겠지. 어째서 이 사람은 나한테 이런 이야기를 하지? 이렇게 의아해하고 있지 않겠소. 내가 이 서술자의 종말을 지켜보는 목격자로 선택된 건가?

하지만 두려워 마시오. 나는 열기구를 타고 올라가지도 않고 마차를 몰거나 소택지를 건너갈 마음도 없소. 허공으로 곤두박질치거나 내 마차에 타고 있다가 노상강도에게 끌려 내릴 일도 없지.

나는 기차에 타고 있긴 해요, 그건 사실이지. 그러나 이 객실을 떠날 마음은 없소.

아, 친애하는 젊은 친구, 꼼짝도 하지 않는군요. 물론 브랜디 기운 때문이겠지. 아트로파 벨라도나 혹은 데들리 나이트셰이드 Deadly Nightshade*. 그걸 먹으면 이상한 환각이 보일 테고, 시력이 손상되겠지. 그건 확실하오. 지금 나는 당신 앞에서 변신하고 있을 테니까. 물처럼 흐릿하게 보이겠지. 어쩌면 내 모습도 같이 사라져버렸을지 모르겠소. 하지만 대체 무엇이 진짜이고 무엇이 가짜인지 누가 말할 수 있단 말이오? 아까 인용했듯이 사람은 눈이 없어도 세상이 어떻게 돌아가는지 볼 수 있다오. 참으로 거친 눈으로 나를 보는구려, 당신의 안구는 이제 완전히 검은색이오. 물론, 움

---

* 가짓과의 여러해살이풀. 높이는 1미터 정도이며 잎은 달걀 모양이다. 어두운 갈색 꽃이 피고 검은색 열매를 맺는다. 독이 많으며 잎은 진통제로 쓰인다.

직일 수 없겠지. 미안하오. 이런 식은 아니길 바랐는데. 하지만 악마의 실체가 무엇이든 간에 나의 피를 요구하는 거겠지. 벌써 거전과 윌버포스, 에브라히미, 콜린스와 바스티안, 수많은 이들의 생명을 앗아간 존재. 아아, 가엾도다, 그 많은 피를. 이 피조물은 다른 영혼을 입수할 때까지는 만족하지 않을 것이오. 오, 그래요, 그건 물론 나를 원하겠지. 오늘, 이 핼러윈 밤은 내 죽음의 밤이 될 운명이었지. 셈을 치르는 날. 지옥은 비었다. 그리고 모든 악마는 여기에 있다. 시체를 먹는 악귀가 기다리고 있소. 굶주린 악귀. 바람이 울부짖고 폭풍이 분노하는데 그 소리가 들리는군. 하지만 그것도 당신으로 만족할 것 같소. 당신같이 순결한 영혼이라면.

두려워하지 마시오. 끝은 고통스럽지 않을 테니. 그리고 반대편에서 무엇이 우리를 기다리는지 누가 알겠소? 어쩌면 나는 완벽한 지복을 향해 가는 당신의 여행을 그저 재촉했을 뿐이라오. 그러길 바라오. 정말이오.

안녕히, 나의 친애하는 여행 동반자여.”

| 감사의 말 |

R.M. 홀랜드와 홀랜드 하우스는 온전히 가상의 산물이다. 하지만 집 자체는 내가 문예창작을 가르쳤던 웨스트 딘 칼리지에서 약간 빌려왔다. 등장인물들이 살아 있건 죽었건 실제 인물과 아무런 관련이 없다는 것은 더 말할 필요가 없을 것이다. 스테이닝의 길 위에는 버려진 시멘트 공장이 있으나 주변 환경은 이야기를 위해 바꾸었다.

원고를 읽고 감상과 피드백을 남겨준 라디카 홀스트롬에게 무척 감사한다. 특히 하빈더와 그녀의 배경과 관련한 묘사에 큰 도움이 되었다. 나를 지속적으로 응원해주고, 무척이나 사랑하며 그리워할 푸들의 이름 허버트를 사용하도록 허락해준 레슬리 톰슨에게도 고마운 마음 전한다. 허버트는 이 책 속에서, 그리고 그의 후손 알프레드 속에서 살아 있다.

이 책은 내게는 새로운 모험이다. 나를 지원해주고 열정을 보여준 퀘커스 출판사의 여러분에게 감사한다. 하늘이 노랗게 변할 무렵 내가 처음으로 『낯선 자의 일기』 이야기를 착상했던 브라이턴의 점심 식사를 떠올리면서, 나의 훌륭한 편집자 제인 우드에게 특별한 감사를 보낸다. 테레즈 키팅, 해나 로빈슨, 올리비아 미드, 로라 맥커렐, 케이티 새들러, 데이비드 머피, 그리고 모든 팀원에게 진심 어린 감사의 말을 드리고 싶다. 모든 일에 잘 협조해주는 나의 환상적인 대리인 레베카 카터와 잰클로우 앤드 네스빗의 모든 식구에게도 감사한다.

나의 미국 출판사도 처음부터 이 책의 집필을 지원했다. 나오미 깁스와 휴턴 미플린 하코트의 여러분, 나의 미국 대리인 커비 킴에게도 크나큰 감사를 보낸다.

나의 남편 앤드루와 우리 아이들 알렉스와 줄리엣에게도 언제나 사랑하고 고맙다고 말하고 싶다. 이 책을 알렉스와 줄리엣, 그리고 언제나 나의 동반자이자 까다로운 뮤즈가 되어주는 나의 고양이 거스에게 바친다.

2018년 EG

고딕 소설의 현대적인 재구성

비바람이 몰아치는 어두운 밤, 인간인지 초자연적인 존재인지 모를 인물과의 조우, 인적 드문 곳의 폐가, 그리고 의문의 죽음. 영국 17~18세기에 인간의 공포와 수수께끼를 다루었던 고딕 소설의 분위기를 구성하는 요소들이다. 고딕 소설이 품은 미지의 존재에 대한 두려움은 미스터리의 근원이라고 할 수 있지만, 산업 혁명이 진행되고 과학 기술이 발달하면서 이성을 강조하는 추리소설은 독자적인 장르로 형태를 갖추었다. 그렇다고 고딕 소설의 전통이 사라진 것은 아니며, 여전히 미스터리와 접점을 이루며 대중 서사의 근간을 차지하고 있다.

『낯선 자의 일기』는 고딕 문학의 전통을 현대적인 필치로 재구성한 미스터리 소설이다. 소설이 시작하면 고전적으로 폭풍우의 밤이 펼쳐지고 기차 객실에서 낯선 사람의 내러티브가 들려온다. 독자들이 어리둥절해하는 찰나, 작가는 초점을 현대로 바꾸어 고등학교 영어 교사인 클레어의 시점에서 이야기를 진행한다. 고전 문학도, TV 댄스 경연인 〈스트릭트리 컴 댄싱〉도 좋아하는 평범한 생활인인 클레어이지만 동료 교사 엘라가 살해되면서 일상이 흔들린다. 그리고 시체 옆에 떨어져 있는 셰익스피어 희곡 「템페스트」 속 문구가 수수께끼를 던지며, 이제 소설은 과거와 현재 사이에서 가상과 현실의 공포를 탐색한다.

소설을 읽을 때, 클래식을 좋아하는 사람들은 형식미에 매료되고, 현대물을 좋아하는 사람들은 생활의 생생한 묘사에 공감한다. 『낯선 자의 일기』는 드물게 이 두 가지를 모두 성취한 작품이다. 소설의 도입부에 고딕 단편소설 「낯선 사람」이 인용되고, 그 후 클레어의 강의를 통해 독자들은 고딕 소설의 클리셰인 '3의 반복'을 발견한다. 문체상으로는 같은 문장이 세 번 반복되고, 플롯상으로는 같은 사건이 세 번 반복된다는 뜻이다. 이 소설의 서브플롯으로 작용하는 「낯선 사람」의 구조는 철저히 이에 따라 세워졌다. 화자를 포함한 세 명의 대학 신입생은 세 명의 선배들을 따라 입단식을 치르러 폐가에 가고, 거기서 두 명이 먼저 죽음을 맞이한다. 그리고 세월이 흐른 후에 기이한 죽음이 연이어 일어난다. 독자는 3의 법칙에 따라 앞으로 전개될 일을 예측하고, 거기서 문학적 전율을 느끼게 된다.

『낯선 자의 일기』의 메인 플롯도 역시 이 3의 구조를 형식적으로 따르고 있다. 40대인 클레어, 30대인 형사 하빈더, 클레어의 십대 딸 조지아, 세 사람의 관점이 소설 속에서 교차된다. 클레어의 가족은 클레어, 조지아, 그리고 허버트라는 개 셋으로 이루어져 있다. 그리고 두 번의 살인 사건과 한 번의 실패한 시도가 등장한다. 이제 독자들은 세 번째 살인이 실패했으므로, 또 한 번의 살인이 일어나리라는 것을 예상하며 기대감을 높이고, 소설은 클라이맥스를 향해 달려간다. 이처럼 『낯선 자의 일기』에서는 변주된 고딕 소설적 형식을 통해 고전적으로 탄탄한 구조가 돋보인다.

그렇다고 해서 이 소설이 현대성을 놓치는 것도 아니다. 소설 안에는 텔레비전 프로그램, 인터넷 사이트 및 소셜 미디어 서비스를 포함해서 여러 동시대적 레퍼런스가 등장하여 현장감을 높였다. 화자 세 명이 모두 여성이라는 사실도 의미심장하다. 여성이 사건의 피해자이기도 하지만, 동시에 해결도 여성의 몫이다. 특히 가장 흥미로운 인물은 여성 형사인 하빈더 카우어이다. 하빈더는 시크교도의 가정에서 자랐고 성소수자로서의 정체성을 가지고 있다. 자신도 신랄하게 말하듯, 비혼 여성 형사, 이민자, 성소수자 등 사회의 주변에 있는 집단을 대표하는 인물이기도 하다. 그렇지만 이 인물은 소수자의 전형성만을 가지고 정의되지 않고, 독특한 유머 감각, 날카로운 관찰력, 결단력 있는 태도 등 개별성을 보여준다. 현대 수사물의 탐정으로서 누구보다도 적격인 개성을 보여주는 인물이다.

고딕 소설적 설정에 현대 스릴러의 진행을 갖춘 이 소설은 또한 비블리오 미스터리의 성격까지도 지닌다. 책이나 고전 문헌에 얽힌 수수께끼를 파헤치는 장르로서 『낯선 자의 일기』는 제목처럼 R.M. 홀랜드의 「낯선 사람」을 둘러싼 진실을 밝혀내며 다층적인 재미를 한 겹 더한다. 가상의 소설가 R.M. 홀랜드와 관련된 소문의 진상은 무엇일까? 그의 딸로 추정되는 인물은 어디에 있을까? 이 질문들에 대한 유쾌한 대답들은 옛날 학교의 빈 방에 숨겨져 있다. 대답을 찾아가는 여정 속에서 소설의 고전적인 분위기는 한층 고조되며, 독자들은 자신도 이런 고전 탐사대의 일원이 되어 유령이 나오는 건물 속을 걷는 느낌을 받을 수 있다.

여성 소설적 관점에서는 주인공 세 사람이 서로를 이해하고 가까워지는 과정이 사건 해결과 연결된다는 것도 주목할 만하다. 클레어는 하빈더를 경계하고, 하빈더는 클레어를 질시하면서도 싫어하지만, 두 사람은 용의자 겸 피해자, 그리고 수사 당사자로서 같은 사건을 다루면서 서로 존중하고 이해하게 된다. 엄마에게 비밀을 감춘 청소년 딸인 조지아는 엄마와 함께 위험을 헤쳐 나가면서 자신의 생각을 또렷이 표현할 수 있게 된다. 세대도 다르고 성격도 다 다른 세 여성이지만, 사회에서 위협을 받는 위치라는 위기의식은 동일하고, 그러기에 연대하고 서로 도울 수 있는 가능성을 보여준다.

하지만 무엇보다도 『낯선 자의 일기』의 강점은 추리소설의 본연적 재미를 충실히 살렸다는 데 있을 것이다. 연속으로 일어나는 살인 사건의 범인이 초자연적인 존재가 아니라면 과연 누구란 말인가? 언뜻 보기에는 인간의 힘으로 일어날 수 없는 기이한 사건이지만, 작가는 사건 해결의 단서를 던지며 독자들이 범인을 추적할 수 있도록 돕기도 하고, 유쾌하게 다른 길로 이끌기도 한다. 그리고 마침내 밝혀진 범인은 의외의 인물이기도 하지만, 되짚어보면 처음부터 모든 단서가 그 사람을 가리키기도 했다. 으스스한 분위기 속에서 인물들은 자기 자신의 두려움으로 앞을 보지 못하지만, 마침내 그 안개가 걷히면 환한 스코틀랜드의 호수처럼 맑은 진실을 마주하게 된다.

작가인 엘리 그리피스는 본명인 도메니카 데 로사로 이탈리아 혈통이 섞인 자신의 삶을 반영하여 이탈리아를 배경으로 한 소설 시리즈를 썼고, 범죄소설 작가로는 루스 갤로웨이 박사 시리즈와 자신이 자란 영국의 도시를 배경으로 한 브라이턴 시리즈를 발표했다. 『낯선 자의 일기』는 이 어디에도 속하지 않는 스탠드얼론 작품으로 기획되었고, 2020년 에드거 상 최우수 장편소설상 수상작으로 선정되었다. 곧이어 하빈더 카우어 경사가 등장하는 『포스트스크립트 머더The Postscript Murders』까지 출간되었으니, 하빈더 카우어 시리즈 또한 엘리 그리피스의 새로운 대표작이 되지 않을까 기대해본다.

박현주

옮긴이 박현주

작가, 번역가, 칼럼니스트. 옮긴 책으로『스밀라의 눈에 대한 감각』『살인의 해석』『시체는 누구?』『영원한 친구』『악몽』『바바리안 데이즈』『조용한 아내』『사랑의 중력』등과 '레이먼드 챈들러 선집' '트루먼 카포티 선집'이 있고, 지은 책으로 에세이『로맨스 약국』『당신과 나의 안전거리』, 소설『나의 오컬트한 일상』『서칭 포 허니맨』이 있다.

The Stranger Diaries

낯선 자의 일기

초판 1쇄 발행 2021년 8월 17일
초판 6쇄 발행 2023년 5월 25일

지은이 엘리 그리피스
옮긴이 박현주
펴낸이 이수철
주 간 하지순
교 정 박기효
디자인 최효정
마케팅 안치환
관 리 전수연

펴낸곳 나무옆의자
출판등록 제396-2013-000037호
주소 (10449) 경기도 고양시 일산동구 호수로 358-39 동문타워1차 202호
전화 02) 790-6630 팩스 02) 718-5752
페이스북 www.facebook.com/namubench9

ISBN 979-11-6157-124-9 03840

* 이 책의 전부 또는 일부 내용을 재사용하려면
  사전에 저작권자와 도서출판 나무옆의자의 동의를 받아야 합니다.
* 잘못 만들어진 책은 구입하신 곳에서 바꾸어드립니다.